BASTEI
LÜBBE
TASCHENBUCH

Über die Autorin:

Susi Fox studierte Medizin und Kreatives Schreiben in Melbourne. Für ihre Texte wurde sie in mehrere australische Literaturförderprogramme aufgenommen. Sie lebt in Central Victoria, Australien, wo sie als Allgemeinmedizinerin arbeitet. DAS FALSCHE KIND ist ihr erster Roman.

SUSI FOX

DAS FALSCHE KIND

Thriller

Aus dem australischen Englisch
von Charlotte Lungstrass-Kapfer

BASTEI LÜBBE
TASCHENBUCH

BASTEI LÜBBE TASCHENBUCH
Band 17802

MIX
Papier aus verantwortungsvollen Quellen
FSC® C083411

Dieser Titel ist auch als E-Book erschienen.

Vollständige Taschenbuchausgabe

Deutsche Erstausgabe

Titel der englischen Originalausgabe: »Mine«
Originalverlag: Michael Joseph,
an imprint of Penguin Books, Australien

Umschlaggestaltung: semper smile, München
Satz: hanseatenSatz-bremen, Bremen
Gesetzt aus der Adobe Garamond Pro
Druck und Verarbeitung: CPI books GmbH, Leck – Germany

ISBN 978-3-404-17802-5

2 4 5 3 1

Sie finden uns im Internet unter
www.luebbe.de
Bitte beachten Sie auch: www.lesejury.de

Jenseits von Richtig oder Falsch gibt es einen Bereich, in dem wir uns begegnen werden. *Rumi*

VORHER

Ich dachte, ich würde es lieben, Mutter zu sein.

Ich habe mich geirrt.

Ich liebe es absolut nicht, nicht einmal einen Moment lang. Ich weiß, dass ich nicht gut darin bin. Das Leben, wie ich es kannte, endete mit dem Tag, an dem ich mein Kind geboren habe. Mutter zu sein ist das Schwierigste, was ich jemals tun musste.

Das alles war ein Riesenfehler.

Ich will das nicht mehr.

Ich schaffe das nicht mehr.

Ich werde diesen Fehler wieder ausbügeln. Ich werde dafür sorgen, dass alles wieder gut wird – für dich und für mich.

Und bitte, bitte, ich flehe dich an: Verzeih mir, was ich jetzt tun werde.

Tag 1, Samstag. Morgengrauen.

Ein schmaler, gelber Lichtstreifen gleitet neben meinem Bett über den Boden. Mein Gehirn ist vernebelt, meine Zunge fühlt sich an wie Stahlwolle. Unter der ringsum festgesteckten Decke kann ich kaum die Beine bewegen. Sie kribbeln und jucken. Indem ich die Füße auf das Laken stemme, versuche ich, mich zu befreien.

Die Luft ist heiß und stickig, ich kann kaum atmen. Rechts von mir befindet sich ein Fenster, aber ich komme nicht dran. Die gestreiften Vorhänge sind zugezogen, durch den Spalt kann ich nur ein blasses Stückchen Himmel und ein paar Baumkronen sehen. Neben dem Bett steht ein piepsender Monitor, an dem ein rotes Lämpchen blinkt. Die silbernen Handläufe neben der Matratze sind auf beiden Seiten hochgeklappt, sie reichen von meinen Füßen bis zum Oberkörper hinauf. Ein weißes Krankenhausnachthemd bedeckt meine Brust.

Sollte Mark nicht eigentlich bei mir sein? Mühsam stütze ich mich auf einen Ellbogen und lasse den Blick durch das Zimmer wandern. Leer. Es gibt keinen Stuhl hier drin. Und auch kein Bettchen.

Bettchen. Die Erkenntnis trifft mich wie ein Schlag. *Das Baby.*

Ich schlage die Decke zurück und ziehe das Nachthemd bis zum Hals hoch. Meine Scham ist mit einer dicken Mullbinde bedeckt. Mein Bauch ist kleiner als vorher und ganz wabbelig. Ich bin leer.

Vorsichtig lege ich mich wieder hin und hole tief Luft. Kurze Erinnerungsfetzen blitzen auf, die letzten Momente vor der Narkose: eine Maske auf meinem Gesicht, der Druck an den Wangen, der Gestank von Plastik. Die stechenden Augen des Anästhesisten. Mark, der auf mich herunterblickt und wie in Zeitlupe blinzelt. Dann plötzlich beißende Kälte in meinem Handrücken.

Ich hebe die Hand vor die Augen. Es dauert einen Moment, bis ich sie klar erkennen kann. Durch einen Schlauch tropft eine durchsichtige Flüssigkeit in meine Vene. Ich ziehe an den Schläuchen, die mit Pflastern an meiner Haut fixiert sind.

Auf dem Tisch neben dem Bett gibt es einen Rufknopf. Bei dem hektischen Versuch, meinen Arm über den Handlauf zu schieben, stoße ich einen Wasserbecher um. Die Flüssigkeit bildet erst eine Pfütze auf dem verfilzten Teppich, dann wird sie aufgesogen, und es entsteht ein schartiger Fleck. Schließlich erwische ich das Kabel und ziehe den Kasten mit dem Knopf auf meinen Schoß. Mit beiden Daumen drücke ich drauf und lausche auf das laute Klingeln, das draußen im Flur ertönt. Irgendwo quietscht ein Tablettwagen. In einem der anderen Zimmer weint ein Baby.

Aber niemand kommt.

Immer wieder drücke ich auf den Knopf und höre das Bimmeln vor meiner Tür. Trotzdem reagiert niemand.

Der Knopf flackert rot – eine Farbe, die mir plötzlich viel zu vertraut erscheint. Blut. Habe ich letzte Nacht geblutet? Warum kann ich mich nicht erinnern? Hier stimmt etwas nicht. Wo ist mein Baby?

»Entschuldigung!«, rufe ich in Richtung Flur. »Ist da jemand?«

Mühsam versuche ich, durchzuatmen, und sehe mich noch

einmal um. Das alles hier wirkt irgendwie beunruhigend. Oben an der Zimmerdecke ziehen sich Spinnweben entlang, über der Bodenleiste an der Tür ist ein silbrig schimmernder Riss im Putz, das Laken weist einen schmutzig braunen Fleck auf. Ich sollte nicht hier sein. Das ist nicht das Royal mit seinen gemütlichen Entbindungsräumen und den sauberen, hellen Zimmern. Dort sind die Hebammen freundlich und fürsorglich. In den Fluren wird beruhigende Musik gespielt. Und es war geplant, dass ich unsere Kleine im Royal zur Welt bringe.

Das hier … das ist das Krankenhaus am Ende der Straße. Das mit dem schlechten Ruf. Die Klinik, die ich auf jeden Fall meiden wollte. Das Städtchen ist so groß, dass man eine Wahl hat, aber doch noch so klein, dass ich die verschiedenen Geburtshelfer persönlich kenne. Als ansässige Pathologin bin ich diejenige, die Autopsien durchführen muss an den Babys, die es nicht schaffen. Deshalb habe ich die Arbeit der verschiedenen Spezialisten gesehen. Und ich weiß besser als jeder andere, was alles schiefgehen kann.

Übelkeit packt mich. Nein, *das* ist mit meinem Baby nicht passiert. Nicht nach allem, was war. Unmöglich. Das kann gar nicht sein.

Die Zimmertür öffnet sich, und im Rahmen taucht die Silhouette einer breitschultrigen Frau auf, von hinten angeleuchtet durch die Lampen im Flur.

»Helfen Sie mir. Bitte«, sage ich.

»Aber das ist doch mein Job.«

Die Gestalt kommt herein: eine Hebamme in dunkelblauer Schwesternschürze. Ein Schildchen an ihrer Hüfte verrät mir, dass sie Ursula heißt.

»Es tut mir leid, wir hatten viel zu tun«, erklärt sie. Schwungvoll lässt sie einige Akten auf das Fußende meines

Betts fallen, greift nach der obersten und späht durch die Brille, die an einer dünnen Kette an ihrem Hals hängt. »Saskia Martin.«

»Das bin nicht ich.« Mein Herz zieht sich kurz zusammen. »Wo ist mein Baby?«

Ursula mustert mich über den Brillenrand hinweg, dann wirft sie die Akte zurück auf das Bett und nimmt die nächste vom Stapel. »Oh. Sind Sie Sasha Moloney?«

Erleichtert nicke ich.

»Dann sind Sie also die Frühgeburt.«

Plötzlich sehe ich dunkelrote, dampfende Flecken auf Asphalt vor mir. Metallischer Gestank, rote Klumpen aus meiner Gebärmutter, mein Baby, das vor der Zeit aus meinem Bauch geschält wird. Dann war die Blutung also real, ich habe sie mir nicht nur eingebildet.

»O je. Sie haben eine Menge Blut verloren.«

Ich erkundige mich nicht nach der genauen Menge. »Mein Baby. Sagen Sie es mir, bitte.«

Sie blättert in der Akte. »Sie sind siebenunddreißig.«

»Ja, das stimmt.«

»Und das ist Ihr erstes Kind.«

»Das ist korrekt.«

Inzwischen dringt aus dem Flur das Geschrei mehrerer Babys herein. Endlich sieht Ursula von der Akte hoch.

»Sie hatten einen Notkaiserschnitt in der dreiunddreißigsten Woche. Ihr kleiner Junge wurde auf die Säuglingsstation gebracht. Herzlichen Glückwunsch.«

Junge? Erschrocken hole ich Luft. »Ich dachte, ich bekomme ein Mädchen.«

Wieder blättert Ursula in der Akte und lässt den Finger über die Zeilen gleiten.

»Eindeutig ein Junge«, sagt sie dann.

Es dauert einen Moment, bis ich das verinnerlicht habe. Keine Tochter, sondern ein Sohn. Damit hatte ich nicht gerechnet. Aber es besteht immer die geringe Möglichkeit, dass der Ultraschall – und mein Mutterinstinkt – sich geirrt haben.

»Sind Sie sicher?«

»Ziemlich. Hier steht ›Junge‹.« Plötzlich wirkt sie angespannt. »Oh«, sagt sie leise. »Hmmm …«

O nein. Jedes Baby ist gut, egal welchen Geschlechts, solange es nur gesund ist. Bitte, bitte, lass es gesund sein …

Ursula blättert in ihren Unterlagen, dann mustert sie mich durch ihre Zweistärkenbrille.

»Es sieht so aus, als wäre alles in Ordnung. Heutzutage sind diese Krankenakten schwer zu deuten. So viele Babys. Und so viele Mütter, um die man sich kümmern muss. Wir bringen Sie zu ihm, sobald wir können.«

Grenzenlose Erleichterung strömt durch meinen Körper. Mein Baby lebt. Ich bin eine Mutter. Und irgendwo in diesem Krankenhaus ist mein kleiner Sohn. Noch immer pocht mein Herz wild gegen die Rippen.

»Könnte ich ihn bitte jetzt gleich sehen?«

»Hoffentlich bald. Wir haben gerade extrem viel zu tun. Laufen uns die Hacken ab.« Sie seufzt theatralisch. »Das verstehen Sie doch sicher.« Nachdem sie noch einmal in meine Akte geblickt hat, fragt sie: »Sie sind Ärztin, ist das richtig?«

Spielt sie hier eine Art krankes Spiel mit mir? Aber vielleicht ist sie wirklich einfach nur fix und fertig. Ich habe gewisse Geschichten über diese Klinik gehört: ständige Budgetkürzungen, ständig zu wenig Personal, Ärzte und Pflegekräfte chronisch überarbeitet.

Ich nicke. »Na ja, ich bin Pathologin. Aber könnten Sie mir wenigstens sagen, wie es ihm geht?«

Wieder gleitet Ursulas Finger über die Seite. »Das geht aus diesen Aufzeichnungen nicht eindeutig hervor.« Sorgfältig klappt sie die Akte zu.

Inzwischen habe ich so krampfhaft die Fäuste geballt, dass sich das Laken spannt.

»Ich muss ihn sehen. Jetzt sofort.«

»Das verstehe ich«, behauptet Ursula, die sich bereits zum Gehen wendet. »Natürlich. Ich bringe Ihnen, so schnell es geht, einen Rollstuhl.«

»Mark kann mich hinbringen, mein Mann. Wo ist er?«

»Der wird wohl bei Ihrem Baby sein. Bestimmt begegnen wir ihm, wenn wir Sie nach unten bringen.« Sie holt mein Handy aus der Nachttischschublade und drückt es mir in die Hand. »Sie können ihn ja anrufen. Sagen Sie ihm, dass er in der Schwesternstation einen Rollstuhl für Sie holen kann.«

An einem der anderen Zimmer schrillt die Klingel. Stirnrunzelnd tritt Ursula in den Flur hinaus.

Ich rufe Marks Nummer auf und presse mir das Telefon ans Ohr. Er geht nicht dran. Ich versuche es noch einmal. Diesmal hinterlasse ich ihm eine Nachricht. Mit einer Stimme, die ich selbst kaum wiedererkenne, flehe ich ihn an, hochzukommen und mich sofort abzuholen und nach unten zu bringen. Ich sage ihm, dass ich ihn brauche. Dass ich nach dem Baby sehen muss.

Ich habe jahrelang in verschiedenen Kliniken gearbeitet, daher kenne ich das System mit all seinen Fehlern und Schwächen. Vor diesem Hintergrund sollte ich mich hier eigentlich nicht so unwohl fühlen. Aber in der Rolle des Patienten ist das etwas vollkommen anderes als in der des Arztes. Jetzt werde ich beobachtet, anstatt der Beobachter zu sein. Jetzt bin ich diejenige, die auseinandergenommen wird, untersucht und beurteilt. Inkompetenz erkenne ich auf den ersten Blick. Schlimmer noch: Ich weiß genau, wie schnell einem ein Fehler unterlaufen kann.

Draußen auf dem Flur gehen zwei Krankenschwestern vorbei. Sie lachen leise. Das gedämpfte Geschrei von Neugeborenen ist zu hören. Meine Gebärmutter scheint sich zu verkrampfen. Langsam kehrt auch das Gefühl in meine Beine zurück, und das Kribbeln lässt nach. Die letzten Opioide lockern meine Muskeln, und ich sauge gierig die stickige, heiße Luft in meine Lunge. Krampfhaft versuche ich, wach zu bleiben, bei vollem Bewusstsein. Jetzt ist keine Zeit zum Schlafen. Doch bald fängt der Raum an, sich um mich zu drehen, immer tiefer werde ich in den Strudel gesogen, dann fallen die Wände in sich zusammen, und der Raum versinkt in tiefem Schwarz.

Tag 1, Samstag. Frühstückszeit.

Ich werde vom Klappern eines Tabletts geweckt. Es riecht irgendwie nach Schwefel, gemischt mit einem Hauch von Bleiche. Mühsam öffne ich die Augen. Blassgelbe, matschige Eier auf einer labbrigen Scheibe Weißbrot. Daneben stechend riechender Speck mit schwarzen Sprenkeln. Eine Frau steht neben meinem Bett. Ich erinnere mich sogar an ihren Namen: Ursula.

Dann: *Das Baby. Ein kleiner Junge.*

Mein Körper scheint sich zu verkrampfen, als mir bewusst wird, dass ich jetzt Mutter bin. Und allein. Genau wie mein Sohn. Wo steckt eigentlich Mark?

»Bitte … geht es meinem Baby gut?«

Ich hätte nicht einschlafen dürfen. Mein erster Minuspunkt als Mutter. Korrigiere: mein zweiter. Der erste bestand darin, dass ich unfähig war, ihn bis zur vierzigsten Woche in mir zu behalten.

»Während Sie geschlafen haben, war ich auf der Säuglingsstation und habe nachgefragt. Er ist stabil. Aber er ist sehr klein. Das war Ihnen ja sicher schon klar.« Sie zeigt auf meine Brust. Bisher ist die Milch noch nicht eingeschossen. »Er braucht jetzt dringend etwas Colostrum von Ihnen.«

Colostrum. Vormilch. Reich an Antikörpern, Fetten und lebenswichtigen Nährstoffen. Er soll sie sofort bekommen.

»Dann kann ich ihn jetzt also sehen?« Wenn ich ihn sehe, werde ich wissen, wie es ihm geht. Und wie es mir geht.

»Inzwischen hat sich alles etwas beruhigt, da lässt sich ein

Besuch sicher einrichten. Unten werden Sie dann auch Ihren Mann treffen.«

»Mit meinem Baby kommt doch alles in Ordnung, oder?« Plötzlich spukt mir wieder sein Gestationsalter im Kopf herum. »Ich meine, dreiunddreißigste Woche geht doch, oder?«

Ursula hebt routiniert mein Nachthemd an. »Bestimmt entwickelt er sich gut.« Mit Daumen und Zeigefinger umschließt sie meine Brustwarze, drückt sie erst nach unten und quetscht dann daran herum, als wolle sie eine Zitrone auspressen. Ich zucke kurz zusammen, sage aber nichts.

»Sie wissen, dass wir Ihre Brüste stimulieren müssen, um den Milchfluss anzukurbeln? Und dass Milchpumpen jetzt noch nicht funktionieren würden?«

Ich nicke.

»Dann ist es ja gut.« Ursula drückt noch fester zu. »Haben Sie sich schon einen Namen überlegt?«

Das Kind auf den Ultraschallbildern hatte eine Stupsnase, einen Schmollmund und ein spitzes Kinn. Ich hatte mich so gefreut, als sich herausstellte, dass es ein Mädchen werden würde. Immerhin habe ich meine Puppen, meine *Anne auf Green Gables*-Bücher und alle *Dolly*-Bände aufgehoben – gut verpackt in einer Kiste unter unserem Bett, für unsere zukünftige Tochter. Mark war ebenfalls glücklich, obwohl ich wusste, dass er sich heimlich einen Sohn gewünscht hatte. Bestimmt ist er jetzt völlig aus dem Häuschen darüber, dass wir einen Jungen bekommen haben.

»Bei einem Mädchen hatten wir uns für Gabrielle entschieden«, sage ich. »Dann wird es jetzt wohl Gabriel werden.«

Ursula zieht die Augenbrauen hoch. »Sie sind dran.« Geschickt entwirrt sie den Infusionsschlauch an meinem Arm, der zu einem Tropf mit Kochsalzlösung führt. Dann pumpe ich an meiner Brust herum, drücke die Warze auf die Rippen hinunter und presse sie dann so zusammen, wie sie es mir gezeigt hat. Ich versuche es mit aller Kraft, bis die Brustwarze die Farbe einer zerquetschten Erdbeere annimmt. Es kommt nichts, nicht einmal, als ich einen Krampf in der Hand bekomme.

»Lassen Sie mich«, beschließt Ursula.

Unter dem Mikroskop fand ich Brustgewebe immer faszinierend: diese fein verzweigten Kanäle, wie die Äste eines Baums. Bei stillenden Müttern sind diese Röhrchen mit Milch gefüllt, die durch das Färbemittel einen zartrosa Ton annimmt. Ich war immer davon ausgegangen, dass sich meine Milchgänge von allein füllen würden. Nie wäre ich auf die Idee gekommen, dass man die Milch mit roher Gewalt herauspressen müsste.

Ursula dreht und quetscht meine Brüste, um wenigstens einen einzigen Tropfen zu ergattern. Ich konzentriere mich auf das Babygeschrei, das durch die Wände und die offene Tür hereindringt und irgendwann den gesamten Raum zu erfüllen scheint. Und endlich, endlich erscheint ein perlmuttfarbener Tropfen an meiner Brustwarze, schimmernd wie ein kleiner Diamant.

»Das wird er brauchen«, erklärt Ursula, während sie ihn mit einer Spritze aufsaugt. »Gut gemacht.«

Ich bin mir nicht sicher, ob das Letzte an mich oder an sie selbst gerichtet war. Meine Brust pocht schmerzhaft. Ich streiche mit den Zehen über das kühle Laken, dann lasse ich die Fingerspitzen langsam über meine Oberschenkel wandern, hinauf zu meinem schlaffen Bauch. Irgendwie scheinen meine Glieder leichter zu sein, und ich kann mich auch wieder besser bewegen. Ein Gefühl, das ich während der letzten Monate vermisst habe. Aber mein Bauch fühlt sich leer an, nachdem er ständig getreten worden ist.

»Kann ich jetzt auf die Säuglingsstation?«

»Eins nach dem anderen. Ich komme wieder, sobald ich dem Baby das hier gebracht habe.«

»Wissen Sie eigentlich, wo Mark ist?«

Da sie noch immer an meinen Brüsten herumdrückt, zeigt Ursula mit dem Kinn auf eine Vase, die gegenüber vom Bett auf einem Wandbrett steht. »Er hat die rübergeschickt. Er meinte, er wolle Sie nicht wecken. Er ist oben, bei Ihrem Baby.«

Zwölf blutrote Rosen. Der Florist hat wohl die Farben verwechselt. Mark weiß, dass ich weiße Rosen am liebsten mag. Der Bezug schmiegt sich kühl an meinen Nacken, als ich den Kopf ins Kissen sinken lasse.

Ursula hebt die Spritze in Richtung Decke, um den gelblichen Inhalt zu untersuchen. »Das müsste vorerst reichen. Ihre Mägen sind kaum größer als Murmeln, wissen Sie? Und wir werden in zwei bis drei Stunden noch mehr brauchen.« Sie lässt den Handlauf an der Bettseite wieder einrasten und verlässt den Raum.

O Gott, nein. So sollte Stillen aber nicht ablaufen. Ich starre auf die Farbflecken an der Decke. Nichts von alledem taucht auf meinem Plan für die Geburt auf. Eigentlich sollte ich eine ruhige, vaginale Entbindung haben, bei der Mark mir die Schultern massiert und mir ermutigende Worte ins Ohr flüstert. Mit Schmerzmitteln, falls nötig. Ein gesundes kleines Mädchen. Nachdem vorher schon alles schiefgelaufen war, sollte wenigstens dabei alles richtig sein. Im wohligen Hormonrausch der Schwangerschaft habe ich meinen Geburtsplan minutiös festgehalten. Vielleicht ist genau das jetzt das Problem: Ich hätte niemals einen Plan schreiben sollen.

Die Handläufe halten mich wie Gefängnisgitter auf der schmalen Matratze fest. Ich muss warten, bis Ursula mich holt und mich zu meinem Sohn bringt.

Tag 1, Samstag. Vormittag.

Krampfhaft umklammere ich die Armlehnen des Rollstuhls. Ursula schiebt mich lange, tunnelartige Flure hinunter, an deren verwaschenen weißen Wänden Handläufe aus Metall befestigt sind. Über uns ziehen sich Schienen über die Decke, in denen flackernde Neonröhren hängen. Aus den angrenzenden Zimmern dringen gedämpfte Stimmen und der Geruch von Desinfektionsmittel. Der Resopalboden lässt jeden Schritt des Pflegepersonals laut widerhallen. Ich habe das Gefühl, dass die Leute den Blick abwenden, wenn wir an ihnen vorbeigehen. Liegt das vielleicht daran, dass ich in einem Rollstuhl sitze? Unzählige Abzweigungen und Biegungen, ein Korridor folgt dem nächsten. Fast kommt es mir so vor, als würde man mich zum Mittelpunkt der Erde schaffen.

Mit einem lauten Quietschen kommt der Rollstuhl vor dem Aufzug zum Stehen, und die Kabinentüren öffnen sich schleifend. Drinnen presst Ursula den Daumen auf den Knopf mit der Nummer fünf. Hier drin ist der Geruch nach Desinfektionsmitteln noch viel stärker; offenbar wurde der Fahrstuhl erst kürzlich gereinigt. Die Spiegel an den Kabinenwänden zeigen mein Gesicht aus jedem nur erdenklichen Winkel: strähniges, blondes Haar und gerötete Augen über einer weißen Krankenhausdecke, die über meinen Schultern liegt. Die Bilder meiner verquollenen Miene werden endlos reflektiert. Meine Finger kribbeln auf den Armlehnen. Es ist immer noch so stickig. Nur mit Mühe hebt und senkt sich meine Brust. Fühlt sich so eine Panikattacke an?

Ruckartig hält der Fahrstuhl an. Während ich hinausgeschoben werde, erinnert mich die zurückbleibende Kabine plötzlich an einen leeren Babybauch. Wieder gehen wir einen Korridor hinunter, aber hier gibt es einen künstlichen Farn und ein paar Stühle, die gegenüber einer Pinnwand mit Fotos von fröhlichen Babys aufgereiht sind. Wir wechseln über in einen kleinen Anbau. Ich höre leises Babygreinen. An einer Wand hängt ein langes Metallwaschbecken mit mehreren Wasserhähnen, die allerdings keine Regler haben. Daneben eine Milchglastür mit einem Schild: *Neugeborenen-Intensivstation. Bitte waschen Sie Ihre Hände, bevor Sie die Station betreten.*

»Das dürfen Sie nicht vergessen«, mahnt Ursula. »Infektionen breiten sich rasend schnell aus. Wir hatten hier schon mehrmals Probleme, weil Besucher sich nicht die Hände gewaschen haben.«

Das Wasser beginnt automatisch zu fließen, als ich meine Hände unter den Hahn halte. Ich verteile Flüssigseife auf meiner Haut und schrubbe mit einer Nagelbürste das verkrustete Blut aus den Falten am Nagelbett, bis alle Flecken restlos entfernt sind. Ich gehe extrem sorgfältig vor. Gerade ich weiß, wie gefährlich Infektionen sein können.

Nachdem die Türen mit einem leisen Schaben aufgeglitten sind, schlägt mir eine wahre Kakophonie entgegen: piepsende Monitore, schreiende Babys und der schrille Alarm von Beatmungsgeräten. Das alles hallt von den steril weißen Wänden wider. Der Geruch von gestärktem Leinen dringt mir in die Nase, der süßliche Gestank von Neugeborenenkot, die chemische Note von Latexhandschuhen. Alles Dinge, die mir immer noch sehr vertraut sind von meinem Austauschsemester in London. Damals habe ich als Assistenzärztin auf der Säuglingsstation gearbeitet und wusste weder wie man eine

Nadel in die winzige Vene eines Babys sticht noch wie man einen Tubus in die kleine Lunge schiebt. Wusste nicht, wie krank so ein Baby werden kann.

Ursula schiebt mich in einen Raum mit niedriger Decke hinein. Mark muss hier irgendwo sein. Und mein Baby. In meinem Bauch bildet sich ein drückender Knoten.

Die Station ist wie ein großes L geformt. Auf der rechten Seite stehen die Inkubatoren – Plastikkästen mit weißer Beleuchtung, im Inneren jeweils ein winziges Baby –, die mit jeder Menge Kabeln, Maschinen und blinkenden Monitoren verbunden sind. Wie eine Art kranke Weihnachtsdekoration sind sie auf kleinen Bänken neben den Kästen aufgereiht. In zwei Reihen ziehen sich die Inkubatoren den Gang entlang, je fünf auf jeder Seite. Am Ende des Flurs gibt es ein kleines Fenster, das ein wenig Tageslicht einlässt. In dem kleineren Arm des L auf der linken Seite befindet sich die Schwesternstation. Hier stehen einige offene Bettchen für die größeren, weniger kranken Babys. Bei dieser Aufteilung ist es für das Personal sicher nicht einfach, alle Patienten gleichzeitig im Auge zu behalten. Ich kann nur hoffen, dass man sich hier gut um meinen Sohn kümmert.

Hinter dem Schreibtisch neben der Tür stehen mehrere Schwestern, die mich aufmerksam mustern, als ich zu den Inkubatoren hinübergeschoben werde. Das Personal hier ist überarbeitet, gleichgültig, fast schon feindselig. Das erkennt man an den zusammengekniffenen Augen, den schmalen Mündern. Wieder eine Mutter, die ihrem Baby nicht gerecht wird. Wieder eine Mutter, die uns nichts als Arbeit macht.

Das gesamte Gebäude ist schäbig, altmodisch, nicht ganz sauber. Im Vergleich zu der fortschrittlichen Klinik, in der ich als Assistenzärztin gearbeitet habe, wirkt hier alles extrem rückständig. Dort bin ich vor einigen Jahren Damien begegnet, dem Baby, das ich einfach nicht vergessen kann. In jenem Krankenhaus herrschte eine vollkommen andere Atmosphäre, dort strahlte alles Ruhe, Fortschrittlichkeit und Effizienz aus.

Ursula zeigt auf das Ende der Reihe. »Ihr Baby ist dort drüben. Wir schicken Ihnen gleich einen Arzt, der Ihnen erklären wird, wie es um ihn steht.«

Warum will sie mir das nicht selber sagen? Liegt es daran, dass ich Ärztin bin?

»Und Mark?«

»Der ist wohl mal kurz raus. Bestimmt kommt er gleich zurück.«

Wo sollte er denn hingegangen sein? Nach unten, um nach mir zu sehen?

»Sie haben schon mal auf einer Säuglingsstation gearbeitet, richtig?«, fragt Ursula.

Ich nicke bestätigend, obwohl das nur sehr kurz war und schon lange zurückliegt. Nur als Teil meines Pädiatrie-Semesters während der Assistenzzeit. Wie alle jungen Ärzte habe ich turnusmäßig die verschiedenen Fachbereiche abgearbeitet, um herauszufinden, welcher am besten zu mir passt: Geburtshilfe, Pädiatrie, Notfallmedizin, Psychiatrie und einige andere. Ursula braucht nicht zu wissen, dass ich mich an kaum noch etwas aus dieser frühen Zeit erinnere; wie viel ich ganz gezielt aus meinem Bewusstsein gestrichen habe.

Hier gibt es bestimmt zwanzig Säuglinge. Und ich habe keine Ahnung, welches mein Baby sein könnte.

»Da wären wir«, verkündet Ursula und bleibt neben einem Inkubator auf der linken Flurseite stehen, nahe beim Fenster. »Ihr Baby.«

Mein Herz setzt einen Schlag aus. Ein Teil von mir will gar nicht hinsehen. Krampfhaft konzentriere ich mich auf das Äußere des Inkubators. Dieses Modell kenne ich nicht: mattgrauer Unterbau, eine Stange an der Seite, durchsichtiges Plastik an der Oberseite, ähnlich wie bei einer Schneekugel. Darin eingeschlossen: eine andere Welt. Direkt vor meiner Nase klebt eine rechteckige, blaue Karte an der Seite des Inkubators. An einer Ecke löst sie sich bereits ab.

Name: ________________
Mutter: Sasha Moloney
Geschlecht: männlich

Dann einige Zahlen: sein Gewicht, Datum und Zeitpunkt der Geburt.

Ich muss mich quasi um die Karte herumschieben, um ihn sehen zu können. Auf seiner Brust kleben Kabel, und ein Schlauch ragt aus seiner Nase. Er ist winzig, kleiner als der Teddybär, den ich für ihn gekauft habe und der zu Hause auf ihn wartet. Die Brust ist eine eingesunkene Mulde zwischen den Rippen, der Bauch flattert bei jedem Atemzug. Er sieht nicht so aus, als würde er sich wohlfühlen. Seine Arme und Beine sind dünn und zerbrechlich wie kleine Zweige, an Knien und Ellbogen mit Pölsterchen versehen, in die er erst noch reinwachsen muss. Seine Haut ist so durchscheinend, dass man die blauen Venen darunter erkennen kann.

Er wirkt, als würde er einen schweren Kampf ausfechten. Unzufrieden. Als wüsste er, dass er eigentlich noch in meinem Bauch sein sollte. Dass er zu früh geboren wurde … das ist meine Schuld. Ich bin seine Mutter, es ist meine Aufgabe, ihn zu beschützen. Meine Schuld, das weiß ich. Und trotzdem regt sich nichts in meiner Brust. Mein Herz reagiert nicht. Er sieht nicht so aus wie das Baby, von dem ich während der Schwangerschaft geträumt habe. Reglos starre ich ihn an, als wäre er einfach irgendein Frühchen. Keine Muttergefühle. Für einen Moment schießt ein schrecklicher Gedanke durch meinen Kopf: Was, wenn das gar nicht mein Baby ist? Dann reiße ich mich zusammen und verdränge diese undenkbare Vorstellung.

Ursula ist nach vorne zum Schreibtisch gegangen und unterhält sich dort mit einer anderen Schwester. Plötzlich verstummen sie und schauen zu mir herüber. Ich lächele kurz und wende mich wieder meinem Baby zu.

Bisher habe ich gedacht, es wäre Liebe auf den ersten Blick. So haben es andere Mütter beschrieben, so habe ich es gelesen, also habe ich immer geglaubt, es müsste so sein. Vermutlich ist es merkwürdig, aber ich finde dieses Baby unsympathisch. Es hat eine breite Nase und weit auseinanderstehende, blau-graue Augen – anders als Marks oder meine. Außerdem stehen seine Ohren ab wie bei einem Äffchen. Auf dem spitzen Schädel klebt getrocknetes Blut, zwischen dem ein paar dunkle Strähnen zu sehen sind.

Ich warte darauf, dass die Mutter-Kind-Bindung einsetzt, dass ich von dieser Gewissheit erfüllt werde, aber die Sekunden vergehen, und nichts passiert. Dieses Baby könnte jedem gehören. Eingesperrt in dem Plastikbehälter, ohne eine Möglichkeit, es festzuhalten, zu berühren, seine Haut zu spüren … das ist eher wie die grobe Skizze eines Babys. Dafür habe ich nicht monatelang alles geplant. So hatte ich mir das Muttersein nicht vorgestellt. Wenn Mark doch nur hier wäre. Er muss mir sagen, dass alles gut werden wird.

Überall um mich herum stehen Mütter an den Inkubatoren und streicheln ihren Babys den Rücken, geben entzückte Laute von sich und lächeln beseelt. Ein paar Kästen weiter kitzelt ein Vater sein Neugeborenes am Kinn, das daraufhin schnauft und quiekt. Ich beobachte sie alle, versuche herauszufinden, wie sie es schaffen, ihre Kinder zu berühren. Natürlich – die Klappen. Wie konnte ich das vergessen?

Ungeschickt fummele ich an einer der beiden runden Luken an der Seite des Inkubators herum, drücke so lange gegen den Riegel, bis er sich mit einem leisen Knall löst und die Klappe sich öffnen lässt. Das ist der Moment, von dem ich geträumt habe. Hautkontakt mit meinem Baby, zum allerersten Mal. Ich beuge mich vor und schiebe eine Hand zu meinem Sohn hinein.

Seine Fußsohle fühlt sich matschig an, wie Hackfleisch. Ich zucke zurück. Die anderen Mütter massieren weiter ihre Babys. Wieder strecke ich den Arm aus und streiche mit dem Daumen über seinen Spann, aber er streckt das Bein durch und tritt mich weg. Schnell ziehe ich den Arm aus dem Kasten und verschließe die Luke.

Ich hatte mir immer vorgestellt, wie mein Baby auf meiner Brust liegen würde, wie es nuckeln würde. Nichts davon ähnelte dem, was ich nun vor mir sehe, diesem ausgemergelten kleinen Häufchen, das um jeden Atemzug kämpft und nicht einmal mitbekommt, dass ich da bin.

Vor einigen Jahren hatte ich einmal eine Patientin, eine frischgebackene Mutter. Damals war ich noch Assistenzärztin und hatte mich noch nicht für ein Fachgebiet entschieden. Sie hatte auf der Wöchnerinnenstation versucht, ihr Neugeborenes an die Brust zu legen, aber das Baby wehrte sich dagegen.

»Das ist das Schlimmste«, hatte sie sich bei mir beklagt und auf ihren Sohn hinuntergeblickt, der ruhelos auf einer Decke zwischen ihren ausgestreckten Beinen zappelte. »Wie soll ich ihn denn lieben, wenn er nichts von mir wissen will?«

Mahnend schnalzte ich mit der Zunge. »Es stimmt nicht, dass er nichts von Ihnen wissen will«, erklärte ich ihr. »Er lernt noch. Das Stillen ist eine erlernte Fähigkeit – für beide.«

»Und warum ist das dann so verdammt schwierig?«

Ohne persönliche Erfahrungen als Mutter oder auch nur im Umgang mit Babys hatte ich keine Antwort parat. Damals dachte ich, sie wäre ein Einzelfall. Dabei hatte ich einfach keine Ahnung, wie recht sie damit hatte. Wie verdammt schwierig das sein kann.

Das kleine Fenster neben mir ist das einzige Guckloch zur Außenwelt. Die Scheibe ist abgedunkelt, um das grelle Licht zu dämpfen. So kann ich zwar nach draußen schauen, aber niemand kann reinsehen. Direkt unter uns verläuft die Hauptstraße des Städtchens, einige Autos rollen über den Asphalt. Gegenüber vom Krankenhaus liegt ein Spielplatz, abgeschirmt durch einen schwarzen Zaun. Am Ende des Parks ragen ein paar Gummibäume auf, dahinter reihen sich rote Ziegeldächer wie blutige Monsterwellen aneinander, immer weiter, bis zu den Hügeln, hinter denen das Buschland beginnt.

Am liebsten wäre ich jetzt dort unten im Park. Nur weg von dieser sterilen, lauten Höhle. Weg von diesem winzigen Baby, das vielleicht leben, vielleicht aber auch sterben wird. Aber niemand hätte Verständnis für diese Fluchtgedanken. Das ist mein Kind. Und es braucht mich.

Auf der Straße ertönt eine Sirene, als sich ein Feuerwehrauto mit blinkenden Lichtern zwischen den Spuren hindurchschiebt. Mit einer hektischen Bilderfolge überfallen mich die Erinnerungen: unser Auto, das über die Straße hoppelt; ein dunkler Schatten hinter der Windschutzscheibe; das zuckende Blaulicht eines Fahrzeugs. Ich wurde mit dem Krankenwagen hergebracht. Mark hat direkt an der Straße den Rettungsdienst gerufen.

Auf dem Bedienfeld des Inkubators blinken zwischen den Schaltern und Knöpfen zwei rote Zahlen: Sauerstoff 29%,

Temperatur 34° Celsius. Über mir an der Wand hängt ein grauer Monitor, auf dem weitere Werte angezeigt werden. Herzfrequenz, Atemfrequenz und Sauerstoffsättigung blinken in grellem Blau, Rot und Grün.

Unter der Plastikkuppel leuchtet der Rest der Nabelschnur, der aus dem Bauchnabel ragt, rot wie eine Kirsche. Eine gelbe Flüssigkeit tritt aus. Es klebt keine Kompresse auf der Wunde. Soll ich eine Schwester rufen und sie auf das damit verbundene Infektionsrisiko aufmerksam machen? Aber das Personal hier ist professionell ausgebildet – ich sollte mich auf meine Rolle als Mutter konzentrieren, jetzt bin ich mal nicht die Ärztin.

Ich sehe mir meinen Sohn genauer an. Seine Fingerchen, mit denen er gegen die Scheibe klopft, sind rund, die Handflächen dicklich. Im Vergleich zu dem dünnen Körper wirkt das schlecht proportioniert. Es ist schon eine Weile her, dass ich es mit lebenden, atmenden Babys zu tun hatte. Sind sie nicht alle etwas hässlich, ist es nicht immer schwer, eine Verbindung zu ihnen aufzubauen? Vielleicht brauche ich ja einfach nur etwas mehr Zeit, um Gefühle für meines zu entwickeln.

Die Schmerzmittel in meinem Körper lassen die Muskeln erschlaffen und verwandeln die Gliedmaßen in Gummischläuche. Meine Lider werden immer schwerer, obwohl ich mir alle Mühe gebe, die Augen offen zu halten. Plötzlich steht Ursula hinter mir und legt mir die Hände auf die Schultern. Sie bietet an, mich wieder nach unten zu bringen. Ich will mich wehren – ich sollte hierbleiben und auf Mark warten –, aber Ursula bleibt stur.

»Sie brauchen jetzt etwas Ruhe«, bestimmt sie.

Sie schiebt mich durch die Glastür und in die glänzende Fahrstuhlkabine, dann durch den langen, rosafarbenen Flur zu meinem Einzelzimmer auf der Wöchnerinnenstation. Nachdem sie die Tür hinter sich geschlossen hat, führt sie mich zum Bett und deckt mich ordentlich zu. Die Babys in den anderen Zimmern sind jetzt still. Über meinem Kopf summt die Neonröhre. Als Ursula das Licht ausschaltet, versuche ich, gegen die endlose Schwärze anzukämpfen, gegen die betäubende Verlockung, nicht mehr denken oder fühlen zu müssen. Doch mein Körper hebt sich der Stille entgegen. Während ich einschlafe, fühlt es sich fast so an, als wäre Mark an meiner Seite und würde mich an dieser juckenden Stelle zwischen den Schulterblättern kratzen, an die ich nie herankomme. Mir über das Haar streichen und mir zuflüstern, dass er mich liebt und dass alles gut werden wird.

Tag 0, Freitag. Kurz vor Sonnenuntergang.

Ich bin in der dreiunddreißigsten Woche schwanger. Wir sind auf dem Weg nach Hause, auf einer schmalen Straße im Hinterland. Geborgen im schützenden Auto, während die Sonne zwischen den Wolken hervorlugt und einzelne Strahlen auf die weit entfernten Hügel hinunterschickt, erneuere ich das Versprechen, das ich mir und meiner ungeborenen Tochter gegeben habe: *Ich werde eine perfekte Mutter sein.*

Mark sitzt auf dem Beifahrersitz. In seinem Atem riecht man noch den Whiskey, den er sich anlässlich des Freitagabend-Feierabends gegönnt hat. Die gelockerte Krawatte hat er sich über die Schulter geworfen, der oberste Knopf seines Lieblingshemds ist offen, und er begleitet Billie Holiday in schrillem Falsett. Als das Lied vorbei ist, beugt er sich zu mir rüber und drückt mir einen Kuss aufs Ohr. Er habe etwas Schönes für mich, wenn wir nach Hause kommen, flüstert er und streichelt dann mit der flachen Hand über meinen Kugelbauch. Ich lächele nur und schiebe mit dem Ellbogen seinen Arm weg.

Kurz vor der nächsten Kurve taucht am Straßenrand etwas Graues auf – ein Känguru, das auf uns zu hüpft.

Es ist zu spät. Ich trete das Bremspedal durch, doch es folgt ein dumpfer Schlag gegen die Stoßstange, bevor der Wagen steht.

Ohne das Lenkrad loszulassen, versuche ich, meine wirren Gedanken unter Kontrolle zu bringen. Mein Herz rast. Ich will mir nicht ansehen, was ich angerichtet habe. Am liebsten würde ich einfach weiterfahren, immer weiter, und vergessen, dass es überhaupt passiert ist. Das passt nicht zu mir. Ich bin nicht der Typ, der Unfälle verursacht, der Fehler macht, der anderen absichtlich Schaden zufügt. Ich bin der Typ Mensch, der immer versucht, das Richtige zu tun.

»Fahr links ran, fahr links ran«, nuschelt Mark.

Mit zitternden Fingern lenke ich den Wagen auf den Seitenstreifen. Ich spüre, wie ich anfange zu hyperventilieren.

Mark öffnet das Handschuhfach und holt den kleinen Kasten hervor, den wir immer für Tierrettungen dabeihaben. Obwohl er schon, seit er zwanzig war, als Koch arbeitet, spielt er gerne den Amateurtierarzt, wenn sich eine Gelegenheit dazu bietet. Darauf habe ich ihn zu Beginn unserer Beziehung gebracht, und ich habe ihm auch die Grundlagen gezeigt. Aber bis heute waren die reglosen Haufen am Straßenrand immer die Opfer anderer Autofahrer gewesen.

»Mit dem Baby alles klar?«

Ich lege eine Hand auf meinen prallen Bauch und nicke. Er reicht mir den Notfallkasten. »Dann sollten wir jetzt besser nach dem Känguru sehen.«

Schon seit Jahren halten wir wegen der Tiere an. Wegen unserer »Rettungsaktionen«. Wenn ich Mark in solchen Momenten beobachte, muss ich immer daran denken, wie er damals war und warum wir uns vor so langer Zeit ineinander verliebt haben. Schon sehr früh habe ich ihm klargemacht, dass ich keine Kinder wollte. Da ich den Großteil meiner Kindheit ohne eine Mutter verbracht hatte, war ich davon überzeugt, dass ich dieser Rolle nie gerecht werden könnte. Mark hatte sich damit abgefunden. Dann, eines Tages, sah ich zu, wie er ein neugeborenes Kätzchen aus einer Kiste hinter unserem Schuppen hervorholte. Seine Augen waren noch geschlossen. Und während er es vorsichtig in seiner Hand zurechtrückte, hatte ich eine Erkenntnis. Mit eisiger Gewissheit, die sich erst in meinem Herzen breitmachte, dann aber bis in die Fingerspitzen zu spüren war, begriff ich: Dieser Mann war dazu geboren, Vater zu sein. Ich allein wäre niemals genug. Er würde sich immer nach mehr sehnen.

Zum Glück für Mark – und mich selbst – begann ein paar Jahre später der pädiatrische Teil meiner Ausbildung. Bei der ersten Geburt, an der ich beteiligt war, ging man schon im Vorfeld davon aus, dass bei dem Baby sofortige Wiederbelebungsmaßnahmen nötig sein würden. Als ich mich vorsichtig in den Kreißsaal schob, presste die Mutter bereits, was bei ihr nicht sonderlich schweißtreibend aussah. Und noch bevor ich das Rettungsbettchen bereitstellen konnte, glitt das Baby aus ihr heraus, direkt in die wartenden Arme des Geburtshelfers. Man legte der Mutter das Neugeborene auf die Brust, und im selben Moment begannen beide zu strahlen: die Mutter überglücklich, das Baby friedlich. Der Kleine atmete bereits, in völligem Einklang mit seiner Mutter. Wie sich herausstellte, wurde ich gar nicht gebraucht.

Anfangs habe ich gar nicht realisiert, dass meine Eierstöcke den Turbo eingeschaltet hatten. Aber mit jeder weiteren Geburt, bei der ich geholfen, mit jedem neuen Baby, das ich untersucht und in die Arme seiner strahlenden Mutter gelegt habe, wurde die Vorstellung, selbst ein Kind zu haben, ein wenig greifbarer, sie wurde immer interessanter. Ich könnte so sein wie diese Frauen. Mit Marks Unterstützung könnte ich vielleicht sogar eine ganz passable Mutter sein.

Mark war natürlich überglücklich, und seine Begeisterung wirkte ansteckend. Schließlich gestand er mir auch, dass er immer gewusst habe, dass ich meine Meinung ändern würde – wenn er mir nur genug Zeit ließ, um selbst zu dieser Erkenntnis zu gelangen. Nicht einmal sein herablassender

Ton störte mich noch. Wir würden ein Baby haben. Wozu da unnötig streiten? Schon bald gab es für mich nur noch ein Thema: schwanger werden. Mark beschwerte sich nicht, als ich meine Fruchtbarkeitsbemühungen mit der Inbrunst eines religiösen Fanatikers betrieb.

Doch es folgten acht Jahre Unfruchtbarkeit. Damit hatte ich nicht gerechnet. Zwei Fehlgeburten. Sämtliche Testverfahren, die die westliche Welt aufbieten konnte, kamen zu einem Ergebnis: Es lag an mir. Meine Eizellen und meine Gebärmutterschleimhaut waren das Problem. Marks Spermien waren Spitzenklasse. Dann versuchten wir es mit verschiedenen medizinischen Hilfsverfahren, nur bei einer In-vitro-Befruchtung legte Mark sein Veto ein. Irgendwann hatten wir keine Hoffnung mehr. Ich war am Boden zerstört, nicht zuletzt, weil ich den Mann enttäuscht hatte, den ich liebte. Ich war unfähig, ihm das zu schenken, was er sich am meisten wünschte. Und dann, endlich – unser kleines Wunder. Ich wurde schwanger, in einer Ehe, die sich noch nicht von diversen Verletzungen erholt hatte und bei der auch eine Eheberatung keine Wirkung zeigte. Wären nicht die vielen Jahre des Wartens gewesen, hätte ich vielleicht nicht mit dem Gedanken gespielt, Mark um eine Trennung auf Probe zu bitten. Das war, kurz bevor ich entdeckte, dass ich schwanger war. Doch das spielte jetzt alles keine Rolle mehr. Wenn das Baby erst einmal da war, würde auch zwischen uns wieder alles besser werden.

Vorsichtig steige ich aus dem Wagen. Das Känguru liegt auf der Seite, die Beine abgespreizt. Es hat einen Beutel, also ein Weibchen. Reglos und mit panischem Blick starrt es zu mir hoch, als ich mich langsam nähere. Das linke Bein steht in einem total falschen Winkel vom Körper ab. Aus einer tiefen Wunde auf Höhe des Knies sickert Blut und läuft zu einer kleinen Pfütze zusammen, während das Tier hilflos mit den Vorderpfoten über die Erde am Straßenrand kratzt.

Mark geht in die Hocke und spricht beruhigend auf das Känguru ein, während er sich vorsichtig näher heranschiebt. Die Pfoten erschlaffen, der Kopf sinkt auf den Asphalt, und die Augen des Tiers trüben sich ein. Wir sind zu spät gekommen. Mark verzieht das Gesicht. Es ist schon eine Weile her, dass ich ihn bei einer Rettungsaktion erlebt habe. In letzter Zeit waren wir nicht oft gemeinsam mit dem Auto unterwegs. Nun krempelt er die Hemdsärmel bis zum Ellbogen hoch und zieht sich Latexhandschuhe an, bevor er mir ebenfalls ein Paar reicht. Wir müssen den Beutel überprüfen. Er kniet sich hin und schiebt eine Hand in den pelzigen Sack. Dort scheint er auf etwas zu stoßen. Ich hoffe nur, dass es kein Würmchen ist – ein Jungtier, das zu klein ist, um allein überleben zu können. Mark hasst es, sie töten zu müssen, auch wenn es der humanste Weg ist.

Er packt zu und zieht das Kängurubaby heraus. Es hängt noch immer an der Zitze der Mutter. Aber es ist schon über zwanzig Zentimeter lang und damit groß genug, um eine Chance zu bekommen. Während Mark das Jungtier festhält, hole ich die Operationsschere aus dem Kasten. Nach meinem Wochenendkurs im örtlichen Tierheim habe ich ihm alles beigebracht, was man bei so einer Rettungsaktion wissen muss, unter anderem, dass die Kleinen sich noch lange an der Zitze der Mutter festsaugen und weitertrinken, auch wenn sie bereits tot ist. Löst man sie mit Gewalt ab, kann das ihren Kiefer schädigen, was einem Todesurteil gleichkommt. Deshalb kann man sie nur retten, wenn man sie freischneidet. Im Laufe der Jahre habe ich Dutzende von Tierzitzen aufgeschnitten, und bei meinen Patienten noch viel schlimmere Dinge: Krebsgeschwüre, Eiterbeulen, Wunden mit Madenbefall. Aber heute dreht sich mir bei dem Gedanken, in das schwammige Gewebe zu schneiden, plötzlich der Magen um. Mit zusammengebissenen Zähnen bücke ich mich und ziehe mit einer Hand die Zitze in die Länge, um sie dann mit einem einzigen Schnitt abzutrennen.

Mein Finger kribbelt.

Aus dem Latexhandschuh quillt Blut, das bald über mein Handgelenk läuft. Schnell streife ich den Handschuh ab und lasse ihn fallen. Scheiße, ich war unkonzentriert. Jetzt habe ich mich geschnitten.

Ein tiefer Schnitt, der bis ins Fettgewebe unter der Haut reicht. Verdammt. Um die Blutung zu stillen, presse ich den alten Kissenbezug aus dem Notfallkasten auf die Wunde, der eigentlich für das Kängurubaby gedacht ist.

Das Tierchen hat sich auf Marks Hand zu einer Kugel zusammengerollt und nuckelt an der abgetrennten Zitze wie ein Kind an einem Lolli.

Mark schaut kurz hoch. »Was hast du gemacht, Sash?«

»Nur ein kleiner Schnitt.«

Er wickelt das Känguru in ein Handtuch und drückt es an seine Brust. »Bitte pass auf«, sagt er besorgt.

Mit einem süßlichen Lächeln drücke ich fester auf die Wunde. »Aber wozu denn, wenn du dich doch schon so wundervoll um mich kümmerst?«

Mark beißt sich auf die Lippe. Sobald feststand, dass diese Schwangerschaft nicht frühzeitig enden würde, hat er angefangen, mich wie eine Königin zu umsorgen: Er trägt die Einkäufe, lässt mir Entspannungsbäder ein und serviert mir zu jeder Mahlzeit etwas besonders Nahrhaftes. Ich bin wohl ein echter Glückspilz. Zumindest halte ich mir ständig vor Augen, was für ein Glückspilz ich doch bin.

An meinem Oberschenkel spüre ich etwas Feuchtes.

»Scheißdreck«, fluche ich, »jetzt habe ich mich auch noch eingenässt.«

Mit dem zusammengeknüllten Kissenbezug wische ich mir das Bein ab. Ich schaue zu Mark hinüber, doch wider Erwarten grinst er nicht, sondern starrt mich mit weit aufgerissenen Augen an. Als ich den Kissenbezug wieder hochhole, sehe ich rote Blutflecken. Rot wie ein Feuerlöscher.

»Das kommt bestimmt von meinem Finger«, sage ich. Dann kommt der nächste Schwall. Diesmal fühlt es sich an, als würde ein schleimiger Klumpen aus mir herausgleiten, direkt in meine Unterwäsche. Das kommt nicht vom Finger.

Hektisch schaue ich mich auf der Straße um. Inzwischen fließt so viel Blut aus meinem Körper, dass dicke, rote Klumpen auf dem Asphalt schimmern. Mit zitternden Fingern strecke ich mich Mark entgegen. Ich brauche jetzt etwas, woran ich mich festhalten kann.

»Mark!«

Er ist aufgestanden, drückt mit einer Hand das Känguru an die Brust und greift mit der anderen nach mir. Als ich auf den Asphalt sinke und mich auf den rauen Steinchen abstütze, lege ich die freie Hand sofort auf meinen Bauch. Aber sosehr ich auch versuche, eine Bewegung im Inneren zu erspüren, es bleibt alles fest, reglos, beängstigend still.

Tag 1, Samstag. Später Vormittag.

Der Alarm des Sauerstoffgeräts piept genauso hektisch wie mein Herzschlag, allerdings in der Tonhöhe einer Autoalarmanlage. Ich versuche erst gar nicht, die Frequenz zu ermitteln. Diesmal begreife ich schneller, wo ich bin und was mit mir passiert ist. Der Schnitt an meinem Unterleib – der Beweis dafür, dass ich jetzt eine Mutter bin. Aber ich bin wieder eingeschlafen, wo ich doch eigentlich bei meinem Sohn sein sollte. Sein Leben hat gerade erst begonnen, und schon lasse ich ihn im Stich.

Ein Element des Drogenschlafs bleibt in meinem Bewusstsein hängen: mein Traumbaby. Ich habe mir schon seit Monaten genau ausgemalt, wie die Kleine – denn ich dachte ja, es wäre ein Mädchen – aussehen würde. Die feinen, braunen Haare auf ihrem Kopf, die pfirsichweichen Wangen, die glänzenden, blauen Augen. Sie gibt nie einen Ton von sich. Aber ihr Gesicht sieht so ganz anders aus als das des Babys in dem Inkubator dort oben. Dieses Kind fühlt sich noch immer fremd an.

In meinem Kopf beginnt es zu pochen, und eine halb vergessene Erinnerung steigt in mir auf: ein Bericht über ein amerikanisches Krankenhaus, in dem Babys vertauscht wurden. Das habe ich vor Jahren mal im Radio gehört. Damals fand ich das unglaublich spannend, habe mit einer Mischung aus Entsetzen und Faszination zugehört. Der Reporter hat behauptet, dass solche Vorfälle gar nicht so selten wären, und konnte Beispiele aus den unterschiedlichsten Ecken der Erde anführen.

Mich überläuft ein Schauer, wie kalter Regen rinnt er über meinen Rücken. Plötzlich habe ich Angst. Kann es sein, dass sie mir aus Versehen einen Jungen statt eines Mädchens gegeben haben? Nein, das ist lächerlich. Ich muss mich zusammenreißen. Um mich zu beruhigen, atme ich tief durch.

Als hätte sie mein Unbehagen gespürt, taucht Ursulas breite Silhouette im Türrahmen auf und wirft einen langen Schatten auf mein Bett. An ihren Zähnen klebt brauner Lippenstift, und sie hat dunkle Ringe unter den Augen. Sie schreibt gerade etwas in eine rote Mappe und schaut nicht hoch, als ich mich auf der Matratze herumrolle. Das Summen der Neonröhre klingt fast wie eine Warnung.

»Sasha. Mein Name ist Sasha«, sage ich.

Jetzt wirft sie mir einen kurzen Blick zu.

»Ich weiß«, behauptet sie, schaut aber trotzdem kurz auf das Namensschild auf der Mappe, um es zu überprüfen. Wäre es möglich, dass sie – oder jemand wie sie – einen schrecklichen Fehler gemacht hat? In diesem Radiobericht war eine Hebamme verantwortlich gewesen, nichts weiter als ein Irrtum. Babys sehen sich wahnsinnig ähnlich, das Personal hat viel zu tun, manchmal werden die Abläufe nicht ganz so streng eingehalten. Da kann einem leicht ein Fehler unterlaufen.

»Ihre Milch ist bei Ihrem Baby. Ich nehme mal an, Sie wollen jetzt wieder nach oben?«

Ich nicke. Zumindest scheint sie zu merken, wie angespannt ich bin.

»Ich hätte schwören können, dass ich ein Mädchen bekomme.«

»Es ist nicht ungewöhnlich, dass die Ultraschallbilder falsch interpretiert werden.«

»Ich weiß«, gebe ich zu, verkneife mir allerdings den Zusatz: Mein Baby hat sich aber *angefühlt* wie ein Mädchen.

»Sind Sie enttäuscht?« Ursula blickt prüfend auf mich herab.

Vielleicht ist es ja das. Meine Paranoia ist nichts anderes als Enttäuschung.

»Denn anfängliche Enttäuschung wegen des Geschlechts ist nicht unüblich. Das werden Sie bestimmt überwinden.«

Nein, es ist keine Enttäuschung wegen des Geschlechts, erkenne ich plötzlich. Meine Ängste drehen sich um etwas viel, viel Wesentlicheres.

»Wurde mein Baby vom Moment der Geburt an lückenlos betreut?«

Sie mustert mich mit schmalen Augen, bevor sie auf einen Knopf an dem piepsenden Monitor neben meinem Bett drückt. Sofort verstummt der Alarm.

»Selbstverständlich. Wir lassen hier keine Babys unbeaufsichtigt.« Jetzt nimmt sie eine gallensaftgrüne Nierenschale aus Plastik vom Nachttisch, in der eine große Spritze liegt. »Wir bringen Sie runter zu ihm, sobald Sie Ihre Medikamente bekommen haben.«

»Was für Medikamente?«

»Morphium. Das Lokalanästhetikum wird bald seine Wirkung verlieren.«

Eigentlich habe ich keine nennenswerten Schmerzen, dafür werde ich immer wieder von Übelkeit gepackt, als wäre mein Magen auf der Achterbahn unterwegs. Außerdem ist mein Gehirn immer noch leicht vernebelt, und ich muss dringend einen klaren Kopf behalten. Das Letzte, was ich jetzt gebrauchen kann, sind noch mehr Medikamente.

»Nein, danke«, lehne ich deshalb ab.

Ursula sieht mich an.

Ist das Wut in ihrem Blick, oder ist sie nur schockiert? Sie nimmt eine zweite Spritze aus der transparenten Schale.

»Aber doch wohl Antibiotika.« Sie ringt sich ein strenges Lächeln ab. »Das ist bei uns Standard. Ich habe dem Komitee angehört, das dieses Verfahren eingeführt hat, nachdem wir hier vor einigen Jahren mit schweren Infektionen zu kämpfen hatten. Wir wollen schließlich nicht, dass Sie jetzt krank werden, oder?«

Da ich keinen Infekt habe, brauche ich auch keine Antibiotika, ganz egal, was das Protokoll vorschreibt. Ich schiebe meinen Arm unter die weiße Bettdecke, damit sie nicht an ihn herankommt.

»Lieber nicht. Ich muss jetzt dringend auf die Säuglingsstation.«

Klappernd landet die Spritze wieder in der Nierenschale.

»Bitte entschuldigen Sie mich, ich muss kurz mit Dr. Solomon sprechen.« Ohne sich noch einmal umzudrehen, geht sie aus dem Zimmer.

Das Bettzeug fühlt sich an wie eine Zwangsjacke. Ich schiebe die Decke bis zu den Füßen hinunter und ziehe das Nachthemd hoch. Mein Bauch ist immer noch dick, fast so sehr wie während der Schwangerschaft. Ich kann nicht fassen, dass ich nie darauf geachtet habe, wie die Bäuche der Schwangeren nach der Geburt ausgesehen haben. Vermutlich war ich so sehr auf das Wohlergehen der Babys konzentriert, dass die Mütter quasi mit ihren Kindern verschmolzen sind, bis sie sich nicht mehr trennen ließen und nicht einmal ihr Körper mehr allein ihnen gehörte.

Ich streiche über die Dehnungsstreifen, die feinen, silbrigen Linien, bis zu dem festen, gummiartigen Klumpen meiner Gebärmutter, der unter schlaffer, runzeliger Haut verborgen liegt. Dort sind die Schichten meines Körpers, durch die das Skalpell des Geburtshelfers gedrungen ist: gelbe Fettkügelchen, festes, weißes Bindegewebe, dann der dicke, rötlich-violette Muskel der Gebärmutter, die mich so schmählich im Stich gelassen hat. Sie vernähen hinterher nicht unbedingt alle Schichten, manche werden offen gelassen, um auf natürlichem Weg wieder zusammenzuwachsen. Flüssigkeiten dringen zwischen die Gewebeschichten, manchmal auch an Stellen, wo sie nicht hingehören.

Am Rand meines Gesichtsfelds blitzt etwas Rotes auf – Marks Rosen auf dem Regal. Ich brauche ihn hier. Ich muss wissen, was er von alldem hält. Und zwar jetzt sofort.

Ich strecke mich nach meinem Handy, das auf dem Nachttisch liegt, aber es entgleitet mir und fällt auf den Boden. Mühsam packe ich den Handgriff, der über meinem Kopf hängt, und ziehe mich hoch. Hitze flammt unter meinem Verband auf. Beim nächsten Versuch drücke ich mit der flachen Hand auf die dicke Gaze. Diesmal fühlt es sich an, als hätte man mir einen heißen Schürhaken ins Fleisch gerammt. Stöhnend sinke ich auf die Matratze zurück. Ich werde Hilfe brauchen, um aus diesem Bett rauszukommen.

Ich drücke auf die Klingel, und draußen im Flur schrillt das Signal. Einige Zimmer weiter schreien mehrere Babys, sie klingen ängstlich. Wo sind ihre Mütter? Warum kümmert sich niemand um sie?

Ursula kommt hereingerauscht. Sie hat den Arm erhoben wie ein Butler und balanciert eine frische Nierenschale, diesmal aus farblosem Plastik.

»Könnten Sie mir bitte mein Telefon geben?«

Sie bückt sich, legt das Handy auf meinen Schoß und beugt sich dann über das Bett, um meine Armbeugen zu inspizieren. Ihre Miene ist reglos, und ihre Stimme klingt gelassen, als sie spricht. Wirklich schwer zu durchschauen.

»Ihr Geburtshelfer hat verlangt, dass ich Ihnen Blut abnehme.«

»Ich will aber keinen Bluttest.«

»Er besteht darauf. Immerhin haben Sie eine Menge Blut verloren.« Mit einem schmalen Lächeln starrt sie mir ins Gesicht. Ich schaue als Erste weg.

Meine Finger werden erst blass, dann bläulich, dann dunkelblau – eine Flut, zurückgehalten durch den Stauschlauch. Endlich hat sie die Röhrchen fertig beschriftet und hebt die Spritze, um sie in meine Haut zu rammen.

Ich starre krampfhaft auf die Neonröhre an der Decke. Sie glüht stetig, wie ein Lichtschwert. Eigentlich rechne ich nicht damit, etwas zu spüren. Während der langen Jahre der Unfruchtbarkeit habe ich so viele Bluttests machen lassen, dass ich ein eigenes Labor hätte aufmachen können. Aber sie erwischt wohl einen Nerv, denn ein Stromstoß schießt durch meinen Arm, sodass meine Hand krampfartig zuckt und die Nadel wieder herausrutscht.

Ursula weicht zurück, ohne die Spritze loszulassen. »Entschuldigung«, murmelt sie.

Jetzt wird mein Arm ganz heiß, und meine Hand kribbelt schmerzhaft. Schon bildet sich ein blauer Fleck auf der Haut.

»Herr im Himmel!«

Es ist Mark. Er trägt das olivfarbene, langärmlige Shirt, das ich ihm vor ein paar Jahren in New York gekauft habe. Mit geröteten Wangen tritt er an mein Bett.

»Sash. Alles okay?«

Ursula versenkt die Spritze in dem schon fast vollen Abfalleimer für gefährliche Gegenstände und lässt den Deckel zufallen.

»Ich brauche Hilfe«, sage ich zu Mark. »Ich bin so froh, dass du da bist.«

Mark nimmt meine Hand und dreht meinen Arm, sodass die Innenseite meines Ellbogens zu sehen ist. Der fast schwarze Bluterguss ist dick geschwollen und sieht aus, als würde er gleich platzen.

»Ist das in Ordnung so?«

Ursula nickt mit zusammengepressten Lippen.

Nach vielen gemeinsamen Stunden in Wartezimmern, Sprechzimmern und Krankenhäusern, alles in der Hoffnung auf Empfängnis, kennen Mark und ich jede noch so kleine Nuance des Händedrucks. *Ich ertrage es nicht länger, Mark. Hol mich hier raus.*

Er erwidert den Druck, während er Ursula prüfend mustert. *Das wird schon wieder, egal, was es ist.*

»Wir werden den Bluttest später wiederholen müssen«, verkündet Ursula und wirft Mark noch einen durchdringenden Blick zu, bevor sie hinausgeht und uns allein lässt. Ich warte, bis ihre Schritte im Korridor verklungen sind.

»Ich habe keine Ahnung, was sie gegen mich hat.«

»Mach dir keine Gedanken, Sash«, wiegelt Mark ab. »Unser wundervoller Sohn ist da. Ein bisschen früher als geplant, aber das ist okay. Und dir geht es gut. Ich hatte solche Angst, dass ich auch dich verlieren könnte.« Plötzlich scheint sein Gesicht in sich zusammenzufallen, bis es Ähnlichkeit mit einer zerknautschten Papiertüte hat. Er beugt sich vor und drückt mich, vielleicht etwas fester, als es in meinem Zustand gut ist. Ich streiche über seine Haare und atme den Duft seines Mandel-Shampoos ein.

»Wir haben einen Jungen«, sage ich leise.

»Ist das nicht toll?«

Wie ich es mir gedacht habe: Ein Sohn ist ihm lieber. »Erzähl mir, was passiert ist, nachdem sie mich eingeschläfert hatten.« Auffordernd klopfe ich auf die Matratze.

Er nimmt Platz, allerdings etwas weiter weg, als ich erwartet habe. Das Laken knistert leise, als er sich setzt. Ich hebe seine Hand ans Gesicht und erschnuppere unter dem Geruch der Krankenhausseife den vertrauten Duft von Knoblauch.

»Hast du Mittagessen gemacht?«

Er schüttelt den Kopf und drückt seinen kühlen Daumen auf meinen warmen. Seine Nägel sind ordentlich geschnitten, der Dreck vom letzten Wochenende, als er im Gemüsebeet gearbeitet hat, ist vollständig entfernt.

Wieder streiche ich über seine hellbraunen Haare, die sich leicht feucht anfühlen. Meine nächsten Worte wähle ich sehr sorgfältig, sie sollen nicht vorwurfsvoll klingen. Ich möchte unsere Wiedervereinigung nicht ruinieren.

»Wo warst du denn? Bei der Erstellung des Geburtsplans hatten wir uns doch darauf geeinigt, dass du bei dem Baby bleibst, falls ich einen Kaiserschnitt brauche. So lange, bis sie … ich meine, *er* stabil ist. Hast du dich daran gehalten?«

Nun drückt er meine Handfläche. Sein Daumen fühlt sich an wie der Griff eines Gehstocks, fest und verlässlich. So drückt er immer zu, wenn er mir signalisieren will, dass er aufrichtig ist.

»Ich bin bei ihm geblieben, Sash, die ganze Zeit.« Mit der freien Hand zupft er an einem Fädchen herum, das aus dem Laken hervorlugt. Dabei berichtet er von der Wiederbelebung, der Punktion, der kleinen Sauerstoffmaske, die man unserem Baby in der Säuglingsintensivstation aufs Gesicht gedrückt hat.

»Die ganze Zeit? Aber du warst nicht da, als die Hebamme mich zu ihm raufgebracht hat.«

»Ich musste mal aufs Klo, Sash.«

Zum ersten Mal seit der Geburt muss ich lächeln. Ich führe mich wirklich albern auf. Ich vertraue meinem Ehemann. Warum sollte Mark mich anlügen?

»Und das Kängurubaby? Hat es überlebt?«

Mark nickt und küsst mich auf die Wange. Ich schmiege mich an ihn. Raue Bartstoppeln kratzen an meiner Stirn. Seine Körperwärme zu spüren, die langsam durch das Krankenhausnachthemd zu meiner Haut vordringt, erinnert mich daran, wie er meine Hand gehalten hat an dem Abend, als wir uns kennenlernten. Trotz allem, was wir in den letzten zehn Jahren durchgemacht haben, wirkt seine Anwesenheit unglaublich beruhigend auf mich.

»Vielen Dank für die Rosen.«

Feine Fältchen bilden sich um seine braunen Augen. »Die Floristin meinte, sie hätte keine weißen mehr. Aber ich dachte mir, es macht dir bestimmt nichts aus. Sie sind doch ganz hübsch, oder? Wie unser hübscher kleiner Junge.«

Mir stockt der Atem, als hätte man an einer Schnur gezogen. »Was meinst du, wem sieht er ähnlich?«

»Uns beiden. Er hat deine Nase.« Mark zeigt erst auf mein Gesicht, dann auf sein eigenes. »Und meine Augen. Zumindest die Form. Findest du nicht?«

Irgendwie scheint der Raum hinter Mark zu verschwimmen. Er muss doch auch gemerkt haben, dass es ein Problem gibt, oder? Ich versuche, mich auf die Form seiner Wangen zu konzentrieren, sein Kinn, seine Ohrläppchen, die Einzelteile dessen, was die Gesamtheit seines Gesichts ausmacht.

»Ich weiß nicht«, sage ich unsicher. Bevor ich noch mehr sagen kann, löst er sich von mir.

»Aber ich weiß, dass du kein Krankenhausessen magst.« Er greift nach einer Tüte, die er neben das Bett gestellt hat. Entschlossen holt er eine Plastikbox daraus hervor und schüttelt sie kurz, bevor er sie mit einem leisen Klappern auf dem Tablett des Beistelltischs abstellt. »Deshalb habe ich dir Mittagessen aus der Cafeteria geholt. Dein Lieblingsessen. Natürlich hätte ich am liebsten selbst für dich gekocht, aber das war bis jetzt nicht möglich.«

Italienischer Schinken, Halloumi und Spargelsalat. Ich versuche, mir meine Enttäuschung nicht anmerken zu lassen, obwohl Mark eigentlich wissen müsste, dass das nicht mein Lieblingsessen ist. Seit der Schwangerschaft muss ich würgen, wann immer ich Halloumi esse – die Konsistenz ist so gummiartig, und er hinterlässt einen sauren Geschmack im Mund. Vorsichtig schiebe ich die Box beiseite.

Mark fällt es gar nicht auf. Er ist damit beschäftigt, diverse Gourmetzeitschriften auszupacken und auf dem Nachttisch auszubreiten. Sie sind sogar noch in Plastik eingeschweißt. »Die habe ich gestern im Auto vergessen. Jetzt hast du wenigstens was zum Lesen.« Die Jahres-Abos waren ein Weihnachtsgeschenk von Marks Eltern, eher für ihn als für mich gedacht. Sie kaufen die Magazine schon seit einer Ewigkeit, genauer gesagt, seit Mark ihnen von seinem Plan erzählt hat, ein eigenes Café zu eröffnen. Auf den Hochglanzfotos prangen normalerweise geschmorte Lammhaxen mit Minzgelee, Entenconfit mit Cannellini-Bohnen oder Schokoladenkuchen mit makellosem Ganache-Überzug. Mark hingegen will in seinem Café eine ganz andere Richtung einschlagen und einfache, aber schmackhafte Bioküche anbieten. Meiner Meinung nach haben seine Eltern nie ganz begriffen, was er eigentlich vorhat.

»Danke«, sage ich artig. Im Moment wäre ich überglücklich mit einer Portion seiner einfachen Gnocchi, mit feinem Butteraroma und einem Hauch Salbei, so lange geschmort, bis sie auf der Zunge zergehen. Dieses Gericht haben wir so oft gemeinsam zubereitet, haben Seite an Seite auf unserer Küchenbank gesessen und die Klößchen geformt, haben mit dem Daumen die kleine Delle in den Teig gedrückt und uns hinterher die mehligen Finger abgeleckt und den salzigen Geschmack gekostet. Ja, dieses Essen erinnert mich am stärksten an uns, an ihn und an all seine Hoffnungen und Träume.

Mark greift wieder nach meiner Hand. »Wenn er die Ersatznahrung gut verträgt, können sie morgen schon den Tropf entfernen.« Er verzieht den Mund, als wüsste er, was jetzt kommt.

»*Ersatznahrung?*« Meine Stimme überschlägt sich fast.

Mark ist zum Fenster gegangen und zieht die Vorhänge auf. Dunkle Wolken verdecken die Sonne.

»Ich wollte dich deswegen nicht wecken«, erklärt er. »Sie haben vor ein paar Stunden angefangen, ihm über den Nasenschlauch Ersatznahrung einzuflößen. Damit er etwas in den Magen bekommt, meinten sie.«

»Aber wir wollten doch keine Ersatznahrung für unser Baby, schon vergessen?«

Der Schinken in der Plastikbox rollt sich an den Enden schon auf.

Mark plappert einfach weiter: »Ich wusste nicht, was ich tun sollte, Sash. Ich war hin- und hergerissen. Ich habe nicht das durchgemacht, was du durchgemacht hast, Sash. Ich weiß nicht, wie sich das anfühlt. Die Schwester meinte, er bräuchte die Ersatznahrung, und du warst nicht da. Ich tue wirklich, was ich kann.« Er verstummt, kehrt zum Bett zurück und greift wieder nach meiner Hand. Dann greift er auf die eine Methode zurück, mit der er mich noch immer von meinen Sorgen ablenken konnte: das freche Grinsen, mit dem er mich damals in diesem Jazzclub angestrahlt hat. Auch jetzt kann ich nicht anders, ich muss einfach lächeln.

»Bitte, Sash. Ich mache mir Sorgen um dich.«

Für einen kurzen Moment wünsche ich mir, es hätte tatsächlich eine Panne gegeben. Dass die Schwestern sich wirklich geirrt hätten. Dass dieses Baby nicht unseres ist. Und wenn ich dann mit meinem echten Baby vereint bin, werde ich beide im Arm halten und spüren, wie sich überwältigende Mutterliebe in mir ausbreitet. Das Kapitel würde von vorne beginnen. Ich würde noch eine Chance bekommen, die perfekte Mutter zu werden, die ich so verzweifelt sein wollte.

Um die Stille zu füllen, verlange ich Antworten, von denen ich gar nicht wusste, dass ich sie brauche: »Sieht er so aus, wie du ihn dir vorgestellt hast? Wessen Ohren hat er eigentlich? Und was ist mit seinem Mund? Hast du seine Zehen auf Syndaktylie kontrolliert?«

Es folgt eine peinliche Pause, bevor Mark antwortet. Er spricht übertrieben langsam. Diesen Ton schlägt er immer an, wenn er sichergehen will, dass man ihm auch zuhört.

»Nein, ich habe seine Zehen nicht kontrolliert. Aber er hat meine angewachsenen Ohrläppchen. Du weißt schon, sie sind geformt wie bei meinem Vater, direkt mit dem Kopf verwachsen. Was du so gar nicht leiden kannst.«

Ich hole tief Luft. Hoffentlich bemerkt Mark das nicht. Es gäbe nur eines, was noch schlimmer wäre als ein Fehler bei der Identitätsfeststellung des Babys: wenn der Fehler in meinem Kopf beheimatet ist. Wenn ich auch weiterhin nichts für meinen Sohn empfinden kann, wenn ich auch weiterhin so gefühllos bleibe wie jetzt.

»Außerdem hat er deine blasse Haut. Ich würde sein Gesicht unter Tausenden wiedererkennen, Sash, das schwöre ich dir. Komm, lass ihn uns zusammen besuchen, jetzt gleich. Danach fühlst du dich bestimmt besser.«

»Es ist nichts. Ich bin nur erschöpft.«

»Na dann, lass uns gehen«, beharrt Mark. Anscheinend bleibt mir keine andere Wahl.

ZWÖLF JAHRE ZUVOR

MARK

Das Leben mit Sash begann völlig überraschend. Außer Adam und mir hatten sich alle Jungs vor dem Männerabend gedrückt, den wir seit Monaten geplant hatten. In dem schummrigen Jazzclub hingen dichte Qualmwolken unter der Decke. Ich nuckelte an dem warmen, schalen Rest in meiner Bierflasche, als das Quartett eine kurze Pause einlegte. Adam hatte irgendwo bei den Toiletten eine Brünette getroffen, mit der er sich jetzt schon einige Zeit unterhielt. Deshalb hockte ich allein an unserem Tisch hinten in der Ecke. Langsam wünschte ich mir, ich wäre zu Hause geblieben wie der Rest unserer Truppe.

Ich ging zur Bar. Neben mir zog sich eine Frau einen Hocker heran. Sie hatte kurzes, blondes Haar und ein schmales Gesicht mit spitzem Kinn, fast ein wenig koboldhaft. Nicht mein Typ, aber andere Männer hätten sie sicher als schön bezeichnet.

»Und? Amüsieren Sie sich?«, fragte ich.

»Na klar.« Sie zeigte zu Adam und der Brünetten hinüber, die inzwischen eng umschlungen auf einem Sofa an der gegenüberliegenden Wand saßen. »Ich glaube, zwischen unseren Freunden bahnt sich etwas an.«

Womit sie recht hatte. Adam und die namenlose Brünette schlabberten sich gegenseitig den Hals ab. Sah ganz so aus, als stünde ihnen eine ziemlich interessante Nacht bevor.

»Lust auf ein Bier?« Sie war von Anfang an unglaublich

direkt. Als ich nickte, winkte sie den Barmann herbei und bestellte mir Nachschub. Dabei entschied sie sich für meine Lieblingsmarke. »Ich gehe mal davon aus, dass dein Freund ein anständiger Kerl ist.«

»Absolut.«

»Bec hat eine harte Zeit hinter sich, deswegen.« Die Band begann wieder zu spielen, weshalb ihre folgenden Worte im Lärm untergingen. Ich trank einen Schluck und stützte beide Ellbogen auf die Bar, wobei ich mir alle Mühe gab, so zu tun, als wüsste ich die künstlerischen Fähigkeiten des Solospielers in all ihren Feinheiten zu würdigen. Sie hob die Stimme, um das Saxofon zu übertönen: »Was machst du beruflich?«

»Im Moment mache ich eine Kochlehre. Aber eigentlich will ich ein eigenes Café eröffnen.« Bis zu diesem Moment hatte ich noch niemandem von meinem großen Traum erzählt, aber diese Frau hatte etwas an sich, das meinen Ehrgeiz weckte. Ich wollte Courage zeigen, visionär sein.

»Hey, das ist ja mal cool. Ich hoffe, dein Laden wird schöner als der hier.«

»Vorerst suche ich noch nach dem richtigen Standort für ein Bio-Café. Ich träume schon ewig davon, so etwas aufzuziehen.«

»Ich stehe total auf Bio.«

Unwillkürlich musste ich grinsen. »Und du? Was machst du so?«

»Nichts Besonderes.«

»Das klingt doch großartig.«

Ihr Mund verzog sich, und ein Funkeln trat in ihre Augen. Noch bevor der Song vorbei war, legte sie eine Hand hinter mein Ohr, und ich spürte ihren warmen Atem an meiner Wange. »Hier ist es mir zu laut. Sollen wir abhauen? Ich mag Jazz nicht besonders.«

Bis heute bin ich mir nicht ganz sicher, was mich dazu getrieben hat, aber ich sagte sofort Ja. Vielleicht war es die angenehme Wärme, die von ihrem Körper ausging, vielleicht das kurze Aufblitzen ihrer silbernen Ohrringe in dem trüben Licht. Oder dieses Lächeln auf ihren Lippen, das mir absolute Freiheit versprach.

Wir landeten schließlich unten in der Bucht, an dem schmalen Strand zwischen der Promenade und dem Wasser. Sie lief neben mir her, dicht bei den trägen Wellen, während wir lautlos durch den Sand tappten.

»Du wirkst irgendwie trübsinnig. Ich weiß nicht, als würde dich etwas bedrücken«, stellte sie leise fest.

Ich setzte eine möglichst ausdruckslose Miene auf und schleuderte mit dem Fuß etwas Sand in die Luft.

»Mein Bruder ist vor kurzem gestorben.«

»Dein Bruder? Oh, das tut mir leid.«

»Wir waren Zwillinge.«

Sie blieb stehen, schaute zu den schimmernden Lichtern am anderen Ende der Bucht hinüber und setzte sich dann in den Sand.

»Das ist schrecklich. Mein Beileid. Wie war er denn so?«

Ich ließ mich neben ihr nieder, und plötzlich erzählte ich ihr alles über Simon. Von seinem Blutkrebs. Seiner völligen Gelassenheit, als sie ihn mit unzähligen Nadeln traktierten. Von den Haarbüscheln auf seinem Kopfkissen und in der Dusche. Von den Ärzten, die immer noch einen Test machen, noch eine Behandlung ansetzen wollten, bis ihnen irgendwann die Versprechungen ausgingen. Sie hörte zu und nickte an genau den richtigen Stellen, schien es wirklich zu verstehen. Ich war mir sicher, dass sie Simon gefallen hätte.

Dann erzählte sie mir von ihrer Mutter. Heute weiß ich, dass es nicht die ganze Geschichte war, aber es reichte aus, um mich begreifen zu lassen, dass sie gelitten hatte und gestärkt daraus hervorgegangen war, lebendig und strahlend. Ihre Finger waren warm, als sie nach meiner Hand griff.

Ich glaube, damals hat es begonnen – als das Sternenzelt sich über uns spannte wie eine Decke und sie den Kopf in meinen Schoß legte, während die Wellen leise an den Strand rauschten.

Tag 1, Samstag. Mittagszeit.

Die Linie auf der weißen Wolldecke auf meinem Schoß hat die Farbe einer frischen Schnittwunde. Ich lasse sie in einer Falte verschwinden, während Mark mich durch die Glastür auf die Säuglingsstation schiebt. Bis gerade eben war hier noch lautes Stimmengewirr zu hören, doch das weicht nun einem gedämpften Hintergrundrauschen. Eltern und andere Angehörige haben sich umgedreht, um mich zu mustern: die neueste Mutter in der Runde. Die Schwestern beobachten mich ebenfalls. Sie lächeln alle.

Diverse Babys auf der Station fangen an zu quengeln, bis sich ihre Stimmen zu einem schrillen Chor vereinigen. Heute hängt der klebrig-süße Geruch von Ersatznahrung in der Luft. Ich werfe einen Blick in den Fütterungsraum, als wir daran vorbeikommen. Trotz allem hoffe ich immer noch, dass ich stillen kann. Aber vermutlich liegt auch das nicht länger in meiner Hand.

Als wir das Ende der Inkubatorenreihe erreichen, schiebt Mark mich nach rechts statt nach links.

»Falsche Seite«, stelle ich fest.

»Sie haben ihn verlegt, seit du hier warst. Der Inkubator wurde für ein anderes Baby gebraucht, wegen des Lichts.« Abrupt lässt er den Rollstuhl anhalten.

Die Karte an dem neuen Inkubator ist dieselbe, mit meinem Namen und einer leeren Zeile für den des Babys. Ich spähe durch die Plastikscheibe. Erst als ich den angehaltenen Atem ausstoße, wird mir klar, dass ich gar nicht weiß, was ich eigentlich erwartet habe. Es ist dasselbe Baby wie heute Morgen.

Auf der anderen Seite des schmalen Gangs erstrahlt der ehemalige Inkubator unseres Babys in elektrisch blauem Licht. Jetzt liegt ein anderes Baby darin. Durch die Plastikkuppel wird das phosphoreszierende Leuchten irgendwie verstärkt und wirft wellige, blaue Schemen an die Stationswände, fast so, als wären wir unter Wasser. Zu tief unten, um den Himmel zu sehen.

Eine zierliche Frau mit weißer Porzellanhaut sitzt kerzengerade neben dem blauen Inkubator. Auf ihrem Schoß liegt ein rotes Wollknäuel, zwischen ihren Fingern bewegen sich graue Stricknadeln. Selbstvergessen singt sie ein Liedchen vor sich hin, während sie eine Masche nach der anderen strickt. *My Bonnie lies over the ocean.* Zwischen ihren Brauen hat sich eine tiefe Sorgenfalte eingegraben, aber ihre Augen – klein und tiefliegend wie die eines Vogels – leuchten auf, als sie mich sieht.

Ich setze ein künstliches Lächeln auf, das aber schnell brüchig wird, als ich erkenne, dass ich offenbar nicht die Einzige bin, der das alles zu viel wird. Die Frau erwidert mein Lächeln, wobei sie eine kindlich wirkende Lücke zwischen den Frontzähnen präsentiert. Dann senkt sie den Blick wieder auf das Wollrechteck in ihrem Schoß und lässt die leise klickenden Nadeln tanzen. Eher der introvertierte Typ. Vielleicht eine mögliche Verbündete. Oder eine Freundin.

Der Inkubator unseres Babys ist mit fahlem Licht beleuchtet, das dunkle Schatten in die Ecken zeichnet. Ich möchte es heller stellen, um ihn mir genauer ansehen zu können, aber Mark hält mich davon ab.

»Sie haben mir gesagt, dass wir das Licht gedämpft halten

sollen, Sash. Wir wollen ihn keinem unnötigen Stress aussetzen.«

Das Baby weint bereits. Es klingt nicht nach dem kehligen Schrei eines Neugeborenen, eher wie das schrille Kreischen einer Möwe. Seine Augen sind geschlossen, das Gesicht so rot, als hätte es einen Sonnenbrand. Für kurze Zeit das Licht zu verstärken hätte keinerlei negative Auswirkungen auf das Baby, aber im Moment bin ich zu mitgenommen, um Mark das zu erklären. Er glaubt, dass er das Richtige tut, wenn er die Anweisungen der Schwestern genau befolgt. Schniefend halte ich die Tränen zurück, die aus meinen Augen quellen wollen.

Mark öffnet die Klappen des Inkubators – wie oft hat er das bereits gemacht? – und berührt das Baby mit beiden Händen. Eine legt sich um den Kopf, die andere an den Rücken. Ungefähr so hat er auch das Kängurubaby gehalten. »Das mag er gern«, verkündet Mark, und tatsächlich hört das Baby auf zu schreien. Das Gebrüll wird zu leisem Schluchzen, dann ist es ganz still. Mir war nicht klar, wie gut Mark mit Babys umgehen kann, oder dass er auch nur ansatzweise weiß, wie man sie beruhigt. Dieser Wesenszug sollte eigentlich anziehend wirken. Und doch empfinde ich es irgendwie als grausam, dass er bereits eine stärkere Bindung zu diesem Baby aufgebaut hat als ich.

Das Baby liegt auf dem Bauch und hat das Köpfchen zur Seite gedreht, sodass es in meine Richtung blickt. Wie eine brennende Stichflamme steigt die Enttäuschung in mir auf. Ich hatte recht: Es sieht überhaupt nicht so aus wie das Baby aus meinen Träumen, ganz anders, als ich es mir vorgestellt hatte. Der Schädel scheint zwar nicht mehr ganz so eiförmig zu sein wie am Morgen, ist aber noch immer mit Käseschmiere verklebt. Der Bluterguss auf der einen Seite des

Kopfes ist von bräunlichem Rot zu Violett nachgedunkelt. Seine Augen stehen weit auseinander und haben so gut wie keine Wimpern, dafür hat es sehr dunkle Brauen. Sein Blick ist trübe und reglos. Auf den bräunlichen Schultern wachsen flaumige, dunkle Haare. Es ähnelt eher einem Affen als einem Menschen.

»Ist er nicht süß?«, fragt Mark.

»Er ist irgendwie hässlich.« Sobald die Worte meinen Mund verlassen, weiß ich, dass ich einen Fehler gemacht habe.

Mark scheint eine Rüge auf der Zunge zu liegen, aber dann holt er nur tief Luft und dreht sich wieder zum Inkubator um.

»Bist du immer noch einverstanden damit, ihn Tobias zu nennen? Toby?«

»Aber wir hatten uns doch für Gabrielle entschieden. Bei einem Jungen dann also Gabriel, oder nicht?«

»Ich weiß nicht, Sash. Gabriel passt irgendwie nicht zu ihm. Er wirkt so solide. Irgendwie stark. Tobias ist ein kraftvoller Name. Maskulin. Auf der Liste der Jungennamen war das unsere erste Wahl, weißt du nicht mehr? Ich finde, er sieht eher aus wie ein Tobias. Was meinst du?«

Wortlos zucke ich mit den Schultern. Das lässt sich später ja sicher noch ändern.

»Wenn er einmal eingetragen ist, werden sie ihn wohl nicht mehr ändern, Schatz«, sagt Mark leichthin.

Ich spüre, wie mir das Blut in die Wangen schießt. Habe ich das etwa laut gesagt?

»Entscheide du«, murmele ich.

»Dann also Toby«, beschließt Mark. »Vielleicht solltest du ihn jetzt mal halten.«

Er geht los, um eine Schwester zu holen, schaut aber noch

einmal über die Schulter zu mir zurück und lächelt mich auf diese ganz besondere Art und Weise an.

Mark hat die Klappen offen gelassen. Ganz, ganz langsam schiebe ich meine Hände hindurch, bis ich das Baby berühre. Seine Haut ist kalt und feucht wie die eines Froschs. Es drückt den Rücken durch und wimmert leise. Ich streiche über seinen schleimigen Schädel, verreibe mit den Fingerspitzen die Käseschmiere und umfasse dann mit einer Hand Rücken und Brustkorb. Mit der anderen taste ich nach seinen Zehen und kontrolliere, ob sie miteinander verwachsen sind. Falls nicht, könnte das darauf hindeuten, dass es nicht Marks Kind ist. Doch noch bevor ich die Zehen auseinanderziehen kann, ändert sich plötzlich seine Atmung, bis es klingt wie eine Klapperschlange. Sofort ziehe ich die Hände zurück und schließe mit einem lauten Knall die Klappen.

»Sie sehen irgendwie nicht wirklich aus wie Menschen, oder?«

Die Frage kommt von der Frau neben dem blau beleuchteten Inkubator auf der anderen Seite des Korridors. Sie lächelt mich freundlich an. Über ihr tanzen die blauen Schemen über die Wände.

»Und sie sind so zerbrechlich. Man könnte meinen, dass selbst die kleinste Berührung sie verletzt.«

Endlich jemand, der mich zu verstehen scheint, jemand, mit dem ich vielleicht reden kann. Jemand, der mir die Frage beantworten kann, die mich einfach nicht mehr loslässt.

»Ganz genau«, antworte ich, ohne hinzuzufügen, dass zumindest die verfrühte Geburt allein meine Schuld war.

Sie legt ihr Strickzeug in den Schoß. »Ich bin Brigitte. Mein Sohn heißt Jeremy. Er wurde heute Morgen geboren, in der sechsunddreißigsten Woche. Vier Pfund, neun Unzen.«

»Wie viel ist das in Kilo?«

»Hmmm, keine Ahnung. Aber ich weiß, dass es ziemlich lange dauern wird, bis er da reinpasst.« Sie hebt kurz das Strickwerk an. »Eigentlich wollte ich es bis zur Geburt fertig haben. Ich dachte, er würde größer sein. Aber so habe ich jetzt wenigstens mehr Zeit, um es fertig zu machen.«

Ich kann nicht stricken, nicht einmal nähen. Dabei hätte ich es wirklich lernen sollen – das wäre mütterlich gewesen. Brigitte ist wie die Frauen, die ich während meiner Arbeit in der Pädiatrie immer so beneidet habe: die geborene Mutter. Ihnen scheint es keinerlei Mühe zu machen, sich um ihren Nachwuchs zu kümmern. Sie scheinen immer genau zu wissen, was zu tun ist.

»Das ist Tobias.« Es fällt mir schwer, den Namen über die Lippen zu bringen, und so stottere ich fast, als ich ihn nun das erste Mal ausspreche. Dann füge ich noch die statistischen Daten von seiner Namenskarte hinzu. Anscheinend stellen frischgebackene Mütter sich auf diese Art vor. »Notfallkaiserschnitt in der dreiunddreißigsten Woche, eins Komma neun Kilogramm.«

Brigittes Blick wirkt plötzlich distanziert. Ohne Zweifel hält sie mich für eine Versagerin, weil ich einen Kaiserschnitt hatte. Ich balle krampfhaft die Fäuste.

»Es gab starke Blutungen. Verklumpungen. Deshalb der Kaiserschnitt.«

Das Einzige, woran ich mich erinnere, während ich blutüberströmt dalag, ist die beruhigende Stimme von Becs Mutter, die tief aus meinem Inneren zu kommen schien: *Meine Kleine, oh, meine Kleine. Schön tief atmen.* Wie sehr ich mir doch wünsche, sie wäre noch am Leben und könnte mich trösten.

Schaudernd hört sich Brigitte meine blutige Beschreibung an.

»Igitt. Das klingt ja grässlich. Deshalb habe ich Naturheilkunde studiert. Was machst du beruflich?«

Naturheilkunde. Dann sollte ich ihr besser nicht meine Meinung zum Thema Naturmedizin darlegen. Und mein Beruf dürfte ihr wohl auch nicht sonderlich gefallen.

»Na ja, ich bin Pathologin.«

Anfangs halte ich ihr demonstratives Luftholen für Ablehnung – ich weiß aus Erfahrung, wie Naturheilkundler über Ärzte denken. Aber dann plappert sie plötzlich los: »Wow, das ist ja spannend. Dann kriegst du ja alles hautnah mit. Ich muss gestehen, ich liebe diese Fernsehserien. Ist es wirklich so wie bei *CSI*? Fingerabdrücke, DNS-Tests und so?«

»Ich bin spezialisiert auf Anatomie, nicht auf Forensik. Der Großteil meiner Arbeit besteht darin, rosa Flecken und violette Punkte unter dem Mikroskop zu untersuchen und Berichte zu schreiben, die hinterher keiner liest. Ich muss die abschließende Zusammenfassung immer in Großbuchstaben schreiben, damit sie nicht übersehen wird.«

»Du machst deine Arbeit also gerne?«, fragt Brigitte mit einem ironischen Zwinkern.

»Schätze schon. Zumindest meistens. Den Teil, wo ich Babys sezieren muss, allerdings weniger.«

Das erste Baby, das ich aufschneiden musste, wurde von der Mutter tot in seiner Wiege gefunden – Verdacht auf plötzlichen Kindstod. Das kleine Mädchen war ganz steif, als ich es auf dem Stahltisch in die richtige Position bringen wollte. Es sah aus und fühlte sich an wie eine harte Plastikpuppe, nicht wie ein echtes Baby. Als ich es aufschnitt, quollen die Eingeweide heraus und rutschten über das Metall. Ich musste würgen. Damals war ich fest entschlossen, den Job an den Nagel zu hängen. Nicht bloß die Pathologie, sondern die Medizin als Ganzes. Ich wollte nie wieder zurück.

Meine Vorgesetzte hat mich dann von der Umkleide zurück an den Seziertisch geführt, wo noch immer das Baby auf mich wartete. Sie erklärte mir, dass es meine Pflicht sei, herauszufinden, woran dieses Kind gestorben war. Den Eltern die Antwort zu liefern, die sie so verzweifelt brauchten. Dass es das Beste sei, was ich tun könne, für die Kleine ebenso wie für ihre Familie.

Also tat ich es. Tue es heute noch hin und wieder. Zerschneide das hauchdünne Gewebe von Babys, wühle in ihrem Inneren herum, suche in ihren leeren Hüllen nach etwas oder jemandem, dem man die Schuld geben kann. Ich behaupte nicht, dass es angenehm ist. Und ich versuche, das Thema zu meiden, wenn ich mich mit Freunden unterhalte, die gerade Eltern geworden sind. Sie würden es wohl nicht verstehen.

Brigitte starrt mich so entsetzt an, als hätte ich vor, ihr Baby zu sezieren. Wegen der stickigen Wärme hier auf der Station und meiner noch immer anhaltenden Erschöpfung dauert es einen Moment, bis mir klar wird, dass ich wohl das Falsche gesagt habe.

»Tut mir leid, das hätte ich wohl besser unerwähnt gelassen. Momentan denke ich einfach nur noch an Babys.« Mein schwaches Lächeln ähnelt eher einer Grimasse. Meine Gesichtsmuskulatur schmerzt unter der Anstrengung.

Brigitte mustert mich stirnrunzelnd, bevor sie den Blick auf ihre verschränkten Finger senkt, die schmal und blass in ihrem Schoß ruhen.

»Ich habe schon vor Jahren den Glauben an die westliche Medizin verloren und nur noch auf natürliche Heilmittel vertraut. Deshalb habe ich Naturheilkunde studiert. Aber dann, letztes Jahr, habe ich wieder eine gewisse Wertschätzung für Schulmediziner entwickelt. Das Kind meiner Cousine kam in der vierundzwanzigsten Woche zur Welt. Niemand hat geglaubt, dass der Kleine es schaffen würde. Aber dank der Klinik hat er irgendwie überlebt. Und es sieht so aus, als wären keine bleibenden Schäden zu befürchten.«

»Die armen Eltern«, murmele ich. Dreiunddreißigste Woche ist schon schlimm genug.

»Es war hart für sie.« Brigitte nickt. »Aber inzwischen haben sie das Schlimmste hinter sich. Ich kann es jedenfalls gar nicht erwarten, mit Jeremy hier rauszukommen. Ich freue mich schon so darauf, ihn mit nach Hause zu nehmen. Ein Neubeginn.«

Ihre Lippen sind blau, fast schon zyanotisch. Am liebsten würde ich ihr Handgelenk packen und ihren Puls prüfen, um sicherzugehen, dass sie nicht bald bei mir auf dem Leichentisch landet, aber dann wird mir klar, dass ihre Haut durch das Licht des Inkubators so verfärbt wird. Trotzdem beuge ich mich zu ihr hinüber, um fast flüsternd die Frage zu stellen, die mir so sehr unter den Nägeln brennt.

»Ist es normal, wenn man nichts empfindet?«

Brigittes Blick wird weich. »Für das Baby? Vermutlich schon. Der Sozialarbeiter hat mir erklärt, dass die Bindung sich schwerer herstellen lässt, wenn sie in der Säuglingsintensiv sind. Ich meine, klar, ich sitze hier, aber eigentlich könnte ich auch irgendwo anders sein, nicht wahr? Wie sollte mein Baby das wissen? Ich kann ihn ja noch nicht einmal halten. Es ist schwieriger, sie zu lieben, wenn sie hinter Plastik eingesperrt sind.« Sie lächelt mitfühlend.

Vielleicht finde ich ihn ja deshalb so hässlich. Vielleicht sind alle Frühchen hässlich. Vielleicht denken alle Mütter so.

»Du bist ganz normal«, versichert sie mir. »Dein Mann scheint allerdings außergewöhnlich eifrig zu sein. Er war fast den ganzen Morgen über hier. Du bist ein ziemlicher Glückspilz, wie? Ist er im Umgang mit dir auch so aufmerksam?«

Ich zucke nur mit den Schultern. Nein, das war er nicht immer, aber das werde ich einer Fremden bestimmt nicht auf die Nase binden, ganz egal, wie vertrauenswürdig sie auf mich wirkt. »Wie sieht das bei euch aus?«

Sie seufzt schwer. »John ist eher ein Teilzeit-Vater. Er ist Ingenieur und ständig unterwegs. Ich versuche schon den ganzen Tag, ihn zu erreichen, um es ihm zu erzählen. Momentan ist er auf einer sehr abgelegenen Baustelle. Das sind immer die schlimmsten.«

Ich spüre eine Hand auf meiner Schulter, schwer wie ein Zentnergewicht. Es ist Mark, und neben ihm steht Ursula.

»Ich kann Ihnen noch dabei helfen, Toby das erste Mal auf den Arm zu nehmen, bevor ich Mittagspause mache.« Ursula klappt die gesamte Front des Inkubators herunter und sortiert die Kabel und Schläuche. »Sind Sie bereit?« Bevor ich auch nur zu einer Antwort ansetzen kann, hebt sie Toby hoch, wobei die Kabel automatisch über ihren Unterarm fallen, und legt ihn mir in die Armbeuge.

Er ist leichter, als ich gedacht habe. Sein Gewicht ist nicht zu spüren.

Reglos liegt er in meinen Armen. Der kleine Körper verströmt einen metallischen Geruch. Vielleicht kommt das von den Antibiotika, vielleicht ist es aber auch sein natürlicher Geruch. Er hat die Augen fest zugekniffen, als wäre ich diejenige, die nach Chemie stinkt.

Vorsichtig fange ich an, ihn aus seiner Decke zu wickeln, als Ursula mir auch schon auf die Schulter tippt.

»Sie müssen ihn immer schön warmhalten.« Nachdem sie die Decke wieder zurechtgerückt hat, schaut sie auf die Uhr, die an einer Kette von ihrer Brusttasche baumelt. »Mittagspause.« Sie verpasst mir einen kurzen Klaps auf den Rücken. »Viel Glück.«

Warum sollte ich Glück brauchen? Sagt sie das zu allen frischgebackenen Müttern, oder ist das eine allein an mich gerichtete Warnung?

Verstohlen schaue ich auf die andere Seite des Gangs, aber Brigittes Stuhl ist leer. Sie hat sich nicht verabschiedet.

Von meinem Rollstuhl neben Tobys Inkubator aus kann ich durch das Fenster auf die andere Straßenseite sehen. An der Bushaltestelle steht eine Frau mit einem Baby. Sie trägt es in einer Trage vor der Brust, stützt das Kinn auf sein Köpfchen und umfängt es mit beiden Armen. Wie eine Schleife an einem Geschenk.

Ich hebe Toby hoch und lege ihn an meine Schulter, dann schlinge ich die Arme um ihn, damit es so aussieht, als würde ich mit ihm kuscheln. Das Wattegefühl in meinem Kopf lässt langsam nach. Fast glaube ich spüren zu können, wie mein Stoffwechsel die Drogen in meinem Körper abbaut, wie sich die chemischen Rückstände in Schweiß und Urin sammeln, um bald ausgeschieden zu werden. Langsam, aber sicher werde ich wieder ich selbst.

»Weißt du, wie viele Babys heute noch geboren wurden?«, frage ich Mark flüsternd.

»Keine Ahnung. Warum fragst du?«

Vermutlich sollte ich ihn bald in meine Befürchtungen einweihen. Es wäre das einzig Richtige, das Beste. Jetzt, wo ich das Baby im Arm halte, werden meine Ängste nur bestätigt. Dass ich für Toby so rein gar nichts empfinde, hat nichts mit einer angemessenen mütterlichen Reaktion zu tun. Ich mache alles richtig, und trotzdem fühlt es sich falsch an. Das ist weder »normal«, wie Brigitte behauptet hat, noch bin ich deprimiert oder traurig. Aber dieses Gefühl in Bezug auf das Baby lässt sich auch nicht wegreden. Die einzig logische Erklärung ist also, dass das Baby vertauscht wurde. Es gab ein

Missverständnis. Mein echtes Baby muss irgendwo hier auf der Säuglingsstation sein. Ich werde Marks Hilfe brauchen, um mir die anderen Babys anzusehen und unser richtiges Kind zu finden. Ganz bestimmt wird er mich dabei unterstützen.

An einem Monitor geht ein Alarm los und hallt durch den langen Flur, bis hinüber zur Schwesternstation. Rote Lämpchen blinken. Es passiert alles so schnell – ich begreife gar nicht, dass es sich um Tobys Monitor handelt. Plötzlich bin ich von Krankenschwestern umringt. Sie reißen das Baby aus meinen Armen und legen es zurück in den Inkubator. Dann drücken sie abwechselnd ihre Stethoskope auf seine Brust und stecken mehrere Kabel an und ab, die zu dem Monitor führen. Mark steht neben mir und sieht mit weit aufgerissenen Augen zu.

Schon mehrere, lange Sekunden sind vergangen, seit der Alarm verstummt ist. Toby scheint wieder normal zu atmen. Hatte sein Atem überhaupt ausgesetzt?

»Eine Atemlähmung.« Ursula lässt die Front des Inkubators wieder einrasten. »Bei so kleinen Frühchen ist es nicht ungewöhnlich, dass sie kurzzeitig aufhören zu atmen. Manchmal liegt es einfach an der Körperhaltung, wenn ihre Köpfe zu weit nach vorne rutschen und so die Atemwege blockieren. Sie haben sehr enge Atemwege. Aber das wussten Sie ja sicher.«

Wenn ich gewusst hätte, was passiert ist, hätte ich es selbst in Ordnung bringen können.

»Habe ich etwas falsch gemacht?«

Niemand antwortet. Die Schwestern weichen meinem Blick aus.

Als sie wieder an ihre Arbeit gehen, starrt Mark mich weiter stumm an.

Ich schaue zur Schwesternstation hinüber. Dort stehen sie alle zusammen und beobachten mich aus der Ferne. Soll das eine Art perverser Test sein, um meine Fähigkeiten als Mutter zu prüfen? Wollen sie der Ärztin, die Mutter geworden ist, einen grausamen Streich spielen? Hey, schauen wir doch mal, ob sie merkt, dass wir ihr ein falsches Baby untergeschoben haben! Nein, sicher nicht. Selbst in meiner Situation wäre das doch sehr weit hergeholt. Die Verwechslung war mit Sicherheit nicht beabsichtigt. Glasklar erinnere ich mich plötzlich daran, wie Ursula mich zuerst mit dem falschen Namen angesprochen hat. Es ist ihre Schuld. Die Klinik ist dafür verantwortlich.

Jetzt, wo er wieder auf seinem weichen Laken liegt, rührt sich Toby nicht mehr. Wieder betrachte ich ihn und spüre gar nichts. Als ich ihn im Arm hatte, habe ich auch nichts gespürt. In Marks Blick liegt Angst. Jetzt muss ich ihm das alles sagen.

»Ich weiß, dass du eine Bindung zu diesem Baby aufgebaut hast. Aber dass es bei mir nicht so ist, heißt nicht automatisch, dass mit mir etwas nicht stimmt.«

Hierbei geht es nicht um die Frühgeburt, nicht um Schuldgefühle oder Angst, auch nicht um Logik oder Liebe. Nein, es geht weit darüber hinaus. Ich weiß einfach, dass ich recht habe. Das Baby, das mir in meinen Träumen erschienen ist, gibt es wirklich. Darauf müssen wir vertrauen, wir müssen daran glauben, und wir müssen dieses Baby annehmen.

»Mark? Ich weiß, was hier nicht stimmt.« In meinem Kopf formen sich die Worte, die alles verändern werden, und plötzlich verschwimmt Tobys Gesicht und wird von dem Baby überlagert, das auf den Ultraschallbildern zu sehen war. Von dem Baby, das für mich bestimmt war, noch bevor ich überhaupt wusste, dass ich eins haben will. Von dem Baby, zu dem ich mich bereits bekannt habe, als ich Marks Frau wurde.

»Das ist nicht unser Baby. Mark, hör mir zu. Dieses Baby ist nicht unser Sohn.«

ZEHN JAHRE ZUVOR

MARK

Wie unsere Hochzeit war? Einfach perfekt.

Na ja, zumindest fast.

Sash lag nicht bei mir im Bett, als ich aufwachte. Sie hatte darauf bestanden, bei Bec zu übernachten. Anscheinend eine alte Tradition. So richtig verstanden habe ich es nicht. Adam – der mit Bec zusammen war, seit sie sich in dem Jazzclub begegnet waren, und an diesem Tag mein Trauzeuge – kam so gegen zwölf. Wir zogen unsere Smokings an, scheitelten uns die Haare und setzten uns dann vor den Sportkanal – es lief Fußball. Während des Vorberichts ließ Adam ein paar Sprüche los, von wegen Leben unter der Knute und so. Daraufhin meinte ich nur, er wäre bestimmt der Nächste. Danach sagte er nichts mehr. Außerdem war Sash definitiv kein Kontrollfreak, sie hat mich immer machen lassen, was ich wollte. Damals ermutigte sie mich sogar ständig, auszugehen, das Leben zu genießen, etwas mehr Spaß zu haben.

Es dauerte ziemlich lange, bis die Limousinen kamen. Die Organisation der Hochzeitsautos hatte Sash mir überlassen, meine einzige Aufgabe bei den Hochzeitsvorbereitungen. Irgendwann war es ein Uhr. Auf dem Bildschirm wärmten sich die Spieler gerade auf, als eine SMS von Sash kam:

Brauchen die Limos noch lange?

Ich hatte sie für halb eins gebucht. Damit waren sie jetzt definitiv spät dran.

Ich rief beim Limousinenverleih an. Niemand da. Ich versuchte es auf der Handynummer, die auf der Homepage angegeben war. Nichts.

»Verdammt, Mann. Wann hast du denn das letzte Mal mit denen geredet?«, fragte Adam.

Sind gleich da, schrieb ich an Sash. Die Rosenblüte an meinem Revers wurde an der Spitze schon braun.

»Ihr werdet noch mit dem Taxi zu eurer Hochzeit fahren müssen«, prophezeite Adam kopfschüttelnd.

Ich schaute in meine Mails. Der Autoverleih hatte mir eine Buchungsbestätigung geschickt: zwei Limousinen, 12:30 Uhr, Samstag, 14. Februar 2002. *2002?* Das war nächstes Jahr. Jetzt konnte ich nur noch hoffen, dass sie keine Buchungen so weit im Voraus annahmen.

Hektisch öffnete ich die Haustür und blickte auf die leere Straße hinaus. Adam stand bereits auf der Veranda und rief ein Taxi. Von einer Limousine war nichts zu sehen. Simon hätte niemals einen solchen Fehler gemacht. Was würde er jetzt tun? Ich ging wieder hinein, um nachzudenken.

Dad hatte einen alten, blauen Chevrolet in der Garage. Eine ziemliche Rostlaube, aber hin und wieder fuhr er noch damit. Bei unserem ersten Besuch bei ihm hatte er Sash sogar angeboten, eine Spritztour mit ihr zu machen. Sie hatte höflich abgelehnt; Oldtimer seien nicht so ihr Ding, hatte sie gesagt. Das Auto war zwar alt und ziemlich klein, trotzdem musste ich Dad anrufen, selbst wenn er vermutlich bereits auf dem Weg zur Kirche war. Dieser Wagen war meine letzte Hoffnung.

Sash sah einfach atemberaubend aus, als sie zum Altar schritt. Strahlendes Lächeln, und ihre kunstvoll geflochtenen Haare glänzten im Licht. Ich glaube, so wunderschön war sie noch nie gewesen. Als sie den Altar erreichte, drehte sie sich zu mir, griff nach meinen Händen und drückte sie fest. Ich wusste, dass sie mir die Panne mit den Limousinen bereits verziehen hatte – und dass ich sie selbst zur Trauung hatte fahren müssen, dass ich sie deshalb schon vor der Zeremonie gesehen hatte, dass sie deshalb mehr als eine halbe Stunde zu spät in der Kirche eingetroffen war.

Das sanfte Licht, das durch die Buntglasfenster fiel, umspielte ihr Gesicht, und es fiel mir schwer, mich auf die Zeremonie zu konzentrieren. Beim Gelübde geriet ich ins Stocken. Wir hatten selbst welche geschrieben, vor ungefähr einer Woche. Den Großteil der Arbeit hatte Sash gemacht, aber mir hatte das alles gut gefallen. Ein bisschen was über Ehrlichkeit, ein bisschen was über Liebe. Eigentlich spielte es sowieso keine Rolle, was wir sagten. Wichtig war nur, dass wir uns liebten. Dass es niemanden gab, mit dem wir unser Leben lieber verbringen wollten. Dass wir zusammen sein würden, bis dass der Tod uns scheiden möge.

Rückblickend weiß ich nun, dass ich wohl besser mehr gesagt hätte: Warum ich Sash so liebte. Wegen ihres einfühlsamen Wesens, ihrer rücksichtsvollen Art. Wegen der Leidenschaft, die immer dann zutage trat, wenn sie sich etwas in den Kopf setzte. Wegen ihrer fast schon übertriebenen Rechtschaffenheit. Auf sie konnte ich mich verlassen, ihr konnte ich bedingungslos vertrauen. Sie glaubte an mich und meine verrückten Träume. Mit ihr wollte ich eine Familie gründen. Ich konnte es kaum erwarten, mein Leben mit ihr zu verbringen, all das zu sein, was Sash sich erträumte, ihr alles zu geben, was sie jemals brauchen würde.

Nachdem der formelle Teil erledigt war und wir aus der

dunklen Kirche in den Sonnenschein hinaustraten, lehnte Sash sich an mich und flüsterte mir ins Ohr: »Toll gelöst mit dem Wagen. Bec hat mir alles erzählt. Das liebe ich so an dir, Mark. Du gibst niemals auf. Du findest immer eine Lösung. Und du lässt mich niemals hängen.«

Tag 1, Samstag. Mittagszeit.

Ich schiebe die Wolldecke von meinem Schoß, sodass sie bis zu den Füßen rutscht. Es ist eine Erleichterung, es endlich ausgesprochen zu haben.

Mark klappt abrupt den Mund zu. Dann beugt er sich ein wenig vor und versucht herauszufinden, ob jemand vom Personal oder einer der Besucher etwas gehört hat.

»Nicht unser Baby?«, zischt er. »Das ist nicht witzig, Sash. Soll das ein Scherz sein? So wie damals, als du mir am ersten April weismachen wolltest, wir hätten eine Braunschlange in unserem Schlafzimmer? Du meinst das nicht ernst, oder? *Oder?*«

Das Baby in dem Plastikkasten ist eingeschlafen. Es liegt auf der Seite wie ein gestrandetes Boot. Ich starre blicklos auf seine durchscheinende Haut.

»Das ist nicht unseres«, wiederhole ich in dem ruhigen Tonfall, in dem ich früher immer aufgeregte oder nervöse Patienten beruhigt habe. Genau in diesem Ton habe ich mit Damiens Eltern gesprochen, in jener schicksalhaften Nacht vor elf Jahren, als ich noch Assistenzärztin in der Pädiatrie war. Damien saß auf dem Schoß seiner Mutter, in einem der Behandlungsräume der Notaufnahme. Seine Wangen waren gerötet und tränenverschmiert. Während der Untersuchung hatte er sich gewehrt wie ein wildes Tier. Dass er so viel Energie aufbrachte und normal auf seine Umwelt reagierte, hatte mich beruhigt. Die Medikamente hatten seine Temperatur gesenkt. Als ich eine lustige Grimasse schnitt, lächelte er sogar kurz.

»Vorerst geht es ihm wieder besser«, erklärte ich seinen Eltern mit meiner besten Beruhigungsstimme. »Ich verstehe, dass Sie besorgt sind. Warum nehmen Sie ihn nicht erst mal wieder mit nach Hause und warten ab, wie die restliche Nacht verläuft? Falls am Morgen immer noch Anlass zur Sorge besteht, können Sie ihn jederzeit wieder herbringen. Okay?«

Der Vater hörte aufmerksam zu und nickte. Die Mutter drückte Damien fest an sich. Meiner Meinung nach hatten sie angesichts des Fiebers überreagiert, wie so viele Eltern. Deshalb hielt ich es für das Beste, sie erst mal zu beruhigen. Wie hätte ich denn ahnen können, dass es ihm ganz und gar nicht besser ging?

Jetzt suche ich Marks Blick.

»Ich meine das vollkommen ernst, Mark.« Ich zeige auf das schlafende Baby. »Das ist nicht unser Kind.«

»Herrgott noch mal.« Mark reißt die Augen auf. »Wie … Ich meine … Verdammt, Sash. Bist du sicher? Denn das könnte echt knifflig werden. Mit so etwas macht man keine Scherze.«

»Das ist kein Scherz. Du musst mir glauben. Ich bin mir absolut sicher.« Wieder dieser beruhigende Tonfall.

»Aber wie hätte das denn passieren sollen, verdammt?«

»Ich weiß nicht. Wahrscheinlich leichter, als man denkt. Vor allem, wenn jemand nicht aufpasst.« Bei mir in der Arbeit werden ständig Proben vertauscht, falsch etikettiert oder gehen im System verloren. Sogar ganze Pathologieberichte. »Aber ich weiß, dass so etwas schon öfter vorgekommen ist, in den Staaten zum Beispiel. In anderen Ländern auch. Und jetzt ist es eben uns passiert.« Jetzt, wo ich gesagt habe, was gesagt werden musste, fühle ich mich besser.

Mark mustert mich prüfend. »Und du bist dir wirklich sicher?«

Nickend greife ich nach seinen Händen. »Das ist nicht unser Kind. Und jetzt müssen wir unser echtes Baby finden.«

Er drückt meine Hand. *Keine Sorge. Ich glaube dir.*

Warm und weich liegen seine Finger in meiner Hand, so wie an unserem ersten Abend, im Mondschein am Strand, als der kühle Sand zwischen unseren Zehen klebte. Nachdem er mir von seinem Bruder Simon erzählt hatte, schilderte ich ihm meine Erinnerungen an den Moment, als ich meine Mutter das letzte Mal gesehen hatte. Er lachte nicht, schmunzelte nicht einmal. Stattdessen hörte er aufmerksam zu, als ich ihm alles genau beschrieb: der Schimmer auf ihren Haaren, golden wie reife Birnen im Licht der Verandabeleuchtung; wie sie sich zu mir umgedreht und einen Finger auf die Lippen gelegt hatte, als wollte sie mich zur Verschwiegenheit verpflichten, bevor sie lautlos in der dunklen Nacht verschwand.

Jetzt verschwindet Mark. Bevor ich noch etwas sagen kann, marschiert er bereits durch die Station. Ich versuche, ruhig zu bleiben, beuge mich vor und fische das Handy aus der Tasche meines Bademantels. Keine Nachrichten. Wahrscheinlich hatte Mark noch keine Zeit, die Geburtsmeldung, die wir vor einer Woche zusammen entworfen haben, an Freunde und Familie zu schicken.

Die Schwestern beobachten mich nicht länger. Wo Mark hingegangen ist, kann ich nicht sehen. Vermutlich hat er sich auf die Suche nach einer Hebamme gemacht. Mit zitternden Fingern tippe ich die Worte »vertauschte Babys« in die Suchmaschine des Handybrowsers. Während die Seite lädt, rutscht mir das Telefon beinahe aus der Hand. Vierzehn Millionen Ergebnisse?

Fassungslos scrolle ich durch die Trefferliste. Es ist so, wie ich es Mark gesagt habe, allerdings ist das Problem noch viel weiter verbreitet, als mir bewusst war: Frankreich, Brasilien,

Polen, Südafrika, Kanada. Auch in Australien. Langwierige Gerichtsverfahren überall auf der Welt. Fast immer ungewollt. Oft wussten die Mütter sofort Bescheid, und wenn die Behörden ihnen Glauben schenkten, wurden ihre Babys umgehend zurückgegeben. Aber manchmal dauerte es mehrere Stunden, bis der Fehler erkannt und korrigiert wurde. In der Zwischenzeit ließ man die Frauen die falschen Babys stillen. Und manchmal fanden die Frauen bei den Behörden jahrelang kein Gehör. Oder niemals.

Seit unser Baby geboren wurde, sind bereits einige Stunden vergangen. Wenigstens wurde unsere Kleine nicht von der falschen Frau gestillt. Vielleicht haben sie ihr Milch gegeben, aber sie wird nicht in der Lage gewesen sein, an der Brust zu trinken. Sie ist zu früh auf die Welt gekommen, um an der Brust einer anderen Frau zu saugen.

Ich überfliege noch einige Seiten auf der Suche nach hilfreichen Informationen. In den Artikeln werden aufrichtige Entschuldigungen der Klinikverwaltungen zitiert, gepaart mit Versprechungen, das System zu verbessern. Auszüge diverser Gerichtsverhandlungen, Stellungnahmen der inzwischen erwachsenen Kinder. Aber nichts von den Müttern. Warum äußern sie sich nicht dazu?

Vielleicht sollte ich die Medien informieren, einen Anwalt anrufen? Nein. Besser erst mal keine zu große Sache daraus machen. Mark ist durchaus in der Lage, es auch so zu regeln. Er hat mich nie im Stich gelassen, hat immer an mich geglaubt, auch als ich selbst dachte, ich könnte nicht mehr. Und Ärzte sind vernünftige Menschen. Sie glauben ihren Kollegen. Ich muss einfach darauf vertrauen, dass sich das alles klären wird und dass wir unser echtes Baby ganz schnell wiederbekommen werden.

Plötzlich wird mir kalt. Ich ziehe die Decke wieder auf

meinen Schoß. Natürlich erwarte ich eine offizielle Entschuldigung, wenn ich erst mal mein wundervolles Baby im Arm halte. Aber die Klinik sollte froh sein, dass das bei jemandem passiert ist, der Verständnis dafür hat, dass kein Mensch unfehlbar ist, jemandem, der weiß, dass Fehler passieren können. Auch wenn mir selbst fast nie welche unterlaufen.

Inzwischen ist mindestens eine halbe Stunde vergangen, und Mark ist noch immer nicht zurück. Offenbar ist er auf der Jagd nach unserem Baby. Aber ich kann nicht hilf- und tatenlos hier rumsitzen. Ich muss etwas unternehmen, muss selbst einen Beweis finden. Schließlich werde ich mein Baby auf Anhieb erkennen – ja, eigentlich bin ich für diese Suche am besten geeignet.

Ich stemme mich hoch, wäre aber fast wieder umgekippt, weil mein Bauch so wehtut. Vielleicht hätte ich doch zumindest eine kleine Dosis Morphium nehmen sollen. Stolpernd gehe ich von einem Inkubator zum nächsten. In diesem Korridor stehen insgesamt zehn, an den Wänden aufgereiht. Ich habe sie dreimal gezählt, um sicherzugehen. Das Mädchen in dem Inkubator neben Toby hat feinen Flaum auf dem Kopf und ein Stupsnäschen. Das nächste dicke Fingerchen und zusammengekniffene Zehen. Jetzt sehe ich auch Mark, er steht am Schwesterntisch und ist in ein Gespräch mit Ursula vertieft. Prompt beschleunige ich mein Humpeln und spähe in jeden Inkubator, an dem ich vorbeikomme. Dabei konzentriere ich mich vor allem auf die mit den rosa Namenskärtchen. So viele Babys, und sie alle brauchen Liebe. Es überrascht mich, dass ihre Eltern nicht bei ihnen sind. Wenn ich mein Baby erst mal gefunden habe, werde ich keine Sekunde von seinem Inkubator weichen. Ich gehe weiter.

Dünne Beinchen, dunkle Haut. Segelohren, spitzes Kinn.

Ich biege um die Ecke des L-förmigen Korridors und drücke eine Hand auf meinen schmerzenden Bauch, schleppe mich aber noch zu den normalen Bettchen im kleineren Flügel; es sind acht.

Braune Augen, gerötete Haut. Dunkle Haare, dickes Bäuchlein.

Nächstes Bettchen, nächstes, nächstes. Irgendwann erreiche ich das Ende der Station. Ausgeschlossen, dass ich eines der Babys übersehen habe. Wie kann es also sein, dass keines von ihnen so aussieht wie meins?

Ich lasse mich auf eine Bank sinken. Jetzt sind die Schmerzen so stark, dass ich mich kaum noch aufrechthalten kann – es fühlt sich an, als würde mir jemand ein Schwert in den Bauch rammen. Plötzlich höre ich ein Quietschen hinter mir. Ursula schiebt den Rollstuhl neben mich.

»In Ihrem Zustand sollten Sie nicht rumlaufen«, sagt sie. »Die meisten Frauen können am ersten Tag nach ihrem Kaiserschnitt nicht einmal gehen.« Sie hebt mich in den Stuhl und schiebt mich zurück. »Ich bringe Sie gleich auf Ihr Zimmer. Mark hat mit mir gesprochen. Wir werden das klären. Brauchen Sie in der Zwischenzeit noch Schmerzmittel?«

»Ich brauche keine Schmerzmittel. Ich brauche nur mein Baby.« Mein Herz rast. »Sofort.«

»Natürlich.« Sie stellt mich vor Tobys Plastikkasten ab. »Aber bis dahin schlage ich vor, Sie verbringen noch ein wenig Zeit mit *diesem* Baby.«

Bevor sie geht, habe ich noch eine Idee. Jetzt weiß ich, wie ich einen unwiderlegbaren Beweis schaffen kann. Mühsam versuche ich, eine gelassene Miene aufzusetzen, als ich zu Ursula hochsehe.

»Können wir dieses Baby hier bitte einmal wiegen?«

Ursula verzieht die roten Lippen. »Oh, aber er wurde heute bereits gewogen.« Sie zeigt auf das Schild am Fuß des

Inkubators. »Eins Komma neun Kilogramm. Sein Gewicht ist in Ordnung.«

»Es dauert doch nur einen Moment.«

»Möchten Sie ihn wirklich ohne erkennbaren Grund wecken? Er braucht all seine Energie, um zu wachsen.«

Ursula hat ganz am Anfang meinen Namen verwechselt. Könnte sie etwas mit der Sache zu tun haben?

»Ich bin ein wenig besorgt, weiter nichts. Irgendwie bin ich nicht sicher, ob er korrekt gewogen wurde.«

Sie legt den Kopf schief. »Sie haben das erste Wiegen verpasst, ich verstehe. Nun ja, dieses eine Mal ...«

Die Räder der fahrbaren Waage gleiten ratternd über die Fugen des Linoleums, als Ursula sie heranrollt. Sie legt Toby in die Schale wie einen frisch gefangenen Fisch. Er gibt keinen Ton von sich. Die roten Ziffern auf der Anzeige blinken kurz, dann leuchtet das Resultat auf: 2070 Gramm.

»Ich wusste, dass etwas nicht stimmt.« Adrenalin schießt durch meinen Körper, während ich auf das abweichende Ergebnis zeige. »Das ist nicht mein Baby.«

Ursula legt Toby zurück in den Inkubator und schließt die Frontklappe.

»Das hätte ich vorher erwähnen sollen: Die nasogastrale Sonde und die Kabel erhöhen das Gewicht ein wenig, verstehen Sie? Bei der Berechnung des Körpergewichts Ihres Sohnes haben wir den ungefähren Wert dafür natürlich abgezogen.«

Sie geht neben dem Rollstuhl in die Knie und reibt mit einer Hand meinen Unterarm. Am liebsten würde ich zurückweichen – die Berührung ist ebenso irritierend wie ihr abrupter Verhaltensumschwung. Gerade noch rechtzeitig halte ich mich zurück. »Es ist ein Schock, nicht wahr? Frühchen sehen ganz anders aus, als man es sich vorstellt. Er wird in diese faltige Haut noch reinwachsen, Sie werden sehen.« Ihr Tonfall verschärft sich fast unmerklich, als sie hinzufügt: »Sie müssen daran glauben, dass dies Ihr Sohn ist.«

Ich möchte nachgeben, möchte so tun, als wäre das alles nie passiert. Doch stattdessen richte ich mich kerzengerade auf.

»Verschweigen Sie mir etwas?«

Ursula presst die Lippen zusammen, steht auf und tritt einen Schritt zurück. »Lassen Sie mich ehrlich sein: Ich mache mir große Sorgen um den Gesundheitszustand Ihres Kindes. Und auch um Ihren.« Gelassen zeigt sie auf den Inkubator. »Das ist Ihr Sohn, Sasha. Sehen Sie hin: Hand- und Fußgelenke, er trägt zwei Namensbändchen.« Dann greift sie nach der Akte, die auf einem Bänkchen liegt, streckt sie mir offen entgegen und blättert die Seiten um. »Alle Unterlagen sind in Ordnung.«

»Das besagt gar nichts«, erwidere ich. »Und Sie wissen das. Ich will doch nur mein Baby finden. Ist das denn zu viel verlangt?«

Zwei Schwestern kommen mit entschlossener Miene auf uns zu. Sie bleiben in einiger Entfernung stehen. Haben sie etwa Angst, näher heranzukommen?

»Brauchst du Hilfe, Ursula?«, fragt eine von ihnen. »Gibt es ein Problem?«

Ein Problem. Damit wollen sie wissen, ob Ursula Unterstützung vom Sicherheitsdienst des Krankenhauses braucht.

Ursula mustert mich scharf. »Ruft Dr. Niles an«, sagt sie dann.

»Sie wollen mich wegsperren?«, rufe ich schrill. »Mich für verrückt erklären?«

Die wenigen Besucher der anderen Babys heben die Köpfe. Leises Raunen setzt ein. Habe ich etwa zu laut gesprochen? Oder haben diese Eltern es ebenfalls satt, einfach ignoriert zu werden?

»Der Fall in den USA muss Ihnen doch bekannt sein«, fahre ich mit erhobener Stimme fort. Plötzlich taucht Mark auf. Wo hat er so lange gesteckt? »Da hat die Hebamme einen Fehler gemacht. Und es hat noch viele andere Fälle gegeben.« Mir versagt die Stimme. Plötzlich wollen mir keine Details mehr einfallen.

Mark sieht Ursula an, schüttelt den Kopf und hebt abwehrend die Hand. Sie und die anderen Schwestern ziehen sich zurück. Er kniet sich auf den Linoleumboden und legt beide Hände auf meine Oberschenkel. Sein Blick ist starr, so als hätte er Angst. Als er anfängt zu sprechen, klingt er so besänftigend, wie wenn er unseren Kater in den Tragekorb locken und zum Tierarzt schaffen will.

»Du musst dich ausruhen, Liebling. Hier ist jemand, der dich sehen will. Jemand, dem du vertrauen kannst.«

Nun erkenne ich auch die verschwommene Gestalt hinter Mark.

»Herzlichen Glückwunsch, ihr zwei.«

Es ist Dad. Seine raue Stimme klingt irgendwie dünner als sonst. Er beugt sich über den Rollstuhl und drückt mir ein Küsschen auf die Wange. In einer Hand hält er eine grüne Einkaufstüte und eine Zeitung. Die Falten auf seinem Handrücken verschieben sich wie Wellen, die an den Strand rollen.

Mark geht davon, wohl, um uns etwas Privatsphäre zu verschaffen. Die Schwestern kehren zu ihrer Station zurück. Und die wenigen anderen Besucher haben sich nicht von ihren Neugeborenen wegbewegt. Dad starrt mich an wie früher, wenn ich unartig war. Es hat keinen Sinn, ihm etwas von der Verwechslung zu erzählen. Meine Geburt hat bei ihm ein tiefes Trauma hinterlassen. Außerdem würde er mir sowieso nicht glauben. Er könnte ja auch gar nicht verstehen, was ich gerade durchmache.

Dad beugt sich über den Inkubator und späht hinein.

»Euer Baby sieht genauso aus wie du damals als Neugeborenes.«

Er hatte noch nie ein gutes Auge für Gesichter.

»Da bin ich mir nicht so sicher, Dad.«

Doch er scheint mir gar nicht zuzuhören. Stattdessen zieht er einen Quilt aus seiner Tüte und breitet ihn feierlich auf meinem Schoß aus.

»Ich dachte mir, den hättest du vielleicht gerne für ihn.«

Es ist der Patchwork-Quilt aus meiner Kindheit. Kühl ruht der Baumwollstoff unter meinen Fingern. Einige der Muster kommen mir bekannt vor – Teddybären, Wale, Feuerwehrautos –, an andere erinnere ich mich überhaupt nicht. Als Kind habe ich ihn mir immer unter die Nase gehalten und mein Gesicht an dem Stoff gerieben, um die verschiedenen Düfte einzuatmen, die darin festhingen. Diese Decke war mein größter Trostspender.

»Ich weiß nicht, ob ich es dir je erzählt habe, aber den hat deine Mutter für dich gemacht, als sie mit dir schwanger war.«

Vorsichtig zeichne ich die Achtecke nach, die mit feinen, weißen Stichen zusammengenäht wurden. Dann ziehe ich den Quilt glatt. Für diesen einen Moment scheinen die dramatischen Ereignisse des Tages weit weg zu sein. Meine Mutter hat diese Decke gemacht, extra für mich.

»Hat sie denn viel genäht?«

»Als ich Rose kennenlernte, hat sie getöpfert. Allerdings war das mit dem Ton immer eine Riesensauerei, deshalb ist sie wohl irgendwann auf die Näherei umgestiegen.«

Er holt ein Fotoalbum aus der Tüte. Auf dem Cover prangt eine rosa Giraffe.

»Dein Babyalbum. Habe ich auch rausgekramt. Vielleicht interessiert es dich ja.«

So etwas habe ich seit Jahren nicht mehr gesehen: Die Bilder kleben direkt auf dem vergilbten Papier, bedeckt von einer transparenten Folie, die sie an Ort und Stelle hält. Allerdings fängt die Plastikfolie nach all den Jahren langsam an, sich zu lösen. Manche Fotos sind nach unten gerutscht und streben nun Richtung Einband, als wollten sie sich aus dem Staub machen.

»Dad … wie war Mutter nach meiner Geburt?«

Ein breites Grinsen legt sich auf sein faltiges Gesicht. »Überglücklich.« Dann blickt er zu Boden.

Ich blättere in dem Album. Ich als Neugeborenes, fest eingewickelt in Decken, mit einem Häkelmützchen auf dem Kopf. Meine Mutter hält mich unsicher im Arm und sieht mit halb gesenkten Lidern in die Kamera. Sie lächelt nicht.

»Na ja … überglücklich sieht sie aber nicht aus.«

Dad setzt sich neben den Inkubator und schlägt die Zeitung auf, bevor er sie nach einem komplizierten Muster zusammenfaltet, bis das Kreuzworträtsel obenauf ist.

»Heutzutage hätten sie bestimmt eine schicke Diagnose gestellt. Das machen sie doch besonders gerne, habe ich recht?«

Krampfhaft klammere ich mich an den Quilt. »Was meinst du damit?«

Dad füllt die oberste Reihe des Rätsels aus.

»Na, diese postnatalen Depressionen«, sagt er. »Das hat doch jetzt jeder, oder nicht?«

Ich kneife die Augen zusammen. »Davon hast du nie etwas erwähnt. Und dieses Album hast du mir auch noch nie gezeigt.«

»Wirklich? Ich dachte schon.«

Die Fotos verschwimmen vor meinen Augen. Ich als Kleinkind im Planschbecken; mit einer Holzeisenbahn; nackt in der Badewanne. Meine Mutter taucht nicht mehr auf. Bei meinen anderen Kinderfotos war ich immer davon ausgegangen, dass sie eben fotografiert hatte. Abrupt klappe ich das Album zu.

»Nein. Du hast es mir nie gesagt.«

Früher habe ich sie hin und wieder kurz vor mir gesehen: das blasse Gesicht meiner Mutter in dem Spiegel über ihrem Frisiertisch im Schlafzimmer. Wie sie die Bürste durch ihre langen Haare zieht, vom Ansatz bis zu den brüchigen Spitzen. Oder wie sie Make-up aufträgt oder sich mit der Pinzette störende Härchen vom Kinn zupft. Dabei schien sie nie zu bemerken, dass ich neben ihr saß. Irgendwann fing ihr Gesicht dann immer an zu glühen, sodass ich die Hand nach ihr ausstreckte. Doch bevor ich ihr Spiegelbild berühren konnte, zersprang es jedes Mal in tausend Stücke.

Ich stopfe Decke und Album zurück in die Tüte. Dabei steigt mir der muffige Geruch von Mottenkugeln in die Nase. Genauso hat der Nähkasten meiner Mutter gerochen. Es muss viele Stunden gedauert haben, diesen Quilt zu nähen, jeden der winzigen Stiche präzise zu platzieren, und dabei hat sie die ganze Zeit an mich gedacht, während ich fröhlich in ihrem Bauch strampelte. Inzwischen haben sich einige Stiche gelöst, und der Stoff ist stellenweise abgewetzt und transparent wie alte Spinnweben. Wenn ich nicht bald lerne, wie man näht, wird dieser Quilt auseinanderfallen.

Dad hebt seinen Stift an, der einen kleinen Tintenfleck auf der Zeitung hinterlässt. Er weicht meinem Blick aus.

»Rose war mehrmals in der Psychiatrie. Beim ersten Mal warst du erst sechs Monate alt, zu klein, um dich später daran zu erinnern. Ich weiß gar nicht, warum ich dir jetzt davon erzähle. Irgendwie kommt es gerade alles wieder.«

Eisige Kälte erfasst mich. Nein, das hat er mir definitiv nie erzählt. Schaudernd verschränke ich die Arme vor der Brust. Dad ist noch nicht fertig. Er schweigt kurz, mustert mein Gesicht, meine Hände.

»Dir wird das selbstverständlich nicht passieren. Du hast es einfach in dir, nicht so wie sie.«

Da er schon immer ein sehr direkter Mensch war, würde ich seiner Einschätzung normalerweise sofort Glauben schenken. Aber wenn ich nicht so bin wie meine Mutter, wie bin ich dann? Er faltet die Zeitung so lange, bis sie in seine Hosentasche passt.

»Nachdem sie fort war, schienst du immer … problemlos klarzukommen. Es wirkte nie so, als hätte dich das sonderlich beeinflusst.«

Meine Augen fangen an zu brennen. »Hat es wohl auch nicht.«

Er küsst mich zum Abschied noch einmal auf die Wange.

»Ich habe heute übrigens das Wort mit zwölf Buchstaben gelöst: *freisprechen*.«

Er will schon wieder gehen? Sicher, er war emotional gesehen immer extrem linkisch und nie der Typ, der sich seine Gefühle bewusst macht, aber trotzdem ist er ein Verbündeter. Ich brauche ihn hier. Schnell drehe ich meinen Kopf, sodass seine Lippen mein Ohr streifen.

»Kannst du nicht noch etwas bleiben?«

»Würde ich ja, aber ich bin zum Golfen verabredet. Ach, übrigens, das hier ist für Toby.«

Die raschelnde, gelbe Zellophantüte bleibt an meinen feuchten Fingern kleben.

»Das habe ich unten bei dem Wohltätigkeitsbasar für Frauen gekauft. Rose hat auch immer gerne gestrickt.«

Mit quietschenden Sohlen geht er Richtung Stationstür.

Ich reiße den Klebestreifen von der Tüte. Darin befindet sich ein weiches, blaues Babyjäckchen mit besticktem Ausschnitt und runden Knöpfen – schlicht, aber wirklich niedlich. Ich halte es ausgebreitet vor den Inkubator. Für ein Frühchen ist selbst das noch etwas zu groß, aber letzten Endes wird es an unserem Baby bezaubernd aussehen. Das heißt, wenn wir unsere Kleine erst gefunden haben. Hoffentlich hört das Personal hier auf Mark und nimmt seine Bedenken ernst. Er wird unser Baby bestimmt aufspüren. Bleibt nur zu hoffen, dass es nicht zu lange dauert.

Tag 1, Samstag. Nachmittag.

Mark begrüßt mich mit einem Lächeln, als er zurückkommt. Ich weiß nicht einmal, wie viel Zeit seit Dads Aufbruch vergangen ist.

»Alles wird gut, Sash«, behauptet er mit mehr Sicherheit, als ich aufbringen kann. Er packt die Griffe des Rollstuhls. »Sie möchten, dass wir in dein Zimmer zurückgehen und uns unterhalten.«

Die Flure und der Fahrstuhl, der uns wieder in den ersten Stock hinunterbringt, schließen sich drückend eng um mich, als Mark mich zur Wöchnerinnenstation schiebt. Ich bin Alice in einem albtraumhaften Wunderland, werde immer größer und größer, während die Klinik um mich herum schrumpft, immer kleiner und kleiner wird. Hinter jeder Tür, an der wir vorbeikommen, schreien Babys, ein Geräusch, das wie ein dröhnendes Nebelhorn in meinem Schädel dröhnt. Unwillkürlich hoffe ich, dass eines dieser gesunden, voll ausgereiften Babys sich plötzlich als mein vermisstes Kind entpuppen könnte.

In meinem Zimmer wartet bereits Dr. Solomon im glänzenden Anzug, mit penibel ausgerichteter Krawatte über einem gestärkten Hemd. Die Hände hat er in die Hosentaschen gesteckt. Mit seinen polierten Stiefeln klopft er auf den staubigen Teppich neben dem Bett.

Ursula steht hinter ihm. Ihr strenger Blick verfolgt mich. Mark hält an und hilft mir ins Bett. Dabei flammt der Schmerz in meinem Bauch wieder so heftig auf, dass ich mir auf die Lippe beißen muss, um nicht zu schreien. Jetzt darf ich keinerlei Schwäche zeigen.

Als ich den Kopf aufs Kissen lege, fällt mein Blick auf die Van-Gogh-Reproduktion über dem Kopfteil. Die war mir bis jetzt gar nicht aufgefallen. *Die ersten Schritte.* Eine Mutter, die ihr Kind stützend unter den Armen festhält, während es unsicher auf seinen Vater zu wackelt, der auf einem Feld kniet. Während unserer Reise nach New York – die nun schon einige Jahre zurückliegt – hat sich Mark in den angesagten Cafés Inspiration geholt, ich bin durch das Metropolitan Museum of Art geschlendert und dort zufällig auf dieses Bild gestoßen. Bereits damals habe ich mich selbst in dieser Rolle gesehen: die Mutter, die alles für ihr Kind gibt. Und Mark war der Vater, der seinen Sohn zu sich lockt.

Dr. Solomon verschränkt die Arme vor der Brust, bevor er mit übertriebener Betonung sagt: »Ich hörte, hier gibt es ein Problem?«

»Ja«, antworte ich. »Wir müssen unser Baby finden. Bitte helfen Sie uns.«

Mark setzt sich auf das Fußende des Betts und hält meine Hand so fest umklammert, dass meine Knöchel wehtun. »Bitte«, wiederholt er leise.

Ich berichte Dr. Solomon alles: von den Medikamenten, dem misslungenen Bluttest, der Anästhesie insgesamt, der extrem langen Zeit, die Toby von mir getrennt war, dass er weder Mark noch mir in irgendeiner Weise ähnlich sieht. Dr. Solomon bleibt ruhig stehen, nur hin und wieder kratzt er sich an der Nase oder streicht sich übers Haar. Ursulas Blick scheint mich quer durch den Raum zu durchbohren.

Als ich fertig bin, signalisiert mir Dr. Solomon, dass ich mich hinlegen soll. Mark hilft mir, mich flach auf den Rücken zu legen. Dr. Solomon hebt mein Nachthemd an. Mit kalten Händen und hartem Druck untersucht er, ob meine Gebärmutter sich weiter zusammengezogen hat, dann prüft er meinen Verband. Dabei komme ich mir ein bisschen so vor wie eine meiner Leichen. Schließlich zieht er mit einem zufriedenen Grunzen die Bettdecke über meinen nackten Unterleib.

»Dass es mit dem Pflegepersonal zu solchen Missverständnissen gekommen ist, tut mir leid«, sagt er brüsk. »Bevor ich hergekommen bin, habe ich mir Toby auf der Säuglingsintensiv angesehen. Bei ihm handelt es sich definitiv um das Baby, von dem ich Sie heute am frühen Morgen entbunden habe. Ich weiß, dass Sie mit einem Mädchen gerechnet hatten, aber bekommen haben Sie eindeutig einen kleinen Jungen. Ihr Baby wurde bei der Geburt mit zwei Namensbändchen gekennzeichnet, am Hand- und am Fußgelenk, wie es die Vorschriften bei uns vorsehen. Aufgrund seines verfrühten Geburtszeitpunkts wurde er von einer Hebamme vom OP direkt auf die Säuglingsintensivstation gebracht.« Er zeichnet meine Krankenakte ab und legt sie auf den Beistelltisch neben mir.

Anscheinend hat er mir überhaupt nicht zugehört.

»Aber ich sollte ein Mädchen bekommen«, protestiere ich leise.

Dr. Solomon schüttelt den Kopf.

»Sicherlich ist Ihnen bewusst, dass kein medizinischer Test – und dazu gehört auch der Ultraschall – immer hundertprozentig korrekt ist.«

»Ich war fest davon überzeugt«, sage ich, jetzt schon etwas sicherer. »Für mich hat es sich wie ein Mädchen angefühlt.«

»Aha.«

So sind Ärzte. Puzzleteile, die nicht ins Bild passen, lassen sie unter den Tisch fallen. Wie etwa weibliche Intuition.

»Wurde unser Baby zu irgendeinem Zeitpunkt unbeaufsichtigt gelassen?«, frage ich. Mark drückt noch fester zu. *Ganz ruhig, Sash.*

»Sie waren die ganze Zeit über bei dem Baby, nicht wahr?«, wendet sich Dr. Solomon an Ursula.

»O ja.« Sie nickt, während sie ihre Brillenkette zwischen Zeigefinger und Daumen hin und her gleiten lässt. »Er war keine Sekunde allein.«

»Aber sie hat meinen Namen verwechselt«, schluchze ich und setze mich mithilfe des Bettgriffs wieder auf. Mein Bauch brennt, und der Schnitt, den ich mir bei der Kängururettung am Finger zugezogen habe, pocht schmerzhaft.

Ursula greift nach meiner Akte und hält sie demonstrativ ins Licht, um darin zu lesen. Wie können sie sie damit davonkommen lassen? Wie können sie nur?

»Ich brauche einfach einen Beweis. Können wir nicht einen DNS-Test machen?«

»Er ist kein In-vitro-Baby, oder?«, erkundigt sich Dr. Solomon.

Während der sich zu Jahren auswachsenden Monate, in denen wir versucht haben, schwanger zu werden, habe ich wieder und wieder darauf gedrängt, es mit einer In-vitro-Befruchtung zu versuchen. Ich fragte im Auto, ich fragte beim Abendessen, ich fragte im Bett. Mark widersetzte sich jedes Mal. Dann, eines Morgens, als er gerade pochierte Eier machte, explodierte ich.

»Willst du überhaupt ein Baby?«

Vorsichtig neigte er den Plastiklöffel mit dem Ei, während er das Wasser zurück in den Topf schüttete. »Mehr als irgendetwas sonst.«

»Mehr als mich?«

Er schüttelte den Kopf. »Komm schon, Sash. Ich will bloß

nicht, dass du dich so invasiven Methoden unterziehst. Nicht nach dem, was ich bei Simon mitansehen musste. All diese Nadeln – in seinen Armen, seinem Rückgrat, seiner Hüfte. Ich habe dir doch erzählt, was ich damals durchgemacht habe, oder etwa nicht?« Geschickt ließ er das Ei auf eine Toastscheibe gleiten. »Du weißt, wie sehr ich Krankenhäuser hasse.«

Wütend rammte ich das Messer in mein Ei. Das flüssige Gelb quoll hervor wie Blut, lief über meinen Spinat und suchte sich einen Weg um die Pilze herum.

»Außerdem ist da noch die Sache mit … du weißt schon«, fuhr er fort. »Dem Baby, das gestorben ist. Ich will einfach nicht dafür verantwortlich sein, dass du noch mehr unter Stress stehst.«

Mit den Gabelzinken schmierte ich den gelben Brei bis an den Tellerrand.

»Ich mache *alles* – außer In-vitro«, betonte Mark.

Danach haben wir drei Tage lang nicht miteinander geredet. Letzten Endes hat Mark gewonnen. Wir haben es so gemacht, wie er es wollte. Abgewartet, auf ein Wunder gehofft. Eine richtige Wahl hatte ich eigentlich nicht.

»Nein, keine In-vitro-Befruchtung«, sage ich deshalb jetzt zu Dr. Solomon.

»Dann kann es also keine Vertauschungen in der Petrischale oder im Labor gegeben haben. Und hier gab es definitiv auch keine. So wie es aussieht, gibt es also keinen Grund für einen DNS-Test, oder?«

Er sagt das mit fast schon bedrohlichem Ernst. Ich bin verwirrt. Und beunruhigt. Die Anzahl der Frühgeburten in diesem Krankenhaus ist ziemlich begrenzt. Wir müssen die einzelnen Optionen einfach nur systematisch durchgehen. Aber sie sehen mich alle mit einem derart mitleidigen Blick an, dass mir ganz anders wird. Habe ich irgendwas verpasst? Was sagt Dr. Solomon da gerade?

Mein Atem beschleunigt sich. In keinem der Fälle, über die ich etwas gelesen habe, waren Vertuschungsmaßnahmen im Spiel, weil das Baby gestorben wäre. Das wäre wirklich unvorstellbar. Aber Ärzte neigen dazu, ihre Fehler unter den Teppich zu kehren. Beziehungsweise, sie zu begraben.

Ursula hat doch erwähnt, dass hier früher etwas rumgegangen sei. Eine Infektion. Schon zum zweiten Mal werde ich von dem schrecklichen Gedanken gepackt: Wäre es möglich, dass mein Kind tot ist?

»Ist meinem Baby etwas passiert?«, frage ich mit zitternder Stimme.

Dr. Solomon und Ursula sehen sich an.

»Natürlich nicht, Sasha«, versichert er sofort.

Ich bin unglaublich erleichtert, aber dann wird mir klar, dass ich vorsichtiger sein sollte. Solange mein Baby noch vermisst wird, darf ich nicht mehr mit Anschuldigungen um mich werfen – nicht, bis ich die ganze Wahrheit kenne.

Ich drücke Marks Hand. *Bitte, hilf mir.*

»Könnten wir Tobys DNS nicht trotzdem testen, nur um sicherzugehen?«, fragt er prompt.

Dr. Solomon streicht glättend über seine Krawatte.

»Die Unterlagen sind alle in Ordnung. Zum jetzigen Zeitpunkt muss nichts weiter unternommen werden.«

»Warum ignorieren Sie meine Wünsche?«, begehre ich auf. Jetzt halte ich Marks Hand so fest gepackt, dass ich ihm fast die Finger zerquetsche. »Warum helfen Sie uns nicht dabei, unser Baby zu finden?«

»Wir versuchen alle, Ihnen zu helfen, Sasha.« Dr. Solomon greift nach der Medikamententabelle, die am Fußende des Betts hängt. »Sie bekommen Schlaftabletten, davon nehmen Sie zwei vor dem Schlafengehen. Außerdem Valium nach Bedarf. Und achten Sie darauf, dass Sie ausreichend Schmerzmittel bekommen. Damit sollte es Ihnen dann insgesamt besser gehen.«

Mark umschließt meine Finger mit beiden Händen. *Alles wird gut.* Er hört auf das, was die Ärzte sagen, begreift dabei aber nicht, dass auch Ärzte nicht immer recht haben.

Nachdem er das Brett mit der Tabelle scheppernd ans Bett zurückgehängt hat, wendet sich Dr. Solomon zur Tür. Ursula folgt ihm.

»Bitte.« Nur mühsam kann ich mich davon abhalten, zu schreien. Dieses Gespräch kann doch noch nicht vorbei sein! »Könnten Sie nicht meine Spezialistin im Royal anrufen? Dr. Yang. Sie wird Ihnen sagen können, wie ich bin. Sie weiß, dass ich mir so etwas niemals ausdenken würde. Mark kann das ebenfalls bestätigen. Sag es Ihnen, Mark.«

Doch bevor Mark den Mund aufmachen kann, erwidert Dr. Solomon: »Ich habe bereits mit Dr. Yang gesprochen. Und wir sind übereingekommen, dass es das Beste wäre, wenn Sie sich einmal mit einer Kollegin von mir unterhalten. Ich habe sie gebeten, herzukommen und Sie so bald wie möglich zu besuchen, damit wir das alles heute noch aus der Welt schaffen können.« Dann wendet er sich an Mark, der mit versteinerter Miene neben mir sitzt. »Mit Ihnen würde ich mich gerne noch kurz unterhalten, draußen auf dem Flur, wenn es möglich ist.«

Mark versucht, mich mit einem Lächeln zu beruhigen, bevor er mit Dr. Solomon und Ursula nach draußen verschwindet.

Und wieder bin ich allein.

Vielleicht haben sie ja recht, und ich liege falsch. Eine Verschwörung, an der das halbe Krankenhaus beteiligt wäre, klingt schon sehr weit hergeholt. Wie hätten sie das Baby überhaupt vertauschen können, wenn Mark Ursula die ganze Zeit im Auge behalten hat? Vielleicht sollte ich auf die Ärzte hören. Ihnen glauben. Ärzte wissen gewöhnlich, wovon sie reden. Oder nicht?

Tief durchatmen, befehle ich mir. *Sie haben dir zugehört. Sie lügen ihre Patienten nicht an. Du bist erschöpft, geschwächt.* Es wäre nicht das erste Mal, dass ich mich irre. Bei Damien hat mich meine Intuition auch getrogen. Danach befürchtete ich, dass es nicht sicher wäre, wenn ich weiter Kinder behandle, war der Meinung, ich hätte nicht das nötige Verantwortungsgefühl dafür. Und selbst früher schon war ich nie sicher, ob ich eine gute Mutter sein könnte. Ob ich überhaupt das Recht hätte, es zu versuchen, nachdem meine eigene Mutter sich ihren Elternpflichten einfach so entzogen hatte. Ich hatte Angst, ich könnte eine Art Schlechte-Mutter-Gen von ihr geerbt haben.

Vermutlich ist die Lösung ganz einfach: Ich muss mehr Zeit mit Toby verbringen und mich mehr anstrengen, seine Mutter zu sein. Auch wenn ich keineswegs davon überzeugt bin, dass er mein Kind ist, muss ich versuchen, ihn zu lieben. Ungefähr so, wie ich die anderen Babys geliebt habe, die nicht mehr weiterwachsen wollten in meinem Bauch. Es ist nicht Tobys Schuld, dass er dort unten in diesem Plastikkasten gefangen ist. Wie schwer kann es schon sein, es zumindest zu versuchen?

Noch nie habe ich mich so alleingelassen gefühlt wie jetzt. Ich wünschte, Lucia wäre hier – Becs Mutter – und würde mir die Hand halten. Unter dem kalten Licht der Neonröhre hält die Mutter auf dem Gemälde über meinem Kopf ihr Kind sicher und aufrecht. Aber im Moment bin ich gar nicht die Mutter, wird mir plötzlich klar. Wieder wird mir übel. Ich bin das Kind, das seine ersten Schritte macht. Bittere Galle steigt in meiner Kehle auf. Und wo ist die Mutter, die mich festhalten sollte, damit ich nicht hinfalle?

VORHER

MARK

Nach diesem ersten Abend am Strand hat Sash ihre Mutter eigentlich nie wieder erwähnt. Rose war gegangen, als Sash noch sehr klein war, zumindest hat man es mir so erzählt. Ich habe noch ein paarmal versucht, das Thema anzuschneiden, aber Sash ist mir immer ausgewichen – mit leerem Blick und verkniffenem Mund.

Obwohl sie ansonsten gerne über ihre Kindheit gesprochen hat. Lucia war sozusagen ihre Ersatzmama, hat sich nach der Schule um Sash gekümmert, ihr Essen gekocht, ihr alles Nötige beigebracht. Bec wurde dadurch eine Art Schwester für sie. Die beiden spielten zusammen Lego und Barbie, kletterten gemeinsam auf Bäume, veranstalteten an den Wochenenden ihre eigenen kleinen Radrennen im Park. Sashas Vater Bill hingegen versank völlig in seiner Arbeit und schien fast zu vergessen, dass er eine Tochter hatte.

Ich bin ihrem Vater das erste Mal begegnet, als wir schon einige Monate zusammen waren. In der Woche zuvor war ich bei ihr eingezogen. Es klingelte, und als ich die Wohnungstür öffnete, stand Bill vor mir und starrte über meine Schulter hinweg. Sash hatte mir Fotos von ihm gezeigt, sodass ich also wusste, wie er aussah, während er offenbar keine Ahnung hatte, wer ich war. Es überraschte mich schon, dass Sash mich nie erwähnt hatte. Andererseits erzählte sie ihm nie sonderlich viel, und mein Einzug war ja auch ziemlich schnell vonstattengegangen.

»Wohnt Sasha Jamieson noch hier?«, fragte er.

Ich streckte ihm die Hand hin. »Ich bin Mark. Sie müssen Bill sein. Sasha ist noch bei der Arbeit. Bitte, kommen Sie herein.«

Bill blieb auf der Schwelle stehen. »Ich will nicht stören.« Er reichte mir eine Tasche. »Ich habe ihr altes Zimmer ausgeräumt und dachte mir, diese Sachen will sie vielleicht haben.« Nun trat er so hastig zurück, dass er fast über die eigenen Füße stolperte. »Bitte sagen Sie ihr, dass ich da war.«

»Sicher.«

Neugierig sah ich mir den Inhalt der Tasche an: lauter Schwarz-Weiß-Fotos von einer ernst dreinblickenden Frau vor verschiedensten Sehenswürdigkeiten – Eiffelturm, Schiefer Turm von Pisa, Colosseum. Die Frau war schön, fast ein jüngeres Abbild von Sash, nur dass ihre Nase etwas länger und schmaler war. Das konnte eigentlich nur ihre Mutter sein.

Letztlich verschloss ich die Tasche wieder und verstaute sie auf dem obersten Regalbrett in unserer Rumpelkammer. Damals glaubte ich, es würde Sash nur wehtun, wenn sie sich die Fotos ansah. Eines Tages würde ich sie ihr zeigen, das schwor ich mir. Ehrlich gesagt ist das bis heute nicht geschehen.

Sash hatte meine Eltern schon ziemlich früh kennengelernt, bei einem Abendessen in einem schicken italienischen Restaurant. Sobald wir durch die Tür traten, sprang meine Mutter auf und umfasste Sashs Gesicht mit den Händen. »Vielleicht sollte ich dich jetzt schon Schwiegertochter nennen«, sagte sie, während sie Sash einen Kuss auf die Wange drückte. »Denn ich glaube nicht, dass mein lieber Sohn von irgendeiner seiner anderen Freundinnen je so begeistert war.« Dann drehte sie sich zu mir um. »Außer vielleicht von dieser Emma.« Mit einem leisen Kichern deutete sie an, dass das nur ein Scherz sein sollte, bevor sie sich wieder Sash zuwandte:

»Emma hat ihm im ersten Studienjahr das Herz gebrochen.« Etwas ernster fügte sie hinzu: »Ich schlage vor, du lässt es mit unserem Sohn schön langsam angehen.«

Mir stieg das Blut ins Gesicht. Dad nickte Sash zur Begrüßung zu, während sie sich auf den Stuhl neben ihm setzte. Als sie mit dem Ellbogen ihr Messer vom Tisch fegte, sah er mich mit hochgezogenen Brauen an.

»Tut mir leid.« Sash angelte nach dem Messer. Kein Wunder, dass sie nervös war – meine Eltern konnten ziemlich einschüchternd wirken.

»Ich verspreche Ihnen, dass ich gut auf Mark achtgeben werde.« Sash verschränkte die Hände im Schoß. »Und dass wir alles langsam angehen werden.«

»Sehr schön. Es ist wirklich reizend, endlich die Frau kennenzulernen, die unseren Sohn so glücklich zu machen scheint.« Mums Gesicht wurde weich. »Wir hatten nicht nur schöne Zeiten, weißt du?«

Sash lächelte verständnisvoll.

»Also, willkommen in der Familie«, ergänzte Dad in neutralem Tonfall.

Während wir Prosecco schlürften und Pasta mampften, fiel mir auf, wie sehr Sash sich darum bemühte, tadellose Tischmanieren zu zeigen. Bei ihren langen Arbeitstagen war sie normalerweise immer so ausgehungert, dass sie ihr Essen quasi inhalierte, wenn sie endlich zu Hause war. Heute aber wickelte sie die Spaghetti ordentlich um die Gabel und stützte sie mit dem Löffel ab. Zwischen den einzelnen Bissen legte sie immer wieder Pausen ein, lauschte nickend auf die geistlosen Geschichten meiner Mutter und lächelte, wenn mein Vater versuchte, witzig zu sein. Als die Mahlzeit beendet war, legte sie ihr Besteck ordentlich auf dem Teller ab, woraufhin meine Mum befriedigt zu Dad hinüberschaute.

Wir verließen das Restaurant, und während wir im Licht der Straßenlaternen zu unserem Auto gingen, konnte ich meinen Eltern ansehen, dass sie beeindruckt waren. Und das war ich auch. Beeindruckt von der Tatsache, dass diese Frau, die trotz ihrer ungewöhnlichen Kindheit so gut zurechtkam, einen Platz in einer Familie finden konnte, die so kaputt war wie meine.

Tag 1, Samstag. Nachmittag.

Eine zierliche Frau Mitte vierzig kommt in mein Zimmer geschlendert. Sie legt ihre rissige Ledermappe auf dem Boden ab und streicht sich glättend über ihren weißen Leinenanzug. Dann beugt sie sich über das Bett und zieht meine Krankenakte vom Tisch. Während sie das Deckblatt studiert, neigt sie den Kopf zur Seite. Ihre akkurat geschnittenen, kupferroten Haare glänzen im Licht der Sonne.

»Ich bin Karla Niles«, erklärt sie mir, als sie sich schließlich ans Fußende des Betts setzt. »Bitte entschuldigen Sie, dass es so lange gedauert hat. Ich bin so schnell gekommen, wie ich konnte.«

»Dann hat Sie also nicht die Klinikverwaltung geschickt?«

Sie zieht die Kappe von ihrem Füller. »Ich bin Psychiaterin.«

Meine Hände beginnen zu zittern. Schnell balle ich sie zu Fäusten und schiebe sie unter die Achseln. Meine Lunge brennt, also hole ich tief Luft.

»Ich brauche keinen Psychiater.«

»Falls meine Fragen Ihnen unangenehm sein sollten, entschuldige ich mich schon im Voraus. Aber es ist zwingend nötig, dass ich mit Ihnen spreche.«

Jetzt muss ich möglichst entspannt wirken, das ist klar. Vernünftig, geistig fit. Also lege ich den Kopf aufs Kissen und kleistere mir ein gelassenes Lächeln ins Gesicht.

Dr. Niles stellt mir Fragen über die Schwangerschaft, die Geburt, das Aussehen meines Sohnes und hält die Antworten mit ihrem glänzenden Füller in der Krankenakte fest. Die Minuten ziehen sich hin.

»Inwiefern ist das alles relevant?«, frage ich irgendwann.

Sie verharrt mit erhobenem Stift. »Nun ja, Ihr Mann sagt, Ihr Baby würde ihm ähnlich sehen.«

Mein Magen verkrampft sich. »Sie haben mit Mark gesprochen?«

Die Ärztin räuspert sich. Dann dringt sie auf ein unerwartetes Gebiet vor, indem sie mich nach meiner Familiengeschichte fragt.

»Das ist nur fürs Protokoll«, erklärt sie sanft, während sie die Beine übereinanderschlägt. »Ich bin hier, um zu helfen.«

Dass sie überhaupt danach fragt, verwirrt mich, aber nach kurzem Zögern schildere ich ihr meine eigene Geburt. Während meiner Kindheit musste mein Vater mir wieder und wieder davon erzählen – es war die einzige Geschichte über meine Mutter, die ich je von ihm gehört habe. Ich behalte sie eigentlich lieber für mich und rufe sie mir ins Gedächtnis, wenn ich meine Mutter vermisse. Aber in der jetzigen Situation scheint das irgendwie passend zu sein.

Während der ersten zwanzig Stunden nach meiner Geburt durfte meine Mutter mich nicht sehen. Das Personal hatte zu viel zu tun, und sie war durch den Blutverlust zu stark geschwächt. Aber sie ließ sich nicht abwimmeln, hat darauf bestanden, dass man mich zu ihr bringt. Schließlich hat sie sogar gedroht, sich allein zu mir zu schleppen. Sie hat dich auch da schon über alles geliebt, *hat Dad immer gesagt.* Sie konnte es nicht ertragen, von dir getrennt zu sein …

Dr. Niles macht sich weiter Notizen. Ihre schlanken Finger halten den Füller gepackt wie einen Speer, ihre Nägel sind spitz gefeilt wie Krallen. Dann macht sie mit den Fragen weiter, die bei jeder routinemäßigen Erfassung des Geisteszustands gestellt werden. Während meiner Assistenzzeit in der Psychiatrie habe ich selbst diese Fragen gestellt. Haben Sie Stimmen gehört, die keinem der Anwesenden zugeordnet werden konnten? Haben Sie etwas Ungewöhnliches gesehen? Empfangen Sie Botschaften aus Ihrem Fernseher?

Nein, nein und nein. Ich wische meine feuchten Hände am Laken ab und verneine auch Tendenzen zu Selbstmord oder Kindstötung.

»Ich will mein Baby finden, nicht umbringen«, presse ich mühsam hervor.

»Routinefragen«, erwidert sie. Inzwischen klingt ihre Stimme fast wie ein Singsang, wie bei jemandem, der ein Baby in den Schlaf singt. »Ich habe nur noch eine Frage an Sie: Wie ich hörte, haben die Föten vor Ihren Fehlgeburten zu Ihnen gesprochen?«

Das macht mich sprachlos. Mark ist der Einzige, dem ich je davon erzählt habe. Dr. Niles mustert mich unter halb gesenkten Lidern hervor.

»Das habe ich damals nur so zu Mark gesagt. Es war eine Art Witz. Erstaunlich, dass er es überhaupt erwähnt hat.«

»Verstehe.« Dr. Niles nickt, obwohl sie es anscheinend ganz und gar nicht versteht. Dann klappt sie meine Akte zu und fängt an, mir ihre hübsche Mutter-Kind-Station zu beschreiben: beruhigende Bilder an den Wänden, gedämpfte Musik, ruhige Zimmer. Sie erwähnt mit keiner Silbe, worum es sich in Wahrheit handelt, aber das weiß ich auch so – einen Teil der psychiatrischen Abteilung.

Deshalb unterbreche ich sie: »Ich kenne solche Mutter-Kind-Stationen. Aber mit mir ist alles in Ordnung, das müssen Sie mir glauben.«

Wieder glänzen ihre Haare im Licht. »Ihr Baby wird verlegt werden, sobald es die Säuglingsintensiv verlassen kann.«

Meine Arme und Beine scheinen unkontrolliert zu zittern. Hoffentlich sieht sie das nicht.

»Ich denke wirklich nicht, dass ich –«

Ursula erscheint in der Tür. »Ein dringender Anruf für dich, Karla«, verkündet sie, ohne mich anzusehen. »Irgendetwas über die neue Terminierung eines Embryotransfers.«

Dr. Niles entschuldigt sich und geht mit Ursula hinaus. Ihre Stimmen werden leiser, als sie den Flur hinuntergehen. Die Ledermappe liegt noch immer neben meinem Bett. Meine geschlossene Krankenakte hat sie auf dem Beistelltisch abgelegt. Eigentlich habe ich doch das Recht, sie zu lesen, oder? Um zu erfahren, was sie über mich sagen.

Draußen ist alles ruhig. Die Babys trinken offenbar gerade, oder sie schlafen. Vorsichtig schiebe ich mich bis zur Bettkante vor und stelle die Füße auf den Boden. Sofort schießt Hitze durch meinen Bauch. Ich beiße mir auf die Zunge, um ein Stöhnen zu unterdrücken, und schlurfe zur Tür. Die Schwesternstation, die meinem Zimmer gegenüberliegt, ist leer. Der Korridor ebenfalls. Also drehe ich mich zum Tisch um. Als ich nach der Akte greife, landet Dr. Niles' Füller mit einem leisen Knall auf dem Boden. Ich warte kurz und lausche. Nichts.

Nun setze ich mich auf die Bettkante und schlage die Akte auf. Mit tauben Fingern starre ich auf meinen Namen. Er steht in dicken, schwarzen Buchstaben in der oberen Ecke der Seite, direkt neben einer sechsstelligen Identifikationsnummer.

Das oberste Blatt ist ein Antrag – der erste Teil eines zweistufigen Formulars, das von zwei Ärzten abgezeichnet werden muss, um einen Patienten für unzurechnungsfähig zu erklären. Die glauben doch nicht ernsthaft, dass mit mir etwas nicht stimmt, oder? Normalerweise bin ich ein extrem schneller Leser, aber heute muss ich mit dem Finger unter der Zeile entlangfahren, um die einzelnen Wörter zu verstehen. Aber wenigstens kann ich schneller als der Durchschnittspatient die entscheidenden Informationen aus einer Krankenakte aufnehmen.

Ganz unten auf der Seite ist der Antrag bereits unterschrieben. Dr. Solomon. Die Seite darunter ist der Empfehlungsteil. Hier ist das Feld neben dem Namen von Dr. Niles noch frei, bereit für ihre Unterschrift.

Verdammte Scheiße.

Wenn Dr. Niles das abzeichnet, werde ich eingewiesen, werde gegen meinen Willen auf diese Mutter-Kind-Station verlegt. Sie werden mich beobachten, jeden meiner Schritte überwachen. Ich werde die Klinik nicht verlassen können. Und wenn ich mein Baby endlich gefunden habe, könnte der Status als Psychiatriepatient dafür sorgen, dass man sich weigert, es in meine Obhut zu geben.

Ich blättere durch den Rest der Akte, nehme am Rande meines Tunnelblicks einzelne Worte wahr: mein Aufnahmeformular, der Bericht über den Kaiserschnitt inklusive Anästhesie. Alles unordentlich hingekritzelt. Ich lese jede einzelne Zeile und versuche, es mir einzuprägen, habe aber gleichzeitig ein vages Gefühl der Entrücktheit, als würde das alles einer anderen passieren. Nicht mir. Nein, mir auf keinen Fall.

Ganz hinten in der Akte finde ich die Aufzeichnungen der Schwestern von heute Morgen.

0700: Mutter verwirrt bezüglich Geschlecht ihres Kindes.

Ich kann nicht fassen, dass sie das aufgeschrieben haben. Meine Fragen beruhten auf den bisherigen medizinischen Untersuchungen. Ich war kein bisschen verwirrt.

1200: Patientin ist erregt, verweigert Medikamente und entzieht sich der Blutabnahme.

Habe ich meine Patienten jemals so falsch dargestellt?

1330: Pflegepersonal der Säuglingsintensivstation gibt an, dass das Baby der Patientin einen Atemstillstand erlitt, während sie es auf dem Arm hielt. Was genau passiert ist, konnte niemand bezeugen.

Niemand außer mir. Die glauben doch nicht wirklich, dass ich ihm etwas antun würde, oder? Mir läuft ein kalter Schauer über den Rücken, und ich bekomme kaum noch Luft. Ich blättere weiter zu den Notizen von Dr. Niles.

»Weiß einfach«, dass es nicht ihr Kind ist.

Leugnet Selbstmordgedanken/Kindstötungsabsichten, aber siehe Bedenken der Hebammen.

Tränen steigen mir in die Augen. Krampfhaft dränge ich sie zurück. Für das, was mir bevorsteht, werde ich meine gesamte Kraft brauchen. Letzten Endes haben sie meiner Mutter auch zugehört und sie zu ihrem Baby gebracht, nachdem sie wieder und wieder darauf gedrängt hat. Und aus irgendeinem Grund hat man hier beschlossen, nicht auf mich zu hören.

Aus den dunklen Tiefen meines Gehirns kristallisiert sich ein Gedanke heraus: Ich könnte das Geburtenregister suchen, das dicke, schwarze Buch, in dem alle Neugeborenen aufgelistet sind, mit handgeschriebenen Details. In den Krankenhäusern, in denen ich gearbeitet habe, wurde es eigentlich immer in der Schwesternstation aufbewahrt. Dort werden Datum und Uhrzeit von jeder Geburt in der Klinik vermerkt. Gott sei Dank hinkt das Gesundheitswesen der sonst überall verbreiteten Digitalisierung weit hinterher. Die Details zu meinem Baby werden in diesem Buch stehen.

Mein Unterleib pocht schmerzhaft, als meine Füße über den Teppich gleiten. Statt von Beinen scheine ich von wackeligen Stöcken getragen zu werden, die jederzeit unter mir nachgeben können. Vorsichtshalber stütze ich mich an der Wand ab.

In der Schwesternstation ist noch immer niemand, überhaupt ist es auf der Station fast schon unheimlich ruhig. Keine Menschenseele zu sehen. Wahrscheinlich machen sie gerade Kaffeepause – für die hatte ich nie Zeit, als ich noch Assistenzärztin war. Vorsichtig spähe ich über die Kante des braunen Laminattresens. Auf keinem der Tische liegt ein Geburtenregister.

»Warum sind Sie denn schon wieder unterwegs?«

Ursula kommt aus einem der hinteren Büros und stemmt die Hände in die Hüften.

Meine Zunge klebt schwerfällig am Gaumen. »Ich wollte das Geburtenregister einsehen«, erkläre ich ihr. »Mich würde interessieren, wer bei der Geburt anwesend war.«

Stirnrunzelnd erwidert Ursula: »Diese Details finden Sie in Ihrem Babybuch. Das können Sie auf der Säuglingsstation lesen. Aber jetzt müssen Sie erst mal zurück ins Bett. Sie brauchen Ruhe, Sasha.«

»Wo ist das Geburtenregister?«, frage ich möglichst unverbindlich.

Entgeistert starrt sie mich an. »Das haben wir heutzutage alles im Computer.«

Seit meiner Zeit in der Geburtshilfe hat sich eine Menge geändert – und anderes auch wieder nicht. Während ich mühsam zu meinem Zimmer zurückschlurfe, verfolgt mich Ursula mit scharfem Raubvogelblick.

Das Kissen drückt kalt gegen meinen Nacken, als ich wieder im Bett liege und im Geist meine Kontakte durchgehe. Aber mir fällt nur eine ein, die mich unterstützen würde und die mich vielleicht versteht: Bec.

In der Schule hing Bec immer mit ihrer Clique mitten auf dem Pausenhof herum. Sie spielten Gummitwist oder *Wer hat Angst vorm Schwarzen Mann*, und später, gegen Ende der Grundschulzeit, saßen sie einfach in der Sonne, tratschten und lachten. Ich hingegen hockte allein unter einem Gummibaum am hintersten Ende des Hofs und aß dort mein Pausenbrot. Irgendwie mochten mich die anderen Mädchen nicht. Mir machte das nichts aus. Ich wusste einfach, dass ich nicht dazugehörte.

Eines Tages waren wir nach der Schule bei Bec zu Hause und sahen uns *Neighbours* an. Als die Folge zu Ende war, schaltete Bec den Fernseher aus. »Im Prinzip stimmt das nicht, dass die anderen Mädchen dich nicht mögen«, erklärte sie. »Aber du bist eben ständig Klassenbeste. Wenn du dich etwas weniger anstrengen würdest, könnte es gut sein, dass sie dich in die Clique aufnehmen.«

Ich wollte aber gar nicht zu ihrer Clique gehören. Mir reichte es völlig, dass ich an den meisten Tagen nach der Schule mit zu Bec gehen konnte.

In der Highschool ging es ähnlich weiter. Ich konzentrierte mich aufs Lernen und verbrachte die Mittagspausen in der Bibliothek. Nach dem Abschluss wechselte ich auf ein College für Medizin. Bec, die ohne erkennbaren Lernaufwand durch die Schulzeit geschwebt war, entschied sich für eine Karriere im Rechtswesen. Erst im letzten Moment wechselte sie auch zur Medizin. An der Universität war Bec ständig auf Partys unterwegs. Ich blieb an den Wochenenden meistens zu Hause. Aber ich lieh ihr meine Notizen und half ihr beim Lernen. Erst als wir uns für unsere Spezialgebiete entschieden hatten, trennten sich die Wege.

Bec zog nach London, um dort ihre Ausbildung als Notfallmedizinerin abzuschließen. Sie und Adam heirateten und ließen sich dort drüben nieder. Mit einem ganzen Ozean zwischen uns kühlte unsere Freundschaft nach und nach etwas ab. Wenn wir uns mal schrieben, beschwor ich sie immer, nach Hause zurückzukommen. »Nächstes Jahr vielleicht, Sash«, antwortete sie jedes Mal.

Erst bei Lucias Beerdigung sahen wir uns wieder. Da gestand Bec mir auch, dass sie Schwierigkeiten hatte, schwanger zu werden. Mark und ich kämpften zu jener Zeit bereits eine ganze Weile mit diesem Problem. Und so wurde unsere alte Freundschaft wiederbelebt: Wir trösteten uns nach jedem ergebnislosen Zyklus gegenseitig, und Bec war nach meinen Fehlgeburten für mich da. Jahrelang telefonierten wir mehrmals in der Woche miteinander, besprachen unsere Testergebnisse, suchten gemeinsam nach weiteren Optionen. Zumindest bis ich herausfand, dass ich schwanger war. Sie war die Erste, der ich die frohe Botschaft mitteilte, ich schickte ihr eine Nachricht, noch bevor ich es Mark sagte. Sie rief nicht an – weder an diesem Abend noch am Tag darauf. Es dauerte eine ganze Weile, bis ich begriff, dass sie vielleicht nie wieder anrufen würde.

Als sie sich dann Wochen später doch noch meldete, sagte sie bloß: »Glückwunsch, Sash. Du warst eben schon immer als Erste im Ziel.«

Seitdem ist es unheimlich schwer, sie zu erreichen. Sie hatte viel zu tun: Arbeit, Beratungstermine zum Thema In-vitro-Befruchtung, familiäre Pflichten. Ich wollte sie nicht bedrängen. Immerhin weiß ich besser als sonst jemand, was sie durchmacht. Aber diesmal geht sie sofort dran.

»Sash!«, gähnt sie. »Mein Gott, bei uns ist es sechs Uhr morgens.«

»Es tut mir leid, Bec – ich wusste nicht, wen ich sonst anrufen soll.«

»Mach dir keinen Kopf. Mein Dienstplan ist momentan total chaotisch, und heute habe ich sowieso Frühschicht. Also, wie kommst du klar?«

Ich hole den Quilt aus der Tüte neben dem Bett und lege ihn auf den Schoß. Wie ich *klarkomme*? Mark muss es ihr gesagt haben.

Bec war auch die Erste, die ich damals anrief, als Mark die In-vitro-Behandlung abgelehnt hatte. Weil er nicht wollte, dass das Leben seines Kindes in einem Teströhrchen beginnt. Petrischale, korrigierte ich ihn. Und weil er mich nicht leiden sehen wollte. *Ich leide jetzt*, erwiderte ich.

Mir kam es immer so vor, als gäbe es noch einen anderen Grund, warum er sich so gegen das In-vitro-Verfahren sperrte. Irgendetwas war da, aber ich bekam es einfach nicht aus ihm raus, egal, wie sehr ich auch drängelte. Das mit Simon war es nicht: Ich hatte keinen Krebs, ich brauchte keine Chemotherapie, ich würde nicht sterben. Wollte er überhaupt ein Kind mit mir? Natürlich, behauptete er. Warum dann nicht einmal In-vitro versuchen? Aber jedes Mal, wenn ich ihm diese Frage stellte, wandte er sich nur kopfschüttelnd ab.

Was ist wichtiger, Sash?, hat Bec mich damals gefragt. *Ein Ehemann oder ein Baby?* Mir war klar, dass ich keine alleinerziehende Mutter sein wollte. Also blieb ich bei ihm. Hoffte, wartete. Ausdauer, Geduld und Bec haben mir durch die Jahre der Unfruchtbarkeit geholfen. Und obwohl wir in den letzten Monaten so auseinandergedriftet sind, bin ich mir sicher, dass sie mir bei der Sache mit dem vertauschten Baby ebenfalls beistehen wird.

»Dann kennst du also die ganze Geschichte?«, murmele ich ins Telefon.

»Welche Geschichte?«

»Hat Mark dich nicht angerufen?«

»Sollte er? Was ist los, Sash? Stimmt etwas nicht?«

Ich hebe den Quilt an die Nase. Er riecht nach meiner Kindheit, erinnert mich an meine Mutter – und an Bec.

»O Bec, es ist alles falsch. Wir hatten einen Unfall. Es geht mir gut, aber sie mussten einen Notkaiserschnitt machen. Unter Vollnarkose, ich habe die Geburt also verschlafen. Als ich wieder wach war, habe ich gemerkt, dass das Baby, das sie mir als meins präsentiert haben, nicht meins ist. Keine Ahnung, wie das passieren konnte. Es wurde vertauscht – wohl aus Versehen. Aber das Personal hier glaubt mir nicht. Nicht einmal Mark hört mir richtig zu. Die halten mich für verrückt. Aber das bin ich nicht, Bec, wirklich nicht. Ich weiß, dass das nicht mein Sohn ist.«

Sie stößt hörbar den Atem aus. »Wow, Sash. O mein Gott, okay. Ich weiß gar nicht, was ich sagen soll. Das ist heftig. Ich meine, eigentlich hatte ich gedacht, du würdest endlich alles bekommen, was du so dringend wolltest.« Mir schießt die Frage durch den Kopf, ob ein kleiner Teil von ihr sich wohl darüber freut, dass bei mir alles so furchtbar schiefgelaufen ist. »Moment mal, sagtest du gerade, du hättest einen Jungen, Sash? Ich dachte, du bekommst ein Mädchen?«

Ich muss ein Schluchzen unterdrücken. »Im Ultraschall war es ein Mädchen. Und es hat sich auch angefühlt wie ein Mädchen. Aber die hier von der Klinik behaupten steif und fest, ich hätte einen Jungen zur Welt gebracht.«

»Das ist merkwürdig. Und du bist dir zu hundert Prozent sicher, dass es nicht dein Kind ist?«

Krampfhaft dränge ich die Tränen zurück. Auch wenn es sonst keiner tut – Bec muss mir einfach glauben.

»Erinnerst du dich noch an diesen einen Freund, den du mal hattest? Der, von dem du dachtest, er wäre schwul?«

»Daniel.«

»Und an diesen anderen damals, bei dem du einfach wusstest, dass er dich betrügt? So ist das jetzt bei mir. Ich weiß, dass ich recht habe. Es fühlt sich einfach alles falsch an, Bec. Wenn ich das Baby im Arm halte, fühlt es sich falsch an. Und auch, wenn ich es ansehe.« Noch während ich es ausspreche, wird mir bewusst, wie verrückt das klingt.

»Könnte das nicht einfach die Nervosität beim ersten Kind sein? Babyblues? Postnatale Depression? Irgendetwas in der Richtung?«

»Nein.« Bestimmt glaubt Mark das. Und die Psychiaterin ebenfalls. Aber ich kenne mich. Ich bin weder depressiv noch verwirrt oder wahnhaft. Und ich kenne mein Baby. Immerhin habe ich dieses kleine Lebewesen während der letzten acht Monate in mir getragen. Toby ist nicht mein Kind.

»Hast du dir die anderen Babys auf der Station angesehen, um herauszufinden, ob es dort irgendwo ist?«

»Habe ich gemacht, ja.«

»Bist du ganz sicher? Hast du nur ein Mal nachgesehen? Du musst das noch mal überprüfen, Sash.«

»Okay.« Gott sei Dank, Bec ist auf meiner Seite. Ihren Optimismus brauche ich jetzt dringend. Ich will nicht wieder in diesen Zustand versinken, der mich während der unfruchtbaren Jahre beherrscht hat, als ich jede Hoffnung auf ein Baby verloren hatte und auch keine Zukunft für meine Ehe mehr sah. Manchmal war das Gefühl, Mark enttäuscht zu haben, so stark, dass ich ihm nicht mehr in die Augen sehen konnte. Ich sagte ihm sogar, dass er darüber nachdenken sollte, ob er sich nicht von mir trennen wolle. Natürlich ist er mir sofort über den Mund gefahren und meinte, das wäre lächerlich. Doch ich hätte ihm diesen Wunsch nicht verübeln können. Die Trennung meiner Eltern hat mich schon früh gelehrt, dass Liebe allein eben nicht immer ausreicht.

Am Anfang der Schwangerschaft hatten wir einen Ultraschalltermin bei Dr. Yang. Im Wartezimmer saß ich auf der engen Couch so weit wie möglich von Mark entfernt, steif aufgerichtet, die gekreuzten Beine von ihm abgewandt. Während ich im *Time Magazine* blätterte, warf ich verstohlene Blicke auf die anderen, glücklicheren Pärchen ringsum. Mark trommelte mit dem Fuß auf dem Teppich herum, und ich versuchte, mich innerlich darauf vorzubereiten, gleich einen verkümmerten Fötus zu sehen. Dr. Yang kam mit ausgestreckter Hand aus ihrem Büro und lotste uns wie ein Platzanweiser in den sterilen Raum, wo ich mich hinter einem Vorhang auszog und ein Krankenhaushemd überstreifte. Dann setzte ich mich auf den Behandlungsstuhl. Der Plastiküberzug klebte an meinen Schenkeln. Mark stand dicht neben mir, sodass ich seine verschwitzte Hand halten konnte. Wie ich so dasaß, mit gespreizten Beinen … näher waren wir dem Thema Sex nicht mehr gekommen, seit ich schwanger geworden war. Mit zusammengebissenen Zähnen spürte ich, wie Dr. Yang den schmierigen Sensor in mich hineinschob.

»Bereit?«, fragte sie, und dann zeigte sie uns das Bild des Fötus, sein schlagendes Herz, das Nasenbein, die zarten Gliedmaßen. Alles gute Vorzeichen, denn so etwas hatten wir bisher noch auf keinem Ultraschallbild gesehen. Ich versuchte zu lächeln, gab mir alle Mühe, und Mark erwiderte es. Da hoffte ich, dass die Kluft zwischen uns sich noch würde überbrücken lassen, denn immerhin lief jetzt zum ersten Mal alles rund.

Hinterher, als wir in den Sonnenschein hinaustraten, hielt ich weiter Marks Hand umklammert. Die Menschen auf der Straße sollten auf keinen Fall sehen, wie verzweifelt ich versuchte, eine wirklich vollkommen intakte Ehe vorzutäuschen.

Becs Stimme holt mich in die Gegenwart zurück.

»Pass auf, Sash, ich glaube dir. Ich stehe hundertprozentig hinter dir. Wenn ich in deiner Situation wäre, würdest du schließlich auch hinter mir stehen. Das ist dein Mutterinstinkt. Du hast da nichts verwechselt. Es ist vollkommen schwachsinnig, dass sie dir nicht glauben. Immerhin ist das fast schon ein Klassiker, oder nicht? Kennst du die Statistiken? Dasselbe geschieht in Notaufnahmen, wo die Schmerzen von Frauen oft bloß abgetan werden. Hier in Großbritannien passiert das auch ständig. Und hast du das in der Pädiatrie nicht auch miterlebt? Du weißt schon: Die Mutter wird als überbesorgt eingestuft, und die Krankheit des Kindes nicht ernst genommen. Oder das Personal verdächtigt die Mütter, dass sie ihre Kinder absichtlich krankmachen.«

»Ich habe nichts falsch gemacht«, sage ich.

»*Ich* bin mir da absolut sicher«, antwortet sie beschwichtigend. »Aber du musst jetzt dafür sorgen, dass *die* es ebenfalls erfahren. Erinnerst du dich noch an diese Studien, die sie uns an der Uni gezeigt haben?« Sie beschreibt noch einmal die Rosenhan-Experimente, bei denen Forschungsassistenten so getan haben, als würden sie Stimmen hören. Sobald man sie in die Psychiatrie eingewiesen hatte, stritten sie alles ab. Man hat sie weggesperrt, und es hat Wochen gedauert, bis sie die Psychiater endlich von ihrer geistigen Gesundheit überzeugen konnten. Bec unterbricht sich kurz und fährt dann mit todernster Stimme fort: »Wenn sie dir erst einen Stempel aufgedrückt haben, wirst du den nur schwer wieder los. Damit sie dir Glauben schenken, musst du also vollkommen vernünftig rüberkommen. Nein, streich das – mehr als vernünftig. Verstanden?«

»Ich versuch's.«

»Natürlich tust du das.«

Unsere vielen gemeinsamen Jahre umhüllen mich wie ein

tröstender Schal, weich und fast schon verboten warm. Ein Teil von mir ist überrascht, dass sie mir so selbstverständlich Glauben schenkt, obwohl sie doch in den letzten Monaten so distanziert war. Trotzdem ist es eine große Erleichterung, dass sie mir vertraut.

Begeistert fährt sie fort: »Ich habe noch eine Idee. Wie wäre es, wenn ich auf der Station anrufe und mich als Freundin von einer der anderen Mütter ausgebe, die heute entbunden haben? So könnte ich die Namen der anderen Babys herausfinden und sie an dich weitergeben. Wir könnten zusammen Detektiv spielen.«

»Das ist albern, Bec. Es würde nie funktionieren.«

Sie schnaubt kurz. »Na gut. Aber wenn sie schon so dreist sind, sollten sie auch beweisen, dass sie recht haben.«

»Die weigern sich ja, mich überhaupt ernst zu nehmen.«

»Dann musst du mehr Druck ausüben.«

»Mark redet schon mit ihnen. Hoffentlich kann er das alles klären.« Ich drücke den Quilt an die Brust und stelle mir vor, es wäre meine Mutter, die mich umarmt. Wenn sie jetzt hier wäre, wüsste sie dann, wie man mir helfen könnte?

»Ja, ich hoffe auch, dass er etwas erreicht. Aber Sash – du musst wirklich vollkommen rational wirken. Was du ja auch bist. Denk immer daran: vernünftig und rational, durch und durch. Du darfst ihnen keinerlei Spielraum für mögliche Zweifel lassen.«

Ich bin rational. Ich weiß, dass ich nicht verrückt bin. Trotzdem gibt es da noch etwas, das wie ein schwerer Stein auf meine Brust drückt.

»Du glaubst doch nicht, dass mein Baby vielleicht gestorben sein könnte, oder? Das müssten sie mir doch sagen, nicht wahr?« Ich versuche, das Zittern in meiner Stimme zu unterdrücken.

»Dein Baby lebt«, versichert mir Bec. »Und du wirst die Kleine finden. Oder den Kleinen. Du musst einfach noch mal auf die Suche gehen.«

Aber irgendwie klingt ihre Stimme hohl, ganz anders als sonst. Weiß sie das wirklich mit Sicherheit? Mir bleibt nichts anderes übrig, ich muss ihr glauben. Ich höre, wie sie schluckt.

»Ach, Sash, es tut mir so leid, dass ich jetzt nicht bei dir sein kann.«

Ich beiße mir auf die Lippe. Aber eigentlich könnte sie doch kommen, oder?

»Ich wünschte wirklich, ich könnte kommen. Aber der In-vitro-Zyklus lässt sich nicht um einen Monat aufschieben, nicht bei einer Eizellenspende. Da sind die zeitlichen Grenzen eng gesteckt. Und ich habe nächste Woche den Termin für den Embryonentransfer.«

Bei unserem letzten Gespräch hat Bec mir verraten, dass ihre Eizellen nun offiziell für nicht babytauglich erklärt wurden – Rühreier, wie sie mit einem traurigen Lachen erklärt hatte. Zusammen mit Adam hat sie stundenlang Profile möglicher Eizellenspenderinnen durchforstet, um die eine herauszusieben, die ihren eigenen körperlichen Merkmalen am nächsten kommt.

»Ist das Sperma auch von einem Spender?«, frage ich, weil mir wieder einfällt, dass Adams Sperma auch nicht gerade Spitzenklasse ist.

»Das hat Adam komplett abgelehnt«, sagt sie. »Er will kein Baby, das biologisch gesehen nicht seins ist.«

Aber es ist okay, wenn du eine nicht-biologische Mutter wirst? Ich spreche die Frage nicht aus. Nein, ich verstehe sie gut. Sie würde alles tun, um ein Baby zu bekommen. Bei mir war es ja genau dasselbe.

Erst als Bec erklärt, dass sie dem möglichen Kind auf keinen Fall sagen wollen, dass es einer gespendeten Eizelle entstammt, räuspere ich mich kurz.

»Findest du nicht, das Kind hätte ein Recht darauf, seine biologischen Eltern kennenzulernen?«

»Es wird unser Kind sein«, betont Bec. »Es gibt also keinen Grund, es ihm zu sagen.«

»Was hat euch denn die In-vitro-Klinik geraten?«

Sie lacht abfällig. »Denen geht es nur ums Geld. Die lassen es uns so machen, wie wir wollen.«

Vielleicht hatte Mark doch recht, als er sich dem In-vitro-Verfahren verweigert hat. So viele ethische Fragen und keine eindeutigen Antworten. So viel Raum für Verletzungen und Fehler.

»Natürlich verstehe ich, dass du jetzt nicht nach Australien kommen kannst«, behaupte ich und versuche, mir meine Verzweiflung nicht anmerken zu lassen. »Irgendwann wirst du es schon schaffen, da bin ich mir sicher.« Nein, bin ich nicht, aber das kann ich ihr nicht sagen. Wir haben die Hoffnung so lange am Leben erhalten, da kann ich jetzt keinen Rückzieher machen.

Bevor ich das Gespräch beende, beschreibt Bec mir noch die schreckliche Babyparty, auf der sie kürzlich eingeladen war. Kleb das Spermium ans Ei, Babybreigeschmack-Raten, erkenne die Geschmacksrichtung der Schokolade, die in der Windel klebt. Am liebsten würde ich laut schreien. Krampfhaft umklammere ich meinen Quilt und versuche, ihr zuzuhören, an den richtigen Stellen zu lachen. Aber es gelingt mir einfach nicht, Interesse zu heucheln. Begreift sie denn nicht, was ich gerade durchmache?

Als sie erkennt, wie gepresst meine Stimme klingt, unterbricht sie sich.

»Du weißt doch, dass am Ende immer alles gut wird für

dich, Sash«, sagt sie. »Und deshalb wird auch diese Sache gut ausgehen. Du wirst dein Baby schon sehr bald finden, da bin ich mir sicher.« Sie holt tief Luft. »Sash … es tut mir leid, dass ich dich nicht mehr angerufen habe. Ich wollte ja. Aber es war einfach zu schmerzhaft, mit deiner Schwangerschaft und so. Ich hoffe, du kannst das verstehen.«

Ja, das kann ich verstehen.

Nachdem wir aufgelegt haben, schließe ich die Augen und versuche mir vorzustellen, wie der Atem in gleichmäßigen Wellen durch meinen Brustkorb gleitet. Das hat mir während der unzähligen Fruchtbarkeitsuntersuchungen immer geholfen. Aber jetzt, in diesem viel zu heißen Zimmer, sind meine Lungen so unnachgiebig wie ein steinerner Wellenbrecher.

Der Quilt liegt kühl auf meinem Schoß. Ich drücke das Telefon an die Brust und habe den endlosen Ozean vor Augen, die vielen tausend Kilometer, die zwischen Bec und mir liegen.

VORHER

MARK

Es war nicht das erste Mal, dass ich Sash traurig erlebte. Und damit meine ich, so *richtig* traurig. Aber die Fehlgeburten schienen ihr inneres Leuchten zu ersticken. Wir hatten es bis dahin schon sechs Jahre versucht – sechs Jahre des Wartens, voller Frustration, Überdruss und Schmerz. Und dann passierte alles ganz plötzlich.

Eigentlich war es keine wirkliche Fehlgeburt, erklärten die Ärzte. Es war noch kein echtes Baby gewesen. *Biochemische Schwangerschaft*, nannten sie es. Doch ich verstand, was sie uns sagen wollten: dass in ihrem Körper noch nicht wirklich ein kleiner Mensch gereift war. Sash bekam das alles natürlich in den falschen Hals.

»Was bin ich denn für die, eine Fabrik für chemische Kampfstoffe?«, zeterte sie kurz nach dem ersten Mal beim Abendessen, während sie den Schweinebauch, für den ich Stunden gebraucht hatte, in winzige Würfelchen zerhackte.

»Du warst erst in der fünften Woche«, gab ich zu bedenken. »Diesmal hat es einfach nicht sein sollen.«

Ich wollte ihr nur helfen, wollte dafür sorgen, dass sie sich besser fühlt, aber anscheinend hätte ich das auch besser nicht sagen sollen.

Ihr Blick wurde leer, und sie ließ den Kopf hängen.

»Ich habe es in mir gespürt«, sagte sie. »Es hat mit mir gesprochen, bevor es verschwand.«

Ich hörte auf, meine Kruste zu kauen. »Ach ja?«

Flüsternd erklärte sie mir, es habe gesprochen. Unverständlich wie das Plappern eines Kindes im Nebenzimmer.

Okay, erwiderte ich, wie ein Kind im Nebenzimmer.

Nein, es sei keine richtige Sprache gewesen. Keine Wörter oder Sätze. Eher das Gefühl, dass da jemand war. Kaum hörbar, aber eindeutig da.

Klappernd landete meine Gabel auf dem Teller. »Verstehe ich nicht.«

Eine Art Präsenz, das sei es gewesen. Besser könne sie es nicht erklären. Es ließe sich nicht in Worte fassen.

Sash ist nicht religiös, nicht einmal spirituell angehaucht. Solche Dinge gibt es in ihrer Welt nicht. Oder genauer gesagt, in unserer. Ich habe nie Simons Stimme in meinem Kopf gehört. Wenn ich eine Entscheidung treffe, muss ich ihn mir erst wieder ganz bewusst vorstellen. Überlegen, was er sagen oder tun würde. Also sagte ich Sash, dass ich sie nicht verstünde, dass sie es mir noch einmal erklären müsse.

Aber sie hatte keine Erklärung dafür. Sie wusste nur, dass es mit Sicherheit keine Einbildung gewesen sei.

Ich kannte sie gut – wie hätte ich ihr da nicht glauben können?

Ich beschloss, ein Bäumchen zu pflanzen, für Sash und für das Baby. Das war das Mindeste, was ich tun konnte.

Am Rand unseres Grundstücks, ganz hinten, wo das Buschland beginnt, grub ich ein Loch in die staubige Erde. Vom Haus aus war der Platz nicht zu sehen, sie würde also gezielt hingehen müssen, wenn sie trauern wollte. Aus meiner Sicht hatte sie bereits ziemlich viel Zeit damit verbracht, eine Schwangerschaft zu betrauern, die eigentlich keine war. Natürlich würde ich ihr das niemals sagen. Stattdessen versuchte ich, ihren Blick wieder auf die Zukunft zu lenken und auf Dinge, die ihrer Kontrolle unterlagen.

Den ganzen Sommer über, bis in den Herbst hinein, gab sie sich die Schuld dafür. Überraschend war das nicht, sie neigt grundsätzlich dazu, die Schuld immer bei sich zu suchen. Am einen Tag hatte das kleine Schlückchen Champagner bei der Betriebsfeier alles ausgelöst, dann wieder der eine Löffel Gorgonzolasoße, die ich zu unserem Jahrestag gekocht hatte. Ich wusste nie, was ich sagen sollte. Eigentlich war ich ziemlich sicher, dass sie damit falschlag und es einfach nur Pech gewesen war, aber immerhin war sie die Ärztin. Da musste sie doch besser durchschauen, warum solche Dinge schiefgingen, oder?

Im Winter wuchs sich das Ganze dann zu einer regelrechten Obsession aus. Sie konnte an nichts anderes mehr denken als an das Thema Schwangerschaft. Da so Damien aus ihrem Kopf verdrängt wurde, hörte ich ihr bereitwillig zu, wenn sie mir von ihren diversen fruchtbarkeitsfördernden Methoden erzählte.

Keinerlei Nahrungsmittel mehr, die sie für ungesund hielt – Milchprodukte, Weizen, Alkohol, Koffein. Es blieb nicht sonderlich viel übrig, was sie zu sich nehmen konnte. Dann kamen die Yogaübungen. Körperertüchtigung aller Art. Und, das Schlimmste von allem, die chinesischen Kräuter, die sie dreimal am Tag am Küchenherd aufkochte. Danach stank das ganze Haus nach Müllkippe.

Ich versuchte, ihr klarzumachen, dass diese extremen Maßnahmen einer Schwangerschaft nicht unbedingt förderlich waren. Sie wollte nicht auf mich hören. Was wüsste ich schon? Ich hätte ja nicht gespürt, wie Leben in meinem Körper heranwuchs. Nein, hätte ich gerne erwidert, dafür musste ich mitansehen, wie direkt vor meinen Augen eines den Bach runterging.

Im selben Winter kam es zur zweiten Fehlgeburt. Auf unserem Rasen landeten lautlose Schneeflocken und zerfielen zu Wasser. Diesmal entschied ich mich für einen Eukalyptusbaum. Als ich versuchte, den gefrorenen Boden aufzustemmen, brach fast der Spaten ab. Trotzdem war es wichtig. Sonst konnte ich ja nichts tun.

Während ich die lockere Erde um den Setzling herum festtrat, hörte ich ein Geräusch hinter mir. Sash hatte zwei dampfende Kaffeebecher mitgebracht. Sie reichte mir einen davon und zeigte dann auf die helle Spur auf meiner mit Erde beschmierten Wange.

»Du hast geweint.«

»Ist nur Schweiß.«

»Bei der Kälte schwitzt man nicht.« Der Dampf stieg in dichten Wolken aus ihrem Mund.

»Dann eben Regen.«

Demonstrativ streckte sie die flache Hand vor sich aus, um mögliche Tropfen aufzufangen.

»Du hast also nicht geweint?«

Achselzuckend nippte ich an meinem Kaffee.

»O mein Gott.« Sie biss sich auf die Lippe.

Als die Regentropfen wie kleine Nadeln auf unsere Wangen einstachen, begann die Erde ringsum zu dampfen. Wir haben nie wieder über die biochemischen Schwangerschaften – die Fehlgeburten – gesprochen.

Im darauffolgenden Herbst fand ich Sash eines Abends in der Küche vor, als ich von der Arbeit kam. Sie schnitt gerade Limetten aus dem Garten, auf einem Holzschneidebrett. Ihre Augen strahlten. Ich schlang einen Arm um ihren Bauch.

»Gibt es etwa gute Neuigkeiten?«

»Die allerbesten.«

Ihr Nacken schmeckte salzig.

»Glückwunsch«, sagte ich. »Dann drücken wir mal die Daumen, dass es sich diesmal einnistet.«

»Hat es schon.« Sie nahm eine glänzende Limette in die Hand. »Kannst du dir vorstellen, dass unser Baby bereits so groß ist? Heute sind es zwölf Wochen.«

Ich löste mich von ihr und ließ mich auf einen Küchenstuhl sinken.

Es sollte eine Überraschung sein, erklärte sie mir. Ja, ich war überrascht. Und dass sie sich nach den letzten beiden Malen nicht zu früh hatte freuen wollen. Natürlich hätte sie es mir gesagt, wenn es nicht geklappt hätte. Was das anging, war ich mir allerdings nicht so sicher.

»Jetzt können wir uns freuen«, schloss sie. »Du freust dich doch, oder?«

Ja, das tat ich. Aber ich würde meinen Gefühlen erst richtig freien Lauf lassen, wenn Sash unser Baby in den Armen hielt.

Bis dahin hatte ich die Eukalyptusbäume dreimal pro Woche gegossen, um sie über den staubtrockenen Sommer zu bringen. Trotz Maschendrahtzaun drangen die Kängurus auf sie ein und klauten sich die Blätter. Also zog ich einen höheren Zaun und verstärkte ihn mit einer zweiten Lage. Dann konnte ich nur noch hoffen, dass die Setzlinge überleben würden, bis der Regen kam.

Tag 1, Samstag. Nachmittag.

Das Porzellan des Waschbeckens ist kalt, als ich mich darauf abstütze und mit meinem Handy auf der Entbindungsstation anrufe. Vielleicht funktioniert Becs Vorschlag ja doch.

»Wie kann ich Ihnen helfen?« Eine angespannte, schroffe Stimme meldet sich. Ursula ist am Apparat.

Ich versuche, Becs singende Stimme mit dem leicht britischen Akzent nachzuahmen.

»Eine Verwandte von mir hat heute ihr Kind bekommen. Ich habe gerade mit ihr gesprochen, aber die Verbindung wurde unterbrochen. Könnten Sie mich bitte wieder durchstellen?«

»Wie lautet ihr Name?«

»Sie ist … die Frau meines Cousins. Hat heute ihr Baby bekommen. Man hat mich schon einmal falsch durchgestellt. Die Mutter von Toby?« Ich lache verlegen.

»Tut mir leid, ich brauche schon einen Namen.«

Da kann ich es nur mit einem einzigen versuchen: Saskia Martin, der Name, mit dem Ursula mich fälschlich angesprochen hat. Ich kann nur hoffen, dass sie die andere Mutter ist. Aber heute können doch nicht allzu viele Frauen entbunden haben, oder?

»Ah, Sie möchten mit Saskia sprechen. Ich stelle Sie gleich durch.«

»Ach, wissen Sie, machen Sie sich nicht die Mühe«, sage ich schnell. »Ich möchte sie nicht noch einmal stören. Vielleicht komme ich stattdessen einfach später vorbei und besuche sie und das Baby.« Auf der Station werde ich sie schon allein finden.

»Ich würde vorschlagen, dass Sie jetzt mit ihr sprechen. Später am Nachmittag ist sie vielleicht nicht mehr hier. Ihr Baby wurde heute Morgen mit dem Helikopter ins *St. Patrick's* gebracht, in der Stadt.«

Eine Notfalldurchsage dröhnt aus dem Stationslautsprecher. Etwas zu spät drücke ich die Hand auf das Handy und lege dann hastig auf. So schnell ich kann, schlurfe ich zum Bett zurück, verstecke das Handy unter dem Kopfkissen und decke mich zu. Im Flur nähern sich leise Schritte. Ich presse die Lider zusammen. Die Schritte verstummen direkt vor meiner Tür.

Dann setzt ein Stück entfernt ein leises Summen ein, und die Schritte entfernen sich wieder.

St. Patrick's. Mit dem Auto sind es ein paar Stunden bis dorthin. Vorsichtig ziehe ich das Handy unter dem Kissen hervor, suche nach der Nummer des Krankenhauses und rufe dort an. Mein Herz rast. Ich lasse mich zur Säuglingsintensivstation durchstellen.

Als sich eine weibliche Stimme meldet, beginnen meine Fingerspitzen zu kribbeln. »Mein Name ist Ursula«, beginne ich. »Ich bin Hebamme im *The Mater*. Ich wollte mich nur nach dem Baby erkundigen, das wir heute zu Ihnen verlegt haben, das Kind von Saskia Martin. Wie geht es dem Kleinen?«

»Das kleine Mädchen, meinen Sie? Sie schlägt sich tapfer.«

Ein Mädchen?

»Sie haben sie Isobel genannt.«

Das muss sie sein. Mein Baby. Offenbar habe ich doch ein Mädchen bekommen. Mir wird ganz leicht ums Herz.

»Wir wollten sowieso noch bei Ihnen anrufen und fragen,

warum Saskias Schwangerschaft drei Wochen über Termin fortgeführt wurde. Sie selbst kann es uns nicht erklären. Das ist bei Ihnen doch nicht die Regel, oder?«

O nein. Das Hochgefühl verfliegt schlagartig. Es gibt nur eines, was ich ganz sicher weiß: Mein Baby wurde zu früh geboren. Isobel ist nicht meine Tochter. Meine einzige Spur ist eine Sackgasse. Und anscheinend wurde diese Mutter hier im Krankenhaus nicht richtig behandelt. Das passt ja zu der schrecklichen Behandlung, die ich hier erfahre.

»Ich muss los«, flüstere ich und lege auf, ohne eine Antwort abzuwarten. Mein ganzer Körper ist steif wie ein Brett, als ich unter die Decke zurückrutsche. Mit fest zusammengepressten Lidern versuche ich, die aufsteigenden Tränen zu vertreiben.

Als ich Mark anrufe, ertönt das Besetztzeichen. Als Nächstes versuche ich es auf Dads Handy. Er geht beim zweiten Klingeln dran. Inzwischen hyperventiliere ich, die Luft bleibt in meiner Kehle hängen.

»Sasha, ich bin gerade zur Tür reingekommen.«

»Dad, die halten mich für verrückt.« Ich zähle meine Atemzüge, versuche, sie zu verlangsamen. »Ich glaube, die wollen mich in der Psychiatrie wegsperren.« Abrupt verstumme ich. Das kann ich selbst kaum glauben.

Dad schweigt ein paar Sekunden lang. »Ist es, weil du nicht glaubst, dass es euer Baby ist?«

»Wer hat dir das gesagt?«

»Mark ist besorgt.«

In meinem Schädel beginnt es zu pochen. Mark sollte nach unserem Baby suchen und nicht Dr. Niles irgendwelche Sachen über mich erzählen oder hinter meinem Rücken meinen Vater anrufen.

Dad fängt an, mir von der Golfrunde zu erzählen, die er für morgen plant. Das ist sein Versuch, so zu tun, als wäre nichts passiert. Er kann mit Gefühlen nicht umgehen. Mir hat er einmal gesagt, er glaube nicht an Emotionen. Ich überlege, wie ich ihn am besten auf meine Seite ziehen kann. Er ist ein pensionierter Buchhalter, liebt Kreuzworträtsel. Als ich mit siebzehn zu der Party nach dem Schulball gehen wollte, habe ich es mit einer Tabellenkalkulation, einem Budgetplan und einem offiziellen Antrag versucht. Das hat funktioniert. Vielleicht kann ich diesmal wieder an sein ausgeprägtes Logikempfinden appellieren.

»Dad, ich bilde mir das nicht ein. Solche Dinge passieren. Und etwas Derartiges würde ich doch niemals erfinden. Das ist wie bei sexueller Belästigung. Oder Vergewaltigungen. Die Statistiken zeigen, dass Frauen bei so etwas so gut wie nie lügen. Die Leute wollen ihnen einfach nicht glauben.«

»Willst du etwa sagen, man habe dich vergewaltigt, Sasha?«

Ich stöhne frustriert. »Nein, Dad.«

In diesem Moment wird mir klar, wie wenig mein eigener Vater mich eigentlich kennt. Vielleicht war das schon immer so. Als ich noch klein war, hat er mich spätabends bei Bec abgeholt und nach Hause gebracht, und am nächsten Morgen fuhr er schon vor Sonnenaufgang zur Arbeit. Ich wachte meistens in einem leeren Haus auf, in dem es nach verbranntem Toast roch. Lucia holte mich dann ab und brachte mich zur Schule. Ich kann mich nicht daran erinnern, dass Dad je für mich gekocht oder mir bei den Hausaufgaben geholfen hätte. Wir haben nicht einmal zusammen ferngesehen. Er war öfter bei der Arbeit als zu Hause.

Vermutlich hat er es ab und an probiert. Während meiner Teenagerjahre war er einmal bei einem meiner Geländeläufe und stand mit Eltern an der Strecke, denen er nie zuvor begegnet war. Er hat sich die Musicalaufführung in meinem Abschlussjahr angesehen: Mary Poppins. Ich spielte die Jane. Damals habe ich ihm fast verziehen, dass er sonst nie da war. Immerhin wusste ich nur allzu gut, wie schwer alles war, seit meine Mutter fort war.

Als er mir sagte, dass sie nicht zurückkommen würde, war ich sechs Jahre alt. Es war Nachmittag, ich lag in einem Sonnenflecken auf meinem Patchwork-Quilt, und mein Kuschelhase brachte gerade Püppi und Bär ins Bett, damit sie ein Nickerchen machen konnten. Plötzlich fiel ein Schatten über mein Bett.

»Du weißt ja, dass Mum fort ist, nicht wahr?«, fragte er. »Sie kommt nicht wieder. Jetzt gibt es nur noch uns zwei.«

Ich war kurz vorher mit den Knien auf den Asphalt geknallt, und plötzlich begann die frisch verschorfte Wunde wieder wehzutun. Dad ging ohne ein weiteres Wort aus dem Zimmer. Ich stopfte den Kuschelhasen unter mein Kopfkissen. Bär steckte den Quilt um Püppi fest und sagte ihr, dass sie Kuschelhase eine ganze Weile nicht wiedersehen würde.

»Wo ist er denn hin?«, fragte Püppi.

»Dahin, wo es schöner ist«, antwortete Bär.

»Und wann kommt er zurück?«

»Nicht so bald.«

»Was haben wir denn Schlimmes angestellt?«, wollte Püppi wissen.

»Ich weiß es nicht«, sagte Bär.

Plötzlich ist das Telefon in meiner Hand schwer wie Blei. Dad hat seine Golfgeschichte beendet und holt kurz Luft.

»Bestimmt sind sie der Meinung, dass diese Einweisung dir guttun wird, Sasha.«

Verfluchte Scheiße. Jetzt haben sie Dad auch schon eingeredet, dass ich geistig nicht auf der Höhe bin. Wie soll ich denn jetzt mein Baby finden, verdammt?

»Deiner Mum hat das ein paarmal sehr gut geholfen.«

»Herr im Himmel, Dad! Wie oft war sie denn drin?«

»Ich weiß nicht mehr …«

Seine Stimme wird brüchig. Es gibt eine Menge Dinge in seiner Beziehung mit meiner Mutter, von denen ich nichts weiß; weil er sich weigert, darüber zu sprechen. Er ist so unbeholfen, dass ich fast verstehen kann, warum sie uns verlassen wollte. Aber nur fast.

»Als ich sie beim letzten Mal nach Hause geholt habe, hätte ich besser auf die Ärzte gehört«, fährt Dad mit brechender Stimme fort. »Es ist alles meine Schuld. Ich hätte das anders handhaben müssen.« Flüsternd fragt er: »Kannst du mir das jemals verzeihen, Sasha?«

Betreten rutsche ich auf der Matratze herum.

»Hör mal, darum geht es doch gar nicht, Dad. Es geht darum, dass die hier im Krankenhaus einen Fehler gemacht haben mit *meinem* Baby. Aber ich bin sicher, dass du dein Bestes versucht hast.« Ich spiele an dem Quilt herum, zupfe an einigen losen Fäden. »Und Mum auch.« Das ist nicht wahr, aber etwas Besseres fällt mir jetzt nicht ein. »Dad, ich muss Schluss machen. Ich muss mein Baby finden. Verstehst du? So schnell wie möglich.«

»Bitte mach dir nicht so viele Sorgen«, sagt er. »Bleib ganz ruhig. Es wird alles gut werden. Ich werde mit Mark reden, okay? Wir werden uns ausführlich unterhalten. Du machst erst mal gar nichts, ja? Ich verspreche dir, ich komme dich bald besuchen.«

Noch haben sie mich nicht eingewiesen, will ich protestieren, aber da hat er schon aufgelegt.

Ich schalte das Handy stumm und schiebe es in die Tasche meines Morgenmantels.

Draußen höre ich gedämpfte Stimmen. Dr. Niles kommt zurück, um ihr Urteil über meinen Geisteszustand zu fällen. Zum Glück hat das Telefonat sie so lange aufgehalten und mir etwas Zeit verschafft, die ich dringend gebraucht habe. Zu spät fällt mir wieder ein, dass ihr Füller noch auf dem Boden liegt. Ich lasse meinen dröhnenden Schädel tiefer in die Kissen sinken.

Dr. Niles wirkt nervös, als sie das Zimmer betritt. Hinter ihr kommt Ursula herein, die sich mit möglichst großem Abstand zum Bett mit dem Rücken an die Wand lehnt. Dr. Niles bückt sich nach ihrem Stift und schiebt sich die Haare wieder hinters Ohr, als sie sich aufrichtet.

»Also, was ich sagen wollte: Wenn Sie zu uns kommen, werden wir es mit ein paar Medikamenten versuchen.«

»Aber ich bin nicht krank.«

»Die Nebenwirkungen sind minimal.«

»Ich brauche keine Medikamente.«

Plötzlich erinnere ich mich daran, was Bec mir geraten hat: Je stärker ich protestiere, desto irrationaler wirke ich.

»Wir versuchen alle nur, Ihnen zu helfen, Sasha. Das wissen Sie doch, oder?« Verborgen unter dem beruhigenden Tonfall schwingt eine gewisse Härte in Dr. Niles' Stimme mit. »Wenn Sie nicht freiwillig zu uns kommen, befürchte ich, dass wir eine Einweisung in Erwägung ziehen müssen.«

Eine Einweisung – gegen den Willen des Patienten. Das ist das Letzte, was ich will. Oder jetzt gebrauchen könnte. Dr. Niles sieht mich eindringlich an.

»Lassen Sie sich mit Ihrer Entscheidung ruhig Zeit.«

»Wo ist Mark?«, frage ich, da mir unvermittelt auffällt, dass er nicht hier ist.

»Ich glaube, er kümmert sich um Ihr Baby.«

»Was sagt er zu dem Ganzen?«

»Er ist mit uns einer Meinung.«

Mark. Der eine Mensch, von dem ich gehofft hatte, er würde zu mir halten – komme, was wolle.

Zäher Nebel legt sich über mein Gehirn. Mühsam presse ich ein paar Worte hervor: »Ich muss mit ihm sprechen.«

»Selbstverständlich.« Dr. Niles nickt. »Wir bringen Sie gemeinsam zu ihm.«

VORHER

MARK

Sashs Vater Bill haben wir an einem warmen, windigen Herbstabend von der Schwangerschaft erzählt. Er und ich waren gerade aus dem Fußballstadion zurückgekommen. Während die Nachtfalter um das Verandalicht flatterten, reichte ich ihm ein Bier und setzte mich neben ihn auf die Ledercouch. Sash, die während der ersten Phase der Schwangerschaft unfairerweise mit Ganztagesübelkeit geschlagen war, hatte gerade das Zimmer verlassen, um sich zu übergeben.

»Wir sind in der zwölften Woche schwanger«, erklärte ich Bill. Eigentlich hatte ich mit Glückwünschen gerechnet, einem herzlichen Händedruck oder auch nur einem Nicken. Er aber blieb reglos sitzen. Sein Gesicht wurde schlaff.

»Das Timing ist wirklich perfekt«, fuhr ich fort, als wäre Bills Reaktion völlig normal für einen Mann, der gerade erfahren hatte, dass er zum ersten Mal Opa wurde. »Sash hat die Ausbildung in der Pathologie abgeschlossen, das heißt, sie kann in Elternzeit gehen.«

Bill presste die Lippen aufeinander.

»Dass ich keine bezahlte Elternzeit nehmen kann, findet Sash nicht besonders witzig, aber der Küchenchef dürfte zumindest nichts dagegen haben, wenn ich mir nach der Geburt ein paar Wochen freinehme.«

Stumm starrte Bill durch das Fenster hinaus, wo die Sterne wie Glühwürmchen am dunklen Himmel auftauchten.

»Stimmt etwas nicht, Bill?«, fragte ich.

Er antwortete so leise, dass ich mich vorbeugen musste, um ihn zu verstehen.

»Nein, das sind gute Nachrichten. Ja, natürlich. Aber ... nach Sashas Geburt ...« Er räusperte sich. »Sashas Mutter war total verstört, als man sie nicht gleich zu dem Baby gelassen hat. Sie dachte, es wäre etwas passiert. Rose war sich sicher, dass die Ärzte und Schwestern etwas vor ihr verheimlichen.« Nun rieb er die Handflächen aneinander, als müsse er sich wärmen.

»Aber Sash ging es doch gut, oder? Es war nichts passiert.«

Bill schüttelte den Kopf. »Sasha ging es gut. Ich wusste, dass die Hebammen einfach sehr beschäftigt waren. Dabei habe ich versucht, mich für Rose einzusetzen, das habe ich wirklich. Aber meine Forderung, Sasha zu Rose ins Zimmer zu bringen, schien alles nur noch schlimmer zu machen.«

»Sash ist nicht wie ihre Mum«, sagte ich – vielleicht etwas zu nachdrücklich.

Er schien mich gar nicht zu hören. »Rose wurde leicht hysterisch. Und von da an ging es dann bergab. Da hat alles angefangen.«

Seine langen Finger ruhten gespreizt in seinem Schoß, und er starrte auf seinen sonnenverbrannten Handrücken.

»Achte darauf, dass du sie nach der Geburt genau im Auge behältst«, riet er mir schließlich mit rauer Stimme.

Damals maß ich seiner Geschichte keine weitere Bedeutung bei. Wäre ich aufmerksamer gewesen, hätte ich mich etwas besser um sie gekümmert, dann wäre vielleicht alles anders gekommen. Ähnlich wie bei Simon, denke ich.

Als Sash wieder hereinkam, sprang Bill auf und nahm ihre Hände.

»Herzlichen Glückwunsch, Liebes. Mark hat mir die guten Neuigkeiten verraten. Ich freue mich für euch.«

Sash setzte sich auf die Couch und kuschelte sich an mich. Ihr warmer Körper an meiner Seite, Bills breites Grinsen, das er großzügig zwischen uns beiden verteilte, der helle Mond am Himmel – niemand hätte je geglaubt, dass uns kein Happy End beschieden wäre.

Tag 1, Samstag. Später Nachmittag.

Ursula schiebt mich zum Fahrstuhl, fährt mit mir in den fünften Stock hinauf und schiebt mich auf die Säuglingsstation. Inzwischen hat Dr. Niles dort Wandschirmsegmente aus Stoff aufgebaut, eine der Stangen hält sie sogar noch in der Hand. Ursula rückt die mit Rollen versehenen Trennwände so zurecht, dass sie eine schützende Abschirmung rund um Tobys Inkubator bilden. Dr. Niles schiebt meinen Rollstuhl hinein und zieht die Wände hinter mir zu, bis keine Lücken mehr bleiben. Jetzt sind wir abgeschottet wie Sanitäter an einer Unfallstelle, verborgen vor den Blicken der restlichen Stationsbesucher. Mark sitzt in einem Sessel neben dem Inkubator und starrt auf den Boden. Er hebt nicht einmal den Kopf.

Erst als ich mich räuspere, kommt Bewegung in ihn.

»Sasha.« Er hat dunkle Ringe unter den Augen. »Ich bin froh, dass du hier bist.« Vorsichtig greift er nach meiner Hand und streicht mit einem Finger über meine Handfläche, als wolle er darin lesen. Das macht er immer, wenn er nervös ist und sich beruhigen will. »Weißt du, es wäre das Beste für alle, wenn du versuchen könntest, daran zu glauben, dass Toby unser Baby ist. Pass auf.«

Nun rezitiert er Tobys äußerliche Merkmale, zählt sie sogar an den Fingern ab: Großvater Bobs Hände, Onkel Wills Knöchel, Cousine Emilys Kinn. Ich kann keine dieser Ähnlichkeiten erkennen. Toby sieht definitiv nicht aus wie ein Moloney, zumindest wie keiner, dem ich je begegnet wäre. Mark erwähnt keinerlei Ähnlichkeiten zu meiner Familie.

Dr. Niles tritt vor. Ihr Gesicht verzieht sich zu einem gelassenen Lächeln. Einige rote Haarsträhnen stehen in die Höhe wie kleine Hörner.

»Es ist nicht ungewöhnlich, dass Sie so empfinden, Sasha. Viele Mütter äußern sich so. Es wäre hilfreich, wenn Sie begreifen, dass wir alle Ihnen nur helfen wollen. Der Rest kommt dann später. Sie haben noch ein ganzes Leben lang Zeit, ihn kennenzulernen, eine Bindung zu ihm aufzubauen, zu lernen, ihn zu lieben.«

Hinter mir gibt Ursula ein paar Plattitüden von sich.

»Was meinst du, Sash? Er ist doch unser Sohn, oder?« Mark dreht die Handflächen nach oben, streckt die Arme aus. »Du musst ihnen nur sagen, dass er unser Kind ist, dann hat das alles ein Ende. Dann wird Dr. Niles dich in Ruhe lassen.«

Am liebsten würde ich Mark bei den Schultern packen und ihn schütteln. Er sollte mich verteidigen, nicht verraten. In einem Punkt hat er allerdings recht: Es wäre viel einfacher, ihnen zuzustimmen und zu behaupten, Toby sei unser Baby. Bittend, fast flehend beugt er sich zu mir rüber. Vor lauter Verzweiflung würde er vermutlich sogar auf die Knie sinken. Indem er mich dazu überredet, ihnen zuzustimmen, will er mir das Leben leichter machen. Genau das wünscht er sich für mich: einen einfachen Ausweg.

Er weiß, dass ich schon früher gezwungen war, schwere Entscheidungen zu fällen. Nach Damien wusste ich, dass die Pädiatrie nicht der richtige Weg für mich war. Anfangs hat Mark versucht, mich umzustimmen. »Du kannst so gut mit Kindern umgehen«, behauptete er bei jeder Gelegenheit, bedrängte mich im Bad damit, in der Waschküche, abends im Bett. Zunächst reagierte ich nur mit einem Kopfschütteln.

Aber eines Abends, beim Fernsehen, explodierte ich dann. »Du hörst mir nicht zu«, schrie ich. »Ich komme einfach nicht damit klar, wenn ich bei einem Kind einen Fehler mache. Die Pathologie stand bei mir immer ganz oben auf der Liste, das mit der Pädiatrie war ein Fehler. Ich habe meine Entscheidung gefällt.«

Eine Weile saß er wie vom Blitz getroffen da. Dann schaltete er den Fernseher aus und griff nach meiner Hand.

»Wenn du die Pädiatrie als so hart empfindest, warum wählst du dann nicht einen leichteren Weg? Eine Praxis als Allgemeinmedizinerin, wissenschaftliche Forschung, ein komplett anderes Fachgebiet. Pathologie bedeutet lange, harte Plackerei, oder nicht? Anspruchsvoll, stressig, jede Menge Prüfungen. Und keine Garantie, dass du es schaffst.«

»Pathologie ist das, was ich will.« Ich entzog ihm meine Hand und ging ins Bett. Und Pathologie wurde es dann auch. Ich liebe meinen Job – jetzt, wo meine Ausbildung endgültig abgeschlossen ist und ich anfange, die Karriereleiter hochzuklettern, sogar noch mehr. Zumindest was das angeht, hatte mein Instinkt recht.

Wie mit einer Checkliste prüfe ich nun meinen Geisteszustand: keine unzusammenhängenden Gedanken, keine extremen Stimmungshochs oder -tiefs, keine merkwürdigen Ideen oder Ansichten, keine Selbstmordtendenzen. Wenn ich verrückt wäre, wüsste ich das, da bin ich mir sicher. An zwei Dingen gibt es für mich in diesem ganzen Chaos nichts zu rütteln: Erstens, ich bin geistig gesund; zweitens, das Baby in diesem Inkubator hier ist nicht meines.

Ich werde nicht einknicken. Nein, ich werde nicht nachgeben, nur um es allen anderen leichter zu machen. Da lasse ich mich lieber auf die Mutter-Kind-Station rüberfahren. Ideal ist das nicht, denn es wird die Suche nach meinem Baby wahrscheinlich noch länger hinauszögern, und wenn ich es dann gefunden habe, wird dieser Teil meiner Krankenakte verhindern, dass ich es sofort in meine Obhut nehmen kann. Außerdem gefährdet es meine Karriere. Nach meiner Entlassung wird man mich vor die Ärztekammer zitieren, und ich werde eine Zeitlang auf Bewährung sein, was weitere psychiatrische Untersuchungen und regelmäßige Begutachtungen beinhaltet. Durchgedrehte Ärzte kommen im Gesundheitswesen nicht weit. Meinen Traum von der großen Karriere als Pathologin werde ich dann wohl begraben müssen. Aber im Moment ist das meine geringste Sorge.

Toby schläft die ganze Zeit friedlich in seinem Inkubator. Er ist das unschuldige Opfer bei diesem Schlamassel. Nein, er sieht überhaupt nicht aus wie mein Baby. Mag sein, dass ich beschlossen habe, mich bestmöglich um ihn zu kümmern, bis er wieder bei seiner richtigen Mutter sein kann, aber keine Sekunde habe ich geglaubt, dass er mein Kind ist. Und wenn das erst bewiesen ist, werden sie alle erkennen, dass mit mir alles in Ordnung ist.

Scheiß auf sie. Scheiß auf sie alle.

»Nein, Mark«, zische ich mit all mir verbliebener Kraft. »Du kennst mich. Ich mache keine Fehler. Ich habe so lange und so hart gekämpft, damit wir unser Baby bekommen, da werde ich jetzt ganz bestimmt nicht aufgeben. Und ich werde mich von nichts und niemandem davon abhalten lassen, die Wahrheit herauszufinden. Das ist nicht unser Sohn.«

Mark sieht aus, als würde er gleich weinen. Er nickt Dr. Niles zu, die zurücknickt.

»Dann werden Sie zu uns kommen müssen«, sagt sie. Ihr Lächeln verblasst. »Heute Abend noch.«

»Wenn Sie darauf bestehen«, erwidere ich. »Ich tue alles, was nötig ist, um mein Baby zu finden.«

Bestimmt ist Dr. Niles erleichtert, dass ihr der langwierige Papierkram einer Zwangseinweisung erspart bleibt, jetzt, wo ich freiwillig zugestimmt habe. Wie lange ich wohl brauchen werde, um sie von meiner geistigen Gesundheit zu überzeugen?

»Solange Sie die Medikamente nehmen, werden Sie leider nicht stillen können«, erklärt sie noch. Natürlich macht mich das zunächst traurig – wenn ich jetzt nicht stillen kann, bedeutet das, dass ich wahrscheinlich auch mein echtes Kind nicht werde stillen können –, aber gleichzeitig bin ich auch erleichtert. Zumindest bleibt mir jetzt diese schmerzhafte Quetscherei erspart.

»Außerdem ist es wichtig, dass Sie jedes Mal meine Erlaubnis einholen, bevor Sie das Klinikgelände verlassen«, fährt sie fort. »Haben Sie das verstanden?«

Ich zucke mit den Schultern.

»Besuche hier auf der Säuglingsstation sind ein essenzieller Teil Ihres Heilungsprozesses. Das wird Ihnen dabei helfen, eine Bindung zu Toby aufzubauen.« Mit einem flüchtigen Lächeln versichert sie mir: »Sie werden sich bald besser fühlen, Sasha. Dafür werden wir schon sorgen.« Sie knöpft ihr Jackett auf, schiebt sich zwischen den Stellwänden hindurch und verschwindet. Ursula faltet den Sichtschutz zusammen wie einen Fächer und rollt ihn den Korridor hinunter.

Die ganze Zeit über mustert Mark mich so durchdringend, als hätte er vergessen, wer ich bin. Nun legt er eine Decke über meinen Schoß und steckt sie so vorsichtig fest, als wäre ich ein Porzellanpüppchen.

Ich werde die Wahrheit herausfinden. Am Ende werde ich hier rauskommen und mein Baby finden, ganz egal, was sie sagen oder tun.

Mark beugt sich zu mir runter und flüstert mir ins Ohr. Fast so, als wäre es seine letzte Chance, mit mir zu sprechen.

»Warum kämpfst du so verbittert, Sasha? Die Ärzte sind

auf deiner Seite. Bitte höre auf sie. Befolge einfach ihre Anweisungen. Versprich mir, dass du es versuchen wirst.«

Ich kann noch immer nicht fassen, dass er mir nicht vertraut. Mark weiß sonst immer auf Anhieb, wenn ich ihm etwas vormache – sei es wegen eines neuen Haarschnitts oder neuer Klamotten. Er hat immer behauptet, er könne es an meinen Augen erkennen, ohne genau sagen zu können, woran es lag. Und am Anfang habe ich wirklich gedacht, dass er mir glaubt, was das Baby angeht. Aber anscheinend haben die Ärzte so lange auf ihn eingeredet, dass er jetzt auch davon überzeugt ist, dass ich falschliege.

Er steht hinter mir und packt die Rollstuhlgriffe, um mich rauszuschieben. Also kann er mein Gesicht nicht sehen.

»Ich verspreche es«, presse ich zähneknirschend hervor.

»Wir sollten dich besser in dein Zimmer zurückbringen, Sasha.«

Ich frage mich, wer dieses *wir* sein soll. Außerdem nennt er mich nie – wirklich absolut *nie* – Sasha.

Tag 1, Samstag. Abend.

Dr. Niles holt mich ab. »Normalerweise werden die Patienten nicht vom Psychiater auf die Station gebracht«, erklärt sie mir, »aber da Sie ein ganz spezieller Fall sind …«

Ich will gar kein spezieller Fall sein, aber es hätte keinen Sinn, sich dagegen zu wehren. Also verdrehe ich nur die Augen und lasse mich tiefer in den Rollstuhl sinken. Ich versuche, das Babygeschrei zu ignorieren, das durch den pinkfarbenen Flur hallt, während Dr. Niles mich durch die Wöchnerinnenstation schiebt.

Mit dem Fahrstuhl fahren wir ins Erdgeschoss hinunter. Von dort aus werde ich durch eine Art gläsernen Tunnel geschoben, der anscheinend Schutz vor dem Wetter bieten soll. Oder soll er vielleicht verhindern, dass die Patienten sich absetzen? Hinter den Scheiben sehe ich eine Laderampe aus Beton und ein mehrstöckiges Parkhaus, das ziemlich voll zu sein scheint. Und am Ende des Tunnels ragt ein schmuckloses, plumpes Gebäude auf: die Psychiatrie. Die Mutter-Kind-Station befindet sich im Erdgeschoss.

Dr. Niles schiebt mich durch die breite Doppeltür, die mit einem lauten Knall hinter uns zufällt. Das war's. Obwohl man mich angeblich mit meiner Zustimmung hierhergebracht hat, fühle ich mich wie eine Gefangene.

Aus der Schwesternstation dringen gedämpfte Stimmen, und hin und wieder schreit ein Baby. Kalt ist es hier drin. Automatisch wickele ich mich in den Quilt meiner Mutter. Auch diese Station riecht nach Krankenhaus, also nach chemisch desinfizierten Toiletten, geschmacklosem Klinikfraß und etwas Undefinierbarem – für mich war es immer der Hauch des Todes. Im Labor steigt mir dieser Geruch auch manchmal in die Nase, dort stammt er vielleicht von frisch aufgeschnittenen Proben oder vorbereiteten Zellkulturen. Es ist der Geruch von verwesendem Fleisch, alternder Haut und apoptotisch sterbenden Zellen. Auf diesem Flur ist der Geruch sehr gedämpft, aber trotzdem unverkennbar. Selbst hier scheint es also eine gewisse Sterblichkeitsrate zu geben.

Den Korridor hat man in hellem Grün gestrichen; von meiner Ausbildungszeit in der Psychiatrie weiß ich, dass diese Farbe als beruhigend gilt. Der Teppich ist hellgrau und damit perfekt, um den üblichen Dreck zu verbergen. Überall an den Wänden hängen nichtssagende Pflanzenbilder, die wohl wegen ihrer Unaufdringlichkeit ausgesucht wurden – wieder eine beruhigende Nuance. Gleichzeitig ist das Licht hier aber so schwach, dass sich in jeder Ecke und Nische tiefe Schatten bilden. Schatten, in denen sich etwas Bedrohliches verbergen könnte. Mein Herz beginnt zu rasen.

»Die Schlafräume der Babys.« Dr. Niles zeigt auf mehrere Milchglastüren, während sie mich daran vorbeischiebt. »Dort unterziehen wir die Kleinen ihrem Schlaftraining. Wenn Toby von der Intensivstation kommt, werden wir ihm hier dabei helfen, gut zu schlafen. Er bekommt sogar ein eigenes Zimmer.«

Ich will nicht, dass mein Baby an diesem kalten, finsteren Ort das Schlafen lernt. Mich überläuft ein Schauer. Hoffentlich hat Dr. Niles das nicht gesehen. Ganz am Ende des Flurs, vor der letzten Tür, bleibt sie stehen.

»Ihr Zimmer.«

Es riecht wie in einem Motel: ein Hauch von Moder, gepaart mit dem Gestank alter Aschenbecher. Aber es ist doch bestimmt verboten, hier drin zu rauchen, oder? Ganz im Gegensatz zum Flur ist die Luft hier drin schwül und heiß, fast wie in einer Sauna. Ich streife den Quilt von meinen Schultern und lasse ihn auf meine Füße gleiten. In der Mitte des Raums steht ein schmales Bett mit einem Nachttischchen, am Fenster ein Stuhl, an der Wand ein Kleiderschrank und ein kleiner Kühlschrank. In der Ecke gibt es sogar einen Fernseher. Mit einer müden Geste deutet Dr. Niles auf die verschiedenen Plastikoberflächen.

»Der Kühlschrank wird nicht befüllt, und leider lässt sich auch die Raumtemperatur nicht regulieren«, erklärt sie. Offenbar ist ihr aufgefallen, wir rot mein Gesicht geworden ist. »Sie werden sich an die Wärme schnell gewöhnen.«

»Könnte ich bitte auf die Toilette gehen?«

»Toilette kostet nichts extra.« Sie schenkt mir ein schiefes Lächeln. Anscheinend sollte das ein Witz sein.

Das kleine, an das Zimmer angeschlossene Badezimmer ist weiß gefliest und riecht noch nach der Bleiche, mit der es wohl gereinigt wurde. In den Ecken sind die Fugen schwarz angelaufen; offenbar Schimmel.

»Ich komme später wieder und bringe Sie zum Abendessen.« Dr. Niles steht bereits an der Tür. »Oh, Ihr Handy dürfen Sie übrigens behalten.« Damit geht sie.

Und schon kommt es mir vor, als würde man mich ausspionieren. Hier sind Geheimnisse nicht gestattet. Ich gehe zur Toilette und setze mich. Die Naht unter dem Verband zieht, als würde sie meinen gesamten Körper zusammenhalten. Ich presse meine Handballen auf die Augen. In diesem Augenblick ist alles einfach nur verdammt schwer.

Schmerzen gleiten durch meinen Unterleib, als ich vorsichtig aufstehe. Statt eines Spiegels hängt hier eine polierte Edelstahlplatte an der Wand, in der ich aber nicht einmal den Ausdruck auf meinem eigenen Gesicht erkennen kann. Stattdessen wird es durch silbrige Streifen in einzelne Stücke zerhackt, wie auf einem Gemälde von Picasso. Das Wasser am Waschbecken wird gerade mal lauwarm.

Im Schränkchen unter dem Waschbecken finde ich ordentlich aufgereihte Klopapierrollen. Als ich sie beiseiteschiebe, stoße ich außerdem auf sterile Urinprobenbecher mit gelbem Deckel. Hier drin gibt es also auch nichts Nützliches.

Dann bleibt mein Blick an einem Wort hängen. Es wurde zwischen Spiegel und Waschbecken in die Wand geritzt – vielleicht mit den Fingernägeln. MEIN. Wer das wohl geschrieben hat? Ist das schon lange dort? Hat es etwa auf mich gewartet? Ich beschließe, es als Zeichen zu sehen. Die Botschaft einer Mutter an eine andere, leicht zu entschlüsseln: Ich muss mein echtes Kind so schnell wie möglich für mich beanspruchen.

Langsam schlurfe ich ins Zimmer zurück und lasse mich stöhnend auf das Bett sinken. Meine Achseln sind schweißnass. An den Wänden hängen die typischen impressionistischen Drucke: Monets Seerosen, Degas' Ballerinas, Obstschalen von Cezanne. Kein van Gogh, stelle ich mit einem schmalen Lächeln fest.

Die Decke scheint drückend über mir zu hängen. Wie es wohl für meine Mutter war, als sie vor über dreißig Jahren in die Psychiatrie eingewiesen wurde? Damals hingen bestimmt keine Gemälde in ihrem Zimmer, viel eher war alles nur langweilig grün. Ich kann nicht fassen, dass mein Vater mir das so lange verheimlicht hat. Jetzt, wo ich es weiß, wird es wohl auch meine Erinnerung an sie beeinflussen. Sollte ich Mitleid mit ihr haben? Wütend sein? Beschämt? Im Moment scheint in meinem Inneren nur Platz zu sein für tiefen Schmerz. Schmerz, weil ich sie vermisse, weil ich wünschte, sie könnte jetzt bei mir sein.

Meine Mutter hat sich während ihrer Einweisungen bestimmt einsam gefühlt, so ohne Dad und mich. Damals waren psychische Erkrankungen noch ein solches Tabuthema, dass sie bestimmt mit niemandem über diese Aufenthalte gesprochen hat, nicht einmal mit ihren Freunden. Und ich kann mir auch nicht vorstellen, dass sie mit Dad über ihre Gefühle geredet hat. Könnte ich mein erwachsenes Selbst doch nur in der Zeit zurückschicken, dann könnte ich für sie da sein. Ihr sagen, wie unglaublich wichtig es für mich ist, dass sie gesund wird. Ihr sagen, wie sehr ich meine Mama brauche.

Sie verließ uns, als ich fünf war. Am deutlichsten ist meine Erinnerung an sie, wie sie auf dem breiten Doppelbett mit dem Messinggestell liegt, ausgestreckt auf der Seite, immer mit einer brennenden Zigarette, während sie in den Vorgarten hinunterstarrt. Ein Quilt liegt über ihrem schmalen Körper. Sonnenstrahlen lassen die Qualmwolken leuchten und zeichnen wellenförmige Muster an die cremefarbenen Wände. Und sie hält mich fest an sich gedrückt, denn ich liege zusammengerollt in ihrem Arm.

Das war vor einer halben Ewigkeit. Jetzt bin ich selbst Mutter, und unser beider Leben verläuft auf merkwürdig parallelen Bahnen, denn nun liege ich allein in der Psychiatrie.

Mir wird plötzlich bewusst, dass dieses Zimmer auf der Mutter-Kind-Station etwas Vertrautes an sich hat. Ja, es gibt Gemeinsamkeiten mit den üblichen Psychiatriezimmern: Die Bilder sind fest mit der Wand verschraubt. Das Kabel des Telefons ist extrem kurz. Die Blümchenvorhänge sind an einer dünnen Plastikstange befestigt und hängen vor einem hoch in der Wand eingelassenen, runden Fenster. Es gibt keine Spiegel, die man zu Scherben zertrümmern könnte. Und keine Möglichkeit zu entkommen.

Im Essbereich sitzen zwei Frauen an einem rechteckigen Resopaltisch. Ich weiche ihren Blicken aus, während ich mein Tablett vom Gestell neben der Küchentür nehme und dann zu ihnen hinüberhumpele. Nachdem ich mich auf einen der Plastikstühle gesetzt habe, hebe ich zögernd die Haube von meinem Teller. Trockene Rindfleischscheiben mit Soße, schlaffe Karotten, schrumpelige Erbsen. Alles in einer Wolke des typischen Krankenhausessen-Dufts.

Vom Tisch aus kann man in den gepflasterten Hof hinaussehen. Es gibt ein Beet mit fröhlich sprießendem Grün, in einer Ecke wächst ein blühender Apfelbaum, und an der Seite des Hofs wuchert eine Reihe Farne, die allerdings mit einem Drahtnetz bedeckt sind. Es hat angefangen zu regnen. Dicke Tropfen klatschen auf die Pflastersteine und laufen durch die Maschen auf die Farnwedel hinab.

Die Frau rechts von mir klammert sich regelrecht an ihrem Tablett fest. Sie hat ein schmales Gesicht und Locken. Als sie schließlich loslässt, verfärben sich ihre fahl weißen Fingerknöchel zu einem zarten Rosa. Sie nimmt die Haube vom Teller, starrt auf den Teller mit der lieblos angerichteten Nachahmung eines Bratengerichts und verzieht das Gesicht. Ich kann es ihr nicht verübeln. Eine andere Frau mit langen, blonden Haaren, die ihr bis über die Schultern fallen, steht auf und bringt ihr Tablett zurück. Als sie geht, lächelt sie mich kurz an. Das überrascht mich. Eigentlich hatte ich erwartet, dass die Patientinnen mich meiden würden, aus einer gewissen Angst heraus, mit anderen psychisch Kranken in Kontakt zu kommen. Vielleicht habe ich diese Frauen unterschätzt oder die Kraft der weiblichen Solidarität in schwierigen Zeiten.

Mir ist es nie leichtgefallen, Freundschaften zu schließen. Dabei hätte ich furchtbar gerne so eine eingeschworene Clique von Freundinnen, aber ich habe einfach keine Ahnung, wie man an so etwas herankommt. Soweit ich weiß, ging es meiner Mutter da nicht anders; Lucia war ihre einzige Freundin. Ich habe meine Kollegen, alte Freunde der Familie und Bec, die es irgendwie geschafft hat, mir in all den Jahren meine Spinnereien zu verzeihen.

Nun sitzt nur noch eine Frau mit mir am Tisch, die gerade ihr matschiges Gemüse auf dem Teller herumschiebt. In ihren Augen steigen Tränen auf. Postnatale Depression, folgere ich nicht ganz ohne Mitleid.

»Hi, ich bin Sasha«, stelle ich mich vor.

»Ich bin Ondine. Herzlich willkommen, sollte ich wohl sagen.«

»Freut mich, dich kennenzulernen.« Ich versuche zu lächeln. »Wie lange bist du schon hier?«

»Äh …« Sie zählt an den Fingern ab. »Sechs. Aber unter zwei scheint hier niemand rauszukommen.«

»Tage?«

»Wochen. Sie sagen, sie müssen sicher sein können, dass nichts passiert, wenn wir unsere Babys mit nach Hause nehmen.«

Wochen. Mein Herzschlag wird plötzlich schleppend und träge. Das kann – und wird – nicht für mich gelten. Ganz bestimmt wird es nicht so lange dauern, bis sie begreifen, dass ich die Wahrheit sage.

Ondine hebt einen Löffel mit Soße an den Mund und steckt vorsichtig die Zungenspitze hinein. Schnell zieht sie sie wieder zurück.

»Du siehst ziemlich fit aus, Sasha«, sagt sie zögernd.

Momentan muss ich mich daran erinnern, gleichmäßig zu atmen. »Mir geht's gut.«

Trotz ihrer schüchternen Art sieht sie auch ziemlich normal aus. Ihre weiten Klamotten sind sauber, ihre Haare ebenfalls, und sie trägt sogar einen Hauch Lipgloss. Ich hatte eigentlich gedacht, die Frauen hier drin würden etwas verrückt wirken. Aber Ondine hat mit ihren seidigen Locken und dem hellen Teint sogar eine gewisse Ähnlichkeit mit Bec.

Draußen lässt der Regen langsam nach. Indem ich mich zurücklehne, versuche ich, meine Schultermuskulatur zu lockern. Es war ein langer Tag, und ich scheine sie die ganze Zeit über angespannt zu haben.

»Habe ich das richtig verstanden? Du bist … Ärztin?« Ondines Stimme wird immer leiser.

»In gewisser Weise. Ich bin Pathologin.« Woher sie das wohl weiß?

»Und dein Baby? Wie geht es ihm?«

»Da bin ich mir nicht sicher.« Verdammtes Krankenhaus, verdammte Ärzte. Eigentlich habe ich das Recht, so etwas zu wissen, das Recht, mein Baby zu finden. Ich wechsle das Thema. »Bestimmt hast du schon einige Frauen kommen und gehen sehen, oder?«

»O ja. Aber keine von ihnen ist ohne ihr Baby hier angekommen. Es tut mir wirklich leid, was du durchmachen musstest. Das ist ja nicht deine Schuld.«

Mir bleibt fast das Fleisch im Hals stecken.

Ondine beugt sich über den Tisch und reicht mir eine Serviette. Ich spucke den halb gekauten Klumpen aus.

Wie viele Menschen wissen davon? Und wie haben sie es herausgefunden? Meine Wangen brennen, als hätte man mich geohrfeigt. »Was hast du denn gehört?«

»Der Flurfunk hier ist furchtbar«, erklärt Ondine. »Es tut mir wirklich schrecklich leid. Ich hasse das. Einfach alle tratschen.« Sie neigt kurz den Kopf zur Seite. »Sie haben gesagt, du wärst der Meinung, das Baby auf der Säuglingsintensiv wäre nicht deins. Mehr weiß ich auch nicht. Wenn ich du wäre, würde ich dem Personal hier möglichst wenig erzählen. Die verwenden das sonst gegen dich.«

»Gut zu wissen, danke.«

»Du kannst mich gerne um Rat fragen, wenn du wissen willst, wie man hier am besten rauskommt. Vielleicht kann ich dich an die richtigen Stellen weiterleiten.« Ein schmales Lächeln huscht über ihr Gesicht.

»Am wichtigsten ist, dass ich mein Baby finde.«

»Keine Spur bisher?« Sie legt Messer und Gabel in die Tellermitte.

»Nein.« Draußen klatscht wieder der Regen auf das Pflaster.

Mit stumpfem Blick mustert Ondine ihr Besteck. »Völlig verrückt, dass dein Kind verschwunden ist. Du wirst doch weitersuchen, oder?«

Noch jemand, der mir glaubt. Plötzlich habe ich einen Kloß im Hals.

»Natürlich. Bis ich sie finde. Oder ihn.«

Ihre Schultern sacken immer weiter herunter. »Gibt es nicht einen kleinen Teil von dir, der gar nicht will, dass es gefunden wird?«

Warum sagt sie so etwas? »Nein, absolut nicht.« Leicht besorgt füge ich hinzu: »Wie geht es denn deinem Kind?«

Ondine wird rot. Sie öffnet den Mund, aber bevor sie antworten kann, taucht plötzlich Dr. Niles im Essbereich auf. Sie runzelt die Stirn.

»Sie sollten jetzt schlafen, Sasha«, sagt sie und hebt mahnend einen Finger.

Ondine beugt sich noch tiefer über ihr Tablett. Ihre Locken streifen den Kunststofftisch wie die hängenden Zweige einer Trauerweide.

»Sag mir Bescheid, wenn ich helfen kann«, flüstert sie, während ich aufstehe und langsam an ihr vorbeischlurfe.

Draußen ist der Regen inzwischen so heftig, dass er die Blumen im Beet plattdrückt. Im Hof liegen überall Zigarettenkippen herum. Erschrocken stelle ich fest, dass die Scheiben rings um den Hof getönt sind: Von draußen kann man nicht hineinsehen, während von drinnen jeder Winkel des Hofs einsehbar ist. So bald werde ich da bestimmt nicht rausgehen.

In meinem Zimmer sinke ich aufs Bett und ziehe erleichtert die Decke über mich. Dr. Niles tippt mit einem Finger gegen den Plastikbecher, der auf meinem Nachttisch steht. Darin befindet sich ein wahrer Regenbogen an Tabletten: Türkis, Rot, Orange, Cremegelb und eine schneeweiße Kapsel. Sie schüttet mir die Tabletten in die offene Hand. Sie wiegen nicht mehr als eine Handvoll Popcorn. Es dauert einen Moment, bis ich begreife, dass diese Mischung mehr als nur ein Psychopharmakon enthält.

»Was ist das alles?«

»Mirtazapin, Risperidon, Temazepam. Außerdem Oxycodon und Voltaren gegen die Schmerzen.« Sie zeigt auf die jeweilige Tablette.

Ein Antidepressivum, ein Antipsychotikum *und* eine Schlaftablette?

»Das ist weniger selten, als man meint.« Dr. Niles schiebt sich eine Strähne hinters Ohr. »Wochenbettpsychose haben wir hier ziemlich häufig. Selbst bei Ärztinnen.«

Wochenbettpsychose? Wäre das wahr, hätte ich irrationale Schübe, wäre wahnhaft und kaum mehr zu einem zusammenhängenden Gespräch fähig. Würde sinnloses Zeug reden, wäre von Dingen überzeugt, die ganz offensichtlich nicht der Wahrheit entsprechen. Es läuft mir kalt den Rücken herunter, als mir klar wird, dass ich von außen betrachtet so wirken könnte. Vielleicht sogar auf Mark.

»Sie müssen sie vor Zeugen einnehmen«, sagt Dr. Niles.

Die Tabletten in meiner Hand beginnen zu zittern.

»Ich brauche die nicht.«

»Wenn Sie die Tabletten nehmen, werden Sie wahrscheinlich schneller entlassen. Und das wollen Sie doch, oder?«

Ich zögere. Es ist schon wichtig, dass ich bald entlassen werde. Natürlich lange nicht so wichtig, wie mein Baby zu finden. Trotzdem will ich hier raus. Ich hebe die Hand an den Mund, hebe dabei aber die Zunge an, sodass die Medikamente unter sie gleiten. Diesen Trick habe ich während meiner Assistenzzeit in der Psychiatrie gelernt, von einem schwitzenden, geschwätzigen Patienten, der mir immer Dinge zugeflüstert hat, wenn der Psychiater einmal nicht aufpasste. Ich trinke einen Schluck Wasser und schlucke betont.

»Ich muss Ihren Mundraum überprüfen.«

Ich öffne ihn.

»Weiter. Und heben Sie bitte die Zunge an.«

Ich lege den Kopf in den Nacken.

»Sie müssen sie runterschlucken.«

»Und wenn ich es nicht tue?«, frage ich mit belegter Stimme.

Dr. Niles runzelt nur die Stirn. Wieder nehme ich einen Schluck Wasser, löse die Tabletten von meiner Zungenunterseite und schlucke. Auf dem Weg nach unten zerkratzen sie mir die Kehle wie Rasierklingen. Ich muss die Lippen zusammenpressen, um nicht zu würgen.

Noch einmal schaut Dr. Niles unter meine Zunge.

»Gut. Also, hören Sie auf das, was die Schwestern Ihnen sagen. Sie wissen, was sie tun. Letzten Endes wird hier jeder gesund. Die Patienten, meine ich«, fügt sie hastig hinzu – als hätte ich ihr oder dem Personal unterstellt, verrückt zu sein. An der Tür bleibt sie noch einmal stehen. »Und vergessen Sie nicht Ihr Einführungstreffen morgen. Es findet um ein Uhr statt, in meinem Büro. Seien Sie pünktlich.« Damit stürmt sie aus dem Zimmer und zieht mit einem lauten Knall die Tür hinter sich zu. Als wäre ich eine Gefangene, die für die Nacht eingesperrt wird.

Tag 2, Sonntag. Vormittag.

Die langen Schatten auf dem grauen Teppich verraten mir sofort, dass ich verschlafen habe. Mein Nachthemd klebt am Rücken, und das Laken ist durchgeschwitzt. An meiner Brust weist das Hemd zwei runde, nasse Flecken auf; offenbar sind meine Brüste undicht geworden. Durch die Medikamente arbeitet mein Gehirn nur im Schneckentempo, ich kann nicht klar sehen, und meine Muskeln fühlen sich schlaff an. Langsam sinke ich in den Schlaf zurück. Erst als ich ein Räuspern höre, wird mir klar, dass jemand an meinem Bett sitzt.

Mark.

»Liebling.« Diesen kleinlauten, weinerlichen Ton schlägt er nur an, wenn er so richtig Mist gebaut hat. »Geht es dir heute etwas besser?«

»Wieso sollte es mir besser gehen, verdammt?« Mein Gaumen ist völlig ausgetrocknet, meine Zunge schabt darüber wie Sandpapier.

»Das tut mir leid«, versichert er. An seinem Blick erkenne ich, dass er sich ernsthafte Sorgen macht.

Vorsichtig streiche ich mit den Fingern über meinen Quilt, den ich über dem Bett ausgebreitet habe. Langsam finden meine Neuronen ihre Verknüpfungen wieder. Ich brauche ein paar Antworten. Also greife ich nach Mark, lege die Hand auf seinen Unterarm.

»Hast du gewusst, dass meine Mutter postnatale Depressionen hatte? Dass sie in die Psychiatrie eingewiesen wurde, als ich noch ein Baby war? Hast du Dr. Niles deshalb das mit meinen Fehlgeburten erzählt?«

Er zieht den Arm weg und kratzt sich am Hals. »Was? Nein. Wie kommst du denn jetzt auf deine Mutter?«

»Meine Mutter war in der Psychiatrie, genau wie ich. Hast du das gewusst, Mark?«

Umständlich lehnt er sich im Stuhl zurück. »Ich weiß überhaupt nichts über deine Mutter, Sash, okay?«

Ich schüttele den Kopf, um diesen Nebel aus meinem Gehirn zu vertreiben.

»Vielleicht könnte ich versuchen, mehr über meine Mutter herauszufinden. Sie irgendwie aufspüren, herausfinden, wo sie jetzt ist.«

Mark hüstelt leicht. »Du hast momentan doch schon genug andere Sorgen, Sash. Vielleicht irgendwann, wenn dein Leben wieder in ruhigeren Bahnen verläuft.«

Er wird mir gar nichts sagen. Ich werde mit Dad über meine Mutter reden müssen. Bevor ich noch etwas sagen kann, fährt Mark bereits fort: »Was ich dir noch erzählen wollte: Meine Eltern kommen heute auf die Säuglingsintensiv. Ich dachte mir, das stört dich ja bestimmt nicht.«

Marks Eltern. Die konnten mich schon sehr früh nicht mehr leiden. Damals waren wir seit ungefähr drei Monaten zusammen.

Nachdem ich eine Grillparty mit der gesamten Familie überstanden hatte, entspannte ich mich gerade am Kamin, während Mark und seine Eltern an der Haustür die anderen Gäste verabschiedeten.

Dann rauschte Patricia in den Raum, dicht gefolgt von Mark. Marks Vater Ray half den Gästen noch dabei, die Autos aus der Auffahrt zu setzen.

»Was höre ich da, Mark soll bei dir einziehen?«

Ich warf Mark einen bösen Blick zu. Eigentlich hatten wir es seinen Eltern gemeinsam sagen wollen; da wir dachten, das wäre eine gute Nachricht, hatte es eine Überraschung sein sollen.

Mark schob die Hände in die Hosentaschen. »Es ist am besten so, Mum. Sashs Freundin ist gerade ausgezogen, und sie sucht sowieso nach einem neuen Mitbewohner. Da passt das doch prima.«

Patricias Augenbrauen schossen so weit in die Höhe, dass sie ein Paar Pfeilspitzen ähnelten. »Ihr zwei kennt euch doch kaum. Weißt du nicht mehr, was damals mit Emma passiert ist? Und du musst doch nicht ausziehen. Hier bei uns zahlst du keine Miete.«

Betont langsam schüttelte Mark den Kopf. »Ich liebe sie, Mum.«

Sie beugte sich vor und zischelte gerade laut genug, dass ich es noch hören konnte: »Und die Geschichte mit ihrer Mutter?«

Bis dahin war mir nicht klar gewesen, dass Mark ihr davon erzählt hatte.

»Herrgott, Mum«, antwortete er wesentlich gedämpfter und warf mir einen verstohlenen Blick zu. »Sie ist doch ein eigenständiger Mensch.«

»Hast du deinem Vater schon erzählt, dass du ausziehen willst?«

»Dad wird nichts dagegen haben. Ihr zwei habt euch nach gerade mal zwei Monaten schon verlobt.«

Patricia schnaubte empört und stürmte hinaus.

Ich denke, sie hat mir nie verziehen, dass ich ihr ihren einzigen lebenden Sohn weggenommen habe. Seitdem war sie mir gegenüber immer kalt und distanziert, sei es bei Geburtstagen oder Weihnachtsfesten, selbst auf unserer Hochzeit.

Ray spricht kaum ein Wort mit mir. Ich habe das so akzeptiert und versuche, ihren Missmut nicht zu nah an mich heranzulassen.

»Haben deine Eltern Toby schon gesehen?«

»Nein, noch nicht. Sie wollten uns nicht stören, meinten sie.«

Jetzt ist es irgendwie kühl in meinem Zimmer; anscheinend wurde die Heizung heruntergedreht.

»Ich möchte dabei sein, wenn deine Eltern kommen, Mark.« Abrupt ziehe ich mir den Quilt über die Schultern.

»Lass uns später darüber reden. Ich will gleich zu Toby gehen. Wie wäre es, wenn du vorher duschst? Dann könntest du mitkommen.«

Mir kommt es so vor, als hätte ich gar keine andere Wahl. Doch der Knoten in meinem Inneren lockert sich etwas, als ich mir vor Augen halte, dass mein Baby – mein echtes Baby – ja immer noch auf der Säuglingsintensiv sein muss.

»Klingt gut«, antworte ich deshalb.

Prompt fängt Mark an, mir Tobys genauen Zustand zu beschreiben – er entwickelt sich besser, als die Ärzte es erwartet haben –, und verkündet dann, er habe alle benachrichtigt, die wir auf unserer Liste hatten, allerdings mit dem Zusatz, dass ich noch keine Besucher empfangen könne.

»Das hast du gesagt?«

»Ich habe ihnen erklärt, dass du ziemlich erschöpft bist, sie aber in ein paar Tagen gerne kommen können. Ich dachte mir, du willst bestimmt nicht, dass es alle wissen.«

»Das hättest du vorher mit mir absprechen müssen«, beschwere ich mich, aber eigentlich bin ich erleichtert. Ein paar Tage mehr Zeit, um mich zu sammeln und mir eine Strategie zu überlegen, wie ich mein Baby finden kann.

Ich ziehe den Quilt enger um meine Schultern. Vor allem

muss ich Mark davon überzeugen, dass mit mir alles in Ordnung ist. Dass die Suche nach unserem Baby jetzt oberste Priorität hat.

»Tut mir leid, dass ich dich angeschnauzt habe. Ich fühle mich schon besser, Mark. Viel besser als gestern. Meinst du, du könntest mal mit Dr. Niles sprechen? Sie darum bitten, dass sie die Medikamente absetzt? Ich mag es nicht, ständig so müde zu sein.«

»Natürlich, Liebling.« Er lächelt verkrampft.

»Und sag ihr auch noch mal, dass es vollkommen unnötig ist, mich hierzubehalten.«

»Das mache ich, ganz bestimmt.« Aber beim letzten Wort zittert seine Stimme verräterisch.

Als ich unter der lauwarmen Dusche stehe, pochen meine Brüste. Sie sind dick und berührungsempfindlich, stärker geschwollen als je zuvor in meinem Leben. Ich drücke sie vorsichtig. Gelblich weiße Milch tropft aus der Brustwarze, rinnt über meinen Bauch und verschwindet dann über die Fliesen im Abfluss. Der Milcheinschuss hat stattgefunden.

Was für eine furchtbare, furchtbare Verschwendung. Obwohl, vielleicht auch nicht.

Da Mark drüben im Zimmer wartet, wühle ich hektisch in dem Unterschrank herum, wo ich die sterilen Probenbecher gesehen habe. Dann halte ich einen davon unter meine Brustwarze und fange an, sie so auszuquetschen, wie Ursula es mir gezeigt hat. Heute fließt die Milch viel leichter, sie spritzt bei jedem Druck heraus wie aus einem Kuheuter. Nach zehn Minuten ist der Becher zu einem Viertel mit der cremefarbenen Flüssigkeit gefüllt. Während ich den Behälter ins Licht halte, fällt mir plötzlich ein, dass diese Portion durch die Medikamente verunreinigt ist. Ich werde sie also entsorgen müssen. Aber ab morgen werde ich die Tabletten irgendwie vermeiden. Dann kann ich die Becher heimlich in dem kleinen Kühlschrank aufbewahren, vielleicht versteckt hinter dem Eiswürfelbehälter.

Wenn ich sie rausdrücke, wird der Milchstrom nicht versiegen. Und wenn ich dann mein Baby finde, habe ich genug eingefrorene Milch, um die Kleine zu versorgen, bis sie selbständig trinken kann. Ganz bestimmt würde eine gute Mutter es so machen.

Sobald Mark mich auf die Station schiebt, versuche ich, mein Baby zu erspüren. Hier drin ist es so heiß wie in einer Sauna. Und ich bin mir sicher, dass ich seine Anwesenheit spüre – wie einen warmen, lieblichen Herzschlag ganz in meiner Nähe. Mein Baby war definitiv eine Frühgeburt, das ist einer der wenigen Punkte, wo ich mir absolut sicher sein kann. Also muss die Kleine doch hier irgendwo sein. Vielleicht in den Armen einer anderen Mutter? Doch auch wenn ich alle meine Sinne anstrenge, um sie zu spüren – ich kann einfach nicht rausfinden, wo genau sie steckt. Aber hier drin gibt es nur achtzehn Kinder – zehn in Inkubatoren, acht in normalen Bettchen –, da dürfte es nicht allzu schwer werden, sie zu finden. Ich versuche, in die Bettchen und Brutkästen hineinzusehen, suche nach Ähnlichkeiten bei Gesicht, Händen, Füßen, aber Mark schiebt mich so schnell an ihnen vorbei, dass die Babys zu einem Kaleidoskop aus Farben, Körpern und Gliedmaßen verschwimmen. Ich will ihn bitten, etwas langsamer zu machen, aber da bleibt er schon vor Tobys Inkubator stehen. Ursula erwartet uns bereits.

»Da wären wir«, verkündet Mark.

Bedrohlich beugt sich Ursula zu meinem Rollstuhl herunter. »Wir haben schon auf Sie gewartet, da Sie ja bestimmt dabei sein möchten, wenn wir seinen Zugang entfernen und ihn vom Tropf nehmen.«

Toby liegt ganz still da und starrt mit leerem Blick an die Decke des Inkubators.

»Er hat Glukose bekommen«, fährt Ursula fort. »Das ist wie ein Lutscher für Kinder – hilft gegen die Schmerzen.« Sie wendet sich der Bank zu und bereitet ihre Ausrüstung vor: sterile Kompressen, Wunddesinfektionsmittel und ein Pflaster. Das hätte ich auch selbst machen können.

Überall auf der Station stehen Eltern an den Betten ihrer Babys und wickeln, füllen Ersatznahrung in Nasenschläuche, reden und lachen, als wäre das hier eine Art Party. Wenigstens scheint mich heute keiner von ihnen zu beobachten. Nichts deutet darauf hin, dass ihnen bewusst ist, in was für einem kritischen Zustand sich ihre Kinder befinden; wie anfällig so ein kleines Leben sein kann. Und sie können auch nicht begreifen, was Mark und ich gerade durchmachen, was unser Baby ohne uns durchmacht, was der arme Toby durchmacht ohne seine richtigen Eltern.

Ursula feuchtet die Pflaster auf Tobys Handrücken an und zieht den Zugang aus seiner Haut. Der Kleine erstarrt, zappelt schwach mit den Ärmchen und stößt einen verwirrten Schrei aus. Ursula drückt eine Kompresse auf die blutende Wunde.

»So etwas haben Sie sicher schon oft gesehen.«

Ich nicke. »Früher wollte ich mal Kinderärztin werden.«

»Und dann haben Sie zur Pathologie gewechselt?«

Draußen vor dem Fenster fährt ein Bus durch eine tiefe Pfütze, sodass sich eine kleine Sturzflut über den Bürgersteig ergießt.

»Ja, ich habe meine Meinung geändert.« Den Vorfall erwähne ich nicht. Nicht einmal Mark kennt die ganze Geschichte.

Toby hat sich wieder beruhigt und schaut jetzt zu mir herüber. Das Pflaster, mit dem der Nasenschlauch in seinem Gesicht fixiert ist, löst sich an den Enden bereits ab. Bald wird man es erneuern müssen. Ursula taucht eine Kompresse in Kochsalzlösung.

»Bestimmt wissen Sie ja, wie anfällig Frühchen für jede Art von Infektion sind. Ich werde Ihnen jetzt zeigen, wie Sie seinen Bauchnabel sauber halten.«

Mit dem Thema Keimfreiheit kenne ich mich nun wirklich aus. Seit Damien war ich immer besonders vorsichtig, es grenzt fast schon an Besessenheit.

»Zeigen Sie es besser Mark«, schlage ich deshalb vor. Doch als ich mich umdrehe, ist Mark verschwunden. Vermutlich ist er abgehauen, als er das Blut gesehen hat. »Ich werde ihn holen.« Mühsam stemme ich mich aus dem Rollstuhl hoch.

»Es ist noch zu früh für Spaziergänge«, mahnt Ursula, legt mir eine Hand auf die Schulter und drückt mich wieder in den Sitz. »Ihr Kaiserschnitt ist gerade mal zwei Tage her.«

»Ist schon in Ordnung«, versichere ich. »Meine Schmerzen halten sich in Grenzen.« Schließlich ist das eine gute Gelegenheit, um mich hier drin umzusehen.

Ursula will offenbar erneut protestieren, aber dann ruft jemand nach ihr.

»Sie bleiben hier«, befiehlt sie.

Sobald sie weg ist, stütze ich stöhnend die Hände auf die Armlehnen. Mir bleibt nichts anderes übrig, ich muss die Schmerzen ertragen. Entschlossen beiße ich mir auf die Zunge. Eine zweite Chance kriege ich vielleicht nicht.

Vorübergehend ist die Schwesternstation mal nicht besetzt. Mein Blick huscht von einem Inkubator zum nächsten, während ich möglichst unauffällig den Korridor hinunterschlurfe. So viele Babys in heißen, sterilen Käfigen, ebenso eingesperrt wie ihre verzweifelten Eltern. Ich suche nach einer gewissen Vertrautheit in ihren Zügen, die eine genetische Verbindung bestätigen würde: die Form des Kinns, der Schwung der Wangenknochen, selbst die Mimik. Irgendetwas, das mir bestätigt, dass dies mein Kind ist. Aber vor allem suche ich nach etwas, das mehr ist als nur eine Konstellation körperlicher Merkmale – nach dieser Präsenz. Dem untrüglichen Wissen.

Gleich habe ich den letzten Inkubator erreicht. Wieder kein Glück. Wie kann es sein, dass mein Baby nicht hier ist? Hat Ursula es vielleicht schon in eines der normalen Bettchen verlegt? Aber die Kleine kann doch noch nicht groß genug sein, um ihre Körpertemperatur selbständig zu regeln, oder? Oder wurde mein Baby auf eine ganz andere Station verlegt?

Gerade als ich in den kürzeren Flur einbiege, in dem die normalen Bettchen stehen, höre ich Marks Stimme aus einer kleinen Nische dringen. Er spricht mit einer Frau, die einen hörbaren Akzent hat; amerikanisch, würde ich schätzen. Ich verstecke mich hinter einer Trennwand neben der Besuchertoilette und halte den Atem an.

»Das Thema wurde stationsübergreifend diskutiert«, sagt die Frau gedehnt. »Aber das Team aus der Psychiatrie hält es für unklug, einen DNS-Test zu machen. Die Kollegen aus der Geburtshilfe und der Pädiatrie haben sich jedoch ebenfalls ausgetauscht, und wir sind der Meinung, dass es angemessen wäre, Ihnen den Test trotzdem anzubieten, falls Sie einen machen möchten. Dabei sollte Ihnen allerdings klar sein, dass es bei unserem Labor einige Tage dauern kann, bis ein Ergebnis vorliegt. Das ist nicht so wie in den Staaten, wo das quasi über Nacht geht.«

Das ist unsere Chance. Phantastische Neuigkeiten. Wohlige Wärme durchströmt mich. Mark ist immer noch auf meiner Seite. Er wird den wissenschaftlichen Beweis dafür erbringen, dass ich nicht verrückt bin. Schon immer hat Mark mir gezeigt, dass er ein Mensch ist, der mich so akzeptiert und liebt, wie ich bin.

Als ich ihm an dem Abend, als wir uns kennenlernten, erzählte, dass meine Mutter mich verlassen hat, als ich noch ein Kind war, befürchtete ich, er könnte deswegen schlecht von mir denken. Stattdessen legte er seine Hand auf meine und sagte: »Sie ist diejenige, die alles verpasst. Würde sie dich heute kennen, würde sie dich lieben. Das weiß ich einfach.«

Wie hätte ich da nicht überzeugt sein sollen, dass er der Richtige für mich ist?

Die Frau hinter der Stellwand fährt fort: »Natürlich ist keiner von uns der Meinung, dass ein DNS-Test notwendig wäre. Es ist vollkommen ausgeschlossen, dass das Baby vertauscht wurde. Wir befürchten vor allem, dass die Durchführung dieses Tests sich negativ auf Sashas geistige Gesundheit auswirken könnte. Dr. Solomon und Dr. Niles haben das ja sicher schon mit Ihnen besprochen, oder?«

Warum legt Mark nicht einen Zahn zu und besteht darauf, dass der Test gemacht wird? Ich kann mich kaum noch auf den Beinen halten vor Erschöpfung. Zum Glück ist das alles bald vorbei. Wenn die Ergebnisse da sind, werden sie mir glauben müssen. Ich beuge mich gerade gespannt vor, um auf Marks Antwort zu warten, als ich plötzlich eine Hand an meinem Arm spüre. Ursula.

»Sie müssen mitkommen«, sagt sie. »Ihr Baby braucht eine frische Windel.« Unnachgiebig zieht sie mich aus meinem Versteck und führt mich zurück zu Toby. »Ihr Sohn wartet auf Sie.«

Ich stehe allein vor dem aufgeklappten Inkubator und wische Toby die teerartigen Exkremente vom geröteten Po, als Mark um die Ecke biegt. Er ist in Begleitung einer elegant gekleideten Frau mit langen, blonden Haaren. Ihr Wollrock reicht genau bis zu ihren kniehohen, schwarzen Lederstiefeln. Über ihrer cremefarbenen Bluse baumelt ein rosafarbenes Stethoskop mit einem kleinen Plastik-Einhorn.

Dr. Amanda Green steht auf ihrem Namensschild, daneben ein gelber Smiley. *Kinderärztin.* Sie ist das, was ich in einem anderen Leben auch gewesen wäre.

Nachdem sie sich vorgestellt hat, lehnt Dr. Green sich entspannt gegen die Bank. Sie verströmt einen vertraut wirkenden, blumigen Duft, den ich aber nicht ganz zuordnen kann. Ein angenehmes Parfum – vielleicht eine amerikanische Marke? Sie fängt an, Tobys Gesundheitszustand detailliert zu erläutern.

»Er entwickelt sich sehr gut. In ein paar Wochen sollte er nach Hause können.«

Schaudernd klappe ich den Inkubator zu. »Zwei Wochen?«

»Vielleicht. Warten wir es einfach ab. Wie ich hörte, sind Sie Ärztin?«

»Ja.«

Dr. Green schenkt mir ein wohlwollendes Lächeln. »Dann verstehen Sie ja sicher, warum ich der Meinung bin, dass ein DNS-Test unnötig ist.«

Ich hole tief Luft. »Wir müssen den Test machen.« Becs mahnende Worte hallen durch meinen Kopf. »Ich bestehe darauf.«

Mark greift nach meiner Hand und drückt die Fingerspitzen in meine Handfläche. *Überlass mir das Reden.*

»Wir verstehen das, Dr. Green. Wir vertrauen Ihnen.«

»Warte«, protestiere ich, aber Mark drückt fester zu.

»Wir müssen den Rat der Ärztin befolgen, Liebling. Dr. Green hatte selbst eine Frühgeburt. Sie weiß, wie das ist. Wie schwierig es ist. Und denk dran, du sagst selbst immer, dass die Ärzte es am besten wissen.«

Mark hat allerdings vergessen, dass ich ebenfalls Ärztin bin. Ich habe den Großteil meines Erwachsenenlebens in Krankenhäusern verbracht. Ich weiß, wie kognitive Verzerrung das Urteilsvermögen trüben kann. Sobald ein Ansatz gefunden und eine Diagnose gestellt wurde, sobald das Klinikpersonal die Fronten dichtmacht, hat man kaum noch eine Chance, sie wieder umzustimmen. Deshalb brauche ich Mark bei dieser Sache ja unbedingt auf meiner Seite.

»Du hast gesagt, wir sollen einen DNS-Test machen.« Jetzt drücke ich seine Finger. »Du hast gesagt, nur so könnten wir absolut sicher sein.«

»Es ist immer besser, sich von Profis anleiten zu lassen.« Er entzieht mir seine Hand. »Das hast du selbst immer gesagt. Und sie halten es alle für den besseren Weg. Dr. Solomon, Dr. Green …« Er unterbricht sich kurz. »Außerdem musste Toby schon so viele Tests über sich ergehen lassen. Irgendwann ist es auch mal genug, oder etwa nicht?«

Das ist unfassbar. Wie kann er nur so kaltherzig sein? Mir steigen Tränen in die Augen. Es war dumm von mir, ihm zu vertrauen. Dumm, zu glauben, dass er mir vertraut.

Dr. Green wendet sich nun an Mark: »Dr. Niles wird heute noch einmal mit Ihnen sprechen.« Dann dreht sie sich zu mir um und lächelt breit. An ihren Schneidezähnen klebt Lippenstift. »Sicherlich hat man Sie darüber informiert, dass wir hier auf der Station viel Wert auf Privatsphäre und Diskretion legen, Sasha. Es ist den Eltern nicht gestattet, fremde Babys zu besichtigen. Das verstehen Sie ja sicher. Und ich muss Ihnen wohl auch nicht sagen, dass es gewisse Folgen für Sie hat, wenn Sie sich nicht an die Krankenhausregeln halten.«

Ohne meine Antwort abzuwarten, geht sie davon – vorbei an den Inkubatoren, die plötzlich mit wattierten Quilts abgedeckt sind. Das muss wohl passiert sein, während ich Toby gewickelt habe. Er ist der Einzige, der keine Decke bekommen hat. Vermutlich haben sie das gemacht, damit ich die anderen Babys nicht sehen kann. Für einen Moment kriege ich kaum noch Luft.

Sobald die Ärztin außer Hörweite ist, sagt Mark stirnrunzelnd: »Sash, du weißt doch genau, was es uns gekostet hat, dieses Baby zu bekommen. Verdammt noch mal, du musst einfach glauben, dass er unser Sohn ist. Du *musst*.«

Fassungslos schüttele ich den Kopf. »Nach all den Jahren, nach allem, was war. Wie konntest du, Mark? Du musst mit Bec sprechen. Sie glaubt mir. Sie hat solche Dinge schon erlebt.«

Betroffen starrt er auf seine Hände. »Es tut mir leid, Sash. Alle, mit denen ich gesprochen habe, sind meiner Meinung.«

Hat er sich etwa mit Bec beraten? Und mit wem hat er sonst noch geredet?

Zum ersten Mal stelle ich mir die Frage, ob Mark vielleicht etwas damit zu tun hat, dass die Babys vertauscht wurden. Aber auch wenn er sich einen Sohn gewünscht hat, hat er sich vor allem seit Ewigkeiten ein Kind gewünscht, das wirklich von ihm stammt. Bestimmt würde er eine leibliche Tochter einem nicht leiblichen Sohn vorziehen, oder? Nein, er kann die beiden nicht vertauscht haben, das ergibt einfach keinen Sinn. Aber warum ist er dann gegen mich? Glaubt er, die Chancen, unser Baby zurückzubekommen, stünden besser, wenn wir uns den Anweisungen der Ärzte fügen? Oder hat er die Hoffnung bereits aufgegeben? Den Kampf um seinen Bruder hat er damals verloren. Vielleicht glaubt er ja einfach nicht mehr daran, dass wir unser Baby zurückbekommen werden.

»Wir können es finden, Mark.« Beschwörend beuge ich mich im Rollstuhl vor. »Das ist nicht wie bei Simon. Wir *können* unser Baby finden.«

»Simon? Was hat der denn mit der Sache zu tun?« Mark wird knallrot im Gesicht und greift abrupt nach seiner Jacke. »Das hat überhaupt nichts mit ihm zu tun. Und Toby *ist* unser Baby, Sasha. Du musst damit aufhören. Sofort.«

Während er wütend hinausstürmt, sieht die Schwester an der Station prüfend zu mir herüber, als wolle sie meine Reaktion beobachten. Ich lasse den Kopf hängen, sodass sie nur meinen Scheitel sieht. Bestimmt schreibt sie das alles auf.

Toby sind die Augen zugefallen, seine Wimpern tanzen auf seinen Wangen. Er schnieft leise im Schlaf. Sein knochiger Brustkorb hebt und senkt sich so schnell wie der eines Vögelchens. Er hat lange Fingernägel, sie reichen über die Fingerspitzen hinaus. Vermutlich sind sie bereits im Bauch seiner Mutter gewachsen. Sie wird sie bald schneiden müssen, damit er sich nicht selbst kratzt.

Ich spüre, dass jemand neben mich tritt.

»Es wird Zeit für ein bisschen Känguru«, erklärt Ursula. »Hautkontakt.«

Armer Toby. Er mag ja nicht mein Sohn sein, aber vorerst gibt es sonst niemanden, der ihn halten und ihm die Liebe geben kann, die er verdient. Seine Mutter … wo sie wohl ist? Stellt sie sich dieselben Fragen, während sie mein Baby im Arm hält und versucht, meiner Kleinen ein wenig Liebe zu geben? Ich kann nur beten, dass jemand bei meinem Baby ist, es festhält und ihm etwas Zuneigung schenkt, bis es wieder bei mir sein kann. Bis wir beide wieder zusammen sein können.

Ursula schiebt Toby auf Brusthöhe unter mein Nachthemd. Obwohl er so klein ist, kann ich heute sein Gewicht spüren, die Masse auf meiner Brust. Seine Haut ist so weich wie frische Himbeeren. Und er ist warm, richtig warm. Durch seine Rippen pocht sein Herzschlag auf meiner Haut, fast wie bei dem Baby, das ich in meinem Bauch hatte.

Während ich ihn mit einer Hand an mich drücke, schiebe ich mit der anderen seine Zehen auseinander, um zu sehen, ob sie wie bei Mark zusammengewachsen sind. Dabei bin ich mir nicht ganz sicher, auf welches Ergebnis ich hoffen soll. Ich schaue erst links, dann rechts, dann wieder links.

Nichts.

Ich schiebe ihn von einer Seite auf die andere und untersuche seine Ohren. Die Läppchen sind definitiv am Schädel angewachsen wie bei Mark und seinem Vater, ganz anders als meine, die richtig frei schwingen, wenn ich schwere Ohrringe trage.

So, er hat also nicht Marks Zehen. Aber in Bezug auf die Ohren hatte Mark recht. Was das Geschlecht meines Babys angeht, könnte der Ultraschall falsch gewesen sein. Dann hat Mark vielleicht doch recht mit der Einschätzung meines Geisteszustands. Andererseits gibt es Fakten, die eindeutig für mich sprechen. Ich habe das studiert. Ich habe Patienten mit solchen Krankheiten gesehen. Ich erkenne einen labilen Geisteszustand, wenn ich ihn vor mir habe. Mein Verständnis reicht weit genug, um es zu bemerken, falls ich Schwierigkeiten hätte oder psychotisch wäre. Und dann würde ich auch etwas dagegen tun: die Medikamente nehmen, auf Dr. Niles hören, tun, was man mir sagt. Deshalb bin ich mir ja sicher, dass ich recht habe, ganz egal, wie oft sie versuchen, mich vom Gegenteil zu überzeugen.

Toby ist eingeschlafen, seine Wangen haben sich zartrosa verfärbt. Ich beobachte, wie sich sein Brustkorb hebt und senkt. Jetzt und hier, mit diesem warmen Bündel auf meiner Haut, gibt es nichts anderes zu tun.

Tag 2, Sonntag. Mittagszeit.

Toby schläft tief und fest, als Brigitte, die Mutter von dem Baby in dem blauen Licht, auf die Station geschlurft kommt. Ihre Haare sind zu zwei losen Zöpfen zusammengefasst, die ihr wie Zügel über den Rücken hängen. Sie setzt sich neben den Inkubator ihres Sohnes, gegenüber von Tobys. Endlich jemand, der mich vielleicht versteht.

»Sasha, richtig?«

Das blaue Licht lässt ihre Haut fahl glühen, fast schon gruselig. Ihr Sohn Jeremy liegt krächzend in seinem Kasten und drückt den Rücken durch. Sie schiebt die Hände durch die Klappen und legt sie auf seine Haut.

»Ist ja gut.«

Schnell wird er still und legt sich entspannt hin.

»Verdammte Gelbsucht«, murmelt sie. »Ich wünschte, seine Werte würden endlich runtergehen. Wenn er gesund wäre, könnte ich ihn mit nach Hause nehmen. Krankenhäuser sind gefährlich, findest du nicht? Da kann so viel schiefgehen.«

Ich weiß wirklich nicht, was ich darauf sagen soll.

»Von hier aus sieht seine Farbe gar nicht so schlecht aus.«

»Das liegt an dem blauen Licht, da sieht es immer besser aus. Wenn man ihn rausholt, ist er überall gelb.«

Brigitte kneift die Augen zusammen und runzelt die Stirn, als könnte sie sich nur mit Mühe zurückhalten. Plötzlich überkommt mich der Drang, die Fingerspitzen an ihre Schläfen zu legen und ihre Haut glattzustreichen. Ihre Miene wirkt so gehetzt.

»Er war zu klein, weißt du«, fährt sie monoton fort, ohne den Blick von ihrem Baby abzuwenden. »Er ist einfach nicht weitergewachsen in meinem Bauch. Zuerst haben sie es mit Gel versucht, dann bekam ich eine Infusion. Danach sah mein Bauch aus wie ein Rammbock. Du kennst das wahrscheinlich, oder?« Sie wartet gar nicht ab, bis ich genickt habe. »Und dann ist er plötzlich aus mir rausgeschossen, bevor ich dazu bereit war. Hat mich komplett aufgerissen. Hinterher mussten sie alles wieder zusammennähen. Es hat fast eine Stunde gedauert, bis ich ihn halten konnte. Aber als er dann endlich in meinem Arm lag, war es das alles wert.« Jeremy verzieht das Gesicht und niest, was sie kurz die Stirn runzeln lässt. »Das alles kann ich verkraften. Solange er nur gesund wird.«

Wir vergleichen Entbindungsgeschichten. So etwas tun frischgebackene Mütter wohl. Also bin ich jetzt dran. Ich zögere. Wie viel soll ich verraten? Was soll ich sagen? Ich entscheide mich für die groben Handlungsstränge, kaum mehr, als ich ihr bereits gesagt habe: Blutklumpen, Notkaiserschnitt. Dann verstumme ich, aber sie verlangt nach mehr. Noch immer liegt ihre Hand fest auf dem Rücken ihres Babys.

Ich erzähle ihr das, was ich in meiner Krankenakte gelesen habe. Wie viel Blut ich verloren habe. Wie hoch mein Puls war. Wie viel Flüssigkeit sie in mich reingepumpt haben. Von den großen, verborgenen Blutgerinnseln hinter der Placenta. Wirklich erinnern kann ich mich an nichts davon, aber es muss wohl wahr sein. Ein Detail ergänze ich selbst, das stand nicht in der Akte: Mark war vom Zeitpunkt der Geburt an ständig bei unserem Sohn. Während dieser kurzen Zeitspanne muss es zu der Verwechslung gekommen sein. Letzteres erwähne ich natürlich nicht.

Als ich hochschaue, zittert Brigitte am ganzen Körper, sogar die Hand, die Jeremys blaue Haut streichelt.

»Tut mir leid«, sage ich. »War das zu viel?«

»Nein«, versichert sie, »überhaupt nicht.«

Sie ist die Erste, der ich das je erzählt habe. Was ich ihr nicht anvertraue, ist, dass ich Lucias Stimme gehört habe, so beruhigend wie das Rauschen der Wellen an einem Strand, während ich blutüberströmt auf dem Behandlungstisch lag. *Meine Kleine, oh, meine Kleine. Schön tief atmen.*

Eine Zeitlang sitzen wir schweigend da. Brigitte streichelt ihren Sohn durch die Klappen, ich lasse meine Finger über Tobys knochige Wirbelsäule gleiten. Er ist ein bisschen wie ein Kuckuck, das falsche Vogelbaby in meinem Nest.

»Habt ihr es lange probiert?«, fragt Brigitte schließlich.

Meine Finger erstarren an Tobys Hals. »Jahre«, antworte ich. »Und wir hätten so lange weitergemacht, bis uns nichts anderes übriggeblieben wäre, als aufzuhören.«

»Wir auch«, gesteht sie schnell und verlagert ihre Hände an das Köpfchen ihres Sohnes. »Wir haben sogar schon über Adoption gesprochen. Jetzt, wo ich ihn vor mir sehe, bin ich froh, dass es nicht dazu gekommen ist. Wem sieht euer Sohn denn ähnlich?«

Wortlos starre ich sie an.

»Dir oder deinem Mann?«

Mein Blick huscht über die aufgereihten Brutkästen, als wäre dort irgendwo die Antwort verborgen. Mark hat recht. Ich war nie eine gute Lügnerin.

»Mein Mann meint, er hätte meine Nase und seine Augen. Und eurer?«

Über ihr Gesicht huscht ein Lächeln, das sie richtig erstrahlen lässt. Trotz ihrer verhuschten Miene wirkt sie plötzlich lebendig. »Alle sagen, Jeremy wäre das perfekte Ebenbild meines Mannes John.«

Sie holt ihr Handy aus der Tasche und hält es mir hin. Ein

eingescanntes Schwarz-Weiß-Bild von einem Baby in Taufkleid und Mützchen – vermutlich ihr Mann. Der Kleine hat Grübchen auf den Wangen, ist komplett kahl und hat dicke Ärmchen.

»Jeremy sieht haargenau so aus.«

Mein Handy beginnt zu piepen: das Treffen mit Dr. Niles auf der Mutter-Kind-Station. Ich darf nicht zu spät kommen.

»Gehst du auf dein Zimmer zurück?«, fragt Brigitte. Sie umfasst ihr Baby wie ein Geschenk.

Nickend lege ich den schlafenden Toby in den Kasten zurück. »Besuch«, erkläre ich und verdrehe die Augen.

»Dann sehen wir uns bestimmt auf der Wöchnerinnenstation. Ich könnte ja später mal bei dir reinschauen, wenn du willst. In welchem Zimmer liegst du?«

Indem ich die Klappen an Tobys Inkubator einrasten lasse, versuche ich, das Zittern meiner Hände zu kaschieren.

»Die Nummer habe ich vergessen. Aber wir sehen uns ja auch bestimmt bald hier wieder.«

Brigitte verabschiedet sich mit einem sanften Lächeln, als ich mit wild klopfendem Herzen aus der Station rolle. Vielleicht kann ich ja doch besser lügen, als ich immer gedacht habe.

Bestimmt bin ich zu spät. Ich stütze die Ellbogen auf den Tresen der Schwesternstation und versuche, möglichst entspannt zu wirken, obwohl mein Puls immer noch rast.

»Sie sind pünktlich.«

Dr. Niles steht hinter mir, ein schmales Lächeln im Gesicht. Sie führt mich in ein kleines Besprechungszimmer, das mit einem Tisch und vier Stühlen schon hoffnungslos überfüllt ist. Mit einem lauten Klicken fällt die Tür hinter ihr ins Schloss. Grau verputzte Wände, keine Lüftungsgitter – der

Raum erinnert an eine Gefängniszelle. Die Deckenstrahler sind so grell wie Verhörlampen, und ich muss die Augen zusammenkneifen, um das Schild lesen zu können, das innen an der Tür hängt: *Unser Personal ist immer für Sie da. Unser Ziel ist es, Ihnen zu helfen, Sie zu unterstützen und zu verstehen.*

»Meine Idee«, erklärt Dr. Niles, als sie meinen Blick bemerkt. »Ich bin für meine Patienten da. Wie es bei uns allen der Fall sein sollte.« Sie setzt sich auf den Stuhl, der am nächsten bei der Tür steht. Eine Sicherheitsmaßnahme, die sie in der Ausbildung gelernt haben wird. Ich habe das früher auch so gemacht.

Nun entscheide ich mich für den Stuhl gegenüber von ihr. So wirke ich weniger bedrohlich. So kann sie ihre Vorstellung einer Befragung ungestört umsetzen.

Nachdem sie sich die roten Haare glattgestrichen hat, schiebt Dr. Niles wortlos zwei Blätter zu mir herüber: ein Wochenplan.

Montag – Gruppentherapie
Dienstag – Yoga
Mittwoch – Video: Babypflege für junge Mütter.
Donnerstag – morgens: Spazierengehen
abends: spirituelle Sitzung
Freitag – zur freien Verfügung

So geht das auch auf der zweiten Seite weiter.

»Ein Zwei-Wochen-Plan?« Unwillkürlich klammere ich mich an den Sitz meines Stuhls.

»Wir planen hier gerne langfristig.«

»Aber was ist, wenn ich früher entlassen werde?«

Sie zieht eine perfekt gezupfte Augenbraue hoch. »Warten wir doch einfach ab, wie sich die Dinge entwickeln. Sie sollten vorerst vor allem wissen, dass diese Sitzungen Pflicht sind. Wir führen Anwesenheitslisten.«

Meine Fingerspitzen werden taub. »Ich bleibe zwei Wochen hier.«

»Betrachten Sie es doch als eine Art Urlaub. Alle Mamas brauchen mal Urlaub.«

Ich versuche, meinen Atem unter Kontrolle zu bekommen, indem ich mich auf die Staubkörnchen konzentriere, die im Licht der Deckenstrahler tanzen. Die winzigen Pünktchen erinnern mich an Zellen unter dem Mikroskop, kleine Einzelteile, die keinerlei Ähnlichkeit mit dem Gesamtbild haben.

Dr. Niles lenkt mit einem Räuspern meine Aufmerksamkeit auf sich. Ich muss mich auf das Wesentliche konzentrieren. Dr. Niles wird mir nicht dabei helfen, mein Baby zu finden. Aber es liegt in ihrer Verantwortlichkeit, mich für geistig gesund zu erklären und zu entlassen – beides wichtige Schritte, wenn ich mein Baby nach Hause holen will. Also pflastere ich mir ein Lächeln ins Gesicht und neige den Kopf.

»Sie mögen Hunde.«

»Woher wissen Sie das?«

Ich zeige auf den kleinen, rot-braunen Schriftzug auf ihrem Shirt: *Ich ♥ Rottweiler.*

Sie schaut kurz auf ihre Brust. »Das trage ich nur an Sonntagen. Ja, wir züchten sie. Meine besten Hündinnen heißen Henrietta und Goldilocks.«

»Wie süß«, sage ich, obwohl ich eher ein Katzenmensch bin.

Ihr Blick wandert über meine Haare, die total zerzaust sind, meine rissigen Lippen, die dunklen Ringe unter den Augen.

»Sie sollten es nicht so eilig haben, hier rauszukommen, Sasha. Ich schlage vor, dass Sie zunächst ein bisschen mehr über andere lernen. Und über sich selbst.« Ohne eine Antwort abzuwarten, doziert sie weiter: »Ich weiß, dass es einem als Arzt oft schwerfällt, die Rolle des Patienten zu akzeptieren. Sie müssen mir vertrauen. Mit einer Kombination aus Medikamenten, einer Auszeit, Gruppentherapie und Besuchen bei Toby auf der Säuglingsstation werden Sie sich sehr bald wieder besser fühlen. Wenn möglich werde ich morgens bei Ihnen reinschauen, und wir unterhalten uns ein wenig. Nur um zu sehen, wie ich Ihnen helfen kann.«

Ich habe keine Ahnung, wie diese Frau mir helfen soll.

»Manchmal brauchen wir alle ein paar Extrastreicheleinheiten. Als Psychiater haben wir die Pflicht, Sie genau zu beobachten. Schwierige Fälle diskutieren wir in der Gruppe, und manchmal bringen andere Psychiater da auch persönliche Dinge zur Sprache, wie etwa Unfruchtbarkeit oder Eheprobleme …« Sie verstummt kurz. »Niemand ist immun gegen Schmerz, Sasha. Wir sind alle nur Menschen.«

Als sie bereits aufsteht und mich hinausbegleitet, sage ich schnell: »Vielleicht können Sie mir ja mal Fotos von Ihren Hunden zeigen.«

»Wie nett.« Sie winkt mir noch kurz zu und geht.

Die Hunde sind ein guter Anfang. Wenn sie mich als Mensch wahrnimmt, sogar als Kollegin statt als Patientin, wird sie wohl eher geneigt sein, mich früher zu entlassen. Aber verstehen tut sie mich überhaupt nicht. Niemand versteht mich wirklich – nicht einmal Bec. Ich straffe die Schultern. Solange ich gezwungen bin mitzuspielen, muss ich mir immer wieder vor Augen halten, dass ich mich vom Klinikpersonal nicht runterziehen lassen darf. Aber ich kann meine Zeit hier sinnvoll nutzen. Ich brauche einen Plan.

Und während ich auf eines der trügerischen Schilder an der Wand starre, wird mir plötzlich klar, dass ich bereits einen Plan habe. Ich werde sie einfach hintergehen. Ich werde selbst einen DNS-Test in Auftrag geben.

KINDHEIT

MARK

Unsere Kindheit war nicht wirklich schlimm, aber man würde sie wohl auch nicht gerade als idyllisch bezeichnen. Dad führte ein strenges Regiment mit dem Gürtel. Simon schien ständig in Schwierigkeiten zu geraten, und ich war derjenige, der ihn wieder rausgehauen hat.

Als wir acht waren, stahl Simon unserer Tante zehn Dollar aus der Geldbörse, um sich ein Comicbuch zu kaufen. Ich stritt alles ab, aber Mum und Dad wussten, dass es einer von uns gewesen war. Dad rastete völlig aus. Während er sich auf die Suche nach dem Gürtel machte, um die Wahrheit aus uns herauszuprügeln, fischte ich zehn Dollar aus meinem Sparschwein.

»Hey«, rief ich und wedelte mit dem Schein, als Dad wieder hereinstürmte. »Es tut mir leid. Ich war's.«

Dad wickelte sich den Gürtel mehrmals um die Faust.

»Da habt ihr noch mal Glück gehabt, dass du gestanden hast, Mark. Dieses eine Mal werde ich die Prügelstrafe aussetzen.«

Und so verbrachte ich den Rest unserer Kindheit damit, Simon vor Dad zu beschützen. In der Highschool wurde er von ein paar anderen Kindern aufs Korn genommen, sie beschimpften ihn ständig als Fettkloß. Ich versuchte, ihm ein cooles Image zu verschaffen, indem ich ihn mit meinen Freunden rumhängen ließ und ihn zu den besten Partys mitnahm. Mir machte es nichts aus, wenn er ständig mitdackelte. Man konnte wirklich Spaß mit ihm haben, gut mit ihm Videospiele spielen oder Filme schauen. Ich mochte ihn. Sein Zwilling zu sein kam mir vor wie ein Segen, wie ein Geschenk. Uns gab es nur im Doppelpack.

Als wir siebzehn waren, schleifte ich Simon eines Abends mit auf eine Party. Dort schaffte er es tatsächlich, ein Mädchen aufzureißen, was völlig untypisch für ihn war. Ich ließ die beiden knutschend zurück und fuhr mit dem Taxi nach Hause. Aber um vier Uhr morgens wurde ich von Dad geweckt – Simon war noch immer nicht zurück. Dad war kurz davor, die Polizei anzurufen.

Während er in der Küche verschwand, schlich ich mich zur Haustür, knallte sie hörbar ins Schloss und stampfte zu Simons Zimmer. Dort warf ich mich in sein Bett und zog mir die Decke über den Kopf.

»Hausarrest, Simon«, rief Dad von der Zimmertür aus. »Und du bist nur knapp an einer Tracht Prügel vorbeigeschlittert. Mark würde so etwas nie tun.«

Ich murmelte eine gedämpfte Antwort.

Simon schlich sich irgendwann im Laufe des Vormittags heimlich ins Haus und war voller Dankbarkeit.

»Ehrlich, Mark«, sagte er. »Ich schulde dir was.«

Selbst nach Ende der Schulzeit zog Mum immer noch ständig Vergleiche zwischen Simon und mir. Simon schaffte es nicht ins Basketballteam. Simon ging nicht mit einem Seifenopernstar aus. Simon wurde nicht Nachwuchskoch des Jahres.

»Ihr zwei seid so verschieden, nicht wahr?«, sagte sie immer wieder. »Aber irgendwie ist das wohl logisch. Immerhin seid ihr ja nicht eineiig.«

Simon zuckte mit den Achseln und setzte eine ausdruckslose Miene auf. Ich zwinkerte ihm immer nur zu, wenn Mum ihre spitzen Kommentare abgab, damit er sich besser fühlte. Das erwiderte er mit einem schüchternen Lächeln. Ich wusste, dass er sein Bestes gab.

Nach der Schule fing er eine Zimmermannslehre an und arbeitete mit Dad an seinen Bauprojekten.

»Er hinkt hinterher«, sagte Dad oft zu Mum, wenn Simon nicht dabei war. »Er muss härter arbeiten.« Dabei ließ er den Blick über meine sorgfältig aufgereihten Kochutensilien schweifen. »Ich wette, du könntest gut mit einem Hammer umgehen, Mark. Ich wünschte, du würdest für mich arbeiten.«

»Simon wird sich schon noch steigern«, versicherte ich jedes Mal. »Du musst ihm einfach etwas Zeit lassen.«

»Die Zeit ist so ziemlich sein einziger Verbündeter.«

Und dann änderte sich alles.

Plötzlich ging Simon abends immer früher ins Bett. Er kam nicht mehr mit auf Partys, mit der Begründung, er fühle sich nicht gut. Er verlor Gewicht. Die Borsten seiner Zahnbürste waren oft rosa verfärbt. Morgens fand ich Blutflecken auf seinem Kopfkissen. Ich sagte nichts. Vermutlich hätte er sowieso nicht auf mich gehört.

Eine Woche später boxte ich ihn spielerisch gegen den Oberarm. Sofort erschien ein dunkler Bluterguss an der Stelle. Und auch noch Wochen später war er zu sehen, grauschwarz, von seltsamen Schlieren durchzogen.

»Du solltest damit zum Arzt gehen.«

Er grunzte nur und griff nach seinem Gameboy.

Selbst nach all den Jahren habe ich noch leise Schuldgefühle deswegen. Wenn ich ihn stärker dazu gedrängt hätte, sich einen Arzt zu suchen, wäre er vielleicht früher behandelt worden, und alles wäre anders gekommen. So dauerte es noch einen Monat, bis die Diagnose gestellt wurde, danach achtzehn Monate Chemo, die ihn zu einem wandelnden Skelett zusammenschrumpfen ließ. Zuzusehen, wie Mum und

Dad bei jedem Rückschlag ebenfalls immer kleiner zu werden schienen, ließ mich irgendwann wünschen, ich wäre derjenige in dem Krankenhausbett.

Nach der Beerdigung verbrachte Dad seine Abende damit, blind in die Glotze zu starren und sich ein Bier nach dem anderen reinzuschütten. Wenn er Mums Bitten, mit der Trinkerei aufzuhören, ignorierte, lief sie weinend aus dem Zimmer. Warum begriffen sie nicht, dass ich mehr verloren hatte als alle anderen? Er war mein Zwillingsbruder, die Hälfte meines Seins. Damals war mir nicht klar, wie schwer es für sie gewesen sein muss, einen Sohn zu verlieren.

In der Nacht von Simons Tod versprach ich ihm etwas. Ich schwor ihm, dass ich mein Leben so leben würde, als wäre es seines. Sozusagen zwei Leben, um das wiedergutzumachen, was Simon verloren hat. Wann immer ich eine Entscheidung fällen muss, frage ich mich, was Simon getan hätte, und folge seinem Vorbild. Das war zugegebenermaßen nicht immer einfach. Aber ich halte mein Wort, immer. Und diese Quasi-Partnerschaft hat mir in all den Jahren stets gute Dienste geleistet.

Was Simons Beerdigung angeht – ich war zu aufgewühlt, um etwas zu sagen. So hat Dad die Grabrede gehalten. Aber ich habe dabei geholfen, Simon aus der Kirche zu tragen. Er war immer ein kräftiger Kerl gewesen, aber als ich mit schwitzigen Händen den silbernen Griff packte, kam es mir vor, als wäre nur Luft in dem Sarg. Ich stellte mir vor, dass wir gemeinsam durch den Himmel glitten wie zwei Heliumballons, die vom Wind davongetragen werden, weit hinauf in die Stratosphäre.

Ich weiß, was Simon in Bezug auf Sash getan hätte. Er wäre ihr beigestanden, hätte sie unterstützt. Und deshalb werde auch ich das weiterhin tun. Ich werde meine Frau nicht aufgeben.

Tag 2, Sonntag. Nachmittag.

Mark erwischt mich draußen vor der Tür der Säuglingsstation.

»Ich bin so froh, dass du gekommen bist, Sash. Mum und Dad werden gleich hier sein. Ich weiß, dass es nicht leicht für dich ist, aber für die beiden ist es ein großer Tag, immerhin sehen sie jetzt endlich ihren Enkel.«

Er führt mich durch das Meer der Inkubatoren zu Toby. Er hat jetzt auch einen wattierten Quilt bekommen: grellorange mit violetten Punkten. Eigentlich hatte ich gedacht, die Decken wären dazu gedacht, die anderen Babys vor meinen Blicken abzuschirmen. Lag ich damit etwa falsch?

»Ich habe gerade mit Dr. Niles gesprochen. Und ich habe ihr gesagt, wie dringend du von ihrer Station entlassen werden willst.« Seine Finger bohren sich wie die Krallen eines Papageis in meine Schulter. »Sie meint, es wäre völlig in Ordnung, wenn wir bald mal für ein paar Stunden das Krankenhaus verlassen. Wir könnten ja einen kleinen Ausflug mit dem Auto machen, vielleicht irgendwo essen gehen. Wäre das nicht schön?«

Ein altvertrautes »Juuhuu!« schallt durch die Station. Marks Mutter Patricia marschiert winkend auf uns zu. Dabei sieht sie aus wie eine Polizistin, die den Verkehr regelt. Sie hat sich ihren Lieblingskaschmirschal um die Schultern geschlungen. Marks Vater Ray trottet hinter ihr her, die Hände tief in den Taschen seiner Jeans vergraben. Er nickt mir kurz zu, bevor er meinem Blick ausweicht.

»Sasha, Liebes«, begrüßt mich Patricia. »Es tut mir ja so leid, dass du dich nicht wohlfühlst.« Anstatt mich zu umarmen, beugt sie sich vor und haucht einen Kuss auf meine Wange, so vorsichtig, als wäre ich aus Porzellan.

»Es geht mir gut«, sage ich, den Blick starr auf Toby gerichtet. Früher hat Mark mich verteidigt, wenn seine Mutter ihre versteckten Spitzen losgelassen hat. Mir ist irgendwie gar nicht aufgefallen, wann genau das in den letzten Jahren aufgehört hat.

Beim letzten gemeinsamen Weihnachtsessen wandte sich seine Mutter plötzlich an mich, während sie am Kopf des Tischs stand und den Truthahn anschnitt.

»Hast du eigentlich vor zu stillen, Liebes? Und du willst ja sicher eine natürliche Geburt, oder?«

Mein leerer Teller glänzte wie ein fahler Vollmond. Marks Verwandte starrten mich alle an. *Natürlich*, wollte ich sagen, aber mein Mund war plötzlich total trocken.

»Das Wichtigste ist, dass wir ein gesundes Baby bekommen«, schaltete sich Mark ein. »Wie es geboren oder gefüttert wird, ist mir egal.«

Ich spendete lautlos Applaus.

»Natürlich.« Patricia nickte und legte das Fleisch auf eine Platte.

Erst später fiel mir auf, dass er mich dabei mit keiner Silbe erwähnt hatte.

Nun steht Patricia hoch aufgerichtet neben Tobys Inkubator und mustert den Quilt.

»Was ist das? Hast du den entworfen, Sasha?« Bevor ich antworten kann, hat sie die Decke bereits weggezogen, legt beide Hände auf den Plastikkasten und tippt mit ihren künstlichen Fingernägeln gegen die Haube. »Und wie geht es unserem kleinen Mann?«

»Die Kinderärztin sagt, er entwickelt sich gut«, erkläre ich.

»Wie schade, dass er so früh gekommen ist. Aber wenigstens bekommt er deine Milch. Das wird ihm beim Wachsen helfen, nicht wahr?«

Mark reibt sich die Nase. »Sash kann nicht stillen, Mum.« Endlich mal ein Versuch, mich zu verteidigen.

»Verstehe.« Wie Rotkäppchens Wolf in der Verkleidung der Großmutter leckt sie sich über die Lippen.

»Ray und ich waren erstaunt, wie sehr Toby Großvater Bob ähnelt – du weißt schon, auf den Bildern, die du uns geschickt hast, Mark. Du hast Bob doch mal kennengelernt, oder, Sasha?«

Ich schüttele den Kopf. Aber dann fällt mir wieder ein, dass ich ihm vor Jahren einmal begegnet bin, als Mark und ich noch nicht lange zusammen waren. Er lebte in einem Pflegeheim, Alzheimer im Endstadium. Er hatte Segelohren, die ganz tief am Schädel saßen, weit auseinanderstehende Augen und eine lange Nase. An die Form seiner Ohrläppchen erinnere ich mich nicht mehr.

»Sieh nur, Ray.« Patricia zeigt auf Toby. »Er hat Marks Knubbelzehen. Und das Kinn ist von dir.« Ihre Lippen verziehen sich und geben die überkronten Zähne frei, weiß wie die eines Hais. »Das absolute Ebenbild von Mark, als er ein Baby war.« Sie beugt sich zu mir herunter. »Für mich war Mark immer ein hinreißendes Baby. Alle anderen fanden allerdings, er sehe aus wie ein zerdrückter Kohlkopf. Das haben sie mir aber natürlich erst später verraten.« Sie lacht schnarrend. »Wann wird man dich denn von dort entlassen, Sasha?«

»Sie sitzt doch nicht im Knast, Mum«, murmelt Mark.

»Ziemlich bald«, antworte ich. »Mark hat versprochen, dass er mich da rausholt.«

Der weicht meinem Blick aus.

Patricia mustert wieder Toby. »Mach dir keine Sorgen, Sasha, Liebes. Wenn sie dich nicht entlassen, bevor Toby nach Hause darf, können wir Mark unter die Arme greifen. Falls nötig könnten wir sogar für eine Weile bei euch einziehen.«

Mark greift nach meiner Hand und drückt sie. »Danke, Mum. Sasha und ich werden das besprechen. Wir sagen euch dann Bescheid. Wahrscheinlich werden wir jede Hilfe brauchen, die wir kriegen können.«

Mark, seine Mutter, die wie eine Krähe auf mir herumhackt, sein untauglicher Vater daneben. Dann die Babys, die mich mit ihrem unfokussierten Blick anstarren, mich verurteilen, genau wissen, dass ich mein Kind schändlich im Stich gelassen habe. Mir steigen Tränen in die Augen. Ich will nicht, dass einer von ihnen mich weinen sieht. Schnell entziehe ich Mark meine Hand und laufe zur Stationstür. Ich werde mich in meinem Zimmer verkriechen, früh schlafen gehen. Da höre ich hinter mir Patricias Stimme.

»Das arme Ding. Sicher ist sie erschöpft. Auf Wiedersehen, Sasha«, ruft sie mir hinterher. Um nur Sekunden später an Mark gewandt hinzuzufügen: »Wie kommst du nur mit ihr zurecht?«

Ich warte seine Antwort gar nicht erst ab.

Tag 3, Montag. Morgen.

Die Sonnenstrahlen sind bereits über das Fensterbrett geglitten, als ich mich vorsichtig auf den Stuhl unter dem Fenster stelle, die schweren Vorhänge aufziehe und die dicke Staubschicht von der Scheibe wische. Unter mir breitet sich ein kleiner Garten aus, der zur Rückseite hin von einem Holzzaun begrenzt wird. In seiner Mitte steht in königlicher Erhabenheit ein Magnolienbaum, dessen dicke Knospen sich nach und nach in weiße und zartviolette Blüten verwandeln. Aus der dunklen Erde wachsen büschelweise Jonquillen hervor. Auf dem flaschengrünen Rasen hüpfen Spatzen zwischen dem Löwenzahn herum. Ich wünschte, ich könnte dort draußen sein, mich einfach auf dem Rücken ausstrecken und die Sonne genießen. Seufzend kurbele ich das Fenster so weit auf, wie es nur geht. Das ist nicht besonders weit, aber es reicht aus, um den Duft von frisch gemähtem Gras hereinzulassen.

Ich drücke die Hand gegen die Scheibe und genieße die Kühle an der Haut. Dann rufe ich noch einmal Bec an. Dass sie Mark angeblich gesagt hat, sie glaube mir nicht, kann ich so nicht hinnehmen. Sie ist der einzige Mensch, der mir jetzt vielleicht noch helfen kann.

»Sash!«

Letzte Nacht habe ich von toten Babys geträumt. Sie lagen einfach so auf nacktem Beton. Keine Zeit für Höflichkeiten.

»Bec, besteht die Möglichkeit, dass mein Baby tot ist? Ich kann sie einfach nicht finden. Meinst du, sie wollen vor mir verheimlichen, was passiert ist?« Ich klammere mich am Fensterbrett fest.

Bec antwortet leise und beschwichtigend: »Du gehst immer gleich vom Schlimmsten aus. Eine Vertuschungsaktion solchen Ausmaßes kann das Krankenhaus gar nicht durchziehen. Bald werden sie alle begreifen, dass es ein Missverständnis gab, und dann ist es ausgestanden.«

»Aber ich habe nachgesehen, Bec. Nach unserem Gespräch habe ich die Inkubatoren alle noch einmal überprüft. Mein Baby ist nicht dabei, das schwöre ich.«

»Dann sieh eben noch einmal nach. Sie wird dort sein. Irgendwo muss sie schließlich sein, Sash.«

Ich schüttele den Kopf. Sie versteht einfach nicht, wie es hier ist; dass ich so tun soll, als würde ich ein Baby lieben, das nicht meines ist.

»Am schlimmsten ist, dass sie mir weiterhin den DNS-Test verweigern. Mark ist auf ihrer Seite. Und sie haben mich genötigt, auf diese Mutter-Kind-Station zu gehen.«

Bec schnappt nach Luft.

»Hast du denn nicht mit Mark gesprochen?«, hake ich nach.

Sie zögert. »Sagen wir mal so: Wir waren uns nicht ganz einig. Ich dachte, er würde es irgendwann begreifen und sich auf deine Seite stellen. Aber jetzt werde ich mal bei den zuständigen Stellen anrufen und denen sagen, dass du vollkommen in Ordnung bist.«

»Ist schon gut, Bec, das musst du nicht tun. Außerdem befürchte ich, dass sie dir auch nicht glauben würden.«

»Überlass das einfach mir, Sash. Ich wünschte nur, ich könnte mehr tun.«

»Dass du mir glaubst, ist schon genug.«

Ich spüre, dass sie lächelt – warm und voller Vertrauen.

»Gib mir etwas Zeit, Sash, ich überlege mir etwas. Und in der Zwischenzeit wäre es das Beste für dich, wenn du so schnell wie möglich aus dieser Mutter-Kind-Station rauskommst. Während du wartest, kannst du ja genauso gut mit ihnen kooperieren und tun, was sie von dir verlangen. Verbringe Zeit mit Toby, lass sie glauben, dass es dir besser geht. Solange du dort eingesperrt bist, nützt du niemandem. Wähle den einfachen Weg und behaupte einfach, du wüsstest jetzt, dass Toby dein Sohn ist.«

»Meinst du denn, das reicht aus?«

»Ich hoffe es. Und was dein richtiges Baby angeht: Ich weiß, dass du sie finden wirst. Versprochen.«

In ihrer Stimme schwingt mehr Hoffnung mit, als ich empfinde. Wirkt sich ihre Eifersucht bezüglich meiner Schwangerschaft vielleicht auf ihr Urteilsvermögen aus? Ich beschließe, ihr nichts von meinem Plan mit dem heimlichen DNS-Test zu erzählen. Außerdem war sie schon immer überkorrekt, wenn es um Regeln ging. Vielleicht fände sie es nicht gut, wenn ich gegen die Krankenhausvorschriften verstoße. Am besten behalte ich das mit dem Test vorerst für mich.

Draußen vor dem Fenster trägt der Wind die Samen der Pusteblumen hoch in die Luft hinauf.

Meine Mutter hat den Frühling geliebt. Die vielen Blüten überall, ihren Duft, die keimenden Blätter. Im Frühling hat sie uns dann auch verlassen.

Nachdem sie verschwunden war, hat mein Vater sich geweigert, mit mir über sie zu sprechen. Er erwähnte niemals mehr ihren Namen, nicht einmal, wenn meine Freunde bei Verabredungen mit einem Rosenstrauß vor der Tür standen. »Hübsche … Blumen«, sagte er dann gedehnt. *Rose, Rose, Rose*, hätte ich ihm in all den Jahren immer wieder gerne ins Gesicht gebrüllt, einfach nur, um eine Reaktion zu erzeugen.

Um ihn zu dem Geständnis zu zwingen, dass sie überhaupt existiert hatte.

Ich wünschte, meine Mutter wäre jetzt hier und könnte mich unterstützen. Irgendwie habe ich das Gefühl, sie könnte mir helfen, als wüsste sie, wie man das alles wieder geradebiegen kann. Vielleicht kann Bec mir ja dabei helfen, sie aufzuspüren. Sie kannte meine Mutter schließlich auch. Und im Gegensatz zu meinem Vater würde Bec mich nicht anlügen.

»Ich muss dich ein paar Sachen fragen, Bec. Es geht um unsere Vergangenheit.«

In einer meiner frühesten Erinnerungen liege ich hinten im Garten auf dem Boden und beobachte eine Ameisenstraße, die genau auf meine Mutter zusteuert. Sie saß auf einem Gartenstuhl unter der Wäschespinne und rauchte. Plötzlich fielen die ersten Regentropfen vom Himmel. Bis mein Vater mich hochgehoben und nach drinnen gebracht hatte, war ich bereits klatschnass.

Ich muss jetzt vor allem eines bestätigt bekommen: Nur weil meine Mutter mich verlassen hat, bedeutet das nicht, dass ich selbst eine schlechte Mutter sein werde.

»Klar doch, was immer du wissen willst«, dringt Becs Stimme leicht verzögert aus London zu mir herüber.

»Hat deine Mutter dir gegenüber jemals erwähnt, warum meine Mutter gegangen ist?«

Ich steige vom Stuhl und presse die Handballen an die Augen. Will ich die Wahrheit überhaupt wissen? Bec zögert kurz, das spüre ich. Dann antwortet sie, aber es klingt irgendwie auswendig gelernt. Was verschweigt sie mir?

»Nein, Sash. Darüber weiß ich nichts.«

Da ich eigentlich nichts anderes erwartet hatte, überrascht es mich ein wenig, wie enttäuscht ich bin.

»Und auch nichts darüber, wohin sie gegangen ist? Sie hat

nie Kontakt zu euch aufgenommen, richtig? Oder vielleicht irgendwelche Hinweise hinterlassen, aus denen man schließen könnte, wo sie jetzt ist?« Auch wenn meine Mutter von jetzt auf gleich verschwunden ist – irgendwelche Spuren muss es doch geben, mit deren Hilfe ich sie finden könnte.

»Tut mir leid, Sash. Mum hat nie etwas in der Richtung erwähnt.« Ihre Stimme klingt ein wenig gepresst, fast so, als würde sie Tränen unterdrücken.

In ein paar Wochen jährt sich der Todestag von Becs Mutter zum siebten Mal. Auf Lucias Beerdigung versuchte ich, Bec etwas Trost zu spenden, während die verkniffenen Verwandten in ihren matronenhaften schwarzen Kleidern zusammengluckten, Eiersandwiches knabberten und sich verstohlen über Becs fehlende Nachkommenschaft austauschten. Ihr Vater Mario nahm nicht an der Trauerfeier teil. Er hatte Lucia verlassen, als Bec noch ein Baby war, und seitdem nichts mehr von sich hören lassen. Das wird Bec ihm niemals verzeihen, wie sie auch heute noch betont.

Was mich angeht: Ich weiß nicht, ob ich es meiner Mutter je verzeihen kann, dass sie mich als Kind im Stich gelassen hat. Dass sie nicht da war – vor allem nicht, als ich sie am meisten brauchte. Mir steigt das Blut in die Wangen.

»Du hast echt Glück gehabt mit deiner Mum. Sie war perfekt.«

»Mum war nicht perfekt«, widerspricht Bec. »Oder hast du etwa ihre Umarmungen vergessen?«

Wenn Lucia einen an sich drückte, bekam man keine Luft mehr. Dabei rochen ihre Schürze immer nach Olivenöl, ihr Atem nach Knoblauch und ihre Finger nach Rosenseife.

»Meine Kleinen«, sagte sie dann. »*Bellissime.*« Damals war es nur ein Wort. Erst Jahre später fand ich heraus, dass sie uns beide damit als wunderschön bezeichnete.

Lucia brachte mir bei, wie man frische Tagliatelle zubereitete, aus gut gemehltem Teig, der trotzdem immer in ihren warmen Fingern zusammenklebte. Sie führte meine Hand, wenn ich die Bolognese umrührte. Und wenn sie den Löffel an den Mund hob und schlürfend probierte, spitzte sie hinterher die Lippen und zwinkerte mir zu.

Für mich war Becs Mutter perfekt genug. Wenn ich doch dasselbe auch über meine sagen könnte.

»Kann ich dich auch etwas fragen?« Bec klingt zögernd, was mich sofort in die Gegenwart zurückholt. Sie war immer so stark und unabhängig. Eigentlich hat sie mich nie gebraucht, und sie hat mich so gut wie nie um Hilfe gebeten.

»Schieß los.« Ich bin es ihr einfach schuldig, ihre Fragen zu beantworten, auch wenn ich keine Ahnung habe, was sie gerade jetzt brauchen könnte.

»Hattest du irgendwie so ein Gefühl, als dein Baby ein Embryo war? Konntest du spüren, als er sich eingenistet hatte?«

Nein.

»Wir haben alles versucht, verstehst du. Ich weiß einfach nicht, was ich noch tun soll.«

Es entsteht eine drückende Pause, während ich an einer passenden Antwort feile.

»Ich glaube, ich habe es damals einfach *zu sehr* gewollt«, sage ich schließlich. »Vielleicht hat es geholfen, als ich nicht mehr ganz so verbissen war, was meine Ernährung und den Sport und das Ganze anging.«

Bec seufzt schwer. »Ich muss dir etwas gestehen. Inzwischen habe ich sogar mit diesem Hippie-Kram angefangen. Hast du so etwas je probiert?«

Ich habe es Bec nie erzählt, aber in Wahrheit habe ich jede Art von Naturmedizin ausprobiert, die man finden kann.

Nach mehreren gescheiterten Versuchen, schwanger zu werden, habe ich meinen unumstößlichen Glauben in die westliche Medizin aufgegeben. Ich hätte einfach alles probiert, hätte selbst ein Jahr lang Kopfstand gemacht, wenn ich gedacht hätte, es könnte helfen. Ich habe stinkenden, grünen Algensaft getrunken, nur um ihn anschließend quer durch die Küche zu spucken. Ich habe mich bei einem chinesischen Heiler einer Therapie unterzogen, bei der kleine Stäbchen auf die Druckpunkte meines Körpers gesetzt und dann angezündet wurden. Ich habe sogar ein Medium aufgesucht, das in einem Zelt voller Kristalle residierte. Die Frau wusste ohne nachzufragen, dass ich zwei Fehlgeburten hinter mir hatte, und sie sagte mir voraus, dass ich vor Ablauf eines Jahres ein kleines Mädchen mit blonden Locken und niedlichen Grübchen bekommen würde. Sie schenkte mir etwas, das mir sonst niemand mehr geben konnte: Hoffnung. Mark runzelte nur irritiert die Stirn, als ich ihm von dem Besuch erzählte. »Du verwandelst dich in einen dieser Menschen, über die du dich sonst immer lustig machst. Was kommt als Nächstes? Zauberei?« Ich sagte ihm nicht, dass ich erst in der Woche zuvor von einer Freundin die Visitenkarte einer Hexe bekommen hatte, die irgendwo in den Bergen lebte – und die nächsten vier Monate ausgebucht war.

»Womit probierst du es denn, Bec?«

»Bloß Akupunktur. Du weißt schon, das Verfahren, das zumindest ansatzweise überzeugend ist.«

Die Pathologie ist sozusagen das genaue Gegenteil von Hokuspokus: eine Wissenschaft, die in einer festen, unveränderlichen Form goutiert, verarbeitet und wieder hochgewürgt werden kann. Ich schätze, deshalb bin ich nach Damien auch von der Pädiatrie zu diesem Fach gewechselt. Pathologie fußt auf Beweisen, auf stapelweise Büchern, Artikeln, Forschungsberichten. Genug, um eine ganze Universität damit zu füllen. Aber die Arbeit in der Pathologie hat mir im Laufe der Jahre auch noch das ein oder andere beigebracht, das sich nicht in Büchern nachschlagen lässt. Wie zum Beispiel, dass wir unter unserer dünnen Hülle alle mehr oder weniger gleich gestrickt sind.

»Du darfst einfach den Glauben nicht verlieren, Bec, okay? Man kann nie wissen, wann man es ans Ziel schafft. Schließlich braucht es nur einen einzigen Embryo, mehr nicht.«

Tief in meinem Innersten habe ich wohl gewusst, dass manche dieser Naturheilverfahren total albern waren, ohne jeden wissenschaftlichen Hintergrund, aber ich konnte damals einfach nicht anders. Ich musste sie ausprobieren – wegen der Erfahrungsberichte, die ich im Internet gelesen oder von Patienten gehört hatte; der Geschichten, die sich nicht mithilfe von Tabellen und Schaubildern aufschlüsseln ließen; der Fälle, die sich den Gesetzen der Wissenschaft entzogen. Diese Geschichten der Hoffnung gruben sich tief in mein Gehirn ein und erinnerten mich daran, dass auch die von mir so hochgeschätzten wissenschaftlichen Methoden ihre Grenzen hatten. Immerhin wusste ich ja, dass sich manche Dinge nicht so einfach erklären ließen.

»Danke, Sash. Du bist der Beweis – du hast dein Baby bekommen. Und wenn du sie findest – oder ihn –, wird dein Glück perfekt sein. Gib nicht auf.«

Bec hat schon immer die richtigen Worte gefunden. Als meine Mutter verschwand, wollte keiner der Erwachsenen das Thema ansprechen. Mein Dad weigerte sich, darüber zu reden. Aber Bec hat es mir erklärt. Sie zeichnete ein Bild der Weltkugel, mit meiner Mum auf der anderen Seite der Erde.

»Aber warum wollte sie denn da leben?«, fragte ich.

»Weil sie dachte, dass es dort am schönsten ist.«

»Aber da ist sie doch ganz allein.«

»Darum geht es ja.« Bec nickte. »Und wenn sie damit fertig ist, wird sie zurückkommen und bei dir sein wollen.«

Damals habe ich das nicht so ganz verstanden, tue es heute wahrscheinlich noch nicht. Ein Teil von mir ist immer noch das Kind von damals und versucht, den Sinn dahinter zu begreifen, während es sich gleichzeitig wünscht, dass meine Mutter plötzlich in der Tür steht, überglücklich, mich wiederzusehen, froh, endlich wieder zu Hause zu sein.

Zeit, meinen Plan anzugehen. Mit brennender Narbe zerre ich den Stuhl ins Bad und verkeile ihn unter der Türklinke. Dann setze ich mich auf die Toilette. Um Punkt neun Uhr rufe ich bei der Firma für Gentests an, *DNA Easy*, die ich im Internet aufgespürt habe. Laut der Onlinerezensionen, die hauptsächlich von Vätern stammen, die so die Vaterschaft ihrer Kinder geklärt haben, sind sie seriös. Zuerst habe ich überlegt, einen alten Freund zu fragen, Angus. Als wir uns kennengelernt haben, war er Assistenzarzt in der Pathologie – ein Tollpatsch mit dicker Brille. Heute ist er Multimillionär mit privaten DNS-Labors in fast jedem Bezirk. Ich hatte seine Nummer schon aufgerufen, die ich immer noch gespeichert habe, obwohl wir uns seit Jahren nicht mehr gesehen haben. Aber ich schaffte es einfach nicht, ihn anzurufen. Gerade weil es so lange her ist, wäre es zu schwierig für mich gewesen, seine Fragen zu beantworten. In der Pathologie kennt jeder jeden, und in der Welt der Erbgutexperten erst recht. Eine anonyme Gentestfirma ist da wesentlich diskreter.

Zitternd umklammere ich das Telefon und lausche auf das Freizeichen. Ich fühle mich, als würde ich jemanden um ein Date bitten. Eine junge Männerstimme meldet sich: Jim.

»Ich möchte mich wegen eines DNS-Tests erkundigen«,

erkläre ich mit möglichst ruhiger Stimme. *Beweise sind Macht*, halte ich mir vor Augen, auch wenn Wissen eigentlich ausreichen sollte.

»Ein Vaterschaftstest also?«

»Nein, es geht nicht um die Vaterschaft. Eher um die Mutterschaft, schätze ich.«

»Lassen Sie mich mal nachsehen, ob wir Ihnen da helfen können.« Wahrscheinlich geht es bei den meisten Anrufen um Vaterschaftsfragen, vermutlich von schlecht gelaunten Männern. Nachdem ich eine Weile gehört habe, wie er gedämpft im Hintergrund mit jemandem spricht, meldet er sich wieder: »Nach einer In-vitro-Befruchtung? Oder geht es um Sie und Ihre Mutter?«

Nervös lasse ich die Hand über die glänzende Wölbung des Toilettenbeckens wandern – ich brauche irgendetwas, woran ich mich festhalten kann.

»In-vitro.« Offenbar ist das einer der wenigen Gründe, warum Leute die DNS der Mutter testen lassen wollen: um herauszufinden, ob die Befruchtungsklinik nicht den falschen Embryo aus dem Gefrierschrank geholt hat.

Jim erklärt mir den Ablauf. Man wird mir ein Wangenabstrich-Set für das Baby, den Vater des Babys und mich zuschicken. Anschließend muss ich die Proben an sie zurückschicken. Die Zustimmung des Vaters ist nicht erforderlich, falls er nicht einverstanden sein sollte. Eine forensische Probe wird ausreichen.

»Eine forensische Probe?« Meine Stimme klingt etwas schrill. Wenn wir in der Ausbildung in der Pathologie doch nur die konkreten Verfahren der DNS-Analyse gelernt hätten, nicht nur die mikrobiologischen Hintergründe. Ich kann nicht glauben, dass ich keine Ahnung von den praktischen Details habe.

Plötzlich klopft es an der Badezimmertür – nachdrücklich genug, um den Stuhl wackeln zu lassen.

»Zeit für Ihre Pillen, Sasha. Könnten Sie bitte aufmachen?« Eine der Schwestern. Verdammt.

»Komme gleich«, rufe ich, um dann »Entschuldigen Sie« in den Hörer zu flüstern.

Mir wird gleich leichter ums Herz, als Jim die Vor- und Nachteile der verschiedenen forensischen Probenarten aufzählt. Hastig mache ich mir auf der Rückseite von Dr. Niles' Wochenplan Notizen.

»Mit einem benutzten Taschentuch liegt die Erfolgsquote bei fünfundneunzig Prozent. Fingernägel sind auch gut. Mit Haaren versuchen wir es normalerweise als Letztes, weil da die Wurzel noch dran sein muss. Blut ist ziemlich gut – wenn Ihr Partner sich zum Beispiel beim Rasieren geschnitten hat. Ansonsten haben wir auch oft mit Zahnbürsten Erfolg, aber die sollten dann mindestens zwei oder drei Wochen lang täglich benutzt worden sein.«

Für Mark ein Wangenabstrich-Set zu bestellen wäre zwecklos. Er wird niemals freiwillig eine Probe einreichen. Sein Taschentuch? Wegen seines Heuschnupfens hat er oft eines bei sich. Aber ich habe keine Ahnung, wie ich da rankommen soll. Außerdem muss ich schnell handeln. Es wird nicht mehr lange dauern, bis Toby aus der Säuglingsintensiv entlassen und nach Hause geschickt wird. Und dann wird es noch viel schwieriger sein, die Leute davon zu überzeugen, dass er nicht unser Kind ist.

Der Edelstahlspiegel über dem Waschbecken zeigt mir wieder ein Meer aus silbrigen Wellen, aber mit ein wenig Fantasie kann ich mein verunsichertes Gesicht darin erkennen.

»Wie lange dauert es, bis die Ergebnisse da sind?«

»Höchstens zwei bis drei Werktage. Wenn Sie uns die

Proben in den kommenden Tagen schicken, sollten Sie bis nächste Woche auf jeden Fall die Ergebnisse vorliegen haben. Vielleicht sogar schon am Montag.« Jim versichert mir, dass er zwei Abstrich-Sets und einen sterilen Beutel für eine forensische Probe an Dr. Moloney schicken kann, unter der Adresse des Krankenhauses.

»Könnten Sie es per Eilbrief schicken, bitte? Und noch ein zusätzliches Set beilegen, nur für alle Fälle?«

Das wird Jim gerne tun. Er nimmt meine Daten auf und wiederholt sie noch einmal. Zum Glück kenne ich meine Kreditkartennummer auswendig. Rechnungsadresse: meine Privatadresse, weit weg von hier. Es scheint ihn nicht weiter zu beunruhigen, dass als Lieferadresse die Mutter-Kind-Station angegeben ist, anscheinend wirkt mein Doktortitel da wahre Wunder.

Wieder klopft es an der Tür. Der Stuhl gerät ins Rutschen und gleitet ein Stück über die Fliesen.

»Ich sagte doch, dass ich gleich rauskomme.«

»Kein Grund, gleich so zu schreien, Sasha.«

Es ist Dr. Niles. Ohne mich von Jim zu verabschieden, beende ich das Gespräch.

Als ich aus dem Bad auftauche, sitzt Dr. Niles auf meinem Bett und klopft wie eine Lehrerin mit der Fußspitze auf den Teppich. Mein Bauch protestiert schmerzhaft, als ich mich neben sie setze. Ich versuche, nicht zusammenzuzucken; immerhin ist so etwas nach dieser Art von Operation ganz normal. Dr. Niles starrt mich lange an, als könnte sie meine Gedanken lesen.

»Geht es Ihnen mit den Medikamenten besser?«, fragt sie schließlich. Sie hat ihr Make-up schlampig aufgetragen. Auf dem Nasenrücken sind ein paar Sommersprossen zu sehen.

»Es geht mir gut«, antworte ich. »Sehr gut sogar.«

»Keine Nebenwirkungen oder andere Beschwerden?«

»Nö.« Ich sage nichts von meinem trockenen Mund, den Kopfschmerzen oder den Sehstörungen, die mich nach der ersten Dosis überkommen haben. Und auch nicht, dass ich die Tabletten gestern Abend in meiner Wange versteckt und ins Waschbecken gespuckt habe. Die Schwestern sind nicht besonders wachsam. Außerdem beschließe ich, Dr. Niles etwas Arbeit zu ersparen, indem sie kein weiteres Interesse vortäuschen muss. Stattdessen halte ich mich an Becs Plan. Ich ringe mir ein Lächeln ab und sage: »Ich weiß jetzt, dass Toby mein Kind ist.«

Dr. Niles runzelt die Stirn und macht sich Notizen. Während ich mich innerlich winde, lächele ich tapfer weiter und bohre mir die Nägel in den Handballen. Habe ich etwa das Falsche gesagt? Plötzlich hebt Dr. Niles den Blick zum Fenster. Ihre Augen funkeln wie Edelsteine.

»Die Narzissen werden bald blühen«, stellt sie fest.

Ich atme die frische Morgenluft ein. »Die Jonquillen, meinen Sie.«

»Das sind Narzissen.«

»Bei uns ist Mark der Gärtner.« Soll das eine Art Test sein? »Aber ich bin mir ziemlich sicher, dass es sich bei den Blumen da vor dem Fenster um Jonquillen handelt.«

Dr. Niles sieht sich im Zimmer um. Ich habe meine Kleidung ordentlich in den Schrank gehängt, die Toilettenartikel im Bad verstaut. Außer meiner Person gibt es hier drin keinerlei Hinweise auf meine Anwesenheit. Ihr Blick bleibt an dem glänzenden Nachttisch hängen.

»Lesen Sie zurzeit ein gutes Buch?«

»Ich bin kein großer Leser.« Das stimmt zwar nicht, aber ich habe keine Lust, mich mit ihr über meine literarischen Vorlieben zu unterhalten. Keine Ahnung, was bei diesem

Thema die richtigen Antworten wären – also die, mit denen ich mich in ihren Augen als geistig gesund qualifiziere.

»Ich denke, das Lesen kann uns vieles beibringen. Mitgefühl. Welchen Vorteil es haben kann, Dinge aus verschiedenen Blickwinkeln zu betrachten. Und wenn wir in ein Buch vertieft sind, fühlen wir uns etwas weniger einsam, zumindest für eine Weile.«

Ich schenke ihr ein – hoffentlich – verstehendes Lächeln. In ihren Augen sind kleine, goldene Flecken zu erkennen. Nun sieht sie mich plötzlich wieder durchdringend an.

»Sasha, gibt es etwas, das ich wissen sollte?«

Ich presse die Lippen zusammen.

»Haben Sie einen DNS-Test angefordert?«

O nein. Das kann sie doch unmöglich gehört haben.

»Was meinen Sie?«

»Auf der Säuglingsstation.«

Dr. Green. Ich hole tief Luft.

»Möchten Sie diesen Test immer noch machen lassen?«, hakt Dr. Niles nach.

»Nein, will ich nicht.« Ich bringe das im Brustton der Überzeugung vor, und sie scheint es mir abzukaufen, denn sie schreibt wieder gelassen etwas auf ihren Block. Ihre Fingernägel sind perfekt gefeilt. Unwillkürlich bohre ich meine noch tiefer in meine Handfläche, damit sie nicht sieht, wie abgekaut sie sind.

Als sie schließlich wieder hochsieht, ist ihr Blick unerbittlich.

»Und ich hoffe doch sehr, dass Sie nicht in Erwägung ziehen, auf eigene Faust einen DNS-Test in Auftrag zu geben, oder?«

»Nein, natürlich nicht.« Ihr zweifelnder Blick lässt mich fortfahren: »Dr. Green hat es schließlich abgelehnt. Und das würde ja auch gegen die Krankenhausvorschriften verstoßen.« Die geblümten Vorhänge bauschen sich im sanften Wind. »Außerdem gibt es gar keinen Grund dafür. Toby ist mein Sohn.«

Sie neigt den Kopf zur Seite. Irgendwie scheinen Frauen mich immer auf diese Weise zu mustern, mit starrem Blick auf jede Regung meiner Lippen, meiner Finger oder meiner Beine. Sie scheinen mich nicht einordnen zu können, scheinen nicht schlau aus mir zu werden. Und das sogar dann, wenn ich ehrlich zu ihnen bin. Im Moment muss ich sie total verwirren. Ich verschränke die Hände im Schoß und schaue zur Decke hinauf.

Als das Schweigen sich zu Minuten ausdehnt, kann ich mich nicht länger beherrschen. »Besteht die Chance, dass ich vor dem nächsten Montag entlassen werde?« Je schneller, desto besser. Bis dahin habe ich die Ergebnisse des DNS-Tests. Und man wird mir wohl eher glauben und die Testergebnisse ernst nehmen, wenn ich dann bereits zu Hause bin und kein Psychiatriepatient mehr. Es kann doch eigentlich keinen Grund mehr geben, mich hierzubehalten, oder?

Dr. Niles blättert sorgfältig in ihren Unterlagen. »Lassen Sie uns über Ihren Mann sprechen. Was können Sie mir über Ihre Beziehung sagen?«

Warum zur Hölle fragt sie mich das? Hat sie in dieser Hinsicht vielleicht selbst Probleme? »Er meinte, er hätte mit Ihnen gesprochen.«

Sie streicht mit den Fingernägeln über das linierte Blatt. »Glauben Sie, dass er glücklich ist?«

»Es hat zumindest den Anschein. Wir sind beide überglücklich, dass wir jetzt Eltern sind.«

Es hätte keinen Sinn, ihr zu erzählen, wie in den letzten Jahren alles auseinandergebrochen ist. Und dass die Vertauschung der Babys einen noch stärkeren Keil zwischen uns zu treiben scheint.

»Ich glaube, wir sind damals zusammengekommen, weil wir dieselben Werte schätzen«, füge ich hinzu, als Dr. Niles' Stift anfängt, wieder über das Papier zu gleiten.

»Zum Beispiel?«

»Ehrlichkeit.« Krampfhaft versuche ich, unser Ehegelübde wieder zusammenzubekommen. »Güte. Durchhaltevermögen, auch wenn es mal schwierig wird.« Und das eine, was ich fast vergessen hätte. »Liebe.«

»Die Grundlage jeder stabilen Ehe«, bestätigt sie mit sanfter Stimme. Schmallippig fährt sie fort: »Obwohl ich mir vorstellen könnte, dass Ihre Zeit der Unfruchtbarkeit das alles auf die Probe gestellt hat.«

»Mag sein.« Es widerstrebt mir, ihr noch mehr anzuvertrauen. Ihr Bücherwissen ist begrenzt, und sie kann nicht wirklich begreifen, wie sehr ich gelitten habe. Wie sehr mich die eine, unbeantwortete Frage quält, die mir ständig im Kopf herumgeht.

»Also, wissen Sie schon, wann ich nach Hause darf?«

Ruckartig klappt sie meine Akte zu.

»Bald«, verspricht sie. »Vielleicht, wenn die Narzissen blühen.« Ihre roten Haare leuchten in der Morgensonne, als sie zur Tür geht. »Ich möchte Ihnen noch weitere Fragen stellen, Sasha. Aber da in dreißig Minuten die Gruppentherapie beginnt, müssen wir unsere Sitzung jetzt leider beenden. Achten Sie darauf, nicht zu spät zu kommen.«

Als ich die Tür zum Freizeitraum aufstoße, schlägt mir schwül-warme Luft entgegen. An einer Seite des Raums zieht sich eine Glasfront entlang, hinter der man den Hof mit den abgedeckten Farnbüschen sehen kann. Gegenüber davon ist die Wand mit abstrakten Gemälden dekoriert. Und ganz hinten gibt es eine Art Leseecke: ein paar Sofas, Sitzsäcke und mehrere Bücherborde.

»Die Klimaanlage ist kaputt«, erklärt Dr. Niles, während sie am Sicherheitskasten in der Ecke herumfummelt. »Wenn ich das nicht repariert bekomme, werden wir die Sitzung verschieben müssen, fürchte ich.«

In dem kleinen Stuhlkreis sitzt nur eine weitere Frau: die schmale, stille Ondine, die ich am ersten Abend kennengelernt habe. Ihre Locken sind strähnig, und ihr Gesicht ist so bleich wie eine Schönwetterwolke. Trotz der wuchtigen Brille kann man sehen, dass ihre Augen gerötet sind. Ich setze mich neben sie.

»Wir sollten unsere eigene Müttergruppe gründen«, verkündet eine weitere Patientin, während sie an meiner freien Seite Platz nimmt. Auch sie habe ich am Abend meiner Ankunft beim Essen gesehen. »Wir könnten uns ›Die Mütter mit Dachschaden‹ nennen.«

Ondine überläuft ein Schauer.

»Ich habe jedenfalls keinen Dachschaden«, meine ich. Vielleicht bietet mir diese Therapiegruppe ja noch eine zusätzliche Möglichkeit, meinen klaren Verstand unter Beweis zu stellen.

»Vielleicht nicht«, erwidert die Frau. »Aber wenn doch, haben unsere Mütter dafür gesorgt, dass es mit unserer geistigen Gesundheit bergab gegangen ist.«

Ich bin mir nicht sicher, ob das auf mich zutrifft. Schließlich kann ich das Verschwinden meiner Mutter nicht als Vorwand für alles nehmen, was bei mir schiefläuft. Lucia hat mir beigebracht, dass meine Mutter mir ein Geschenk gemacht hat: eine leere Leinwand. Und als gestaltender Künstler meines eigenen Lebens bin ich für das fertige Bild verantwortlich. Und für jeden Fehler darin.

»Wie war es bei dir, Ondine?«, ruft Dr. Niles aus der Ecke herüber. »Du hast einige Gruppensitzungen verpasst.«

Ondine schiebt die Hände unter die Oberschenkel und drückt sie flach auf den Plastiksitz. »Mir ging es nicht so gut.«

»Deshalb bist du ja im Krankenhaus. Damit du anfangen kannst, an deinen Problemen zu arbeiten.«

Ondine hat angefangen zu weinen.

Bei der gerichtlichen Untersuchung und den endlosen Befragungen zu Damiens Fall hatte jeder seine eigenen Fragen, der Assistent der Gerichtsmedizin, die Anwälte der Familie … sie alle versuchten auf ihre Art, mich auszuquetschen, während ich zitternd vor ihnen saß. Ich weiß noch, wie ich krampfhaft an die Decke des Gerichtssaals gestarrt habe, um die Tränen zurückzuhalten. Diesen Trick hatte Lucia mir einige Jahre zuvor beigebracht, während ich am Fußende ihres Betts auf ihrem Schoß saß. »Wenn du spürst, wie die Tränen kommen, schau nach oben, meine Kleine. Wenn du nach oben schaust, werden deine Tränen versiegen.«

Damals konnte ich mir nicht vorstellen, dass Lucia jemals geweint haben könnte. Ich hingegen weinte während meiner Kindheit fast jede Nacht. Nur im Schutze der Dunkelheit, wenn ich wusste, dass mein Vater nebenan eingeschlafen war, fragte ich mich, was aus meiner Mutter geworden war. Und ob ich sie jemals wiedersehen würde. Fragte mich, was ich wohl getan hatte, um sie zu vertreiben.

Die andere Frau beugt sich vor. »Ich hoffe, du darfst bald wieder zu deinem Sohn, Ondine.«

Ondine legt den Kopf in den Nacken und starrt zu den Deckenbalken empor. Dabei klappt ihr Mund auf wie der einer Leiche. Die Tränen hinterlassen feuchte Spuren auf ihren Wangen.

Ich lege ihr eine Hand auf die Schulter, aber sie verkrampft sich sofort. Schnell ziehe ich die Hand zurück und lege sie in den Schoß.

Hinten in der Ecke schlägt Dr. Niles die Tür des Sicherungskastens zu.

»Scheint wirklich kaputt zu sein. Ich fürchte, wir werden einen neuen Termin ansetzen müssen.« Sie kommt zum Stuhlkreis und setzt sich. »Wir müssen die Sitzung auf jeden Fall nachholen.«

Ondine steht auf, lächelt grimmig und schleicht aus der Tür.

»Ihr Mann lässt sie nicht zu ihrem Sohn, Henry«, raunt die andere Frau mir zu. Klinikbuschtrommeln in Aktion.

Ich habe keine Ahnung, was Ondine verbrochen haben könnte. Wie schlimm muss eine Mutter sein, wenn der eigene Ehemann ihr verbietet, ihren Sohn zu sehen?

An der Wand bewegen sich die Lichtstrahlen über die ausgebleichten Gemälde – Farbkleckse und Flecken hinter Glas. Und dann verschwindet die Sonne ganz plötzlich hinter einer Wolke. Die Bilder verdunkeln sich, tauchen ab in langweilige, leblose Grau- und Blautöne, bis hin zu tiefem Schwarz.

»Nächste Woche müssen wir uns mehr Mühe geben, um eine richtige Gruppe zusammenzubekommen«, bestimmt Dr. Niles und bleibt neben mir stehen. Wir sind allein im Freizeitraum. Der Stuhl neben mir ist leer, die andere Frau verschwunden.

Aus dem Lüftungsgitter in der Decke schießt kalte Luft hervor und gleitet über meinen Kopf hinweg.

»Sieht so aus, als hätte sich das Problem mit der Klimaanlage von allein gelöst. Hätten Sie etwas Zeit, damit wir unsere Sitzung von vorhin fortsetzen können?« Dr. Niles hat sich neben mich gesetzt und die Beine übereinandergeschlagen.

Eigentlich bin ich nicht in der Verfassung, jetzt schon wieder mit ihr zu sprechen. Noch immer gehen mir die verstörenden Bilder aus meinem Albtraum im Kopf herum. Es sind die toten Babys, die zum ersten Mal an dem Tag auftauchten, als ich vor Gericht verbal durch den Fleischwolf gedreht wurde. Tote Babys, die mich seitdem immer wieder in meinen Träumen heimsuchen. Ich brauche eine glaubwürdige Ausrede.

»Ich wollte eigentlich rüber auf die Säuglingsstation und nach meinem Sohn sehen. Können wir das ein andermal nachholen?«

»Selbstverständlich«, sagt Dr. Niles lächelnd. »Und wenn die Gruppentherapie nichts für Sie ist, können wir stattdessen gerne auch mehr Einzelsitzungen vereinbaren. Sagen Sie mir einfach Bescheid, wie es Ihnen lieber ist.«

Auch wenn ich es Dr. Niles gegenüber niemals zugeben würde: Nach Damien hätte mir eine Gruppentherapie wahrscheinlich sehr gutgetan. Aber das ist Jahre her. Heute ist die Gruppe »Mütter mit Dachschaden« so ziemlich das Letzte, was ich brauche.

Tag 3, Montag. Nachmittag.

Tobys Gesicht ist knallrot, er hat die Augen zusammengekniffen und rutscht mit dem Rücken auf der Matratze herum. Offenbar reißt er sich gerade selbst aus dem Schlaf. Es ist wichtig, hier neben seinem Inkubator zu sitzen. Genau das würde eine gute Mutter tun. Vielleicht glauben sie mir ja dann, wenn ich ihnen das nächste Mal sage, dass er mein Kind ist.

»Dein Baby ist hinreißend.«

Brigitte beugt sich über mich. Frischer Schweißgeruch umgibt sie. Heute hat sie sich einen so festen Zopf geflochten, dass sogar die Fältchen an ihren Augen geglättet werden. Ihre Wangen sind rosig, ihre Lippen weich – kaum zu glauben, dass sie erst vor kurzem ein Kind geboren hat. Im Vergleich dazu muss mein Gesicht grau und abgespannt aussehen.

»Ich hätte nie erwartet, dass es mit einem Baby so ist«, sagt sie, während sie zu ihrem Sohn zurückgeht und den babyblauen Quilt von seinem Kasten zieht.

Mark hat mir endlich ganz nebenbei verraten, dass diese Decken von den Frauen des Wohltätigkeitsvereins genäht wurden, der dieses Krankenhaus unterstützt. Jedes Frühchen hat eine als Geschenk bekommen. Vermutlich haben sich die alten Damen vorgestellt, dass ihre Decken dazu benutzt werden, um die Babys warmzuhalten – und nicht vor den neugierigen Blicken mancher Mütter zu verstecken.

Ich lächele Brigitte steif an. Toby starrt durch die Kunststoffscheibe, er sucht meine Augen. Mit diesem festen Blick und den strubbeligen Haaren ist er wirklich hübsch. Es wäre so viel einfacher, wenn ich glauben könnte, dass er mein Kind ist. Vorsichtig ziehe ich den grellorangenen Quilt über seinen Brutkasten.

»Als ich ihn das erste Mal im Arm hatte, habe ich mich in ihn verliebt«, erzählt Brigitte, schiebt die Hände durch die Klappen und streichelt Jeremys Rücken. Ich klammere mich an den Armlehnen des Stuhls fest. Wenn ich das doch auch von mir behaupten könnte.

»Es ist viel besser, als ich es mir hätte ausmalen können«, fährt sie fort. »Ich meine, wenn man schwanger ist, weiß man ja nie, wie es werden wird, nicht wahr? Man hofft auf ein gesundes Kind. Aber es kann jederzeit etwas passieren. Es gibt keine Garantien.« Nun zieht sie die Hände zurück und schließt die Klappen. »Ich wollte immer Kinder haben. Das war mein großer Traum. Ging es dir ähnlich?«

Während der ersten Jahre, in denen wir es versuchten, haben Mark und ich naive Pläne geschmiedet, in denen ich die Vollzeitmama gab. Ich würde unser Baby stillen und ein oder zwei Jahre nicht arbeiten. Er würde Überstunden machen, falls nötig Doppelschichten schieben. In meiner Vorstellung sah ich nur zärtliche Umarmungen, das erste Lächeln, gemütliche Schläfchen mit meinem Baby auf der Brust, im Hintergrund der rührselige Song aus der Windelwerbung.

»Es ist ein wenig anders, als ich es erwartet hatte.« Nicht ganz die richtige Antwort – zumindest nicht das, was man von einer frischgebackenen Mutter erwartet –, aber wenigstens ehrlich.

Brigitte holt ein rotes Wollknäuel aus ihrer Tasche und entfaltet einen fast fertigen Strickärmel. »Du wirkst auf mich wie eine bindungsorientierte Mutter.«

Mit dieser Antwort kann ich wiederum nichts anfangen. »Was ist das?«

»Ach, du weißt schon: Tragetuch, im Elternbett schlafen, Entwöhnung nach Zeitplan des Babys …«

Ich schüttele langsam den Kopf.

»Und welchen Erziehungsstil wollt ihr fahren? Helikoptereltern? Erziehung zur Selbständigkeit? Autoritativ? Entspannt?«

Autoritativ? *Entspannt*? Ganz offensichtlich habe ich mich nicht ausreichend schlaugemacht, was Erziehungsmethoden angeht. So etwas hat man uns im Medizinstudium nicht beigebracht, in der Pathologie auch nicht. Dumm, wie ich war, habe ich gedacht, schwanger zu werden würde ausreichen, um in den Club der Mütter aufgenommen zu werden.

»Da habe ich ehrlich gesagt nie drüber nachgedacht.« Wenn ich meine Mutter an meiner Seite gehabt hätte, wäre das vielleicht mal ein Thema für uns beide gewesen.

Brigitte schlägt kichernd die Hand vor den Mund. »Du bist so erfrischend, Sasha.«

»Ich denke, ich bin ein leidenschaftlicher Verfechter des Stillens«, sage ich. »Bis jetzt habe ich jeden Tag Milch abgezapft, aber wenn er erst stark genug ist, um zu saugen, werden wir sofort damit anfangen.«

Zum Glück kann ich auch mal etwas sagen, das mich nicht wie eine total inkompetente Mutter aussehen lässt. Natürlich erwähne ich nicht, dass sich in meinem Kühlschrank auf der Mutter-Kind-Station bereits die vollen Milchbecher stapeln.

»Verstehe.« Brigitte beginnt zu stricken.

»Willst du denn stillen?«

Sie sticht in die Wolle. »Ich kann nicht. Medizinische Gründe.« Nachdem sie den Faden um die Nadel gewickelt hat, hält sie kurz inne. »Eigentlich wollte ich immer eine Hausgeburt. Aber dann gab es Komplikationen, sodass es am Ende nicht ging. Aber mein nächstes Kind werde ich zu Hause bekommen.« Ihr Lächeln wirkt gequält. Anscheinend hat die Aussicht auf eine Hausgeburt viel zu ihrem Selbstbild als bindungsorientierte Mutter beigetragen. »Wollt ihr denn noch mehr Kinder haben?«, fragt sie.

Und nirgendwo ein Loch, in dem ich mich verkriechen könnte. »Momentan nicht.«

»Dann wird er also als Einzelkind aufwachsen?« Ihr Blick ist stechend wie der eines Falken.

»Ich bin auch ein Einzelkind. Das war nicht schlecht.«

Ich kann mir nicht einmal vorstellen, mehr Kinder zu bekommen. Vielleicht ging es meiner Mutter nach meiner Geburt genauso. Für sie war ja anscheinend bereits ein Kind zu viel.

Brigittes Stirn glättet sich. »Ich bin auch ein Einzelkind. Mein Mann ebenfalls. Wir haben es alle überlebt – nein, sind daran gewachsen. Ich bin mir sicher, dass es Toby ebenso gehen wird.«

Nun lächeln wir uns aufrichtig zu. Vielleicht klingt sie nur deswegen so herablassend, weil sie im Grunde noch verunsicherter ist als ich. Brigitte zählt die Maschen, dann greift sie wieder nach dem Faden.

»Wir werden Jeremy schon mit drei Monaten in eine Vollzeitkrippe geben müssen, wenn ich wieder arbeite«, erklärt sie. »Leider bleibt uns keine andere Wahl.« Als von mir keinerlei wertender Kommentar kommt, entspannt sich ihr Griff um die Nadeln etwas. »Und ihr?«

»Wir wollen erst mal abwarten und sehen, wie sich alles entwickelt.«

Ich nehme meine schwitzigen Hände vom Inkubator, als

Dr. Green an Brigittes Seite tritt und das ultraviolette Licht bei Jeremy wieder einschaltet.

»Sein Bluttest hat gezeigt, dass die Gelbsuchtwerte noch immer erhöht sind, Brigitte. Vorerst lassen wir die jetzt mal an.« Dr. Green wirft mir einen kurzen Blick zu. Das Plastik-Einhorn an ihrem Stethoskop schwingt hin und her wie ein Metronom. »Sie beide haben viel gemeinsam. Wie gut, dass Sie sich miteinander austauschen können. So ist jemand da, der Sie versteht.«

Die Wände leuchten blau. Genauso gut könnten Brigitte und ich Wesen der Tiefsee sein, die gemeinsam auf dem Meeresboden lauern. Als Dr. Green weit genug weg ist, sticht Brigitte die Nadeln in das Knäuel und legt das Bündel auf ihrem Schoß ab.

»Versteh mich nicht falsch, die Ärzte und Schwestern hier waren toll. Dr. Green ist gut. Ursula war wirklich sehr hilfsbereit. Wusstest du, dass sie bis vor ein paar Jahren die Station geleitet hat? Aber ich denke, nicht einmal sie kann nachvollziehen, wie hart das ist.« Am anderen Ende der Station geht ein Alarm los, und Brigitte zuckt zusammen. »Es ist so viel passiert. Eigentlich hatte ich gehofft, jetzt schon mit ihm zu Hause zu sein. Aber wegen der Gelbsucht braucht er die Lichtbestrahlung …« Flüsternd fügt sie hinzu: »Du sagst doch niemandem, dass ich es hart finde, oder?«

»Natürlich nicht.«

Sie fängt an zu schniefen. »Ich will nicht, dass die Schwestern denken, ich hätte eine postnatale Depression. Ich meine, das ist natürlich nichts Schlimmes.« Eine ihrer Stricknadeln fällt auf den Boden und rollt davon. Ich bücke mich danach.

»Postnatale Depression wäre wirklich übel …«, murmele ich.

Aber dann scheint das Licht plötzlich trübe zu werden und

braune Schlieren drängen aus den Ecken heran, als wäre ich eine Meerjungfrau, die auf dem trockenen Land liegt. Schwer lasse ich mich auf meinen Stuhl fallen und drücke den Kopf zwischen die Knie. Mir rauscht das Blut in den Ohren, mein Schädel pocht.

»Tief atmen, Sasha«, sagt Brigitte, als ich schließlich den Kopf hebe. In dem blauen Licht wirkt ihr Gesicht fahl. »Alles okay?«

»Alles gut.« Langsam kann ich wieder normal sehen. Das muss am Blutverlust liegen, an der Erschöpfung und der Anspannung; deshalb fühle ich mich so ausgelaugt.

»Es macht dir doch bestimmt nichts aus, wenn ich dich etwas frage, oder? So als Ärztin?« Sie zupft an einem Knötchen in der roten Wolle. Dadurch zieht sie den Knoten aus Versehen noch fester zu. »Jeremy wird doch ganz gesund, oder? Ich könnte es nicht ertragen, wenn ihm etwas zustößt.«

»Ja.« Ich presse beide Hände auf meine Oberschenkel, damit sie nicht sieht, wie stark sie zittern. »Ich bin mir sicher, dass unsere Babys beide vollkommen gesund werden.«

Tag 3, Montag. Abend.

Die Dämmerung verwandelt sich gerade in eine tiefviolette Nacht, während ich das babyblaue Jäckchen zusammenfalte, das mein Vater uns geschenkt hat. Sorgfältig lege ich es auf das oberste Schrankbrett. Da streckt Mark den Kopf durch die Zimmertür.

»Ich habe etwas für dich.«

»Ist die Besuchszeit nicht schon vorbei?«

Er schiebt sich über die Schwelle und überreicht mir eine grüne Tüte. Dann stellt er eine große Tupperbox auf den Nachttisch. Wie eine Spinne gleitet seine Hand um meine Taille.

»Zeit für eheliche Besuche.«

»Nein, danke.« Ich schiebe ihn weg.

»Tut mir leid, Sash. War nur ein Witz. Ist doch klar.« Er versucht zu lächeln.

Ich schütte den Inhalt der Tüte auf mein Bett. Winzige weiße Baumwollbodys, an denen noch das Rabattschild hängt: *Drei zum Preis von einem*. Es hätte wohl schlimmer kommen können; wenn er zum Beispiel alles in Blau gekauft hätte.

»Könntest du mir bitte auch noch ein paar Klamotten vorbeibringen?«

Stolz zieht er eine kleine Ledertasche hinter dem Rücken hervor – Röcke, Pullis mit Perlstickerei, Pumps. Als wäre ich hier auf einer Medizinerkonferenz und nicht in der Psychiatrie. Aber wenigstens hat er auch meine schwarze Lieblingshandtasche mitgebracht.

»Danke. Vielleicht noch ein paar Jogginghosen und T-Shirts?«

»Sicher. Ich bringe sie dir morgen mit.« Er zeigt auf die Tupperbox. »Aprikosenkuchen. Ich dachte mir, du willst vielleicht ein Stück.« Dann deutet er auf den Fernseher. »Stört es dich, wenn ich …? Es ist ein ganz besonderes Spiel. Zum ersten Mal seit neunzehn Jahren ist Collingwood überhaupt so weit gekommen. Ich will mir nur die letzte Viertelstunde ansehen, danach schalte ich sofort aus, versprochen.«

Ich öffne die Plastikbox. Der Kuchen glänzt verführerisch, kleine Aprikosenstückchen zeichnen sich auf der Oberfläche ab. Voller Vorfreude auf den saftigen Genuss beiße ich hinein. Doch meine Zähne bleiben in schwerem Teig kleben.

»Hast du etwa das Backpulver vergessen?«

Mark liegt ausgestreckt auf meinem Bett und hat sich die Arme unter den Kopf geschoben, um den Fernseher besser sehen zu können.

»Das will ich doch mal nicht hoffen.«

»Dir ist schon klar, dass du dir solche Fehler in deinem Café nicht leisten kannst, oder?«, ermahne ich ihn in gespieltem Ernst. Seit ich ihn kenne, hat er schon immer von seinem eigenen Naturkost-Café geträumt. *Natürköstlich*, nennt er es. Den Namen hat er sich sogar schützen lassen. Aber jedes Mal, wenn er mit dem Businessplan ein Stück weiterkommt oder anfängt, sich nach passenden Räumlichkeiten umzusehen, findet er eine Ausrede, warum es jetzt nicht passt: ein Krankheitsfall in der Familie, Stress auf der Arbeit oder eine meiner Fehlgeburten. Ich habe ihn ermutigt, ihn getriezt, sogar damit gedroht, dass ich seine Pläne weiter vorantreiben werde. Doch er hat sich all meinen Startschussversuchen standhaft widersetzt. Manchmal frage ich mich, ob er deshalb nicht ernsthaft loslegt, weil er fürchtet, dass ich Zeuge seines Scheiterns werden könnte.

»Dann werde ich wohl die Patissière machen müssen«, stelle ich fest.

Um die Werbepause zu umgehen, schaltet er auf einen anderen Sender. »Und ich mache den Barista.«

Das ist unser Standardspruch, wenn er mal ein Gericht verhunzt oder ich die Bohnen in unserem Kaffeebereiter anbrennen lasse.

»Wie war der Krankenhausfraß heute?«

Ich knabbere an meinem Kuchen herum. Es mag nicht der beste sein, den er je kreiert hat, aber er hat ihn für mich gemacht.

»Grauenvoll.«

»Dann bringe ich dir morgen eines von deinen Lieblingsgerichten mit, ja?«

»Das wäre lieb.«

Er sieht mich zärtlich an. Die Haare fallen ihm in einer weichen Locke ins Gesicht, und seine Wangen sind leicht gerötet. Plötzlich sieht er wieder genauso aus wie an dem Abend, als wir uns kennengelernt haben.

»Weißt du noch, in Porto Vallarta? Wie wir da geschlemmt haben?«

Ich nicke.

Die Reise nach Mexiko war Marks Idee gewesen. Ich hatte zunächst gezögert – dieses Land war so fremd; ich hätte es bestimmt nie ausgesucht –, aber nach ein paar Wochen mit Enchiladas und Fischtacos, faulen Strandtagen und winzigen Wochenmärkten musste ich zugeben: Mexiko hatte mich voll erwischt. Die fremde Umgebung half mir, Damien zu vergessen. Am Ende dieses Urlaubs war ich entspannt und erholt. Zu allem bereit.

Nach der ersten Woche saßen wir abends auf dem Balkon unseres Hotelzimmers und sahen zu, wie die Sonne hinter der Bahía de Banderas unterging. Da fragte Mark mich, ob ich ihn heiraten wolle. Ich blickte in seine tiefbraunen Augen und sagte ohne zu zögern Ja.

»Puerto Vallarta war vor einer Ewigkeit, Mark.«

»Tor!«, ruft er und reißt die Faust in die Höhe. Dann wendet er sich abrupt vom Fernseher ab. »Es tut mir leid. Ich hätte verständnisvoller sein müssen«, gibt er stirnrunzelnd zu.

Mir ist nicht ganz klar, worauf genau er sich damit bezieht. Den Besuch seiner Eltern? Seine Weigerung, einen DNS-Test zu fordern? All die kleinen Altlasten unserer Ehe?

»Mum würde wirklich gerne kommen und bei uns wohnen«, sagt er. »Sie könnte uns zur Hand gehen.«

Ich drücke auf dem Kuchen herum. Er ist ziemlich fest.

»Hast du seit ihrem Besuch mit ihr gesprochen?«

»Nur am Telefon. Eigentlich wollten sie heute wieder auf die Säuglingsstation kommen.«

Dann hat er den Kuchen also für sie gemacht. Ich drücke den Deckel zurück auf die Dose.

Die Monate nach unserer Hochzeit flogen vorbei, und irgendwann kribbelte es nicht mehr am ganzen Körper, wenn Mark mich berührte. Der Druck des Eherings an meinem Finger wurde zur Normalität. Und irgendwie änderte sich auch zu Hause einiges. Es waren nur Kleinigkeiten. Ein vergessener Apfelkitsch in seiner Ledertasche. Eine Ansammlung benutzter Kaffeebecher auf seinem Schreibtisch. Wäschehaufen auf dem Fußboden neben seiner Bettseite.

Ich versuchte, es nicht an mich heranzulassen, sondern hielt mir vor Augen, dass Mark wahrscheinlich auch unausgesprochene Erwartungen hegte: Als Ehefrau fielen diese Dinge nun wohl in mein Ressort. Also sprach ich das Thema an, woraufhin er demonstrativ seine Jacke von der Couch nahm, wo er sie hingeworfen hatte.

»Ich räume meine Sachen sehr wohl auf«, sagte er. »Aber ich kann schließlich nichts dafür, wenn du ständig schneller bist.«

Jahre reihten sich aneinander wie Dominosteine. Mark hinterließ nasse Handtücher im Bad, vergaß, mir Bescheid zu sagen, wenn er länger arbeiten musste, genehmigte sich oft einen Drink zu viel, wenn wir ausgingen. Jedes Mal, wenn ich es verlangte, versprach er mir, dass er sich ändern würde. Und er gab sich auch alle Mühe, das muss ich ihm zugestehen. Aber erst jetzt habe ich verstanden, dass es bereits zu spät war. Ist etwas erst einmal angeschlagen, wird es nie wieder so perfekt sein wie am Anfang, selbst wenn man es zu reparieren versucht. Deshalb kann er mir auch nicht die Schuld an dem geben, was ich tun werde.

»Ich hoffe, du weißt, dass ich immer für dich da sein werde, Sash.« Er sieht mich ernst an, bis lautes Gebrüll aus dem Fernseher dringt und er sich wieder dem Bildschirm zuwendet, auf dem ein ganzer Haufen Spieler um den Ball kämpft.

Ich stopfe die Babysachen zurück in die Tüte. So etwas will ich unserem Baby nicht anziehen. Vielleicht kann Toby sie stattdessen tragen. Toby ist genau das, was Mark wollte: ein Sohn, ein Stammhalter.

Das Spiel ist beendet. Collingwood hat verloren.

Mit einem entschiedenen Druck auf die Fernbedienung schaltet Mark den Fernseher aus.

»Danke, Sash. Vielleicht gewinnen wir ja nächstes Jahr.« Er schluckt. »Also, du scheinst dich ja schon besser zu fühlen, Sash. Bist wieder mehr du selbst. Bist du … ich meine, glaubst du denn jetzt, dass Toby unser Kind ist?«

Das ist er – der entscheidende Moment, auf den ich gewartet, auf den ich hingearbeitet habe. Nur deswegen habe ich meine Wut unterdrückt und mir an diesem Abend jeden bissigen Kommentar verkniffen. Plötzlich fällt mir auf, wie tief seine Lider hängen.

»O Mark …« Ich verstaue die Tüte möglichst weit hinten im Kleiderschrank. Mir bleiben die Worte im Hals stecken. Bis heute gab es nie einen Grund für mich, ihn zu belügen. Und dass ich jetzt keine andere Wahl zu haben scheine, macht mich ganz krank. Endlich verlassen die Worte meinen Mund. Sie scheinen in der heißen, stickigen Luft hängen zu bleiben.

»Toby ist unser Sohn.«

»Ehrlich?« Sein Gesicht verzerrt sich geradezu vor Erleichterung.

»O ja«, sage ich. »Das weiß ich jetzt. Toby ist unser Sohn und wird es auch immer bleiben.«

ELF JAHRE ZUVOR

MARK

Der Abend, an dem ich Sash gebeten habe, meine Frau zu werden, gehört zu den glücklichsten Momenten meines Lebens. Sie stand in der seidigen Luft auf dem Balkon unseres Hotelzimmers und blickte aufs Meer hinaus. Ihre Haare fielen ihr in üppigen Wellen über den Rücken. Eigentlich hatte ich gar nicht vorgehabt, ihr einen Antrag zu machen, aber dann hat mich ihre Schönheit einfach überwältigt. Ihr leidenschaftliches Wesen. Die Bucht lag vor uns wie schimmerndes Glas, und ich stellte mir vor, dass ein Leben mit Sash immer so wundervoll sein müsste.

Zu Hause in Australien wurde schnell klar, dass meine Eltern wenig begeistert waren von unserer Verlobung. Mum meinte, sie wären besorgt. Da sie aber wohl meine Reaktion fürchtete, konnte oder wollte sie das nicht näher erläutern. Ich wollte sowieso nicht hören, was sie zu sagen hatten. Sash und ich planten die Hochzeit für das kommende Jahr. Im Spätsommer, mit Zeremonie in der Kirche und dem Empfang in einem Restaurant in unserer Gegend. Das würde bestimmt ein Knaller werden.

Und dann war da eines Tages dieser Brief in der Post: Sash wurde aufgefordert, bei einer Anhörung zu Damiens Tod auszusagen.

Danach verwandelte sie sich quasi in Stein; sie sprach kaum noch mit mir. Der Funke, der in Mexiko wieder in ihren Augen aufgeflammt war, erlosch. Innerhalb weniger

Wochen brach sie ihre Ausbildung zur Kinderärztin ab und wechselte in die Pathologie. Es tat mir so leid für sie. Sie konnte großartig mit Kindern umgehen und wäre eine hervorragende Kinderärztin geworden. Immer wieder gab ich ihr den dezenten Ratschlag, vielleicht doch lieber weiterzumachen; abzuwarten, ob sie in einem halben Jahr noch immer so empfinden würde. Aber sie ging gar nicht darauf ein, sondern behauptete, schon immer in die Pathologie gewollt zu haben. Egal, was ich sagte oder tat, sie war nicht davon abzubringen.

Unsere Hochzeitspläne trieben wir aber weiter voran. Am Ende wurde es ein schöner Tag. Ich denke, sie erinnert sich auch gerne daran.

Die Befragung rückte näher. Ich kochte für sie und massierte ihr die Füße. Aber auch danach blieb sie sehr still. Sie ging abends nicht mehr weg. Irgendwann ging sie gar nicht mehr aus. Und sie redete nicht mit mir. Sie müsse auf ihre eigene Art damit klarkommen, meinte sie.

Ich habe nie auch nur mit dem Gedanken gespielt, sie zu verlassen – ganz ehrlich nicht. Aber ich fing an, mich zu fragen, ob ich der richtige Mann für sie war. Ob jemand anders ihr nicht ein besserer Ehemann sein könnte. Nichts, was ich tat, schien zu helfen. Vermutlich hoffte ich, dass mit einem Baby alles wieder besser werden würde. Dass sie es genießen würde, Mutter zu sein. Dass sie herausfinden würde, was für eine tolle Mum in ihr steckte. Ja, ich hoffte darauf, dass ein Baby auch ein Neuanfang für uns sein würde.

Tag 4, Dienstag. Morgengrauen.

Ein Räuspern weckt mich. Benommen reibe ich mir die Augen. Die ersten rötlich-gelben Sonnenstrahlen fallen in sanften Wellen durch den Spalt zwischen den Vorhängen. Schäferweckdienst hat meine Mutter das immer genannt. Auf dem Stuhl neben meinem Bett sitzt Dr. Niles. Sie fragt mich, wie es mir geht.

Verschlafen, wie ich bin, hätte ich fast wieder mit meiner »Toby ist mein Kind«-Litanei begonnen, kann mich aber gerade noch zurückhalten.

»Ganz gut, danke.«

Dr. Niles nickt. »Bitte entschuldigen Sie, dass ich so früh hier erscheine. Ich habe heute einige … private Termine. Und da dachte ich, ich schaue noch mal rein, bevor ich losmuss.« Sie geht zum Fenster hinüber und zieht die Vorhänge auf. »Übrigens bekomme ich jeden Tag Anrufe von Ihrer Freundin. Könnten Sie ihr bitte sagen, dass ich ihre Nachrichten erhalten habe – und dass sie mich nicht mehr anrufen soll?«

Bec. Wenn sie doch nur hier wäre. Es ist wirklich lieb, dass sie extra die Nummer von Dr. Niles herausgefunden hat, um bei ihr für meine Unschuld eintreten zu können. Mir ist klar, dass sie nur helfen will, aber vielleicht ist ihre Hartnäckigkeit eher kontraproduktiv. Als ich noch in Kliniken tätig war, habe ich Anrufe von Verwandten und Freunden immer als frustrierend empfunden. Ich werde Bec höflich bitten müssen, meine Psychiaterin nicht länger zu belästigen.

»Ich mache mir immer noch Gedanken darüber, wie Sie Ihr Kind zu finden gedenken«, sagt Dr. Niles nun.

Ich starre auf die Wolken am Himmel – wie bunte Sandbänke belagern sie den Horizont. Am besten sage ich gar nichts. Wenn ich schweige, kann ich auch nichts verraten. Das habe ich vor zehn Jahren gelernt, im Gerichtssaal. Während ich steif aufgerichtet im Zeugenstand saß, die Knie zusammengepresst, die Finger in dem Holzgeländer verkrallt, und die Anwälte versuchten, mich durch Tricks dazu zu bringen, dass ich ihnen die Wahrheit über Damien verriet. Hauptsächlich stellten sie die gleichen Fragen in immer neuer Formulierung.

Sie können sich also nicht daran erinnern, was Sie der Mutter des Jungen gesagt haben?

Haben Sie den Eltern gesagt, dass er sich erholen würde?

Sie waren also nicht der Meinung, dass mit ihm etwas nicht in Ordnung sein könnte?

Halb vergessene Gesprächsfetzen vermischten sich mit Träumen und Erinnerungen an Damien. Was war die Wahrheit? Was eine Lüge? Da seine Eltern im Zuschauerraum in der ersten Reihe saßen, wagte ich es nicht, den Blick durch den Saal wandern zu lassen. Stattdessen starrte ich auf meine Notizen und blätterte immer wieder darin herum, als enthielten sie irgendwo einen versteckten Hinweis auf die korrekte Antwort. Wie Raubvögel standen die Anwälte vor mir – bereit, sich auf mich zu stürzen.

Damien hatte also Fieber?

Ja, 39,6.

Und er hatte Ausschlag?

Noch heute sehe ich den Ausschlag auf seiner Haut vor mir: lachsfarben, bleich an den Rändern, großflächig. Solch ein Ausschlag wird von Viren hervorgerufen, nicht von lebensbedrohlichen Bakterien.

Was hat Sie dazu veranlasst, eine Meningokokken-Infektion als Ursache seines Krankheitsbilds auszuschließen?

Ich entschied mich für eine neutrale Antwort. *Es gab keinerlei Hinweis auf Meningokokken, weder aufgrund der Untersuchung noch aufgrund seiner Krankheitsgeschichte.*

Haben Sie weitere Tests vorgenommen?

Das hielt ich nicht für notwendig.

Ich räuspere mich.

Dr. Niles hat sich wieder auf die Stuhlkante gesetzt und die Augenbrauen hochgezogen; genau wie die Anwälte damals.

»Und? Wie ist Ihre Stimmungslage?«

Wenn ich behaupte, sie wäre gut, weiß Dr. Niles, dass ich lüge. Wenn ich sage, ich fühle mich schlecht, wird sie mich noch länger hier einsperren. Ich spiele an meinem ausgefransten Quilt herum.

»Geht so.«

Mit resignierter Miene schreibt sie etwas in meine Akte. Am linken Ringfinger trägt sie einen schlichten, goldenen Ehering. Komisch, das ist mir bisher noch nie aufgefallen.

»Nun, vielleicht kommen wir noch einmal auf die Zeit Ihrer Unfruchtbarkeit zu sprechen?«, schlägt sie vor, ohne aufzublicken.

Ich hole tief Luft. Zumindest bei diesem Thema dürfte Ehrlichkeit vertretbar sein. Es ist nicht sehr wahrscheinlich, dass mein Geisteszustand dadurch weiter infrage gestellt werden kann.

»Das war eine schwierige Zeit.«

Dr. Niles schlägt die Beine anders übereinander. »Erzählen Sie mir davon.« Zum ersten Mal scheint sie wirklich interessiert zu sein an dem, was ich sage.

Ich will ihr gerade eine Zusammenfassung der vielen medizinischen Verfahren liefern, denen Mark und ich uns unterzogen haben – Tabletten, Spritzen, die Injektion von Marks Sperma durch meinen Gebärmutterhals –, als Dr. Niles hinzufügt: »Für mich wäre vor allem eine Frage von Bedeutung: Haben Sie jemals darüber gesprochen, wann es Zeit gewesen wäre, aufzugeben?«

Im ersten Moment will ich ihr die Wahrheit sagen: dass ich mich eigentlich schon von Mark trennen wollte, als ich dann zum dritten Mal schwanger wurde. Sogar das Trennungsgespräch hatte ich schon durchgeplant. Unsere Paartherapeutin Kate wäre die Vermittlerin gewesen und hätte Mark klarmachen sollen, wie ernst es mir mit der Trennung auf Probe war. Ich habe meine Rede sogar aufgeschrieben und vor dem Spiegel geprobt, bis ich sie auswendig konnte.

Das ist einfach alles zu viel nach dem, was war. Ich habe lange so getan, als wäre alles in Ordnung, als ginge es mir gut. Aber dir ist doch sicher auch klar, dass wir nicht mehr glücklich sind. Eine Trennung ist die einzige Möglichkeit. Ich hoffe, du kannst das eines Tages verstehen.

Es klopft an der Tür. Bevor ich reagieren kann, tritt bereits eine Schwester ein, mit einem Päckchen in der Hand. Sie hebt es hoch und schüttelt es.

»Das ist gerade für Sie angekommen, Sasha. Wir mussten dafür unterschreiben. Erwarten Sie etwas?«

Eventuelles Misstrauen muss ich sofort im Keim ersticken. Vielleicht wird es mal wieder Zeit für eine Portion neu entdecktes Mutterglück. »Wie schön, das muss das Babyspielzeug von meiner Großtante Maude sein. Sie ist so lieb.« Ich versuche, meine Hände ganz ruhig zu halten, als ich nach dem Päckchen greife. Die Schwester lächelt Dr. Niles noch kurz zu, dann geht sie. Verstohlen atme ich auf. Offenbar habe ich eine überzeugende Vorstellung abgeliefert.

»Wie interessant, dass Sie eine so enge Beziehung zu Ihrer Großtante haben«, meint Dr. Niles. »In Krisenzeiten brauchen wir alle den Beistand unserer Familie. Es ist wirklich schade, dass Ihre Mutter keine Rolle in Ihrem Leben spielt.« Die Sonnenstrahlen lassen ihre Sommersprossen aufleuchten, und sie kneift die Augen zusammen. »Aber vielleicht belassen wir es für heute dabei. Morgen sehen wir uns wieder. In der Zwischenzeit sollten Sie sich selbst gegenüber etwas nachsichtiger sein, Sasha.« Sie versucht sich an einem Lächeln. »Niemand ist perfekt, verstehen Sie?«

Sobald sie weg ist, verschwinde ich im Badezimmer und lehne mich von innen gegen die Tür, damit sie nicht aufgeht. Ich bekomme kaum noch Luft. Was wird es für eine Erleichterung sein, wenn ich endlich beweisen kann, dass ich recht habe.

Ich breite meinen Wollpullover auf dem Boden aus und schütte den Inhalt des Päckchens aus. Es enthält drei Probenentnahme-Sets, drei sterile Plastikbeutel und die Einverständniserklärung. Sorgfältig lese ich mir die Anleitung durch. Ein Abstrichstäbchen für mich. Trocken kratzt es an meiner Wange, als ich sorgfältig damit über meine Mundschleimhaut streiche. Fast muss ich würgen. Ich etikettiere die Stäbchen und fülle die Formulare aus, gebe auch meine Privatadresse an. Voller Optimismus gehe ich davon aus, dass ich es schaffe, entlassen zu werden, bis die Ergebnisse kommen. Also bis Montag. Dann verstaue ich das verbliebene Zubehör ganz unten in meiner Handtasche. Das Herz flattert mir in der Brust herum wie ein aufgedrehter Kolibri.

Ursula steht mit verschränkten Armen an der Schwesternstation und beobachtet mich. Schnell schiebe ich mir die Handtasche auf die andere Schulter, sodass sie sie nicht sehen kann.

Tobys Gesicht ist heute blasser als gestern, und seine Zehen wackeln auf und ab wie ein Metronom. Die Hände liegen zu Fäusten geballt auf der Matratze. Wie bei allen Neugeborenen sind seine Fingerspitzen leicht bläulich. Ich studiere sein Krankenblatt. Nein, er ist okay. Es ist alles in Ordnung.

Draußen vor der Station ertönt plötzlich Lärm. Dann geht quietschend die Tür auf und mehrere Schwestern schieben eine Rolltrage herein. Dr. Green läuft nebenher und drückt einem Baby eine Maske aufs Gesicht. Das Stationspersonal – inklusive Ursula – folgt ihnen in den Reanimationsraum, der gegenüber der Schwesternstation liegt.

Plötzlich steigen Bilder aus der Nacht der Geburt in mir auf. Ist das wirklich erst drei Tage her? Genauso gut könnten es Jahre sein. Bloß noch eine Erinnerung: die Fahrt im Krankenwagen, während das Blut aus mir heraustropft und in der durchweichten Binde landet, die man mir zwischen die Beine geschoben hat. Bei der Ankunft im Krankenhaus hatte die Blutung bereits aufgehört. Immer wieder nickte ich auf der schmalen Trage ein. Dann Chaos. Wieder Nässe zwischen meinen Beinen. Laken, die in einer roten Flut ertranken. Die schweigende Hebamme, die mich untersuchte. Andere Hebammen, die um uns herumhuschten. Immer mehr medizinisches Personal erschien im Kreißsaal.

An mehr kann ich mich nicht erinnern. Vielleicht wird sich das irgendwann noch bessern.

Ich schaue mich um. Die Station ist wie leergefegt. Für Besucher ist es noch zu früh. Das ist die Gelegenheit.

Toby schläft, als ich ihm das Teststäbchen in den Mund schiebe und damit an seiner Wange entlangfahre. Er verzieht das Gesicht und rutscht auf der Matratze herum. Dann reißt er plötzlich die Augen auf, fängt an zu weinen. Hastig verstaue ich das Stäbchen in meiner Handtasche und mache die Klappe zu, um sein Gebrüll zu dämpfen.

Niemand kommt aus dem Reanimationsraum. Mir bleibt noch etwas Zeit.

So schnell meine Narbe es erlaubt, wandere ich den Korridor entlang, lüfte Quilts und spähe in die Kunststoffkästen, suche in Gesichtern, an Körpern und Gliedmaßen nach Ähnlichkeiten mit meinem Baby. Sie muss hier sein. Ich spüre sie, kann fühlen, dass sie in der Nähe ist. Und ich weiß, dass ich sie erkennen werde, wenn ich sie finde.

Während ich umdrehe und mich Kasten für Kasten zu Toby zurückarbeite, überfällt mich eine drückende Schwere. Keines dieser Babys ist das richtige. Trotzdem spüre ich, dass mein Kind nicht weit weg ist. Wo kann sie nur sein?

Ein einziger Inkubator bleibt übrig – der von Jeremy. Aber ihn habe ich schon überprüft. Oder etwa nicht? Ich weiß noch, dass ich den Jungen weniger Aufmerksamkeit geschenkt habe als den Mädchen.

Auf den Bänken neben Jeremys Brutkasten sind Karten aufgereiht, Nachrichten der Hoffnung, gute Wünsche. Obwohl sie alle dieselbe breite, deutliche Handschrift aufweisen. In einer Ecke liegen ein paar Stoffspielzeuge. Familienfotos, mit Tesafilm an die Wand geheftet. So viele Zeichen der Liebe.

Tobys Inkubator auf der anderen Seite des Gangs hingegen ist von Leere umgeben. Ich sollte mir zumindest etwas Mühe geben, um die Geburt dieses Babys zu feiern, auch wenn es nicht meines ist. Was könnte ich ihm besorgen … ein Stofftier? Zu niedlich. Ein Foto? Zu persönlich. Mir wird heiß, als mir endlich etwas einfällt: einen dieser Folienballons, die man in Kliniken ständig sieht, mit einem *Hurra! Ein Junge!*-Schriftzug oder etwas ähnlich Banalem. Perfekt.

Jeremy liegt mit dem Rücken zu mir auf der Seite, eng zusammengerollt, ein friedliches Bündel kleiner Gliedmaßen mit einem weichen, hellbraunen Haarschopf. Das blaue Licht über seinem Kopf wurde vorübergehend ausgeschaltet. Als ich um den Inkubator herumgehe, dreht er den Kopf. Ihm fallen ein paar Strähnen in die Stirn. Er hat lange, feine Wimpern, runde Bäckchen und ein Grübchen unter der Unterlippe. Sein Näschen ist spitz, und als er die Augen öffnet, erstrahlen sie in dem leuchtenden Blau von Kornblumen.

Er sieht mich fest an, als würde er mich kennen. Mir stockt der Atem. Vorsichtig schiebe ich die Klappen des Inkubators auf und umfasse mit beiden Händen seine Fingerchen. Seine Haut ist warm. Er ist eine jüngere Version von Mark, wie ich sie auf den Babyfotos meines Mannes gesehen habe, nur mit blauen Augen statt braunen. Mein Herz rast. In einem Punkt hatte das Krankenhaus recht: Ich habe wirklich einen Sohn geboren. Einen wundervollen, bildhübschen kleinen Jungen.

»O Gabriel«, flüstere ich. »Endlich habe ich dich gefunden.«

Hinter mir ertönt das Quietschen von Schuhsohlen auf Vinyl. Ursula stemmt die Hände in die Hüften und beugt sich über meine Schulter.

»Was machen Sie denn da?«

Ich lasse Gabriel los und ziehe die Hände aus den Klappen. Seine Wärme bleibt wie ein goldener Schimmer auf meiner Haut zurück.

»Ich wollte nur …«

»Es ist nicht gestattet, fremde Babys anzufassen, Sasha. Sie dürfen sich ihnen nicht einmal nähern. Was haben Sie sich nur dabei gedacht? So etwas darf nie wieder vorkommen, sonst wird das ernste Folgen für Sie haben.« Ursula kneift die Lippen zusammen.

Beinahe wäre mir so etwas herausgerutscht wie: *Ich glaube, das ist mein echtes Baby.* Aber ich kann mich gerade noch beherrschen. Ich muss jetzt verdammt vorsichtig sein.

»Die Decken müssen stets auf den Kästen liegen«, betont Ursula. Sie schiebt den hellblauen Quilt wieder über Gabriels Inkubator und entzieht ihn so meinem Blick. »Dadurch werden visuelle Reize und Lichteinstrahlung auf ein Minimum reduziert. Wir müssen schließlich dafür sorgen, dass die Babys gesund bleiben, nicht wahr?«

Ich hatte gedacht, die Steppdecken sollten mich daran hindern, mir die Babys anzusehen. Wie sehr ich mich anscheinend getäuscht habe. In so vielem.

Die Babys müssen gesund bleiben, sagt Ursula. Dieses andere Kind, das wiederbelebt wurde – könnte Gabriels Zustand sich ebenfalls so verschlechtern? In diesem Krankenhaus traue ich nichts und niemandem, und ganz sicher nicht ihren Fähigkeiten, mein Baby vor Schaden zu bewahren.

»Geht es dem anderen Kind gut?«

Ursula nickt, während sie den Blick über die restlichen Inkubatoren schweifen lässt. »Warum fragen Sie?«

»Hier scheinen alle immer so beschäftigt zu sein. Ich befürchte einfach, dass darüber etwas vergessen werden könnte. Oder übersehen.«

»Es ist alles in Ordnung.« Ursula räuspert sich. »Es gibt keinen Grund zu der Annahme, dass die Infektion dieses Babys sich ausbreiten könnte.«

Infektion?

O mein Gott. Jetzt fällt es mir wieder ein. Vor einigen Jahren hat sich auf dieser Station ein fieses Serratia-Bakterium ausgebreitet, so unkontrollierbar wie ein Buschfeuer. Wahrscheinlich habe ich die Erinnerung unterdrückt, wohlwissend, was das für mein Baby bedeuten kann. Jemand ließ die Informationen über den Ausbruch zur Presse durchsickern, und so schaffte er es in die landesweiten Schlagzeilen. Mehrere Babys wurden in die Stadt verlegt, ein paar sind gestorben. Ich musste ihre Autopsien leiten. War Ursula damals etwa Stationsleiterin? Man hat vermutet, dass die Ursache in mangelnder Handhygiene zu suchen war. Ein Resultat davon waren neue infektionsverhindernde Kontrollmaßnahmen für die gesamte Klinik, hat es in der Zeitung geheißen. Ich kann nur hoffen, dass so etwas nie wieder passiert. Und vor allem nicht, solange sich mein Sohn in der Obhut dieser Leute befindet.

Ursula mustert die leere Bank neben Tobys Brutkasten.

»Sie sollten wirklich ein paar persönliche Sachen für ihn mitbringen.«

Toby. Er muss Brigittes richtiges Kind sein. Eine einfache Verwechslung. Nichts weiter als ein unbeabsichtigtes Missverständnis?

»Mache ich so bald wie möglich.«

Doch von Gabriel brauche ich ein Erinnerungsstück. Eine Art Souvenir, um mir zu zeigen, dass ich mir das nicht eingebildet habe, dass er tatsächlich mein Kind ist. Was könnte ich nehmen, um ihn während der langen, einsamen Nächte bei mir zu spüren, bis wir zusammen sein können? Die Fotos an der Wand zeigen alle Brigitte und die Familie ihres Mannes. Die Karten kommen von Leuten, die ich nicht kenne. Und die Stofftiere haben keinerlei Bedeutung, solange mein Baby nicht bei mir sein kann.

Ursula fährt inzwischen streng fort: »Wenn Sie sich im Moment noch keine Babysachen leisten können, lässt sich bestimmt ein Termin mit einem Sozialarbeiter arrangieren.«

»Nein, das ist kein Problem.«

»Ich weiß sehr gut, wie schwierig das Thema Finanzen sein kann.«

Ihre Strumpfhose hat eine Laufmasche, ihr Rocksaum hängt an einer Stelle, der Bügel ihrer Brille ist mit Tesafilm geklebt. Früher war sie mal Stationsleiterin, hat Brigitte erzählt. Vielleicht hat Ursula ja selbst finanzielle Probleme?

Sobald Ursulas quietschende Schritte verklungen sind, hebe ich Gabriels Quilt an und blicke wie paralysiert auf meinen wunderschönen Sohn. Wer für den Fehler verantwortlich ist, spielt keine Rolle – zumindest jetzt nicht. Jetzt ist nur wichtig, dass mein Sohn endlich zu mir gefunden hat.

Doch bevor ich etwas unternehmen kann, brauche ich Beweise. Also öffne ich die Klappen und schiebe Gabriel vorsichtig das zusätzliche Teststäbchen aus meiner Handtasche in den Mund. Er nuckelt mit seinen vollen Lippen daran herum, als wäre es eine Milchflasche. Mir bricht fast das Herz, wenn ich an die unzähligen Momente denke, die ich bereits verpasst habe; und daran, was ich bald zurückgewinnen werde.

Ich versiegele das Stäbchen in einem weiteren sterilen Beutel und schiebe es ganz unten in meine Handtasche. Jetzt muss ich mich vor allem zusammenreißen, abwarten, bis die Beweise vorliegen. Dafür werde ich sämtliche Geduld aufbringen müssen, die in mir steckt.

Die Schublade in der Bank neben Gabriels Inkubator steht halb offen. Ich wühle darin herum. Neben frischen Windeln und Einwegwaschlappen finde ich einen durchsichtigen Plastikbeutel, auf dem in dicken, schwarzen Buchstaben ein Name steht: J. Black. In dem Beutel liegt ein verschrumpeltes, fleischfarbenes Fädchen mit einer cremefarbenen Klammer an einem Ende – Gabriels Nabelschnur. Hastig schiebe ich das Tütchen in meine Tasche und halte es ganz fest. Dieses Fädchen hat uns miteinander verbunden, als er noch in meinem Bauch war. Brigitte wird bestimmt nicht merken, wenn es fehlt. Und ich habe doch wohl ein Recht auf ein kleines Erinnerungsstück. Vorerst ist das alles, was ich von meinem Sohn bekommen werde.

Ich bleibe noch kurz stehen und präge mir jedes Grübchen, jede Falte, jede Hautwölbung ein, bis ich es hinter mir rieche: den süßlichen Schweißgeruch, der immer von Brigitte ausgeht.

»Wie sieht mein Baby denn heute aus?«, fragt sie und späht über meine Schulter.

Großartig. Er sieht unfassbar großartig aus. Sie wartet meine Antwort gar nicht ab.

»Findest du, dass er gelber ist als gestern? Eigentlich dachte ich, es wäre vorbei, aber jetzt glaube ich fast, die Gelbsucht wird schlimmer. Siehst du?« Sie zeigt mit dem Finger in den Kasten. Ihre Nägel sind pink lackiert.

Die Haut an seinem Oberkörper ist wirklich gelblich, aber ich kann nicht sagen, ob es sich verschlimmert hat. Zum Glück geht Brigitte wohl davon aus, dass ich ihn mit dem Blick einer Ärztin mustere, nicht mit dem einer Mutter.

»Ich weiß nicht, ob die Gelbsucht stärker geworden ist«, sage ich schließlich. Innerlich könnte ich mich dafür treten, dass ich ihn nicht schon längst gründlich untersucht habe, obwohl er doch nur zwei Meter von mir entfernt war. Aber in gewisser Weise ist es auch eine Erleichterung. Während dieser schwierigen Tage war ich trotz allem in seiner Nähe. Ich habe ihn nicht wirklich allein gelassen.

»Sag es lieber den Schwestern«, rate ich ihr. »Du darfst kein Risiko eingehen.«

Da das Personal hier ständig auf dem Sprung zu sein scheint, kann ich nicht davon ausgehen, dass sie ihn gründlich untersuchen, solange Brigitte sie nicht darüber informiert, dass die Gelbsucht zurückgekehrt ist.

»Ich weiß nicht.« Brigitte zögert. »Sie sollen mich ja nicht für eine dieser paranoiden Neu-Mütter halten.« Verstohlen fährt sie sich mit der Zunge über die Zähne. »Die haben mich sowieso schon im Auge.«

»Sie haben dich im Auge?«

Ihr Kiefer verspannt sich. »Ach, es ist nichts. Bevor ich schwanger wurde, habe ich eine schwierige Zeit durchgemacht, das ist alles. Ich habe dem Personal bereits gesagt, dass es keinen Anlass zur Sorge gibt.«

»Haben sie sich denn Sorgen gemacht?« Ich wende die Befragungstechnik an, die ich im Medizinstudium gelernt habe: Wenn man die letzte Aussage des Patienten wiederholt, neigt er eher dazu, näher darauf einzugehen.

Brigitte reagiert allerdings anders als erwartet. Sie erstarrt, und auf ihrem Unterlid bildet sich ein dünner Tränenfilm. Vielleicht hat sie ja wirklich Depressionen.

»Es tut mir leid«, sage ich schnell. »Schon kapiert. Ich bin zurzeit ja selbst nicht gerade gut drauf.«

Vielleicht glaubt sie ja auch, dass es eine Verwechslung gegeben hat. Und selbst wenn nicht, hat sie vor allen anderen das Recht, es zu erfahren. Spontan entscheide ich, mich ihr anzuvertrauen.

»Ich habe gerade erkannt, dass Toby -«

Aus dem Augenwinkel sehe ich, wie Ursulas Kopf hinter dem Tresen der Schwesternstation auftaucht. Sie beobachtet mich noch immer. Eigentlich ist sie zu weit weg, um mich zu belauschen, aber wer weiß schon, wie weit der Schall in dieser stickigen Luft trägt?

»- es nicht warm genug hat«, flüstere ich. »Du kannst nicht zufällig nähen, oder? Könntest du mir dabei helfen, meinen alten Patchwork-Quilt für ihn auf Vordermann zu bringen?«

»Aber gern.« Brigitte tupft sich mit den Fingerspitzen die

Augen ab. »Wenn du möchtest, gebe ich dir Unterricht, bis Jeremy entlassen wird.«

»Großartig«, erwidere ich so gelassen wie möglich. »Weißt du denn schon, wann ihr nach Hause dürft?«

»Eigentlich hieß es, gegen Ende der Woche. Meinst du, die Gelbsucht könnte seine Entlassung verzögern?«

Schnell überschlage ich es im Kopf: Die Testergebnisse kommen frühestens am Montag. Sollte Gabriel am Ende der Woche entlassen werden, wäre das also zu früh. Ich kann nur hoffen, dass er wegen der Gelbsucht noch in der Klinik bleiben muss, bis die DNS-Tests durch sind.

»Keine Ahnung. Aber vergiss nicht, den Schwestern zu sagen, dass die Verfärbung der Haut dir Sorgen macht. Vor einiger Zeit habe ich einmal miterlebt, wie ein Baby an der Neugeborenengelbsucht gestorben ist. Das war grauenhaft.« Komplett gelogen, aber das kann Brigitte ja nicht wissen.

»Ich werde daran denken.« Nervös ringt sie die Hände im Schoß. »Und Toby? Wann darf er nach Hause?«

»Ich weiß es nicht. Vielleicht in ein paar Wochen.«

Brigitte beißt sich auf die Wange. »Am Anfang habe ich sie regelrecht angefleht, Jeremy zu entlassen, aber langsam denke ich, dass sie ihn vielleicht zu früh nach Hause schicken werden, bevor er wirklich dafür bereit ist. Ich will, dass es ihm gut geht. Letzten Endes ist das doch alles, was zählt.«

Momentan würde sie niemals damit klarkommen, dass unsere Babys vertauscht wurden. Und sie scheint auch noch nicht bemerkt zu haben, was ich über Gabriel weiß. Zum Glück scheine ich sie ausreichend in Alarmbereitschaft versetzt zu haben, damit sie den Schwestern Bescheid sagt. Und eine gründliche Untersuchung wird dann hoffentlich ergeben, dass er wegen der Gelbsucht noch bis Montag in der Klinik bleiben muss. Bis die Testergebnisse die Wahrheit ans

Licht bringen. Dann werde ich es ihr sagen. Und sobald ich die Proben an das Testlabor geschickt habe, muss ich mit Bec sprechen. Sie muss mir bei der Planung meiner weiteren Vorgehensweise helfen.

Vorerst schmelze ich einfach nur dahin, wenn ich Gabriel ansehe. Sein Blick ist so voller Vergebung, voller Liebe. Sollen sie mich ruhig alle für verrückt halten, das ist mir egal. Es spielt keine Rolle mehr, jetzt, wo ich endlich meinen Sohn gefunden habe.

»Was machst du da?«

Brigitte ist kurz zuvor gegangen, als Mark mich an Gabriels Brutkasten erwischt. Ich bestaune gerade seine makellose Haut und diese engelsgleichen Lippen.

»Ich behalte für Brigitte ihren Sohn im Auge. Er ist vermutlich krank.« Nach unserem Gespräch ist Brigitte nicht mehr lange geblieben. Ich bin mir nicht sicher, wo sie hinwollte. Hoffentlich spricht sie gerade mit den Schwestern darüber, dass es Gabriel nicht gut geht.

Ich folge Mark zu Tobys Kasten hinüber.

»Wie geht es ihm?«, fragt Mark.

»Bald wieder besser, hoffe ich.«

Er sieht, dass ich immer noch zu Gabriel hinüberschaue.

»Ich meinte *Toby*.«

»Oh, dem geht es gut«, sage ich schnell. »Ganz prima.«

Auf dem Spielplatz auf der anderen Straßenseite klettert gerade ein kleiner Junge auf die hohe Rutsche und schlittert mit dem Kopf voran in die Tiefe. Sein Vater, der das Spektakel verpasst hat, hebt ihn auf und klopft ihm mit der Vehemenz eines Schlagzeugers auf den Rücken.

»Du wirkst fröhlicher«, stellt Mark fest. »Das freut mich.«

»Ich kann wieder besser schlafen.«

»Ein Hoch auf die Tabletten, wie?«

Ich lächele dünn und presse meine Handtasche vor die Brust. Mark steckt die Hände in den Brutkasten, wo Toby gerade auf der Seite liegt. Er schiebt eine Stoffwindel an seinen Rücken und eine zweite zwischen seinen Beinen hindurch, damit er nicht auf den Rücken rollt. Während meiner Schwangerschaft hat er mich auf ganz ähnliche Art mit stützenden Kissen versehen.

»Hör mal«, beginnt Mark, ohne den Blick von Toby abzuwenden, »wenn du nicht willst, dass meine Mutter bei uns einzieht, erkläre ich ihr das. Ich würde es verstehen.«

»Mir wäre es einfach lieber, wenn wir unter uns bleiben würden.«

Er zieht die Hände aus den Klappen. »Kein Problem. Ich werde mit Mum reden.« Spontan legt er mir einen Arm um die Schultern. Er drückt mich nieder wie ein schweres Joch. Ich reiße mich los und ziehe ein Taschentuch hervor. Das ist die Gelegenheit, um an seine DNS zu gelangen.

»Putz dir die Nase, Liebling. Sie läuft.«

»*Liebling*? Ist das mein neuer Kosename? Und sie läuft überhaupt nicht.« Er ignoriert das Taschentuch.

Ich stopfe es zurück in die Tasche. Jetzt ist der Spielplatz draußen leer. Junge und Vater sind weg. Der Wind lässt eine leere Chipstüte über den mit Rindenmulch bedeckten Boden tanzen. Der Gurt an der Babyschaukel schickt Lichtblitze in die Welt wie Morsezeichen, wann immer die Sonne darauf fällt.

Mark geht zur Toilette. Seine Lederjacke hat er über den Stuhl gehängt. Ich durchsuche seine Taschen: Schlüsselbund in der einen, Sonnenbrille in der anderen. Schnell öffne ich den Reißverschluss an der Innentasche. Und dort ertaste ich ein benutztes Taschentuch, das sich dicht an den Saum schmiegt. Gott sei Dank. Zumindest dieser Teil meines Plans müsste also funktionieren. Ich lasse es in den dritten sterilen Beutel fallen und verstecke es mit meiner restlichen Beute in der Handtasche.

Auf der anderen Seite des Mittelgangs fleht Gabriel mich mit seinen strahlenden Augen an, bei ihm zu bleiben. Ich ertrage den Gedanken nicht, dass ich gehen muss. Mein Herz blutet. *Es tut mir so leid, mein kleiner Liebling. Es geht nicht anders. Ich komme zurück, so schnell ich kann.* In Gedanken drücke ich ihm einen Kuss auf die Stirn, lasse die Lippen über sein Näschen wandern und hauche ihm Schmetterlingsküsse auf beide Wangen. *Eines Tages, mein Kleiner, werden dein Dad und ich am Fuß dieser Rutsche stehen, mit weit ausgestreckten Armen, und dich auffangen.*

Tag 4, Dienstag. Vormittag.

Ich habe all meine Hoffnung in meinen Vater gesetzt. Er soll den Kurier für mich spielen, ein wesentlicher Teil des Plans. Wenn er mir nicht helfen will, wird es um einiges schwieriger werden, die DNS-Proben zum Labor zu schaffen. Bisher hat er die fällige Steuererklärung und seine Golftermine vorgeschoben, also so ziemlich alles, was ihm einfallen wollte, um mich nicht in der Psychiatrie besuchen zu müssen. Ich musste mein gesamtes Verhandlungsgeschick aufbieten, um ihn zu einem weiteren Besuch zu überreden.

»Die Frauen hier sind nicht wirklich verrückt«, versicherte ich ihm am Telefon. »Sieh es einfach als besondere Station für Mütter und Babys.«

»Das ist ja das Problem«, erwiderte er.

Es ist bereits später Vormittag, als er ohne anzuklopfen in mein Zimmer schleicht. Er ist angezogen wie für ein Vorstellungsgespräch, mit Anzug und Krawatte. Während er auf mein Bett zugeht, dreht er immer wieder den Kopf, als erwarte er einen Überfall aus dem Hinterhalt.

»Außer mir ist niemand hier, Dad.«

Vorsichtig lässt er sich auf der Bettkante nieder, so weit von mir entfernt wie möglich. Dann holt er sein Kreuzworträtsel aus der Tasche.

»Du wolltest mich sehen?«

Mit meiner Mutter muss er wohl ebenso verkrampft umgegangen sein und hat damit ungewollt alles nur noch schlimmer gemacht. Er ist einfach nicht dazu in der Lage, meine

Bedürfnisse zu erfassen, das erkenne ich jetzt ganz deutlich. Meine arme Mutter: eingesperrt in der Psychiatrie, ohne die nötige Unterstützung.

Die Worte kommen über meine Lippen, bevor ich überhaupt darüber nachdenken kann: »Der Abend, an dem Mum gegangen ist. Ich erinnere mich kaum daran. Hat sie sich überhaupt von dir verabschiedet?« Anscheinend ist die Frage aus einem tiefen Abgrund in meinem Inneren emporgestiegen. Und nun hängt sie zwischen uns in der Luft.

Dad unterstreicht einen Rätselhinweis, wobei die Tinte tief in das Zeitungspapier einzieht.

»Ich war … Sie hatte den Tag mit dir verbracht«, sagt er.

Plötzlich sehe ich sie wieder vor mir, auf dem Doppelbett, eingewickelt in meinen Patchwork-Quilt. Ihre Lider öffnen sich flatternd, schließen sich wieder. Sie streckt die Arme nach mir aus. Ich stehe neben dem Bett. Warm gleiten ihre Finger zwischen meine.

»Und wann ist dir klar geworden, dass sie weg war?«

Nervös fährt er sich über die dünnen Strähnen, die er immer über seine Glatze kämmt.

»Sasha, warum sollte ich herkommen?«

Eigentlich wollte ich ihm nichts von Gabriel erzählen, aber er ist der einzige Blutsverwandte, den ich noch habe, und gemeinsame Gene bringen doch sicher auch ein gewisses Maß an Vertrauen mit sich. Obwohl er in Bezug auf meine Mutter vermutlich mehr weiß, als er zugibt. Vielleicht hilft er mir ja dabei, sie aufzuspüren, wenn ich ihm die guten Nachrichten anvertraue. Sie möchte doch bestimmt ihren Enkelsohn kennenlernen, oder? Bevor ich mir eingestehen kann, wie töricht diese Überlegung ist, spreche ich es bereits aus.

»Ich habe mein Baby gefunden.«

Dad streicht die Zeitung auf seinem Oberschenkel glatt.

»Gott sei Dank.«

Ein schiefes Lächeln huscht über sein Gesicht, und er scheint vor Erleichterung zu zittern. Ich strecke die Beine aus. Plötzlich bin ich mir unsicher, wie er es aufnehmen wird. Aber es ist immer besser, die Wahrheit zu sagen.

»Sie nennen ihn Jeremy.«

Das Kreuzworträtsel gleitet zu Boden. »Nein, Sasha. Toby ist dein Sohn.«

»Das Krankenhaus irrt sich, Dad. Mein Baby ist ein anderes.«

Sein Gesicht ist so weiß geworden wie das Laken. Er bückt sich nach seiner Zeitung, faltet sie und steckt sie in die Innentasche seines Jacketts.

»Es tut mir leid, Sasha, aber ich glaube das nicht. Du brauchst Hilfe. Professionelle Hilfe.« Er stützt den Kopf in die Hände. »Hör mal, ich werde das niemandem sagen. Da sollen sich die Leute drum kümmern, die hier auf dich aufpassen. Die kennen sich da besser aus. Die wissen, was zu tun ist.«

Hat er meine Mutter etwa auch so behandelt?

»Ich hätte nicht kommen sollen.« Er steht auf. »Wenn ich doch nur mehr für dich tun könnte. Sag mir Bescheid, wenn dir einfällt, wie ich dir noch helfen kann, ja?«

Das Päckchen mit den notwendigen Beweisen liegt versteckt unter dem Quilt. Jetzt erscheint mir die Vorstellung, dass mein Vater mir dabei helfen könnte, den Beweis dafür zu erbringen, dass Toby nicht mein Kind ist, lächerlich. Ganz offensichtlich habe ich Dads Fähigkeiten überschätzt. Er wäre niemals dazu in der Lage, das für mich zu tun, selbst wenn ich den Mut aufbringen würde, ihn zu fragen. Ich werde mir einen anderen Weg ausdenken müssen, um das Päckchen aufzugeben.

Dad bleibt an der Tür stehen. Sein ganzer Körper ist verkrampft, die Schultern steif nach hinten gezogen.

»Deine Mutter würde wollen, dass du dir helfen lässt, weißt du?«

Brennende Hitze breitet sich in mir aus. Mark, als mein Ehemann, sollte mich unterstützen. Meine Mutter, die mich im Stich gelassen hat, sollte bei mir sein. Und mein kalter, distanzierter, unbeholfener Vater? Er ist das Musterbeispiel für alles, was in meiner Familie nicht stimmt.

»Aber Mum hat uns *verlassen*. Was wird es sie da schon kümmern? Wir wissen ja nicht einmal, wo sie ist, richtig?«

Das hat gesessen. Dad wendet sich hastig ab, sodass ich sein Gesicht nicht sehen kann. Sein Nacken ist ganz steif.

»Dad? Was ist los? Was verschweigst du mir?«

Seine Schultern heben sich und senken sich wieder.

»Ich war bei der Arbeit, verstehst du? Sie hat mich angerufen und sagte, sie fühle sich nicht wohl.«

Er verstummt. Nach einer langen Pause frage ich mit der unsicheren Stimme eines Kindes: »Wovon redest du? Meinst du den Tag, als sie verschwunden ist? War sie krank?«

Eine Art ersticktes Schluchzen dringt zu mir herüber. »Ich habe gar nicht daran gedacht, einen Krankenwagen zu rufen, sondern bin sofort nach Hause gerast. Ich habe überhaupt nicht nachgedacht.«

Eisige Kälte erfasst meinen Körper, und meine Fingerspitzen werden taub. Fast so wie bei dem Experiment im Medizinstudium, bei dem wir unsere Füße in Eiswasser gestellt haben, um unsere Schmerztoleranz zu testen.

»Wieso Krankenwagen?«

Er starrt zur Decke hoch. »Als ich zu Hause ankam, lag sie reglos auf dem Bett. Sie war so kalt. So kalt.«

Ich begreife das nicht. Ich will das nicht begreifen.

Er räuspert sich. »Ich habe versucht, sie aufzuwärmen. Gott weiß, ich habe es versucht …«

Dad hat immer gesagt, dass Mum uns verlassen hat. Sie war nicht da, würde es nie wieder sein. Sie war weggegangen. So habe ich es immer verstanden. Wie konnte ich eine Erinnerung in meinem Gehirn erschaffen, in der sie sich heimlich in die Nacht hinausstiehlt?

»Was soll das heißen, Dad? Ist etwas … ist Mum etwas zugestoßen?«

Er lässt den Kopf hängen. »Ich weiß, ich hätte es dir sagen sollen. Das weiß ich.«

»Sie ist *tot*?«

»Es tut mir so leid. Sie ist von uns gegangen. Für immer.« Er schlägt die Hände vors Gesicht.

Die wirren Fragen in meinem Kopf hämmern wie ein Trommelschlag auf mich ein. Und bevor ich es verhindern kann, quellen sie hervor.

»Wer weiß noch davon? Warum ist das passiert? Wie ist sie gestorben?«

Dad schüttelt den Kopf. Er scheint etwas sagen zu wollen, überlegt es sich dann aber anders.

»Wir unterhalten uns beim nächsten Mal darüber, versprochen. Ich komme wieder, wenn sich alles etwas beruhigt hat.« Nun drückt er eine Hand an den Mund. »Sie hat dich sehr geliebt, weißt du?«

In meinem Inneren breitet sich Finsternis aus, als würde ich in die Tiefen des Meeres abgleiten. Starr mustere ich meine Hände. Haben sie Ähnlichkeit mit den Händen meiner Mutter? Ich werde es nie erfahren. In mir zerbricht etwas.

Aus dem Augenwinkel nehme ich eine Bewegung wahr. Dad schleicht sich aus dem Zimmer, ohne sich zu verabschieden. Ich rufe nach ihm, aber er dreht sich nicht um.

Gedämpftes Licht dringt durch die Vorhänge, genug, um die Staubkörnchen aufleuchten zu lassen. Die schlimmste Frage von allen kann ich einfach nicht stellen. Aber ignorieren kann ich sie auch nicht. *Wo war ich, Dad, als du von der Arbeit nach Hause gerast bist? Wo zum Teufel war ich?*

Tag 4, Dienstag. Mittagszeit.

Stunden später fühle ich mich immer noch wie vor den Kopf geschlagen. Der Tod meiner Mutter und die Erinnerungsfetzen rund um Damien und die Geburt haben mich vollkommen aus der Bahn geworfen. Als ich die Wärmehaube von meinem Mittagessen nehme, rutscht sie mir aus der Hand und landet scheppernd auf dem Tisch. Die vertrocknete Lasagne wabbelt, als ich sie mit dem Messer anstupse. Mit der Gabel zerquetsche ich einige Erbsen zu grünem Mus, bevor ich die Haube wieder auf den Teller knalle. Ich habe keinen Hunger. Kein bisschen. Wie konnte Dad mir das nur die ganze Zeit verschweigen, verdammt? War er etwa ernsthaft der Meinung, es wäre besser so? Und warum sagt er es mir jetzt auf einmal?

Ondine wirft mir einen vorsichtigen Blick zu, als sie in den Essbereich kommt. Mit dem strengen Pferdeschwanz, der Brille und der weißen Bluse sieht sie aus wie eine Lehrerin; fast schon autoritär.

»Ich bin gleich weg«, sage ich zu ihr. »Wenn du willst, kannst du gerne hier essen.«

Nach kurzem Zögern stellt Ondine ihr Tablett auf den Platz neben meinem. Sie nimmt die Haube vom Teller und fängt an, ihre Lasagne hin- und herzuschieben. Draußen im Hof hebt der Wind einige weiße Blütenblätter vom Weg und drückt sie neben uns an die Scheibe.

»Schon Glück gehabt bei der Suche nach deinem Baby?«, fragt Ondine steif.

Ich schüttele den Kopf. Durch die Enthüllungen meines Vaters habe ich meine Mission für einen Moment ganz vergessen. Entschlossen richte ich mich auf. Meine Mutter ist schon lange tot. Ein Teil von mir hat immer gewusst, dass ich sie nicht wiedersehen würde. Und bis vor kurzem habe ich nicht einmal den Wunsch danach verspürt. Das Geständnis meines Vaters hat diese Ahnung nur endgültig bestätigt. Jetzt hat mein Baby oberste Priorität.

»Wie geht es deinem Sohn?«

Achselzuckend lässt Ondine den Kopf hängen. Ich lege meine Gabel auf den Teller.

»Tut mir leid.« Wie dumm von mir, zu vergessen, dass er ja nicht bei ihr ist. Ich sehe Gabriels strahlend blaue Augen und seine milchweiße Haut vor mir – mein Daseinszweck, meine Liebe. »Weißt du, am Ende spielt es keine Rolle, wie lange es gedauert hat, wenn du ihn dann zurückbekommst.«

Sie schnieft leise. »Ich weiß gar nicht, ob ich ihn überhaupt sehen will.« Mit gesenktem Blick fügt sie hinzu: »Ich fürchte mich davor, was ich vielleicht tun könnte.«

»Wie meinst du das?«

»Mein Mann Zach spricht nicht mehr mit mir. Er sagt, ich bin ein Monster.«

»Was auch immer du getan hast – so schlimm kann es doch gar nicht sein.«

Ondine sitzt still am Tisch.

»Wir alle haben schon einmal Dinge getan, die man für monströs halten könnte«, fahre ich fort. Zum Beispiel das, was ich mit Damien gemacht habe. Was ich vergessen will, aber nicht kann. »Du bist kein Monster, Ondine.«

Sie starrt zu dem Apfelbaum im Hof hinaus. Seine Äste schwanken im Wind.

»Aber alle halten mich dafür«, murmelt sie.

Plötzlich hält sie mir eine Tüte mit Schokotalern entgegen. Ich nehme eines der mit bunten Streuseln bedeckten Täfelchen.

»Ich war Sozialarbeiterin«, beginnt sie. »Dabei habe ich mich um so viele Kinder gekümmert. Diesen Job möchte ich nie wieder machen. Hier bin ich sicher. Wenn ich für immer hier auf der Station bleibe, kann ich niemanden mehr in Gefahr bringen.«

Knackend zerbricht die Schokolade zwischen meinen Zähnen. Ich rücke meinen Stuhl näher an Ondine heran.

»Meinst du denn nicht, dass du dich besser fühlen wirst, wenn du deinen Sohn erst wieder bei dir hast?«

Sie starrt auf das ungenießbare Mittagessen. »Er hat so viel geschrien. Ich dachte, er wäre traurig. Ich dachte, ich tue das Richtige.« Mit offenem Mund hält sie inne.

Ich muss gar nicht wissen, was genau sie getan hat. Während meiner Ausbildung habe ich jede mögliche Variante ihrer Geschichte gehört. »Du bist nur ein Mensch«, sage ich. »Babys sind anstrengend. Was auch passiert ist, ich bin mir sicher, dass dein Mann es dir irgendwann verzeihen wird.«

Da klappt Ondine den Mund zu.

Ich könnte es ihr sagen, oder ich könnte schweigen. Aber irgendwie habe ich das Bedürfnis, die Neuigkeiten mit jemandem zu teilen, der mich versteht. Bec ist mir eine große Hilfe, aber sie ist nicht hier. Es meinem Vater zu erzählen war zwecklos. Und Ondine kann unmöglich etwas mit der Vertauschung der Babys zu tun gehabt haben, ich müsste es ihr also gefahrlos anvertrauen können. Außerdem war sie – abgesehen von Bec – einer der wenigen Menschen, der mich nie verurteilt hat. Ich nehme mir noch einen Taler und lutsche daran herum. Die Liebesperlen lösen sich ab, dann zerschmilzt die Schokolade an meinem Gaumen. Ja, gerade Ondine wird es verstehen.

»Ich habe meinen Sohn gefunden«, erzähle ich ihr leise und schlucke die klebrige Schokolade mühsam herunter.

Mit großen Augen starrt sie mich an. »Wow.«

»Glaubst du mir?« Egal, wie ihre Antwort ausfällt, es ist eine Erleichterung, mich ihr anzuvertrauen.

Sie legt beide Hände flach auf die Oberschenkel.

»Ich weiß nicht, was ich noch glauben soll. Aber das sind tolle Neuigkeiten. Wie ist er denn so?«

»Er ist wunderschön. Und ich werde ihn mir zurückholen, komme, was wolle.«

»Aber natürlich.« Sie lächelt traurig. »Ich wünschte, ich könnte dir helfen. Kann ich irgendetwas für dich tun?«

»Ich komme schon klar«, versichere ich ihr und lege ihr eine Hand auf den knochigen Unterarm. »Ich denke, du hast momentan genug eigene Sorgen. Aber ich weiß, dass wir unsere Babys zurückbekommen werden. Eines Tages werden wir beide unsere Babys im Arm halten, ganz bestimmt.«

VORHER

MARK

Unsere Versuche, schwanger zu werden, gingen ins fünfte Jahr, als Sash irgendwann vorschlug, dass wir zu einer Eheberatung gehen sollten. Ich weigerte mich. Mit unserer Ehe war alles in Ordnung, daran bestand für mich kein Zweifel. Oder zumindest gab es nichts, was nicht durch einen netten Strandurlaub und ein bisschen Spaß im Hotelbett wieder ins Lot gebracht werden könnte – oder durch ein Baby. Sash ließ nicht locker. Sie hatte bereits einen Termin für uns vereinbart und bestand darauf, dass ich mitkam.

Bei der ersten Therapeutin hatten wir genau eine Sitzung. Serenity hieß sie. Sie trug irgend so ein Flattergewand aus einem fließenden Stoff, den Sash als Chiffon identifizierte. Auf ihrem Schreibtisch standen Kristalle herum. Sash saß zusammengesunken auf ihrem Stuhl. Der ganze Raum roch durchdringend nach Lavendel. Als Sash erklärte, dass wir unseren Geschlechtsverkehr nach ihrem Eisprung ausrichteten, schob Serenity energisch ihre Ärmel hoch.

»Also … habt ihr zwei mal versucht, einfach nur so aus Spaß Sex zu haben?«

Ich richtete mich interessiert auf und zwinkerte Sash zu. Das brachte mir einen finsteren Blick von ihr ein.

»Die hat eindeutig keine Ahnung von Fruchtbarkeitsproblemen«, verkündete Sash auf dem Heimweg. »Wer hat denn bitte Sex nur aus Spaß, wenn es auf das richtige Timing ankommt? Wir müssen uns jemand anders suchen.«

Zu dieser Zeit nahm Sash Tabletten, die ihren Eisprung unterstützen sollten. Ich bemerkte natürlich, wie sehr es sie mitnahm, dass auch diese Fruchtbarkeitsbehandlung keine Wirkung zeigte. Und ich verstand, wie schwer das für sie war. Für mich war es ja auch nicht leicht. Aber ich muss zugeben, jedes Mal, wenn sie auf einen Teststreifen pinkelte, zu mir hochblickte und erklärte, es wäre »einer der möglichen Tage«, fühlte sich der Sex danach doch etwas mechanisch an. Trotzdem machte ich mit, so gut ich konnte.

Sash schlug einen zweiten Paartherapeuten vor, diesmal einen mürrisch wirkenden Mann mit sich lichtendem Haar in einer Praxis, die ganz in Pastelltönen gehalten war. Wilfred nahm unsere jeweilige Kindheit minutiös auseinander und stellte obskure Verbindungen zwischen unseren Kindheitstraumata und der Unfruchtbarkeit her.

»Was für ein Schwachsinn«, befand Sash, als wir auf die Straße hinaustraten. »Wollte er etwa allen Ernstes unsere Eltern dafür verantwortlich machen, dass wir kein Kind bekommen?«

»Es ging nicht um Schuldzuweisungen, Sash, sondern darum, es zu verstehen.«

»Und warum war das dann alles so unlogisch?«

An Wilfred selbst ließ Sash auch kein gutes Haar: zu alt, zu freudianisch, zu analytisch. Meiner Meinung nach hätte Sash genau so jemanden gebraucht.

Die Fruchtbarkeitsspezialisten schlugen schließlich vor, wir sollten es mit intrauteriner Insemination versuchen. Dabei wurde mein Sperma mit einer Spritze in Sashs Gebärmutterhals eingebracht. Letztlich stimmte ich dem Eingriff zu. Die Methode war invasiv, aber gerade noch unterhalb meiner Schmerzgrenze. Doch ich war nicht bereit, durch eine In-vitro-Befruchtung Sashs Leben aufs Spiel zu setzen. In einem

Heftchen aus der Klinik hatte ich mich über die Risiken informiert: Vollnarkose, unzählige Nadelstiche in die Vagina, die Blutungen und Infektionen verursachen konnten. Und dann noch das Risiko, dass die Eierstöcke überstimuliert werden könnten. Blutgerinnsel in Beinen und Lunge.

Ich habe Sash nie gesagt, warum ich die In-vitro-Behandlung so kategorisch ablehnte. Am Ende wollte sie so verzweifelt ein Baby haben, dass sie sich die Risiken schöngeredet und meine Sorgen einfach abgetan hätte. Natürlich war ich im Grunde ihrer Meinung: Es wäre schön, ein Baby zu haben. Aber Sash als die Frau an meiner Seite zu haben übertraf die Aussicht auf ein Baby bei weitem. Ich hatte schon Simon verloren. Und ich war nicht bereit, auch noch Sash zu verlieren. Irgendwann, nach unzähligen Zyklen, die alle in Tränen endeten, bestand ich darauf, dass wir es nicht weiter versuchten. Auf natürlichem Wege oder gar nicht, sagte ich. Und verschwieg ihr, dass ich um ihr Leben fürchtete, dass es sie umbringen könnte, wenn wir noch weitergingen. Sash hatte keinen Bruder verloren. Sie hätte es nicht verstanden.

Dann gingen wir zur dritten Therapeutin, Kate. Sie empfing uns mit einem warmherzigen Lächeln in ihrem Sprechzimmer, das mit Holz getäfelt war. Der Geruch von frisch gekochtem Kaffee hing in der Luft. Genauso gut hätten wir in einem Café sein können.

Sash breitete das Gerippe unserer Beziehung vor Kate aus und beschrieb ihr, wie dringend wir uns ein Baby wünschten. Und dass wir – laut Sashs Aussage – schon lange nicht mehr über die wirklich wichtigen Dinge sprachen.

Nachdem sie sich auch meine Seite der Geschichte angehört hatte, unterstützte Kate meine Ansicht, dass unsere Ehe höhere Priorität haben müsse als ein Baby. Und sie meinte, dass wir unsere Ehe mit etwas Zeit und Mühe wieder kitten könnten. Sash wurde auf ihrem Stuhl immer kleiner. Anscheinend hörte sie das nicht gern. Irgendwie komisch, immerhin war sie es gewesen, die mich hierher geschleift hatte.

Ich malte mir die nächste Sitzung mit Kate schon genau aus: Sash und ich könnten anfangen, eine gemeinsame Zukunft ohne Kind zu planen. Meinen Traum vom eigenen Café hatten mir meine Eltern schon vor Jahren ausgeredet. »Du brauchst ein gesichertes Einkommen, um Frau und Kinder zu ernähren«, beharrte Dad, und Mum hatte ihm zugestimmt. Natürlich war es Quatsch, dass ich Sash ernähren müsse. Aber den Kern ihres Arguments hatte ich verstanden und den Traum vom Café erst mal ad acta gelegt. Ich wusste, wie gnadenlos es in der Gastronomie zuging und dass es keine Garantie auf Erfolg gab. Und ich wollte Sash nicht das Gefühl vermitteln, so schnell wie möglich wieder arbeiten zu müssen, wenn wir ein Baby hatten, weil sonst ihr Einkommen fehlte. Ich wollte zumindest genug Geld verdienen, um unsere Kinder versorgen zu können. Das Restaurant, in dem ich arbeitete, war zwar nicht gerade ein Knaller – die Karte war zu konservativ für meinen Geschmack, bieder und langweilig –, aber zumindest hatte ich durch den Job ein vernünftiges, festes Einkommen. Genug, um mir das Gefühl zu geben, dass ich meinen Beitrag leistete.

Dass ich meinen Traum aufgegeben hatte, sagte ich Sash nicht. Die Vorstellung von mir in meinem eigenen Laden schien ihr so gut zu gefallen, dass ich sie in dem Glauben ließ, es würde irgendwann Wirklichkeit werden. Offen gesagt war es eine Erleichterung, dass es überhaupt noch etwas gab, was sie zum Lächeln bringen konnte. Aber da nun in absehbarer Zeit doch keine Kinder in der Gleichung auftauchen würden, fühlte ich mich frei, dieses alte Ziel wieder anzugehen. Außerdem konnte ich mir in unserer Zukunft gut Reisen nach

Übersee vorstellen, eine Erweiterung des Gemüsegartens, Autotouren durch ganz Australien. Alles Dinge, die wir schon ewig aufgeschoben hatten, weil wir nur noch darauf warteten, dass sich ein Baby zu uns gesellen würde.

Doch zusätzlich zu alldem wollte ich die Therapiestunden nutzen, um auf Sashs dunkle Seite zu sprechen zu kommen. Ihre Besessenheit, wenn es um die Schwangerschaft ging. Ihre düstere Stimmung rund um die gerichtliche Befragung, über die sie noch immer nicht sprechen wollte, obwohl es bereits Jahre her war. Das, was mit ihrer Mum passiert war. Ihr Vater hatte mir einiges erzählt, was er bisher nicht einmal Sash gesagt hatte.

Am Tag vor unserer zweiten Sitzung bei Kate wurde ich nach der Arbeit regelrecht von Sash überfallen. Sie erklärte mir, sie habe die Therapie abgesagt. Ihre Augen strahlten, ihre Wangen waren leicht gerötet – sie sah aus wie das Mädchen, in das ich mich vor so vielen Jahren verliebt hatte.

Sie war zum dritten Mal schwanger. Abrupt stieß ich den Atem aus. Wir sahen Kate nie wieder.

Meine Mum hatte schon seit Jahren Andeutungen gemacht, dass sie Sash nicht gerade für die ideale Ehefrau hielt. Und als sie das von Rose erfuhr, fing sie an, sich Sorgen zu machen, dass Rose' Labilität erblich sein könnte. Würde Sash ihre Familie vielleicht auch irgendwann im Stich lassen? Ich weigerte mich, mir das anzuhören. Auf mich hatte Sash immer einen sehr stabilen Eindruck gemacht. Außerdem war ich davon überzeugt, dass ich ihr durch alles hindurchhelfen könnte. In Gesundheit und Krankheit – so hatte ich es gelobt.

Als Sash verkündete, das Baby sei nicht unseres, fiel es mir schwer, ihr zu glauben, das gebe ich zu. Aber zumindest für eine Weile überwog mein Vertrauen in sie. Erst als Dr. Niles mich vor Sashs Zimmer beiseitenahm und mir erklärte, dass Sash ihrer Meinung nach an einer Wochenbettpsychose leide, traf es mich wie ein Schlag, der mir sämtliche Luft aus den Lungen trieb: Sasha war ganz und gar nicht stabil. Natürlich war sie mir wichtig. Sehr sogar. Wir waren jetzt schon so lange ein Team. Und ich wollte, dass sie gesund wurde. Aber unter Dr. Niles' unnachgiebigem Blick wurde mir eines klar: Im Moment war mir Toby wichtiger. Toby und ich selbst.

Tag 4, Dienstag. Später Nachmittag.

»Halt da mal kurz an, Mark.«

Vor uns ragen Grabsteine auf, malerisch angeleuchtet von der tief stehenden Sonne. Mark parkt den Wagen an der Rückseite des Friedhofs. Man hat mir ein paar Stunden Freigang aus der Mutter-Kind-Station genehmigt, und da ich die DNS-Proben noch abschicken muss, habe ich vorgeschlagen, dass wir eine Autotour machen sollten. Mark war eigentlich damit einverstanden, aber jetzt starrt er mich fassungslos an.

»Warum denn ausgerechnet hier, Sash?«

»Ich muss mir die Beine vertreten. Etwas frische Luft schnappen.«

»Hinter einem Friedhof?« Wieder ein bohrender Blick.

Die nächste Paketbox für Eilbriefe steht direkt neben dem Friedhofstor, an der Hauptstraße, die aus der Stadt herausführt. Vom Parkplatz auf der Rückseite des Geländes aus ist sie nicht zu sehen. In unserer Kleinstadt wüsste ich keinen anderen Ort, an dem ich das Päckchen abschicken könnte, ohne dabei von Mark beobachtet zu werden. Ich kenne eine Abkürzung über den Friedhof. Mark wird mir bestimmt nicht folgen; er hasst Friedhöfe. Und er ahnt sicher nicht, was ich vorhabe. Mag sein, dass er ein wenig misstrauisch ist, aber mir bleibt keine andere Wahl mehr.

»Nur fünf Minuten, bitte.«

»Muss ich mir Sorgen um dich machen, Sash?«

»Ich brauche einfach etwas Zeit für mich. Dad hat mir ein paar Sachen über Mum erzählt.«

Ruckartig wendet er sich mir zu. »Was hat er dir erzählt?«

»Ich glaube, er wollte mir sagen, dass sie tot ist.«

»O Sash …« Sein Kopf sinkt auf das Lenkrad.

»Es geht mir gut. Ich brauche nur … etwas Zeit an einem Ort, an dem ich sie quasi spüren kann.«

Vorsichtig steige ich aus und knalle die Beifahrertür zu, bevor er noch etwas erwidern kann.

Der Kies knirscht unter meinen Füßen, als ich über den weit geschwungenen Friedhofspfad gehe. Mark hat kaum auf meine Enthüllung reagiert. Hat er das mit Mum etwa die ganze Zeit gewusst? Was verbirgt er sonst noch vor mir?

Ein Wort auf einem Grabstein zieht meinen Blick auf sich: *Rose*. Der Name meiner Mutter, in weißen Marmor eingemeißelt, in silbriger, gotischer Schrift. Schnell sehe ich nach. Nein, es ist nicht ihr Grab. Bis heute Morgen wusste ich nicht einmal, dass sie eines hat. Obwohl ich meine Handtasche umklammere, zittern meine Finger plötzlich. Meine Mutter ist tot? Ich glaube, ein kleiner Teil von mir wollte sie immer wiedersehen, sie mit allem konfrontieren. Von ihr erfahren, warum sie gegangen ist. Jetzt sieht es ganz so aus, als würde ich niemals die Gelegenheit dazu bekommen. Krampfhaft versuche ich, ihr blasses Gesicht in den hintersten Winkel meines Bewusstseins zu verbannen. Ich habe jetzt Wichtigeres zu tun.

Gerade als ich weitergehen will, bemerke ich den Namen *Tobias* auf demselben Grabstein. Noch einmal lese ich die Namen und die Daten. Es ist eine Familie, die vor langer Zeit gelebt hat.

Rose Jane. Verstorben im Alter von sechs Wochen. 2.3.1866.

Theodore Thomas. Verstorben im Alter von drei Monaten. 10.8.1866.

Es trauern um sie ihre Eltern Mary Agatha und Tobias Matthew. Mögen sie in Frieden ruhen.

Aber wie konnten sie wissen, ob ihre Kinder wirklich Frieden gefunden haben? Und was ist mit den Eltern, die heute auch schon lange tot sind? Wie konnten sie einen solchen Verlust ertragen?

Das erste tote Baby, das ich je gesehen habe, hatte durchscheinende, weiße Haut, die sich bereits von den Muskeln löste. Finger und Zehen waren noch verklebt, die Augen noch nicht geöffnet. Damals wusste ich, wofür ich kämpfte. Und wogegen. Wie hart die Natur sein kann, wie gnadenlos. Die Eltern dieses Babys waren Farmer, der Tod war für sie kein Fremder. Sie nahmen den Verlust stoisch hin. Ich wäre nicht so stark gewesen.

Wieder sehe ich mir die Daten an. Zwei tote Kinder innerhalb weniger Monate. Wie konnten die Eltern danach nur weiterleben?

Krampfhaft umklammere ich das Eisengitter, mit dem das Grab eingezäunt ist. Die Kälte lässt meine Hände taub werden. Aber andererseits … wie bei Mark und mir. Auch wir haben innerhalb weniger Monate zwei Babys verloren.

Das erste Kind hatte eine Stimme, die mich während der ganzen, kurzen Schwangerschaft begleitet hat. Leise, gedämpft, hat es unverständliche Worte gemurmelt. Es klang fast wie ein einseitiges Gespräch, das man durch eine angelehnte Tür belauscht, während man das Abendessen kocht. Wie ein Kind, das in seinem Zimmer spielt – unsichtbar, aber hörbar. Harry hätte ich es genannt.

Die zweite Stimme war noch leiser. Irgendwie hatte ich das Gefühl, es würde nicht bei mir bleiben, aber trotzdem habe ich Ultraschalltermine gebucht, Untersuchungstermine, Bluttests. Matilda. Als diese Schwangerschaft endete, lag ich nach dem Mittagessen auf der Couch. Plötzlich stieg ein weißes Licht aus meinem Becken auf und schwebte zur Decke hinauf. Da wusste ich, dass sie fort war.

Mark wollte weder über die Fehlgeburten sprechen noch über die Stimmen oder das Licht. Er wollte nichts davon hören. Und ich bedrängte ihn nicht. Wozu auch? Als ich nachts weinte, hielt er mich fest, das reichte aus. Und er pflanzte die Bäume. Danach haben wir diese Babys nie wieder erwähnt.

Die Schatten auf dem Weg werden länger, und die Gräber hüllen sich langsam in Dunkelheit. Der Verkehrslärm von der Straße vermischt sich mit dem Rascheln der Plastikblumen in den Vasen neben den Grabsteinen, mit dem Rattern bunter Windräder, dem Rauschen des Unkrauts auf vernachlässigten Gräbern. Durch meine dünne Jacke spüre ich den Wind kribbelnd an meinem Bauch. Ich ziehe den Reißverschluss bis zum Kinn hoch.

Mein Blick huscht von Grab zu Grab. *Edith. Frederica. Arthur. Muriel.* Geboren in einer Zeit, als die Medizin noch nicht ausgereift genug war, um sie zu retten. Diese Babys hatten nie eine Chance. Ihre Eltern traf keine Schuld. Nicht wie meine Mutter. Nicht wie mich. Ich habe Mark in vielerlei Hinsicht enttäuscht. Nicht nur, weil ich Harry und Matilda verloren habe, sondern auch, weil ich beinahe unseren Sohn verloren hätte.

Ich hole das Päckchen aus meiner Handtasche und schiebe es unter meine Jacke, dicht am Herzen. Ein Funken Hoffnung, verpackt in Polsterfolie. Die Hoffnung, dass ich Gabriel irgendwann in meinen Armen halten und das alles nur noch ein weit entfernter Albtraum sein wird.

Auf dem Parkplatz blinkt es orange auf – unser Autoschloss. Kommt Mark etwa, um mich zu suchen?

Schnell gehe ich weiter, schiebe mich an so vielen anderen Grabsteinen vorbei. Mein Schatten gleitet wie eine dünne Säule vor mir her. Wie Wächter tauchen die schmiedeeisernen Flügel des Friedhofstores vor mir auf. Eine dicke Eisenkette mit Vorhängeschloss hält sie zusammen. Draußen kann ich die gelbe Paketbox erkennen, auf dem Grünstreifen neben der Straße. Verzweifelt rüttele ich an dem Tor. Die Kette hält. Mein Herz pocht so heftig, dass es wehtut.

Während ich mich umdrehe, bemerke ich einen silbrigen Schimmer in der Dämmerung. Eine kleine Tür neben dem Haupttor, offen gehalten durch einen Ziegelstein. Mein Fluchtweg.

Ich trete auf die Straße hinaus. Die Hauptverkehrszeit der ländlichen Kleinstadt ist vorbei, die Autoreihen lockern auf wie das Ende einer Warteschlange. Ihre Scheinwerfer gleiten im Halbdunkel an mir vorüber. In meiner Tasche vibriert das Handy. Mark.

Ich hole das Päckchen unter der Jacke hervor. Obwohl es nur drei Abstrichstäbchen und Marks Taschentuch in sterilen Plastikbeuteln enthält, fühlt es sich schwer an. Schnell schiebe ich es in den Kasten. Die Klappe an der Öffnung fällt mit einem leisen Knall zu.

Auf der anderen Seite des Friedhofs ertönt eine Hupe. Schon wieder Mark. Ich schlüpfe durch die kleine Tür und gehe den Hauptweg entlang, vorbei an alten Steingrüften, kitschigen Mausoleen und feierlichen Grabsteinen.

Am Eingang hat jemand ein grellgelbes Poster an die Friedhofsmauer geklebt. Diese Schilder hängen hier überall herum, sie kündigen einen jährlich stattfindenden Gedenkgottesdienst für all jene an, die ein Kind verloren haben: stille Geburten, Fehlgeburten, plötzlicher Kindstod, eben die gesamte Palette der Trauer. *Zeit, um sich zu erinnern*, steht da, *Eltern können Gedichte vorlesen, ihre Geschichten erzählen und gelbe Hoffnungsballons aufsteigen lassen.* Ich denke, ich habe meine fehlgeschlagenen Schwangerschaften nie richtig verarbeitet. Und vielleicht hatte Mark auch nie die Chance dazu. Eines Tages, in nicht allzu ferner Zukunft, könnte ich zu den Eltern gehören, die bei diesem Gottesdienst die Nähe anderer suchen, mit Gabriel fest an meiner Brust. Dann lasse ich auch einen gelben Ballon steigen, hoch hinauf in den Abendhimmel.

Tag 4, Dienstag. Abend.

Abends ist es auf der Säuglingsstation am ruhigsten. Kaum Personal – höchstens zwei Schwestern, von denen nur eine an der Station sitzt, während die andere Teepause macht. Die Lichter werden gedimmt wie im Kino bei der Vorschau. Und die Babys spüren wohl irgendwie, dass sie jetzt schlafen sollen. Ihr Geschrei ist nur zaghaft, eine Art Begleitmelodie zum leisen Summen der medizinischen Geräte. Keine Besucher. Die anderen Mütter liegen vernünftigerweise zu Hause in ihren Betten und sammeln Kräfte für die Zeit, wenn ihre Babys endgültig nach Hause dürfen. Ich will mich nicht ausruhen. Abends ist die beste Zeit, um meinen wundervollen Sohn zu beobachten. Und so tue ich auch, was sie von mir verlangen: Ich verbringe Zeit mit ihm, um eine Bindung aufzubauen.

Von meinem Stuhl neben Tobys Inkubator aus kann ich Gabriel auf der anderen Seite des Gangs sehen. Er liegt ganz friedlich auf dem Bauch. *Warte auf mich, Gabriel*, flüstere ich. *Ich tue alles, was in meiner Macht steht, um dich zurückzuholen, das verspreche ich dir.*

Gerade will ich mich rüberschleichen, um ihn mir genauer anzusehen, als mein Handy vibriert. Es ist Bec. Ich warte jetzt schon eine ganze Weile auf ihren Rückruf.

»Wie geht's dir, Sash? Wie war deine Auszeit von der Mutter-Kind-Station?«

Sie weiß davon? Hat Mark etwa wieder mit ihr gesprochen?

Bevor ich antworten kann, erklärt sie mir: »Mark hat mir

erzählt, dass du Ausgang bekommen hast. Ich hatte ihn angerufen, um ihm klarzumachen, dass du vollkommen gesund bist.«

»Das ist ja bestimmt prima gelaufen.« Es klingt wirklich so, als wolle sie mir helfen.

Bec lacht zögerlich. »Hat es dir denn gutgetan, da mal eine Weile rauszukommen?«

»Wir waren nur kurz unterwegs.«

Bis ich nach dem Marsch über den Friedhof wieder am Auto ankam, war ich vollkommen durchgefroren. Mark brachte mich nur zu gerne zurück auf die Station. Ich sagte ihm, es ginge mir nun viel besser, nachdem ich mich sozusagen mit meiner Mutter ausgetauscht hätte. Er war anscheinend nicht in der Stimmung, um über meine Mutter zu sprechen, also beließ ich es dabei. Auf dem Rückweg zur Klinik meinte er nur, dass der Ausflug vielleicht doch keine so gute Idee gewesen sei.

»Es gibt gute Nachrichten, Bec.« Unwillkürlich richte ich mich auf meinem Plastikstuhl auf. Obwohl niemand in der Nähe ist, fahre ich mit gesenkter Stimme fort: »Ich habe unseren Sohn gefunden.«

»O mein Gott, Sash! Das ist unglaublich. Wie ist er denn? Wer weiß sonst noch davon?«

»Wundervoll. Göttlich. Ein Wunder.«

»O Sash, das ist großartig. Gut gemacht. Ich freue mich so für dich.«

Sie klingt aufrichtig. Ich bin erleichtert. Vielleicht ist sie ja wirklich besser als ich dazu in der Lage, die tief sitzende Eifersucht der Unfruchtbaren zu überwinden.

»Bedrückt dich etwas?«, fragt sie weiter. »Du klingst nicht besonders glücklich.«

»Es ist nur ... Hier im Krankenhaus heißt es, dass man

ihn wohl gegen Ende der Woche entlassen wird. Wenn er erst zu Hause ist, wird es viel schwieriger werden, ihn zurückzubekommen.«

»So ein Mist.« Bec schweigt kurz. »Dann müssen wir jetzt wie Detektive denken.«

Ich massiere mir die Nasenwurzel. Das ist doch kein Spiel.

»Wir sind Ärzte, keine Detektive«, wende ich ein.

»Ich weiß, ich weiß. Du hast ja recht.« Sie holt tief Luft. »Okay, dann wenden wir also unser medizinisches Fachwissen an. Du hast eine erste Begutachtung vorgenommen und dein Baby gefunden. Du hast es untersucht und wartest auf die Ergebnisse. Was ist entscheidend, bevor man eine Diagnose stellt? Welchen Teil haben wir bisher vernachlässigt?«

»Äh … die Krankengeschichte?« Ich bin mir nicht ganz sicher, worauf sie eigentlich hinauswill.

»Ganz genau. Du musst mit den Verdächtigen sprechen. Befrage sie zu ihren Motiven, ihren Alibis. Stelle Überlegungen an, wer es getan haben könnte. Dann können wir uns die weiteren Schritte überlegen.«

»Das klingt etwas … heikel.« Eine nettere Formulierung fällt mir nicht ein, um ihr mitzuteilen, wie lächerlich ihr Plan ist.

»Vielleicht kann ich dir via Telefon helfen. Schick mir eine Liste der Verdächtigen. Die arbeiten wir dann gemeinsam ab und versuchen, einen nach dem anderen auszuschließen.«

»Aber könnte es nicht schlicht und einfach eine Verwechslung gewesen sein? Ein unbeabsichtigter Fehler?«

»Möglich«, antwortet Bec gedehnt. »Aber es kann doch nicht schaden, herauszufinden, ob jemand vielleicht ein Motiv hatte. Und vielleicht weiß ja auch einer von ihnen, wie das überhaupt passieren konnte.«

Dr. Niles kommt mir in den Sinn. Sie hat doch diesen Anruf wegen eines Embryonentransfers bekommen. Ursprünglich ging ich davon aus, dass es dabei um eine Patientin ging. Aber aus einer anderen Perspektive betrachtet, könnte es auch ein privater Anruf gewesen sein.

»Meine Psychiaterin versucht möglicherweise gerade, schwanger zu werden.« Ich schaue kurz zu Gabriel hinüber, der reglos in seinem Kasten liegt. »Sie hat mir gesagt, du hättest sie angerufen.«

Es dauert einen Moment, bis Bec antwortet. »Tut mir leid, Sash, aber ich werde nicht aufhören, bei ihr anzurufen. Irgendjemand muss schließlich für deine geistige Gesundheit einstehen. Es ist so unfair, wie sie dich behandeln. Ich weiß nicht, wie ich damit klarkommen würde, wenn es um mich ginge. Wahrscheinlich wäre ich längst durchgedreht.«

Einen kurzen Moment lang habe ich an Becs Loyalität gezweifelt. Aber ich vertraue ihr mehr als irgendjemandem sonst. Sogar mehr als Mark.

»Danke, Bec. Aber ich glaube, du verärgerst sie damit nur.«

»Na, so ein Pech aber auch. Sie hat mich ebenfalls verärgert. Allerdings bin ich mir nicht sicher, ob sie etwas mit der Vertauschung der Babys zu tun hat. Wenn sie so verzweifelt wäre, würde sie sich doch einfach eines der Babys schnappen, oder nicht? Sie zu vertauschen ergibt doch keinen Sinn. Außerdem würde sich doch bestimmt jemand fragen, was eine Psychiaterin auf der Säuglingsintensiv zu suchen hat. Aber du solltest sie trotzdem überprüfen, nur um sicherzugehen.«

Langsam ergibt ihr Plan doch Sinn.

»Es gibt noch andere mögliche Verdächtige. Eine der Schwestern scheint eine besondere Abneigung gegen mich zu haben. Zwei Ärzte weigern sich, mir zu glauben. Und dann ist da noch die Frau, die denkt, mein Baby wäre ihres. Toby muss ihr echter Sohn sein. Bis jetzt habe ich mich noch nicht getraut, ihr von dem Tausch zu erzählen.«

Für Bec ist die Sache entschieden. »Du solltest sie alle überprüfen und mich dann wieder anrufen. Obwohl ich mir nicht vorstellen kann, dass die andere Mutter dafür verantwortlich ist.«

»Mütter können für eine ganze Menge verantwortlich sein.«

Plötzlich frage ich mich, ob Bec das mit meiner Mutter weiß. Hat sie mich etwa auch belogen?

»Bec? Da ist noch etwas anderes. Dad hat mir das von Mum erzählt … Wusstest du, dass sie … gestorben ist?«

Bec antwortet nicht. Als sie endlich etwas sagt, klingt ihre Stimme brüchig. »Es tut mir so leid, Sash. Mum hat es mir vor ein paar Jahren erzählt, kurz vor ihrem Tod. Sie hat mich angefleht, dir nichts zu sagen. Davor hatte ich keine Ahnung von dem Ganzen. Ich habe Mum versprochen, es dir nicht zu verraten.«

Es war also nicht Becs Fehler; ich gebe ihr keine Schuld.

»Hat Mark es auch gewusst?«

»Nein, das glaube ich nicht.«

Ich bin mir da nicht so sicher. Manchmal sieht er mich so merkwürdig an, eher mitleidig als liebevoll.

»Kennst du die Details? Wie sie gestorben ist, zum Beispiel?«

»Ich weiß überhaupt nichts, Sash. Nur, dass sie gestorben ist, als du noch klein warst. Ich wünschte wirklich, ich könnte dir mehr sagen.« Auch jetzt klingt sie aufrichtig.

»Aber du würdest es mir doch sagen, wenn du mehr wüsstest, oder, Bec?«

»Natürlich«, antwortet sie, ohne zu zögern.

Warum sollte ich an Becs Worten zweifeln? Sie weiß einfach alles über mich, von peinlichen Jugendlieben bis hin zu der Tatsache, dass ich mich am ersten Tag in der High School eingenässt habe, weil ich die Toilette nicht finden konnte. All diese Geschichten hat sie seit Jahren im Gedächtnis behalten. Sie würde mich niemals anlügen. Und ich weiß, dass sie mich niemals betrügen würde.

»Hör mal, ich muss gleich zurück zur Arbeit«, sagt Bec schniefend. »Aber habe ich dir eigentlich erzählt, dass Adam und ich dieses Jahr zu Weihnachten nach Hause kommen? Es wird so schön sein, dich endlich wiederzusehen.« In ihrer Stimme klingt die Trauer der Unfruchtbaren mit, die ich so gut kenne. »Einfach schrecklich, was du gerade durchmachen musst, Sash. Gott sei Dank wirst du ihn bald zurückbekommen.« Sie räuspert sich kurz. »Aber, Sash … Es geht dir doch gut, oder? Psychisch, meine ich?«

»Absolut.«

»Und mit dir und Mark ist auch alles okay?«

Wie lange habe ich gehofft, dass Mark sich ändern würde. Dass er sich mir öffnet und mir zeigt, dass ihm meine ersten beiden Schwangerschaften etwas bedeutet haben. Aber er war einfach nicht für mich da, und jetzt, wo ich ihn dringender brauche als je zuvor, ist er es auch nicht.

»Es läuft gerade nicht so gut«, gestehe ich ihr.

»Mark liebt dich, das weißt du.«

»Aber nicht genug.«

Als ich noch ein Teenager war, führte Lucia mich eines Morgens in ihr Schlafzimmer. Dort zeigte sie mir ein riesiges Gemälde, das über dem Bett hing. Schwarze, goldfarbene und zinnoberrote Striemen bedeckten die Leinwand. Lucia zog mich neben sich aufs Bett und drückte mich fest an sich. Dann erzählte sie mir, dass sie nie herausgefunden hatte, was ihr Mann Mario mit den Farben angestellt hatte, um sie bei bestimmtem Licht wie einen Sonnenuntergang im Herbst wirken zu lassen, während das Bild bei anderer Beleuchtung aussah wie eine klaffende Wunde, aus der das Blut tropft.

»Sei achtsam bei der Wahl deines Ehemannes«, sagte sie. »Du musst dir sicher sein, dass er nichts und niemanden mehr liebt als dich.«

Auf der Station ist ein Alarm losgegangen, aber Becs Stimme am Telefon übertönt ihn: »Hör mir zu, Sash. Mark ist ein guter Mann. Besser als die meisten. Die Ehe ist dazu da, dich auch durch die harten Zeiten zu bringen. Die einfachen Phasen regeln sich von allein. Vergiss nicht: Keine Ehe ist perfekt.«

Einmal im Jahr, immer an ihrem Hochzeitstag, holte Lucia ihr Hochzeitsalbum hervor. Während sie sich die Fotos von ihrem großen Tag ansah, erzählte sie von den Frauen, die Mario im Laufe der Jahre verführt hatte: Miriam, Bernadette, Carolina. Eine ganze Menge Frauen. Sie wusste, dass er so war, auch schon bevor sie ihn heiratete. Aber erst nach zehn Jahren Ehe begriff sie, was sie Bec und mir immer wieder vorbetete: »Die Menschen ändern sich nicht, meine Kleinen. Irgendwann zeigen sie einfach nur, wie sie wirklich sind.«

Bec wartet auf eine Antwort von mir. Mühsam presse ich hervor: »Du hast leicht reden. Adam ist ein viel besserer Ehemann als Mark.«

»Nein, da irrst du dich. Adam arbeitet neunzig Stunden die Woche. Meistens übernachtet er im Büro. Wir haben uns seit Monaten kaum gesehen. Ich würde alles dafür geben, einen Mann wie Mark zu haben.«

Bec und Adam waren für mich immer ein perfektes Paar, Adam ein perfekter Ehemann. Wann immer er bei Facebook tiefgründige Nachrichten postet, verpasse ich Mark einen vielsagenden Rippenstoß. Als er Bec ein Auto zum Geburtstag geschenkt hat, bekam ich einen drückenden Knoten im Bauch. Als Bec mir erzählte, dass Adam nach ihrer Fehlgeburt den gesamten Haushalt geschmissen hat, bin ich Mark ins Gesicht explodiert: »Du hast nicht einmal geweint.«

Daraufhin warf Mark mir einen derart eisigen Blick zu, dass mir fast das Blut in den Adern gefror. »Woher willst du das denn wissen?« Danach habe ich es nie wieder erwähnt.

Bec zieht hörbar die Nase hoch. »Okay, ich muss wieder an die Arbeit gehen. Du hingegen solltest morgen unbedingt anfangen, unseren Plan in die Tat umzusetzen. Und bis wir uns das nächste Mal hören … pass gut auf dich auf, Sash.«

Tag 5, Mittwoch. Früher Morgen.

Ich nehme mein Baby hoch und lege es schützend an meine Brust. In Marks Blick liegt Bewunderung, als er mir den Arm um die Schultern legt. Es ist ein warmer Sommertag. Wir sitzen Seite an Seite auf der Parkbank an dem Teich in der Nähe unseres Hauses. Eine warme Brise streift meinen Nacken. Ein perfekter Moment.

Dann beginnt es zu regnen. Dicke, schwere Tropfen landen auf meinen Haaren, meinen Armen, meinem Gesicht. Mir wird kalt. Ich hebe die Hand, um das Köpfchen meines Babys vor dem Regen zu schützen, aber dann schaue ich runter. Die feinen Haare sind mit roten Tropfen verklebt. Rote Flüssigkeit rinnt über Marks Gesicht, das in einem stummen Schrei erstarrt ist. Mein Körper fängt an, sich aufzulösen, Haut, Knochen und Muskeln verflüssigen sich zu rotem Brei, mein Sohn gleitet mir durch die Finger. Taumelnd breche ich neben ihm zusammen, werde zu einer Lache unter der Bank, tauche uns beide in Blut.

Der Albtraum endet schlagartig. Starr liege ich auf dem Rücken und atme mühsam ein und aus. Ich liege in meinem Bett auf der Mutter-Kind-Station, nicht zu Hause. Noch nicht.

Drüben am Schrank raschelt etwas, dann fällt klappernd etwas zu Boden. Fahle Sonnenstrahlen fallen durch die Vorhänge, es muss früher Morgen sein. Sie tauchen Mark in blasses Licht, der mit schuldbewusster Miene in einem Haufen Sachen von mir kniet.

»Was soll das?«

»Dasselbe könnte ich dich fragen.« Er schleudert auch noch den Rest meiner Kleidung vom untersten Schrankbrett auf den Boden. »Sag mir, wo sie sind, Sash, dann gehe ich.«

Er hat mir diese Sachen von zu Hause mitgebracht, wie ich es verlangt hatte: Jeans, Jogginghosen, T-Shirts, eine Windjacke, meine Wohlfühlklamotten. Jetzt liegt das alles zerknüllt auf dem Boden.

»Was machst du denn da mit meinen Sachen, verdammt?«

Er schiebt eine Hand in seine Jackentasche, zieht zwei zerknüllte Zettel hervor und lässt sie auf den Nachttisch fallen – Dr. Niles' Wochenpläne, mit meinen Notizen zu den Gentests auf der Rückseite.

»Wo hast du die her?«

Er lässt die Arme hängen. »Die habe ich neulich Abend hier gefunden.«

»Und wie bist du jetzt hier reingekommen?«

»Ich habe den Schwestern erzählt, dass ich dringend mit dir sprechen muss. Ich will dir nur helfen und diesen DNS-Test finden. Um dich vor dir selbst zu schützen.«

»Mich muss niemand schützen.« Ich setze mich auf. »Du weißt doch genau, dass ich gar nicht mehr das Bedürfnis habe, so einen Test machen zu lassen, Mark.« Zum Glück habe ich die Proben schon abgeschickt. Aber er darf auf keinen Fall den Plastikbeutel mit Gabriels Nabelschnur finden. Ich habe ihn in der Hosentasche meiner Jeans versteckt. Der Jeans, die Mark bereits auf den Boden geschmissen hat.

Das Klicken der Tür unterbricht uns. Dr. Niles kommt hereinmarschiert, hocherhobenen Hauptes, mit kerzengeradem Rücken. Sie mustert meine Sachen, die wie Leichensäcke im Raum verstreut sind.

»Mark hilft mir mit der Wäsche«, erkläre ich ihr.

Dr. Niles legt den Kopf schief und lässt ihren Blick zwischen uns hin- und herwandern. Hastig schnappt sich Mark ein paar Klamotten und stopft sie zurück in den Schrank.

»Dürfte ich unter vier Augen mit Sasha sprechen?«, wendet sich Dr. Niles an ihn. »Es wird Zeit für unser morgendliches Gespräch.«

Am liebsten würde ich so tun, als wäre das alles nie passiert: mein Baby vertauscht, ich in einer Mutter-Kind-Station eingesperrt, im Stich gelassen von meinem Ehemann, meine Mutter anscheinend tot. Überall wäre ich jetzt lieber als hier.

Marks Blick huscht zu dem zerknüllten Wochenplan auf dem Nachttisch. Mit einem schweren Seufzer dreht er sich zu mir um. Mark ist nicht mein Ritter in strahlender Rüstung. Das wird er niemals sein. Er kann mich nicht retten.

»Ich bin für dich da, Sash«, sagt er. »Egal, was kommt.«

So, wie er anschließend aus dem Zimmer schleicht, fällt es schwer, diesen Worten irgendein Gewicht beizumessen.

Dr. Niles setzt sich auf den Stuhl am Fenster und reibt sich den Hals.

»Anscheinend geht es Ihnen langsam besser, Sasha. Hier drin herrscht zwar ein ziemliches Chaos, aber«, sie wirft einen Blick auf ihre Notizen, »Sie scheinen Anschluss zu finden, Freundschaften zu knüpfen.«

Freundschaften? Ondine ist nicht mehr als eine Bekannte, eine Weggefährtin auf diesem Horrortrip. Freunde sind Menschen, denen ich intime Details aus meinem Leben anvertraue, aus meiner Ehe. Meine Hoffnungen und Ängste. Es dürfte eine ganze Weile dauern, bis ich Ondine dieser Kategorie zuordne. Aber wenn Dr. Niles es so sehen will, kann mir das nur helfen, früher entlassen zu werden.

Becs Gesicht taucht vor meinem inneren Auge auf und

erinnert mich an meine Mission. Ich muss Dr. Niles' Alibi überprüfen.

»Erinnern Sie sich noch an den Tag, als Sie mich eingewiesen haben?«

Sie nickt mit fragender Miene.

»Würden Sie mir vielleicht sagen, warum Sie damals erst so spät gekommen sind, um mich zu untersuchen?«

Nun verfinstert sich ihre Miene. »Ich hatte einen privaten Termin, der sich bis zum Nachmittag hingezogen hat. Dafür kann ich mich nur entschuldigen. Ich bin so schnell zu Ihnen gekommen, wie ich konnte.«

Auch dieser Anruf wegen des Embryonentransfers, den sie unbedingt annehmen musste, spukt mir noch im Kopf herum. Es wäre eine letzte Frage wert.

»Wünschen Sie sich ein Baby, Dr. Niles?«

Stirnrunzelnd antwortet sie mit einer Gegenfrage: »Warum möchten Sie das wissen, Sasha?«

»Weil ich sehr gut verstehen kann, warum sich jemand ein eigenes Kind wünscht.«

»Das kann ich ebenfalls, Sasha. Aber manchmal müssen wir akzeptieren, dass selbst unsere größten Wünsche nicht immer in Erfüllung gehen.« Sie räuspert sich. »Aber wir sind hier, um über Sie und Ihre Bedürfnisse zu sprechen. Vielleicht verraten Sie mir etwas mehr über Ihre eigene Sehnsucht nach einem Baby.«

Irgendwie glaube ich nicht, dass sie etwas mit der Vertauschung zu tun hat. »Ich denke, Marks Kinderwunsch war eigentlich immer größer als meiner.«

»Verstehe.« Sie spielt an ihrem goldenen Ehering herum, während sie fortfährt: »Mein Gefühl sagt mir, dass Ihre Beziehung zu Mark etwas … angespannt ist?«

»Solche Tage gibt es, ja. Wie bei jedem Ehepaar.«

»Mag sein. Und was glauben Sie, was hält Sie in dieser Ehe? Welche von Marks Eigenschaften weckt in Ihnen den Wunsch, bei ihm zu bleiben?«

Ich lasse mich in die Kissen fallen. Früher hatte ich eine fertige Liste im Kopf, falls mich der Drang überkommen sollte, unsere Beziehung zu beenden. Er bringt mich zum Lachen (*hin und wieder*). Er wird ein toller Vater sein (*falls wir es jemals schaffen, schwanger zu werden*). Die guten Männer sind inzwischen alle vergeben (*obwohl bestimmt noch der ein oder andere übrig ist*).

Die Wahrheit? Meine fruchtbaren Jahre waren am Wegrand liegengeblieben wie Gretels Brotkrumen und wurden von den Vögeln aufgepickt. Und in meinen verzweifelten Bemühungen, schwanger zu werden, habe ich vergessen, eine Spur auszulegen, mit deren Hilfe ich nach Hause zurückfinden kann. Nie und nimmer würde ich allein ein Kind großziehen. Indem ich mit Mark – und seinen Spermien – zusammenblieb, hatte ich immer noch die Chance, aus dem dunklen Wald herauszufinden.

»Was denken Sie: Wie wird Mark damit zurechtkommen, wenn Sie entlassen werden?«

Zurechtkommen? Soll das ein Witz sein?

»Er wird kein Problem damit haben.«

Dr. Niles zieht die Augenbrauen hoch. Vielleicht hatte ich ja doch recht mit meiner Vermutung, dass Mark für meinen Aufenthalt hier verantwortlich ist. Sieht er in einer geistig labilen Frau eine Belastung für seinen Job? Ein Hindernis in der Beziehung zu dem Baby, das er für seinen Sohn hält? Wäre es ihm vielleicht lieber, wenn ich vorerst in der Psychiatrie bleibe?

Mark ist, ohne sich zu beschweren, mit zur Eheberatung gegangen. Was das angeht, sollte ich mich wohl nicht beklagen. Die meisten Männer hätten das rundheraus abgelehnt. Mark war zumindest bereit, hinzugehen.

Nach zwei missglückten Versuchen, den richtigen Therapeuten für uns zu finden, habe ich Kate rein zufällig im Internet gefunden – sie hatte einen normalen Namen und sah auf dem Foto auf ihrer Homepage sehr vernünftig aus. Also hoffte ich einfach, dass sie die Richtige wäre.

Nachdem sie uns beiden ausführlich zugehört hatte, fasste sie unsere Beziehung chronologisch zusammen: Jazzclub, Hochzeit, Unfruchtbarkeit, Fehlgeburten. Als sie damit fertig war, erzählte Mark, wie verzweifelt er sich ein Kind wünschte. Mein Herz begann so heftig zu klopfen, dass die beiden es bestimmt hören konnten. Mark verschwieg der Therapeutin, dass wir vorübergehend aufgehört hatten, es zu versuchen. Und ich verschwieg beiden, dass ich auch nicht wieder anfangen wollte. Mein Traum von einem Baby … von dem verabschiedete ich mich gerade nach und nach.

»Ich könnte es Mark nicht übelnehmen, wenn er mich verlässt«, sagte ich, als er kurz Luft holte. »Wenn ich er wäre, würde ich unter diesen Umständen wohl auch gehen. Mit einer anderen wäre das alles viel einfacher. Mit einer fruchtbaren Frau. Einer fruchtbaren Ehefrau.«

»Es ist wichtig, dass Sie sich ganz aufeinander konzentrieren, auf Ihre Stärken als Paar«, erklärte Kate, bevor Mark etwas erwidern konnte. »Beziehungen sind nie leicht, vor allem nicht, wenn Kinder ins Spiel kommen. Und selbst wenn Sie zu zweit bleiben, sind Sie doch eine Familie. Sie können sich gegenseitig ebenso hegen und fördern, wie Sie es mit einem Kind tun würden.«

Ein guter Rat. Aber bei Marks langen, unregelmäßigen Arbeitszeiten als Koch und seinen ständigen Bemühungen zum Thema Schwangerschaft wurde für mich immer deutlicher, dass er in mir mehr und mehr den Brutkasten für sein Kind sah, weniger seine Ehefrau. In seine Arbeit investierte er mehr Energie, als er je in unsere Beziehung gesteckt hatte, fast so, als wollte er sich vor unseren Schwierigkeiten verstecken. Was auch immer geschehen würde, ich wusste, dass er schon allein aus Pflichtgefühl bei mir bleiben würde. Aber ich wollte nicht auf Biegen und Brechen einen Ehemann haben – nicht, wenn ich dabei nicht aufrichtig geliebt wurde.

Drei Wochen später, kurz vor unserem nächsten Therapietermin, wischte ich gerade den beschlagenen Spiegel im Bad frei und starrte in mein Gesicht, als mir plötzlich übel wurde. Meine Verdauungsorgane zogen sich krampfartig zusammen, und ich konnte mich gerade noch zur Toilette umdrehen, bevor ich würgen musste. Während ich vor der Schüssel kniete, zählte ich die Tage zurück bis zu meiner letzten Periode. Mein Zyklus war in der Klinik so lange für mich überwacht worden, dass ich überhaupt nicht bemerkt hatte, dass ich überfällig war.

Fast schon reflexhaft griff ich nach den Schwangerschaftstests, die ich in der untersten Schublade des Badezimmerschränkchens aufbewahrte. Mit zitternden Fingern hielt ich das Stäbchen in meinen fast durchsichtigen Urinstrahl. Der zweite, grellpinke Streifen erschien.

Einen kurzen Augenblick lang war ich niedergeschlagen. Jetzt würde ich mich doch nicht von Mark trennen. Dann überkam mich ein wahres Triumphgefühl. Bestimmt würde zwischen ihm und mir jetzt alles besser werden, wo wir das Baby bekommen würden, das wir schon so lange planten.

Ich verschob mit einer lahmen Ausrede unseren Therapietermin – angeblich brauchte ich mehr Zeit, um über die Stärken unserer Beziehung nachzudenken. Mark kaufte mir das sofort ab. Dann wartete ich die ersten zwölf Wochen ab, bevor ich es ihm sagte. Es wäre sinnlos gewesen, ihm wieder einmal umsonst Hoffnungen zu machen.

»Morgen haben wir einen Ultraschalltermin«, erklärte ich ihm, während ich in der Küche Limetten schnitt. »Deshalb müssen wir jetzt auch nicht mehr zur Eheberatung gehen.«

»Schätze nicht«, stimmte er mir zu, runzelte dabei aber leicht die Stirn. »Herzlichen Glückwunsch, Sash.«

Die aufgeschnittenen Limetten funkelten wie Smaragde, als er mich hochhob und fest an sich drückte. Ich war glücklich, oder nicht? Immerhin hatten wir so lange darauf gewartet, gehofft, darum gekämpft. So, so lange hatten wir uns nichts mehr gewünscht als das.

Tag 5, Mittwoch. Vormittag.

Hastig laufe ich den Korridor hinunter. Hoffentlich kriege ich keine Abmahnung wegen Unpünktlichkeit. Jeder kleine Fehler könnte meine Entlassung hinauszögern. Und hier raus – und nach Hause – zu kommen, ist das Allerwichtigste, um Gabriel zurückzubekommen. Man muss mich als geistig gesund betrachten, sonst werden sie ihn nicht in meine Obhut geben. Die heutige Tagesaktivität ist Yoga. So kurz nach einem Kaiserschnitt werde ich zwar nicht aktiv daran teilnehmen können, aber ich gehe davon aus, dass es Dr. Niles hauptsächlich darauf ankommt, dass man anwesend ist.

Lange Zeit war Yoga meine Hauptentspannungsquelle. Ich liebte das leichte Brennen in den Muskeln, wenn ich die einzelnen Stellungen hielt. Das leise Kribbeln, mit dem der Atem durch meinen Körper floss, die sanfte Rötung meiner Haut am Ende des Kurses. Das endete allerdings, als ich schwanger wurde und jede Bewegung stechende Schmerzen in meinem Becken auslöste, selbst als die Trainerin mich nur aufforderte, die Füße weiter oben gegen die Wand zu stemmen, mich den Schmerzen hinzugeben und das Brennen deutlich zu erspüren.

Die Frauen haben bereits die Haltung des Kriegers eingenommen und schauen neugierig zu mir herüber, als ich den Raum betrete. Auf dem Teppich liegen blaue Yogamatten, die Stühle wurden hinten bei den Bücherregalen an der Wand aufgestapelt. Schnell suche ich mir eine Matte aus und muss unwillkürlich stöhnen, als meine Naht wieder einmal ziept. Wie üblich scheine ich meine Leistungsfähigkeit überschätzt zu haben.

Die Trainerin empfiehlt, mich flach auf den Rücken zu legen, die Augen zu schließen und meinen Nach-Baby-Körper zu erspüren. Meinen Nach-Baby-Körper erspüren? Soll das ein Witz sein?

Vorsichtig lege ich mich auf die dünne Gummimatte am Fenster, lege die Hände flach auf die Brust und sehe zu, wie sie sich mit jedem Atemzug heben und senken. Die Frauen um mich herum atmen und gleiten in verschiedene Posen: die Katze, der Baum, der Krebs.

Draußen schaben Farnwedel über die Scheibe. Ich schließe die Augen, bis ein Schatten über mich fällt. Als ich die Augen wieder öffne, sehe ich, wie Ondine mit gerötetem Gesicht und verquollenen Augen aus dem Raum schleicht. Die Trainerin, deren Hintern gerade im herabschauenden Hund zur Decke zeigt, bemerkt es nicht.

Ich rolle mich auf die Seite und stehe langsam auf. Die anderen Frauen halten die Stellung; zusammen erinnern sie mich irgendwie an eine Bergkette. So beweglich wie die war ich nie. Also überlasse ich sie ihren Katzen und Bäumen.

Die Tür des Freizeitraums fällt leise hinter mir ins Schloss. Aus der Toilette im Flur dringt leises Schluchzen herüber. Ich drücke die Tür auf und muss kurz die Augen zusammenkneifen, weil sich das Licht grell auf den Fliesen spiegelt. Ondines Handtasche steht auf dem Bänkchen neben dem Waschbecken. Oben lugt ein beigefarbener Umschlag heraus.

»Alles okay?«

»Klar doch«, ertönt ihre belegte Stimme hinter der Tür einer Kabine.

»Du stehst wohl nicht so auf Yoga?«

»Nicht besonders.« Sie hustet leise. Als sie aus der Toilettenkabine tritt, ist ihr Gesicht tränenverschmiert.

»Ich habe heute einen langen Brief bekommen.« Sie stopft den Umschlag tiefer in ihre Tasche. »Von Zach. Er will mich besuchen kommen. Und er will Henry mitbringen.«

»Das sind doch gute Neuigkeiten. Wann wirst du dich mit ihnen treffen?«

»Ich weiß nicht.« Ondine wäscht sich die Hände. »Das ist schwierig nach allem, was geschehen ist. Ich will die beiden schon sehen. Ich will wieder bei Henry sein. Aber ich habe Angst.«

»Wovor hast du Angst?«

Sie wird blass. »Davor, dass ich wieder daran denken könnte, ihn zu töten.«

»Zeig mir eine Mutter, die noch nie daran gedacht hat, ihr Kind umzubringen«, erwidere ich. »Nicht einmal den Bruchteil einer Sekunde lang. Aus Wut. Oder Angst. Aber es gibt einen großen Unterschied zwischen Gedanken und Taten, Ondine.«

»Ich habe es getan«, sagt sie so leise, dass ich mich vorbeugen muss, um sie zu verstehen. »Zumindest angefangen.« Krampfhaft presst sie ihre Handtasche vor die Brust und schluchzt laut auf.

»Ich hatte einen Monat lang kaum geschlafen. Henry hat geschrien. Er hatte zum zehnten Mal an diesem Tag eine schmutzige Windel. Ich habe ein Bad eingelassen. Er lag in meinem Arm, als ich mir plötzlich vorgestellt habe, er wäre unter Wasser. Mit dem Gesicht unter Wasser. Wie still er dann wäre. Er würde sich gar nicht wehren.« Ondine holt tief Luft. »Zach ist reingekommen, als ich gerade seinen Kopf unter Wasser getaucht habe. Irgendwie hat er gespürt, dass etwas nicht in Ordnung war, als er morgens zur Arbeit fuhr. Er hat mir Henry aus den Händen gerissen und ihn beatmet.« Ein heftiger Schauer überläuft sie. »Wenigstens kommuniziert Zach wieder mit mir, auch wenn es nur per Brief ist. Und es sieht so aus, als wäre mit Henry wieder alles in Ordnung.«

Ich lege meine Hand auf ihre, und kurz spüre ich ein Kribbeln. In der Pathologie habe ich etwas sehr Nützliches gelernt: Ob wir uns dessen nun bewusst sind oder nicht – unter unserer dünnen Hülle ist bei jedem von uns irgendetwas kaputt.

»Ich hoffe, du kannst dir eines Tages vergeben«, sage ich leise. Und weiß dabei nicht genau, wen ich eigentlich meine.

Ondine lächelt trocken. »Den Preis für die beste Mutter aller Zeiten werde ich wohl nie gewinnen.«

»Du bist gut genug.«

Und während Ondine sich aufrecht vor den Spiegel stellt, fange ich endlich an, das auch von mir selbst zu glauben.

»Zumindest war ich ehrlich«, sagt sie. »Anfangs habe ich dem Personal hier gesagt, ich wäre so müde gewesen, dass er mir aus der Hand gerutscht sei.«

»Was hat dich dann dazu gebracht, ihnen die Wahrheit zu sagen?«

»Ich wollte nicht länger lügen.«

»Ehrlichkeit hilft immer. Und Henry braucht dich. Wenn du dich dazu bereit fühlst, solltest du ihn sehen. Er wird sich so darüber freuen, bei dir zu sein.«

Ein schmales Lächeln huscht über ihr Gesicht. »Bestimmt dauert es nicht mehr lange, bis es mir besser geht. Dr. Niles sagt, dass die Tabletten bald Wirkung zeigen werden. Nimmst du auch Medikamente?«

Zögernd starre ich auf meine rauen, aufgerissenen Finger. Durch das Desinfektionsmittel auf der Säuglingsstation ist meine Haut total ausgetrocknet.

»Ich sollte eigentlich, aber ich habe sie nicht genommen.«

»Hast du nicht?«

»Ich hasse Medikamente. Du verrätst das doch niemandem, oder?«

»Natürlich nicht.«

Ondine ist vertrauenswürdig. Eine Verbündete. Sie glaubt mir.

»Lassen wir den Rest der Yogastunde sausen«, schlage ich vor. »Ich habe eine bessere Idee. Möchtest du mein Baby kennenlernen?« Ja, ich will mit ihm angeben.

»Sehr gerne.« Ondine fährt sich mit dem Ärmel ihres Pullis übers Gesicht. »Lass uns deinen Sohn besuchen.«

Die Tür zur Säuglingsstation gleitet auf. Überall schreien Babys, ihr schrilles Gebrüll übertönt sogar das Summen der Geräte. Auf Monitoren blinkt es in allen Farben des Regenbogens. Ich halte mir eine Hand vor die Nase, um den Gestank nach schmutzigen Windeln und erbrochener Babynahrung zu dämpfen.

»Hier entlang.«

Ich führe Ondine zu Toby, der als regloses Bündel in seinem Plastikkasten liegt. Seine Brust hebt und senkt sich ächzend.

»Das ist das Baby, von dem sie behaupten, es wäre meines.«

Sie beugt sich über den Inkubator und späht hinein. »Nicht deines, würde ich auch sagen.«

»Du verrätst doch nichts, oder?«, platzt es aus mir heraus. »Ich will noch niemanden in Panik versetzen.«

»Natürlich nicht.« Sie wirkt sogar ein wenig verletzt, weil ich auf eine solche Idee komme. »Und wo ist nun dein Baby?«

An den Brutkästen ringsum stehen weder Besucher noch

Schwestern. Verstohlen lege ich einen Finger an die Lippen und zeige zu meinem Gabriel hinüber.

Auf Zehenspitzen schleicht Ondine über den Gang, geht vor dem Brutkasten in die Hocke und lässt den Blick zwischen Gabriel und mir hin- und herwandern.

»Er sieht genauso aus wie du.«

Unwillkürlich muss ich lächeln. »Ich weiß.«

»Herzlichen Glückwunsch«, gratuliert Ondine. »Du musst sehr stolz auf ihn sein. Er ist so hübsch.« Sanft führt sie mich zurück zu Tobys Kasten.

»Ich habe mir den Kopf darüber zerbrochen, wie es passiert sein könnte«, erzähle ich ihr. »In Frankreich gab es einmal einen Fall, wo die Schwester die Babys einfach aus Versehen vertauscht hat. Ich meine, die Namensbändchen können ja mal abfallen, oder nicht? Und dann falsch wieder angebracht werden?«

»Ich denke schon, dass das möglich ist. Obwohl das Protokoll hier sehr streng zu sein scheint. Die Schwestern drüben auf der Mutter-Kind-Station sind alle extrem gründlich. Da wäre es sicher so gut wie unmöglich, dass es zu einer Verwechslung kommt.«

»Aber sie sind auch nur Menschen, oder? Ich meine, jeder macht mal Fehler.«

Ich mustere Tobys glänzende Haare, die flache Nase, die grau-blauen Augen. Plötzlich scheint er eine unglaubliche Ähnlichkeit mit Damien zu haben. In den dunklen Stunden der Nacht höre ich heute noch, wie die Stimme des Anwalts durch den Gerichtssaal hallte. *Können Sie sich daran erinnern, dass Damiens Eltern Sie an fraglichem Abend auf eine ungewöhnliche violette Läsion hinter seinem rechten Ohr aufmerksam gemacht haben?*

Mir blieb die Luft im Hals stecken, und ich klammerte

mich an der hölzernen Balustrade des Zeugenstands fest, damit meine Hände nicht zitterten.

Bis heute bin ich mir nicht sicher, wie die korrekte Antwort lauten müsste. Und ich bin mir ebenfalls nicht sicher, ob ich mit meiner Antwort die richtige Entscheidung getroffen habe.

Ich legte den Kopf in den Nacken, hielt das Holz fest gepackt, sodass meine Hände absolut ruhig waren, und antwortete voller Entschlossenheit:

Ob ich eine violette Läsion gesehen habe? Daran kann ich mich nicht erinnern.

Ondine öffnet eine der Klappen an Tobys Inkubator und schiebt vorsichtig eine Hand hinein. Mit dem Zeigefinger streicht sie über die Namensbändchen an Hand- und Fußgelenk.

»Die sind ziemlich eng, Sasha. Und stabil. Abstreifen kann man sie nicht.«

»Aber abschneiden, richtig?«

»Das würde aber Vorsatz voraussetzen.« Sie legt eine Hand auf Tobys Stirn. »Wer in aller Welt sollte so etwas tun wollen?«

Heißer Atem streift meinen Nacken. Es ist Mark. Ich habe überhaupt nicht bemerkt, wie er auf die Station gekommen ist. Aber er scheint von unserem Gespräch nichts mitbekommen zu haben. Er wendet sich an Ondine.

»Hallo, ich bin Mark, Sashas Mann.«

Ondine lächelt. »Hi, ich bin eine Freundin von Sasha.« Indem sie mir kurz die Hand auf den Arm legt, verabschiedet sie sich von mir. »Ich lasse euch zwei dann mal allein. Ihr habt ja bestimmt eine Menge zu besprechen.«

Mark blickt ihr hinterher, schaut dann kurz zu Toby und fährt sich mit der Hand durchs Haar. Ich lasse mich auf den Stuhl neben dem Brutkasten sinken.

»Ich habe tolle Neuigkeiten, Sash«, verkündet er dann lächelnd. Ihm fällt eine Haarsträhne in die Stirn. »Wegen der Geburt konnte ich es dir an dem Abend gar nicht mehr sagen. Man hat mir bei der Arbeit eine Teilhaberschaft angeboten, ich könnte mich in den Laden einkaufen. Das wäre eine tolle Möglichkeit, um mich auch aktiv an der Führung des Restaurants zu beteiligen. Ich könnte ihm eine ganz neue Richtung geben. Vielleicht etwas exklusiver.«

Seine Augen haben den gleichen schlammig-braunen Farbton wie die heißen Quellen, in denen wir vor einigen Jahren bei einer Wüstentour gebadet haben. Vom Ufer aus sah das Becken eher flach aus, aber wir konnten kaum darin stehen, weil unsere Füße immer wieder von den riesigen Gasblasen an die Oberfläche gedrückt wurden, die aus der Tiefe aufstiegen. Letzten Endes lagen wir einfach flach auf dem Rücken in der sandigen Flüssigkeit. Damals war das ein tolles Gefühl, so frei zu schweben, ohne festen Boden unter den Füßen, ohne einen sicheren Ankerplatz.

»Aber dir gefällt das Konzept des Ladens doch gar nicht. Stehst du nicht eher auf Bio-Food? Und was ist mit deinem eigenen Café, mit deinem großen Traum?«

Mark runzelt die Stirn. »Diesen Plan habe ich schon lange aufgegeben, Sash.«

»Das hast du mir nie erzählt.«

Seine Miene verfinstert sich weiter. »Du wolltest es ja nicht wissen.«

Ich halte mich an den Armlehnen des Stuhls fest. Wann ist mein Mann ein Fremder geworden?

»Aber ich dachte, das wäre nach wie vor dein Traum?«

Mark zuckt mit den Schultern und verzieht den Mund.

»Dann sollte ich dir wohl gratulieren«, stelle ich fest.

»Ich habe ihnen gesagt, dass ich das zuerst mit dir besprechen will.«

»Klingt aber nicht so, als gäbe es da noch etwas zu besprechen.«

»Na schön, dann ist es beschlossen. Auf diesem Weg werden wir auch wesentlich mehr Geld verdienen.«

Wie kann er in dieser Situation an Geld denken?

»Es wird ausreichen, damit du länger bei Toby zu Hause bleiben kannst, als wir ursprünglich geplant hatten. Natürlich nur, wenn du das möchtest. Ich will dich zu nichts zwingen.« Inzwischen hat sich sein gesamtes Gesicht zu einer faltigen Grimasse verzogen.

Ich will so viel Zeit mit Gabriel verbringen, wie ich nur kann.

Und wenn ich ihn erst nach Hause geholt habe, werde ich es nie wieder wagen, ihn auch nur einen Moment allein zu lassen.

Tag 5, Mittwoch. Mittagszeit.

Brigittes Gesicht taucht vor mir auf, weiß wie Meeresgischt. Ich habe gar nicht bemerkt, dass sie reingekommen ist. Seit Mark gegangen ist, um in der Arbeit anzurufen, stehe ich neben Gabriels Inkubator. Es ist bestimmt eine Stunde vergangen, für mich waren es allerdings nicht mehr als ein paar Sekunden.

»Dein Baby ist wirklich wunderschön«, sage ich. Wenigstens kann ich partiell ehrlich zu ihr sein. Aber eine Sache ist da noch. Seine Haut hat die Farbe von reifen Mandarinen, viel zu dunkel für einen fünf Tage alten Säugling. Und trotzdem sind die blauen Lampen ausgeschaltet. »Wissen die Schwestern, dass Gabriels Gelbsucht schlimmer geworden ist?«

Verwirrt sieht Brigitte mich an. »Gabriel?«

»Tut mir leid, ich meinte Jeremy. Tut mir wirklich leid. Meine Schwester hat gerade ein Baby gekriegt, das heißt Gabriel.«

»Schwester? Hast du nicht gesagt, du wärst ein Einzelkind?«

Verdammt, sie ist clever.

»Bec ist meine beste Freundin. Wir sind zusammen aufgewachsen, deshalb ist sie quasi meine Schwester.«

Das scheint ihr zu genügen, denn sie nickt. »Gabriel ist ein schöner Name.«

Sorgfältig faltet sie Gabriels Quilt zusammen und legt ihn auf das Bänkchen. Ich wünsche mir, ich wäre diejenige, die akkurat die Ecken aufeinanderlegt. Die Farben der Decke betonen das Blau seiner Augen. Er wird hinreißend aussehen, wenn ich ihn in diesen Quilt gewickelt nach Hause bringe.

»Die Schwestern machen einen Bluttest«, erklärt mir Brigitte. »Wenn die Ergebnisse in Ordnung sind, hoffe ich auf Freitag.«

Das klingt zumindest so, als würden sie ihn ordnungsgemäß behandeln. Aber ist Freitag wirklich noch im Gespräch? Das wäre schon übermorgen. Ich hatte eigentlich gehofft, seine Entlassung würde auf einen Termin nach dem Wochenende verschoben werden. Bis Freitag können die Ergebnisse des DNS-Tests unmöglich vorliegen. Und ist es überhaupt sicher, ihn nach Hause zu schicken, solange er so aussieht?

»Am schlimmsten ist, dass ich John nicht erreichen konnte. Er weiß noch gar nichts von all dem hier.«

Dann erzählt sie mir, dass ihr Mann momentan in einem entlegenen Winkel von Papua-Neuguinea unterwegs ist, fernab jedes Handynetzes. Und er wird frühestens in einer Woche zurückkommen.

»Na, das wird ja eine ziemliche Überraschung für ihn, wenn er merkt, dass er die Geburt verpasst hat«, stelle ich fest.

»Auf jeden Fall. Er hat den Namen ausgesucht. Er wird unser Baby lieben.«

Das wird Mark auch, wenn er erst mal die Wahrheit akzeptiert hat.

Brigitte stützt eine Hand auf den gefalteten Quilt.

»Lange hat es so ausgesehen, als könnten wir keine Kinder bekommen. Ich dachte immer, es läge an der Arbeit in den Minen, dass die Hitze, der Staub und die Chemikalien Johns Spermien beeinflusst hätten. Deshalb habe ich angefangen, meine Ernährung und meinen Lebensstil umzustellen. Wir haben ein paar Dinge ausprobiert, und ich habe angefangen,

Naturheilkunde zu studieren.« Ihr Blick wandert zu Gabriel. »Und da sind wir nun.«

»Ist es nicht schwer, wenn dein Mann so oft weg ist?«

»Nein, eigentlich nicht. Alle paar Monate hat er frei. Und die Firma bezahlt mir ein paarmal im Jahr Reisen in die exotischsten Länder, damit ich ihn besuchen kann. Unsere letzte Reise während der Schwangerschaft ging nach Osttimor.« Mit einem zufriedenen Lächeln fügt sie hinzu: »Ich denke, die Vorteile eines Partners, der viel zu Hause ist, werden auch überschätzt. Meine Freundinnen beklagen sich ständig über ihre Männer. Ich hingegen genieße jeden Moment mit John, wenn er da ist.« Sie unterbricht sich kurz. »Was ist mit dir? Macht dein Mann dich auch manchmal verrückt?«

Ich mustere das alte Foto von unserer Australien-Rundreise, das Mark neben Tobys Inkubator an die Wand geklebt hat. Auf dem Bild hocken wir beide am Ufer des überfluteten Lake Eyre. Das Wasser breitet sich kilometerweit aus und lässt es aussehen, als gäbe es kein Durchkommen, dabei war es gerade mal knöcheltief.

»Mark und ich haben ein paar Probleme.«

Brigitte spielt mit ihrem langen Zopf. »Das hätte ich nicht gedacht. Geht das schon länger so?«

Eigentlich rede ich außer mit Bec mit niemandem über meine Ehe, aber diese stundenlange Warterei hier auf der Säuglingsstation schafft eine Art künstliche Intimität. Es fällt mir immer schwerer, Dinge für mich zu behalten.

»Es hat wohl angefangen, als ich nicht schwanger werden konnte. All die Jahre, in denen wir dachten, wir würden nie ein Kind haben …«

»Aber ihr kriegt das doch bestimmt wieder hin, oder?«

Ich wende mich ab und löse meinen Pferdeschwanz. Die Strähnen sind dünn und brüchig. »Vermutlich schon.«

»Ich meine, du willst doch bestimmt keine alleinerziehende Mutter sein, oder? Nicht, wenn du es verhindern kannst, stimmt's?«

Alleinerziehende Mutter. In meiner Vorstellung passten diese Worte nie auf mich. Jahrelang habe ich geglaubt, sowieso keine Mutter sein zu können. Immerhin hat mir nie jemand gezeigt, wie das geht. Würde ich es schaffen, bei meinem Kind zu bleiben, auch wenn mir alles zu viel wird? Als ich mich dann endlich mit der Idee der Mutterschaft angefreundet hatte, wies ich Mark trotzdem die Rolle des guten Elternteils zu, desjenigen, der all meine Fehler wieder ausbügeln würde. Bei der Vorstellung, alleinerziehend zu sein – der einzige Elternteil im Haus –, verkrampft sich alles in mir. Ich habe miterlebt, wie schwer es für meinen Vater war. Und ich weiß nicht, ob ich auch nur einen Deut besser wäre, wenn es darum geht, den emotionalen Bedürfnissen meines Kindes gerecht zu werden.

»Meine Mutter hat mich allein großgezogen«, fährt Brigitte fort, ohne eine Antwort abzuwarten. »Versteh mich nicht falsch, es war absolut okay. Aber für mein Kind möchte ich das nicht. Ist schon komisch, irgendwie war mir nie bewusst, dass es von außen betrachtet für viele Leute so aussieht, als wäre ich auch quasi alleinerziehend. Ich meine, wenn John weg ist, bin ich manchmal wochenlang allein zu Hause.«

»Fühlst du dich dann nicht einsam?«

Sie schüttelt den Kopf.

»Und hast du nachts nicht manchmal Angst, so ganz allein?«

Brigittes Wangen werden noch einen Hauch blasser, während sie nach ihrem Strickzeug greift. »Hin und wieder.«

»Weil du ein Baby hast.«

»Ja, und nach …« Sie drückt die Zungenspitze in ihre Zahnlücke, als wolle sie die Worte aufhalten, fährt dann aber leise fort: »Mir ist etwas zugestoßen. Bevor ich schwanger wurde, ist etwas Schreckliches passiert. Gott sei Dank ist das jetzt alles ausgestanden. Ich freue mich wirklich auf einen Neuanfang.« Sie zuckt zusammen. »Verdammt!« Schnell fängt sie eine Masche ab, die ihr von der Nadel gerutscht ist, dann strickt sie weiter. »Ich will einfach nur, dass mit Jeremy alles in Ordnung kommt.«

Sie wird es mit Sicherheit nicht gut aufnehmen, wenn ich ihr von den vertauschten Babys erzähle. Solche Neuigkeiten hört niemand gern. Aber sie wird es bald erfahren müssen, und wenn die Zeit gekommen ist, gibt es keine Möglichkeit, den Schlag abzumildern.

Brigitte wickelt den Faden kreuz und quer auf das Knäuel.

»Und wie geht es Toby?« In ihrem fröhlichen Tonfall schwingt unterdrückte Verzweiflung mit.

Ich gehe über den Gang und lege in einer besitzergreifenden Geste eine Hand auf den orangefarbenen Quilt, der Tobys Kasten bedeckt. Wieder wandert mein Blick zu dem Foto von Mark und mir.

»Wirklich gut, danke.«

Wenn es nicht anders geht, werde ich es auch als alleinerziehende Mutter schaffen. *Keine Sorge, Gabriel, ich werde schon eine passable Mutter werden. Bei mir wirst du in Sicherheit sein.* Sobald ich beweisen kann, dass er mein Kind ist. Aber wie soll ich an diesen Beweis noch vor Freitag herankommen? Für brave Detektivarbeit habe ich jetzt keine Zeit mehr. Ich brauche einen konkreteren Plan.

»Das freut mich, dass es Toby besser geht«, meint Brigitte. »Schließlich sind unsere Babys der einzige Grund, warum wir hier sind.«

Ich sitze im hintersten Winkel der Cafeteria. Hier sind die Fenster mit einem weißen Drahtgitter versehen. Die Gespräche des Krankenhauspersonals ringsum verschmelzen zu einem leisen Summen im Hintergrund. Vereinzelte Besucher nippen an ihren Cappuccinos oder knabbern ein Stück Kuchen. Hinter einer der Säulen am anderen Ende des Raums kann ich gerade noch zwei Frauen erkennen, die ihre Babys auf dem Schoß schaukeln und mit ihnen Guckguck spielen.

Ich rufe bei dem Testlabor an. Jim hebt nach dem ersten Klingeln ab.

»Ich bin verzweifelt, Jim«, erkläre ich ihm. »Ich brauche dringend diese Testergebnisse.«

»Natürlich«, sagt er gelassen und sieht im Computer nach. »Hier steht, dass Ihre Ergebnisse heute rausgeschickt wurden.«

»Schon? So viel früher als erwartet? Das ist großartig! Und wann werden sie ankommen?«

»Innerhalb von zwei Werktagen, das garantieren wir. Also spätestens am Montag.«

»Montag ist zu spät. Können Sie sie mir nicht einfach am Telefon vorlesen?«

»Tut mir leid, aber aus rechtlichen Gründen dürfen wir die Ergebnisse nur in schriftlicher Form übermitteln.«

Meine Stimmung sinkt auf den Nullpunkt. »Nein, ich muss die Ergebnisse heute noch haben. Könnten Sie sie mir vielleicht per E-Mail schicken?«

Leicht angespannt erwidert Jim: »Auf Ihrem Formular wurde keine E-Mail-Adresse angegeben. Und in solchen Dingen haben wir sehr strenge Regeln, tut mir leid.«

Ich habe also vergessen, eine Zeile auszufüllen, und wegen dieses bürokratischen Versehens wird sich die Wiedervereinigung mit meinem Sohn jetzt möglicherweise noch weiter verzögern.

»Tut mir aufrichtig leid«, entschuldigt sich Jim.

Auf dem Handydisplay leuchtet die Nummer meines Vaters auf. »Vergessen Sie's«, würge ich Jim ab und nehme den neuen Anruf an.

»Dad?« Ich rühre in dem weißen Milchschaum auf meiner heißen Schokolade.

»Sasha. Ich muss dir etwas sagen. Eigentlich wollte ich es dir ja gestern erzählen, aber …«

Er verstummt. Was will er mir denn noch an den Kopf knallen? Ein paar Sekunden lang höre ich nur seinen Atem, bevor er fortfährt.

»Deine Mutter hat dich geliebt. Sie würde nicht wollen, dass du schlecht von ihr denkst. Sie hat getan, was sie für das Beste hielt – für uns alle.«

»Ich verstehe nicht ganz«, stottere ich. »Was versuchst du mir zu sagen?« Aber ein Teil von mir ist dem Rest einen Schritt voraus und will es gar nicht hören.

»Sie … sie hat Tabletten genommen, Sasha. Sie hat die ganze Schachtel genommen.«

Das dumpfe Dröhnen der Umgebungsgeräusche verstummt. Tabletten. Ich kann mich sogar daran erinnern: ein hübscher, bunter Regenbogen, ausgebreitet auf dem Quilt.

Es dauert einen Moment, bis der Schmerz einsetzt. Meine Mutter hat sich umgebracht. Sie konnte es nicht ertragen, zu bleiben. Auch nicht für mich. Ich war nicht genug für sie.

»Ich erzähle dir das jetzt nur, weil ich nicht will, dass dir etwas zustößt.«

Klimpernd lasse ich den Löffel auf den Unterteller fallen. »Ich bin nicht wie sie«, höre ich mich sagen. »Ich war nie wie sie.«

Ich rauche nicht. Ich habe keine postnatale Depression. Ich werde mein Kind nicht vernachlässigen. Ich würde mich niemals umbringen. Obwohl es mal eine Zeit gab, eine finstere, einsame Zeit, in der ich es vielleicht getan hätte.

Nach der Befragung zu Damien habe ich mich jeden Tag zur Arbeit geschleppt, habe Kinder untersucht, die nicht krank waren, und habe versucht, ihre Eltern mit einem Lächeln zu beruhigen. Abends kam ich nach Hause und brach vor dem Fernseher zusammen. Ein Tag war besonders nervenaufreibend, da ich ein Baby mit hellbraunen Locken behandeln musste, das mich an Damien erinnerte. Lungenentzündung. Während ich seine Brust abhörte, kam es mir so vor, als würde ich wieder neben Damien stehen, wieder mit ansehen, wie er am Tag nach meiner ersten Untersuchung von den Sanitätern zurück in die Notaufnahme gebracht wurde. An diesem Morgen war er zwar noch bei Bewusstsein, aber sein gesamter Körper war mit dem violetten Ausschlag überzogen, der typisch ist für eine von Meningokokken verursachte Hirnhautentzündung – Oberkörper, Gesicht, sogar auf den Lidern waren dunkle Flecken. Sein Blick erinnerte an den eines Tieres, das bereits weiß, dass es sterben wird.

Nach dem Baby mit der Lungenentzündung täuschte ich einen Migräneanfall vor und ging früher nach Hause. Bevor Mark von der Arbeit kam, ging ich in die Garage und stellte unsere größte Leiter unter die Dachbalken. Das Seil lag hinter dem Heißwasserboiler. Ich war gerade dabei, es herauszufischen, als Mark mich von hinten packte.

»Was machst du da, Sash?« Er riss mir das Seil aus den Händen. »Du kommst jetzt mit.«

Er zerrte mich zum Bett, breitete die Decke über uns beide und hielt mich fest umschlungen. Am nächsten Morgen waren Leiter und Seil verschwunden.

Rückblickend bin ich mir nicht mehr sicher, ob ich es wirklich durchgezogen hätte. Wahrscheinlich hätte ich es nicht geschafft. Aber ich wollte, dass der Schmerz in meinem Kopf, in meinem ganzen Körper, verschwindet. Dass die Enge in der Brust sich auflöst. Ich wollte mich auflösen.

Aber Mark ließ das nicht zu. Erst jetzt begreife ich: Er muss das von meiner Mutter gewusst haben. Er hat es die ganze Zeit gewusst und hat es ebenfalls vor mir verheimlicht.

»Sasha? Alles in Ordnung?« Dad ist noch immer in der Leitung.

Nein.

»Alles okay. Es geht mir gut.«

»Ich muss dir auch etwas zeigen. Beim nächsten Mal bringe ich es dir mit.«

»Was ist es denn?«

»Du wirst schon sehen. Ich komme dich bald besuchen.«

Noch ein Quilt? Ein Fotoalbum? Ein weiteres Erinnerungsstück an eine Mutter, die mich nicht genug geliebt hat, um bei mir zu bleiben?

Nach Damien wollte ich aufgeben, weil ich nichts mehr hatte, wofür es sich zu kämpfen lohnte. Dieser eine Fehler hätte mich beinahe alles gekostet. Aber jetzt ist das anders. Jetzt werde ich bis zum letzten Atemzug kämpfen – für meinen Sohn.

Tag 6, Donnerstag. Früher Morgen.

Die Heizung auf der Säuglingsstation wurde runtergedreht. Meine Haut kribbelt in der kühlen Luft. Während ich langsam zu Tobys Inkubator hinübergehe, versuche ich zu vergessen, was ich über meine Mutter erfahren habe. Die halbe Nacht wurde ich von Bildern von ihr heimgesucht, Bildern aus meiner Kindheit. Ich habe kaum geschlafen, weshalb meine Augen jetzt rot und verquollen sind, mit dicken, schwarzen Ringen. Zum Glück konnte ich meine Morgensitzung mit Dr. Niles auf den Abend verschieben. So haben meine Augen noch etwas Zeit, wieder zum Normalzustand zurückzufinden. Im Moment habe ich einfach keine Lust, mir Ausreden wegen meines Aussehens einfallen zu lassen.

Ich spüre die Blicke der Schwestern auf mir, als ich an ihrem Tresen vorbeigehe. Bestimmt haben sie es alle gewusst, nicht nur Mark. Die Ärzte auch. Einfach alle. Deshalb waren sie so besorgt meinetwegen. Deshalb waren sie so schnell bereit, mich einzuweisen.

Brigitte sitzt bereits an Gabriels Kasten und lächelt angespannt. Mit dem Kopf deutet sie auf den Stuhl neben sich. Fast sieht es so aus, als habe sie gewartet. Auf mich?

»Du hättest ruhig etwas sagen können«, begrüßt sie mich.

Mir schnürt sich die Kehle zu. Plötzlich will ich mich nicht mehr setzen. »Wovon sprichst du?«

Die Farben vor meinen Augen bleichen aus, das blaue Licht aus Gabriels Kasten wird grau. Brigittes Gesicht scheint mit den weißen Wänden zu verschmelzen. Schließlich setze ich mich doch neben sie.

»Du hättest mir ruhig sagen können, dass du eine postnatale Depression hast. Das ist doch keine Schande. Viele Frauen haben das. Ich hätte es verstanden. Ich meine, ich verstehe es. Aber ich hätte es einfach schön gefunden, wenn du mir genügend vertraut hättest, um es mir zu sagen.«

Sie hat also noch keine Ahnung, dass unsere Babys vertauscht wurden – das ist die gute Nachricht. Aber wie kommt sie darauf, dass ich eine postnatale Depression habe, wenn man mich doch wegen postnataler Psychose eingewiesen hat? Hat Mark sie auf diese Idee gebracht? Gott sei Dank hat sie das falsch verstanden. Langsam kehren die Farben zurück. Als ich hochschaue, ist Gabriels Inkubator leuchtend blau, und Brigittes Gesicht hat wieder seinen üblichen, hellen Crèmeton.

»Es tut mir leid. Irgendwie fällt es mir schwer, darüber zu sprechen.« Was voll und ganz der Wahrheit entspricht.

»Fühlst du dich denn schon besser?«

»Ja, es geht mir gut. Habe schon Schlimmeres überstanden.«

»Das ist nicht schön.« Sie nickt. »Aber ich verstehe schon. Ich habe auch harte Zeiten durchgemacht. Wie gut, dass du die Hilfe bekommst, die du jetzt brauchst.« Sie blinzelt kurz. »Gibt es bei dir in der Familie Fälle von Depression?«

Hat Mark es ihr etwa erzählt? Plötzlich fängt meine Nase an zu laufen. »Meine Mum.«

»Das tut mir leid. Geht es ihr denn heute besser?«

Ich wische mir über die Nase, zögere. Es auszusprechen macht es irgendwie realer. »Sie ist tot.«

»Wie schrecklich. War es …?«

Mark muss ihr alles erzählt haben. Ich nicke langsam.

»Hast du auch schon einmal so empfunden?«

»Nur einmal. Aber das ist Jahre her.«

»Trotzdem ist es grauenhaft. Es tut mir so leid. Du musst wirklich Schlimmes durchgemacht haben.«

»Ja … bei der Arbeit ist einiges passiert, und irgendwie war das alles zu viel.«

»Bestimmt ist Pathologie sehr belastend.«

Also hat Mark ihr doch nicht alles gesagt. Aber ihr von meiner Vergangenheit zu erzählen, kann doch eigentlich nicht schaden, oder? Wer weiß – vielleicht hilft es ja sogar, ehrlich zu sein.

»Mhm. Eigentlich war ich zu der Zeit noch in der Pädiatrie. Einer meiner Patienten ist gestorben. Das hat mich sehr mitgenommen.«

»O ja, das ist schlimm. Tut mir wirklich leid für dich. Und wie geht es dir jetzt? Kriegst du Medikamente?«

»Äh …« Ich beschließe, ihr von den Medikamenten zu erzählen. Aber dass ich Milch auspresse und einfriere, werde ich verschweigen. »Die habe ich nicht genommen.«

»Ach nein?«

»Du weißt ja sicher, wie das ist: die Schattenseiten der westlichen Medizin.« Ich versuche zu lächeln.

»Ja.« Brigitte schiebt die Hände in Gabriels Kasten und streicht ihm glättend über die Haare. Jetzt klingt sie schon etwas entspannter. »Ich weiß, wie das ist. Ich meine, ich habe so ziemlich alles getan, damit ich nicht depressiv werde: Kinesiologie, Homöopathie, Chiropraktiker, eben alles.«

»Chiropraktiker?«

»Seit der Geburt ist meine Wirbelsäule verschoben. Jeremys ebenfalls.«

Während ihre Finger langsam über seinen Rücken streichen, glaube ich fast, selbst seine weiche Haut zu spüren.

Stattdessen öffne ich eine Klappe an Tobys Inkubator und lege meine Hand an sein kühles Köpfchen. Wie eine kleine Porzellanschale liegt es in meiner Handfläche.

»Dann wirst du mit Jeremy also zum Chiropraktiker gehen?«

»Ja, wenn wir erst zu Hause sind. Vielleicht wäre das auch etwas für Toby? Bei Kaiserschnittkindern besteht ein erhöhtes Risiko.« Nun klappt sie den Kasten ganz auf und nimmt Gabriel heraus. Ich kann sehen, dass seine Gelbsucht noch immer nicht besser geworden ist, aber wenigstens wird sie behandelt. Und vielleicht wird er dadurch ja etwas länger in der Klinik bleiben.

Gabriel zappelt auf Brigittes Arm. Sie streichelt seinen Bauch.

»Ich kann es kaum erwarten, dass er endlich hier rauskommt. Er braucht dringend eine homöopathische Behandlung. Und dann werden wir ihn auch bald impfen lassen.«

»Welche Impfungen soll er denn bekommen?«

»Homöopathische natürlich. So wird er gesünder sein als jedes Kind, das die klassischen Impfungen der Schulmediziner kriegt. Es ist doch nicht zu fassen, was für einen giftigen Müll manche Eltern ihren Kindern geben.«

Ich beiße mir auf die Unterlippe, um bloß nichts zu sagen. Natürlich kann ich verstehen, dass jemand wie Brigitte sich für Naturmedizin entscheidet, aber beim Thema Impfen vertrete ich einen vollkommen anderen Standpunkt. Zum Glück werde ich Gabriel bald zurückbekommen. Und dann werde ich mit allen Mitteln dafür sorgen, dass er in Sicherheit ist und es ihm gut geht. Vorerst muss ich mich damit begnügen, möglichst ungezwungen die Hand auszustrecken.

»Würde es dir etwas ausmachen, wenn ich ihn einmal halte?«

Verständnislos sieht Brigitte mich an.

»Jeremy. Darf ich ihn mal halten?«

Sie steht auf und verlagert Gabriel auf die andere Schulter. Ihr Gesicht ist zu einer undurchdringlichen Maske erstarrt.

»Äh ... ich denke, eher nicht. Tut mir leid.«

»Sie sagen, dass ich Toby immer nur kurz auf den Arm nehmen darf. Und es würde mir helfen, wenn ich ein anderes Baby halten könnte.« Und wie mir das helfen würde. Außerdem würde es nur ein oder zwei Sekunden dauern, seine Zehen zu untersuchen. Ein weiterer Beweis. »Bitte.«

»Es geht ihm nicht gut«, sagt Brigitte kalt. »Seine Gelbsuchtwerte sind gestiegen. Jetzt braucht er schon die dreifache Lichtdosis. Ich darf immer nur kurz mit ihm kuscheln, bevor er wieder reinmuss.«

Verdammt. Wieder kein Glück bei der Zehenkontrolle.

Brigitte dreht sich zum Fenster. Gabriel späht mit einem kleinen Lächeln über ihre Schulter – ein Lächeln nur für mich.

»Aber er wird sich doch erholen, oder nicht?«, frage ich möglichst gelassen.

»Die Ärzte sagen, er wird wieder gesund.«

Stirnrunzelnd presst sie die Lippen aufeinander. Ob sie etwas ahnt? Ich ziehe meine Hand von Tobys Köpfchen zurück und schließe die Klappe.

»Wer hat dir eigentlich von meiner postnatalen Depression erzählt?«

»Niemand. Aber als Mark meinte, du wärst noch nicht entlassen worden, hat sein Blick es mir verraten.« Sie dreht sich zu mir um, sodass ich Gabriels Gesicht nicht mehr sehen kann. »Wie ist es dadrin?«

Ich zucke mit den Achseln.

»Was hast du eigentlich getan, dass sie dich eingewiesen

haben?« In dem Versuch, Gabriel beim Einschlafen zu helfen, wiegt sich Brigitte hin und her wie ein Baum im Wind.

»Man hat mich nicht eingewiesen. Ich bin freiwillig gegangen.«

»Mann, das ist aber mutig. Als sie versucht haben, mich dazu zu überreden, habe ich mich geweigert.«

Das lässt mich aufhorchen.

»Sie wollten dich dazu überreden? Warum wollten sie dich denn einweisen?«

Mit stumpfem Blick schaut Brigitte auf Gabriel hinunter, der sicher in ihren Armen liegt. Bestimmt ist er schön warm.

»Dachten sie, du hättest Depressionen?«, bohre ich weiter. Das würde die vielen Tränen erklären und diese Kälte. Krampfhaft unterdrücke ich den Impuls, nach Gabriels Händchen zu greifen, das schlaff von Brigittes Arm herabhängt.

»Nein.« Plötzlich kehrt Leben in ihren Blick zurück. »Mit mir ist alles in Ordnung. Es geht mir gut. Aber du hast meine Frage nicht beantwortet. Was war mit dir?«

Wäre es möglich, dass sie ihnen dasselbe gesagt hat wie ich und sie ihr ebenfalls nicht geglaubt haben? Bevor ich auch nur kurz darüber nachdenken kann, platzt es schon aus mir heraus: »Sie haben mir nicht geglaubt, als ich ihnen gesagt habe, dass ich Toby nicht für mein Kind halte.«

Brigitte erstarrt mitten in der Bewegung. Alarmiert reißt sie die Augen auf.

»Deshalb bist du auf der Mutter-Kind-Station?«

Ich nicke langsam, spüre, wie ich eine Gänsehaut bekomme. Vielleicht habe ich zu viel gesagt. Zu früh. Anscheinend hat sie noch gar nicht begriffen, dass es eine Verwechslung gegeben hat. Und ich habe auch noch nicht herausgefunden, was sie weiß. Später will Mark noch auf der

Säuglingsstation vorbeikommen. Ich habe also noch etwas Zeit. Bis jetzt war ich mit Brigitte sehr geduldig, aber es wird Zeit, dass ich ihr ein paar Fragen stelle.

»Ist dir an dem Morgen von Jeremys Geburt irgendetwas aufgefallen? Hat sich jemand verdächtig verhalten?«

Sie weicht hinter den Inkubator zurück, als brauche sie einen Schutzschild.

»Nein, nichts. Ursula war die ganze Zeit mit Jeremy und mir hier.« Sie winkt zur Schwesternstation hinüber, wo Ursula steht. Hat sie etwa erkannt, dass Jeremy mein Sohn ist? Während Ursula zu uns herüberkommt, lässt Brigitte mich nicht aus den Augen. Betont langsam fährt sie fort: »Es ist gut, dass du jetzt Hilfe bekommst. Aber ich glaube, ich habe noch kein einziges Mal gesehen, wie du Toby auf den Arm nimmst.«

»Er war nicht kräftig genug dafür.«

Ursula hat uns erreicht. Ihr Blick wandert zwischen uns beiden hin und her.

»Ihr scheint euch ja gut zu verstehen. Dann hat es vielleicht noch etwas Gutes, dass Jeremy doch nicht so früh entlassen werden kann, wie wir dachten.« Merkwürdig steif wendet sie sich an Brigitte: »Sasha freut sich bestimmt, wenn sie Gesellschaft hat.«

Brigitte kaut auf ihrer Unterlippe herum. »Ich würde Jeremy gerne so bald wie möglich mit nach Hause nehmen. Bitte schon morgen, wie Dr. Green es ursprünglich geplant hatte.« Sie zeigt auf mich. »Sasha sagt, dass es Toby auch nicht gut geht. Offenbar ist sie der Meinung, er wäre zu schwach, um ihn auf den Arm zu nehmen.«

»Wir werden Jeremy entlassen, sobald es möglich ist«, versichert Ursula, bevor sie sich stirnrunzelnd zu mir umdreht. »Aber Toby ist auf jeden Fall stark genug, um ihn hochzunehmen. Das wissen Sie doch, oder, Sasha? Sie müssen einfach nur fragen.«

Ein Sonnenstrahl fällt durch das Fenster der Station und wärmt meinen Nacken.

»Ja, ich weiß.«

Ein grimmiges Lächeln breitet sich auf Ursulas Gesicht aus.

Ich muss fort von diesem stickigen, bedrückenden Ort. Wie aufs Stichwort meldet sich der Alarm meines Handys.

Mit einem aufgesetzten Lächeln verspreche ich: »Ich komme zurück und schmuse mit Toby, sobald ich kann. Aber jetzt wird es Zeit für die Gruppentherapie. Ich muss gehen. Es wäre mir sehr unangenehm, zu spät zu kommen.«

Tag 6, Donnerstag. Vormittag.

Ondine und ich gehen durch den Haupteingang hinaus, vorbei an einigen Geschäften. Waschsalon, Zeitschriftenladen, Café. Auf dem Fußgängerweg neben der Bushaltestelle lungern ein paar Jugendliche herum. Die kleinen Häuser der Minenarbeiter erstrecken sich ordentlich aufgereiht bis in die Ferne.

Als ich am Freizeitraum ankam, klebte dort ein Zettel an der Tür: *Spaziergang wegen Personalproblemen abgesagt. Der heutige Vormittag steht zur freien Verfügung.*

»Du willst nicht zufällig trotzdem eine Runde drehen, oder?«, fragte Ondine, die neben mich getreten war.

»Meinst du, das geht? Dr. Niles hat ausdrücklich betont, dass ich während meiner Zeit hier nirgendwo hindürfte außer auf die Säuglingsstation.«

»Du hast recht. Sie mögen es nicht, wenn wir die Station verlassen. Aber sie wären doch sowieso mit uns spazieren gegangen«, stellt Ondine achselzuckend fest. »Das müsste also erlaubt sein. Mit der Sicherheit nehmen sie es hier sowieso nicht sonderlich genau. Die werden nicht einmal merken, dass wir weg sind.«

Ich grinste sie breit an. »Okay.«

Nun laufe ich neben ihr her, spüre das Kribbeln der Morgensonne auf den Wangen und merke plötzlich, dass ich so einen Spaziergang wirklich dringend gebraucht habe.

»Rechts ist der Friedhof«, erklärt Ondine. »Sollen wir zum See gehen?«

Also biegen wir links ab. Weiter vorne taucht eine Mutter mit Kinderwagen auf.

»Lass uns hier über die Straße gehen, ja?«, schlägt Ondine vor.

Wir überqueren die Straße. Dabei sieht keiner von uns zu der Frau mit dem Kinderwagen hinüber.

»Konntest du deinen Sohn schon zurückholen?«, will Ondine wissen.

»Noch nicht. Aber ich habe einiges ins Rollen gebracht. Jetzt dauert es sicher nicht mehr lange.« Ich will nichts beschreien, indem ich zu viel verrate. »Und wie läuft es bei dir? Ist das Leben in der Psychiatrie immer noch ein einziger Überlebenskampf?«

Sie denkt eine Weile nach. »Ich schlage mich so durch.«

»Die anderen Frauen?«

»Einfach alles: die Frauen, das Personal, selbst das Babygeschrei. Es ist leichter, wenn ich in meinem Zimmer bleibe und Kopfhörer aufsetze.«

»Was hörst du dir an?«

»Nichts.« Ein Lächeln huscht über ihr Gesicht. »Meine eigenen Gedanken, schätze ich.« Sie beschleunigt ihre Schritte, drängt zum See hin.

Als ich sie einhole, kann man schon das bräunliche Wasser sehen. Da dichte, hohe Gräser eine Art undurchdringliche Mauer um den Teich gebildet hatten, war man in der Stadt ziemlich überrascht, als sich herausstellte, dass der kleine See im Laufe der Jahre zu kaum mehr als einer Pfütze zusammengeschrumpft war. Während der zehn Jahre anhaltenden Dürre war er bloß ein flacher Krater mit ein paar schleimigen Stängeln im matschigen Zentrum. Seit vor ein paar Jahren der Regen zurückgekehrt ist, sind die Schlingpflanzen wieder gewachsen und haben sich in den grünen Tiefen ausgebreitet.

Nur hin und wieder steigt eine wie eine Seeschlange an die Oberfläche.

»Und was erzählen dir deine Gedanken?«, erkundige ich mich bei Ondine.

»Dass ich von allen hier die Gestörteste bin. Dass ich es nicht verdiene, mein Baby zurückzubekommen. Dass ich für den Rest meines Lebens weggesperrt werden sollte. Was mir ja sowieso lieber wäre.« Sie starrt zum Teich hinüber, wo Jogger ihre Runden drehen.

»Dein Sohn braucht eine gesunde Mutter, Ondine. Du musst dich erholen und hier rauskommen – für ihn. Eines Tages, wenn er alt genug ist, um es zu verstehen, wird er dir verzeihen. Das verspreche ich dir.«

»Schwer vorstellbar.«

»Stimmt. Aber man muss auch nicht immer auf die eigenen Gedanken hören, weißt du.«

Fast schon zaghaft schüttelt sie den Kopf. »Und was ist mit dir? Wie läuft es bei dir?«

Wie aus dem Nichts steigen die Erinnerungen an die Geburt in mir auf. Der Herzschlag meines Babys auf dem Monitor. Die Rolltrage, ich flach ausgestreckt darauf, wie sie auf dem Weg zum OP durch die alten, weißen Korridore gleitet. Der Geruch von alkoholischem Desinfektionsmittel. Die Barbiturate, verabreicht über das Rückenmark. Dann wieder und wieder der Versuch, den Herzschlag meines Kindes zu messen. Dr. Solomons panischer Befehl: »Sie braucht eine Vollnarkose, sofort.« Der Druck des Sauerstoffstroms an meinen Lippen. Propofol gleitet mit einem eisigen Brennen meinen Arm hinauf. Eine schimmernde Reflexion meines halbnackten Körpers in der OP-Lampe. Mark, dicht an meiner Seite, während alles andere schwarz wird. Früher durfte der Partner nicht mit in den Operationssaal. Offenbar haben sie die Regeln geändert. Ich bin mir sicher, dass seine Anwesenheit das Letzte ist, was ich noch wahrgenommen habe. Und keine Zeit, um mich zu verabschieden.

Dann taucht das Bild eines toten Babys vor meinem inneren Auge auf. Ich zucke heftig zusammen, stolpere, kann mich gerade noch abfangen. Das Schreckensbild löst sich auf, als eine Staubwolke vom Boden hochsteigt.

»Alles klar?«

»Ja.«

Ondine bleibt am Seeufer stehen, im Schatten eines Eukalyptusbaums. Sie hebt einen Stein vom Weg auf. »Wahrscheinlich hältst du mich für so richtig verrückt.«

»Nein, überhaupt nicht.«

»Nicht einmal aus beruflicher Perspektive?«

»Ich habe schon sehr lange keine lebenden Patienten mehr gehabt.«

Auf dem See schwimmen Enten. Immer wieder tauchen sie die Köpfe ins Wasser. Ich suche mir einen flachen Stein, ungefähr so groß wie meine Handfläche. Als ich mich wieder aufrichte, stöhne ich leise.

»In gewisser Weise sind wir alle verrückt«, behaupte ich.

»Du nicht.«

Der Stein hat genau das richtige Gewicht und eine gute Form, um ihn hüpfen zu lassen. Ich drehe ihn zwischen den Fingern, ertaste seine Ränder und Kanten, um ihn in die richtige Position zu bringen.

»O doch, ich auch. Zumindest war ich es.«

»Inwiefern?«

»Ich habe daran gedacht, Schluss zu machen.«

»Mit dem Leben?«

»Ich habe mit dem Gedanken gespielt, mehr nicht.« Wie nahe ich dran war, sage ich ihr nicht. Wie stark mein Todeswunsch war. »Und ich bin wirklich froh, dass ich es nicht getan habe.« Dieser Teil ist wahr.

Mit düsterem Blick mustert Ondine die glänzende Wasseroberfläche.

»Den Punkt, an dem man sich freut, am Leben zu sein, habe ich noch nicht erreicht«, stellt sie fest.

»Wirst du noch.«

Ich schleudere den Stein auf den See hinaus. Er springt zwei-, drei-, viermal über das Wasser, bevor er in den Tiefen versinkt und immer größer werdende Kreise hinterlässt, die sich weiter und weiter ausbreiten, bevor sich alles wieder beruhigt.

Als ich vor vielen Jahren den Mut aufbrachte, endlich den Gerichtssaal zu verlassen, erwartete mich draußen ein schöner Frühlingstag. Die Bienen summten in den Gärten, Blütenstaub tanzte in der Luft. Damiens Eltern standen am Haupteingang des Gebäudes. Seine Mutter ließ die Schultern hängen, und ihr Gesicht war wutverzerrt. Sein Vater aber stand hoch aufgerichtet da, mit starrem Blick. Eine Hand drückte er seiner Frau ins Kreuz, als müsse er sie stützen. Beide sahen mir wortlos nach, als ich vorbeiging. Kurz überlegte ich, stehen zu bleiben und mich zu entschuldigen. Aber was konnte ich schon sagen? Nichts, was ich tat, würde ihnen den Schmerz nehmen. Ich würde alles nur noch schlimmer machen. Dann sollte ich es besser gar nicht erst versuchen. An meinem Auto schaute ich kurz über die Schulter. Noch immer starrten sie mich an. Dann riss sich Damiens Mutter von ihrem Mann los und begann zu schreien.

»Nach dem, was Sie meinem Sohn angetan haben, verdienen Sie es nicht, selbst Mutter zu werden ...«

Lange Zeit habe ich ihr geglaubt. Die Fehlgeburten waren meine Bestrafung. Es war alles meine Schuld.

Ondine lässt den Stein, den sie noch immer in der Hand hält, mit einem dumpfen Knall auf den Boden fallen.

»Dr. Niles will es bei mir mit EKT versuchen.«

Elektrokonvulsionstherapie – Elektroden an den Schläfen, Plastikmundstück zwischen den Zähnen, Zuckungen der Gliedmaßen, während Stromstöße ins Gehirn gejagt werden. Am liebsten würde ich ihr sagen: *Tu das nicht!*

»Könntest du nicht abwarten, dem Ganzen mehr Zeit geben?«

»Ich weiß nicht. Aber du hast recht: Mein Sohn braucht eine gesunde Mutter. Ich denke, ich würde alles versuchen, und sei es nur seinetwegen.«

Wenn sie das kann, kann ich es auch. Vor dem Mittagessen werde ich Besuch von meinem Geburtshelfer bekommen, Dr. Solomon. Vorsichtig packe ich Ondine am Ellbogen. »Lass uns zurückgehen. Ich werde jetzt versuchen, herauszufinden, wie das mit meinem Sohn passieren konnte.«

Tag 6, Donnerstag. Später Vormittag.

Ich überprüfe gerade, ob die Muttermilch in meinem Eisfach auch nicht aufgetaut ist, als Dr. Solomon an die Tür klopft. Schnell drücke ich die Klappe des Gefrierfachs zu, schließe die Kühlschranktür und schaffe es gerade noch, eine gelassene Miene aufzusetzen.

»Da sind Sie ja«, stellt er fest. »Dieses Gebäude ist das reinste Labyrinth. Gestern habe ich schon einmal versucht, Sie aufzuspüren, aber ohne Erfolg. Und diese Hitze hier drin. Unglaublich.«

Da ich ihn von der Liste der Verdächtigen streichen will, habe ich gestern darum gebeten, dass er mich besuchen soll, aber er ist nicht aufgetaucht. Inzwischen habe ich ihn seit fünf Tagen nicht mehr gesehen, seit ich von der Wöchnerinnenstation hierher verlegt wurde. Dr. Solomons barsches Gehabe hat sich seitdem nicht verändert. Mittlerweile hat sich schon eine ganze Reihe Ärzte und Schwestern mit mir beschäftigt, aber keiner von ihnen scheint sich wirklich für mich zu interessieren. Es ist schrecklich, in diesem System Patient zu sein. Arzt zu sein allerdings auch, wenn man unter der Last der ständigen Überstunden bei mieser Bezahlung irgendwann seine Menschlichkeit verliert.

Als Dr. Solomon wortlos auf meinen Bauch deutet, hebe ich das Nachthemd an, um ihm den Verband zu zeigen. Er zieht ihn ab, sodass die Narbe zum Vorschein kommt. Eine saubere, rote Linie knapp über dem Schambein, mehr ist nicht geblieben.

»Gut«, stellt er fest, während er meine weiche Wöchnerinnenwäsche wieder zurechtrückt. »Was mich angeht, können Sie nach Hause gehen. Ich werde bei Dr. Niles ein gutes Wort für Sie einlegen. Mir gegenüber hat sie erwähnt, dass Sie eventuell morgen entlassen werden.«

Morgen schon. Ein echter Schock, aber ein positiver. Ich dachte, man würde mich zwingen, noch mindestens eine Woche hierzubleiben. Vielleicht habe ich bei Dr. Niles eine noch überzeugendere Vorstellung abgeliefert, als ich selbst dachte.

»Äh … Dr. Solomon?«

Er bleibt an der Tür stehen.

»Könnten Sie mir vielleicht noch etwas mehr über die Geburt erzählen?«

Sein Mund wird zu einer schmalen Linie. »Sie wissen ja sicher, dass es ein ganz gewöhnlicher Notkaiserschnitt war. Wenn auch unter Vollnarkose. Ja, es war ein Notfall, aber es gab keinerlei Komplikationen. Ihr Baby ist problemlos auf die Welt gekommen. Als er auf der Säuglingsintensiv war, wurde ihm wohl etwas Sauerstoff verabreicht, aber das ist nicht ungewöhnlich.« Er greift nach der Klinke.

»Dann war die Hebamme also die ganze Zeit über bei meinem Baby?«

Ohne die Klinke loszulassen, rümpft er die Nase. »Selbstverständlich. Eine unserer Hebammen hat die Geburt begleitet – Ursula. Sie hat ihn dann nach oben gebracht.«

»Und es ist ausgeschlossen, dass er zu irgendeinem Zeitpunkt unbeaufsichtigt war?«

»Das halte ich für höchst unwahrschcinlich«, sagt Dr. Solomon. »Offen gesagt macht es mir Sorgen, dass Sie noch immer so darauf fixiert sind. Das werde ich wohl Dr. Niles mitteilen müssen.«

Krampfhaft balle ich die Fäuste. »Bitte, das brauchen Sie Dr. Niles gegenüber wirklich nicht zu erwähnen. Ich war lediglich neugierig. Ich weiß, dass Toby mein Kind ist. Und ich weiß, dass Mark vom ersten Atemzug an bei ihm war. Ich würde nur gerne wissen -«

»Ihr Mann kann beim ersten Atemzug Ihres Babys gar nicht dabei gewesen sein.«

Dr. Solomon lässt die Türklinke los und lehnt den Kopf gegen die Wand, knapp neben Monets Seerosen.

Es fühlt sich an, als würde jemand mein Herz zerquetschen. »Was soll das heißen?«

»Wenn ein Kaiserschnitt unter Vollnarkose durchgeführt werden muss, ist Verwandten und Partnern der Zutritt zum Operationssaal untersagt. Das wissen Sie doch sicher, oder? Ihr Mann wurde gebeten, oben auf der Säuglingsstation zu warten. Ich bin nach dem Eingriff selbst nach oben gegangen, um ihm zu sagen, dass alles gut verlaufen ist.«

Die verschwommene Erinnerung daran, dass Mark meine Hand gehalten hat, als man mir milchig weiße Flüssigkeit injiziert und eine Sauerstoffmaske aufs Gesicht gedrückt hat, während die weiße Zimmerdecke erst grau und dann schwarz wurde … Habe ich mir das alles nur eingebildet? Mein Herz beginnt zu rasen.

»Die Notfallmaßnahmen auf der Säuglingsstation hat er vielleicht gesehen, aber nicht die Geburt selbst. Krankenhausvorschrift«, resümiert Dr. Solomon.

Ich presse die Knie zusammen, bis meine Beine schmerzen. Vielleicht habe ich zu viel Vertrauen in Mark und mein Erinnerungsvermögen gesetzt. Aber das Verschulden des Krankenhauses – der Personalmangel, die vielen, plötzlich auftretenden Notfälle, die völlige Ignoranz gegenüber meinen Sorgen –, das habe ich mir nicht eingebildet. Ich habe schon öfter Gerüchte darüber gehört, dass in Kliniken Dinge vertuscht werden. Vielleicht bin ich nur eine von vielen Frauen, die zum Schweigen gebracht werden sollen.

Dr. Solomon vergräbt die Hände in den Hosentaschen. Könnte er an der Verschwörung beteiligt sein, mit der die Vertauschung meines Babys unter den Teppich gekehrt werden soll? Ich kann ihn nicht direkt fragen, wo er Freitagnacht und Samstagmorgen war. Er ist zu clever und würde mich sofort durchschauen.

»Ist Ihnen im OP irgendjemand aufgefallen, der sich ungewöhnlich verhalten hat?«

»Nein, Sasha. Und wäre es so gewesen, hätte ich es dem Personal gemeldet.«

Da bin ich mir nicht so sicher. Aber ich merke, dass ihm langsam die Geduld ausgeht.

»Wurde mein Baby zwischen OP-Saal und Säuglingsintensiv noch jemand anderem anvertraut?«

»Wahrscheinlich schon, den Schwestern.« Er seufzt schwer. »Aber Ihrem Baby wurden sofort nach der Geburt Identifikationsbändchen angelegt. An Hand- *und* Fußgelenk. Die es auch jetzt noch trägt, nehme ich an.« Er verzieht skeptisch den Mund, während er sich an die Tür lehnt.

Ich reiße die Arme hoch. »Und was passiert, wenn sie abfallen? Wer auch immer sie wieder angelegt hat, könnte einen Fehler gemacht haben. Ich kann nicht fassen, dass keine weiteren Nachforschungen angestellt wurden. Ist es in Ihrem Krankenhaus früher schon vorgekommen, dass Babys vertauscht wurden?«

Dr. Solomons Augen erinnern mich an Seerosenblätter auf einem glitzernden Teich.

»Sie wissen, dass wir negative Vorkommnisse heutzutage nicht vertuschen dürfen, Sasha. In diesem Krankenhaus wurden nie irgendwelche Babys vertauscht, und auch in keinem anderen Krankenhaus, in dem ich je gearbeitet habe. So etwas kommt extrem selten vor. Was auch der Grund dafür ist, dass wir uns Ihretwegen so große Sorgen gemacht haben.«

Nachdem Dr. Solomon gegangen ist, grübele ich darüber nach, ob ich gerade meine Tarnung ruiniert habe. Werde ich trotzdem noch morgen entlassen, oder eher nicht? Aber es besteht immer die Möglichkeit, dass er es wieder vergisst. Oder dass ihm der Papierkram zu lästig ist. Schließlich bin ich nur eine »irre« Mutter unter vielen. Hoffentlich kommt es beim klinikinternen Buschfunk zu Frequenzstörungen, sodass seine Nachricht unterwegs verloren geht.

Ich sollte mir deswegen nicht weiter den Kopf zerbrechen. Jetzt habe ich sowieso keine Zeit, die verschiedenen Möglichkeiten durchzuspielen. Ich muss meinen Sohn sehen.

Obwohl es brennt, schrubbe ich meine Nagelhäute und die Zwischenräume zwischen den Fingern am Eingang zur Säuglingsstation mit Desinfektionsmittel, bevor ich es unter fließendem Wasser abwasche. Es ist besser, alles aus den Rissen in der Haut rauszuholen. Wer weiß schon, was sich dort für Bakterien verstecken?

Auf der Station stoße ich auf Mark. Er hat beide Hände in Tobys Inkubator geschoben. Seine Haare sind zurückgegelt, und er trägt seine weiten Kochhosen. Er war doch nicht etwa arbeiten?

»Toby entwickelt sich gut«, stellt er mit einem bedrückten Lächeln fest. Dann deutet er mit dem Kopf auf eine Plastiktüte, die neben dem Kasten auf dem Bänkchen steht. »Ich habe dir etwas gekocht.«

Vorsichtig spähe ich in die Tüte. Eine Tupperbox mit hausgemachten Gnocchi. Ich bin ihm dankbar, aber eigentlich sollte er es besser wissen. »Auf der Säuglingsintensiv dürfen keine Nahrungsmittel mitgebracht werden, Mark. Das Infektionsrisiko ist zu groß. Du musst umsichtiger sein.« Ich verschließe die Tüte mit einem Knoten. »Dr. Solomon war vorhin bei mir. Er hat mir etwas erzählt. Warum hast du mich nach der Geburt angelogen?«

»Ich habe keine Ahnung, wovon du redest, Sasha.«

»Du hast gesagt, du wärst die ganze Zeit bei Toby gewesen, aber das war gelogen.«

»Ich habe dich nicht angelogen.« Seine Stimme klingt belegt, und er kann mir nicht in die Augen sehen. Schon wieder hat Mark mich verraten. Er wird mir auch jetzt nicht die Wahrheit sagen. Ich muss die Sache wohl vorerst auf sich beruhen lassen.

Unter der Plastikhaube wirken Tobys Wangen rosig, und sie sind auch etwas runder geworden. Inzwischen könnte er fast als voll ausgereiftes Baby durchgehen. Plötzlich spüre ich Marks Hand auf meiner Schulter. Er gräbt die Finger unter mein Schlüsselbein, als wolle er sich durch meine Haut bohren. Aber ich bin nicht in der Lage, die Botschaft zu entschlüsseln, die er mir damit übermitteln will.

»Ich bin heute Morgen kurz zur Arbeit gefahren.«

»Wolltest du dir nach der Geburt nicht zwei Wochen freinehmen?«

»Ich würde ja auch lieber hier bei euch bleiben, wirklich«, beteuert er. »Aber sie hatten zu wenig Leute. Sie haben mich gebraucht, nur für ein paar Stunden.« Seine Hand wandert zu den verspannten Muskeln in meinem Nacken und fängt an, sie zu massieren. »Irgendwie hat sich nichts so entwickelt, wie wir es geplant hatten.«

Nächsten Montag wird er wieder in seiner Restaurantküche stehen und Rote Beete schneiden, Schnitzel braten und

Kräuter hacken. Ehrliche, handfeste Arbeit. Dort wird er sich wesentlich heimischer fühlen als hier, wo piepsende Maschinen und Tabellen und die Färbung der Haut immer nur einen Teil der Wahrheit enthüllen. Mit einem Achselzucken schiebe ich seine Hand fort.

»Und wie war es in der Arbeit?«

»Schön«, antwortet er ausdruckslos.

»Was genau hast du ihnen gesagt?«

»Dass unser Baby zu früh gekommen ist.«

Ich starre auf Toby, dessen kleine Fäuste sich öffnen und wieder schließen, als wolle er die Luft packen.

»Aber nichts über mich.«

Er bleibt stumm.

»Vielleicht geben sie dir ein paar zusätzliche Tage frei, wenn du es ihnen erzählst.«

»Sie haben mir auch so länger freigegeben.« Er lockert sein Halstuch. »Hoffentlich kannst du bald mit mir nach Hause kommen. Angeblich ziehen sie in Erwägung, dich schon morgen zu entlassen.«

Ich wünschte, sie würden nicht ständig alle hinter meinem Rücken über mich reden.

»Vielleicht«, murmele ich. Eigentlich sollte die Aussicht, nach Hause zu kommen, mich mehr begeistern. Aber irgendwie kommt es mir jetzt gar nicht mehr so toll vor, zu Mark zurückzukommen, in mein altes Haus, mein altes Leben. »Und was die Partnerschaft im Restaurant angeht – hast du ihnen schon eine endgültige Antwort gegeben?«

Mark wendet den Blick ab und schüttelt den Kopf.

Ich sehe mir Tobys Werte an. Seine Temperatur ist stabil, die Herzfrequenz normal. Für ein Frühchen hat er seine ersten sechs Lebenstage problemlos gemeistert, und das sogar ohne die trostspendende Wärme seiner Mutter.

Mark beobachtet mich. »Du musst nicht auch noch seine Ärztin sein, weißt du? Du musst einfach nur für ihn da sein. Du bist seine Mutter, vergiss das nicht. Ich weiß, dass du das hinkriegst.« Er versucht zu lächeln.

Endlich begreife ich die Wahrheit: Nicht nur ich habe daran gezweifelt, ob ich eine gute Mutter sein kann, ob ich wirklich für mein Kind da sein würde. In all den Jahren unserer Partnerschaft hat Mark sich Sorgen gemacht, ob ich das hinkriege, hat befürchtet, dass ich so enden könnte wie meine Mutter.

»Du hast das mit meiner Mutter gewusst, stimmt's? Du hast gedacht, ich bringe mich um und lasse dich mit dem Baby allein.«

Auf seinem Gesicht breitet sich eine solche Trauer aus, dass ich nicht weiß, was ich noch sagen soll.

»Du weißt, dass ich unseren Sohn liebe«, sagt er dann leise. »Ich kann kaum fassen, dass ich sein Vater sein darf. Und ich bin mir sicher, dass du auch lernen wirst, ihn zu lieben. Und ich weiß, dass du uns nie allein lassen würdest.« Sein Handy vibriert; er hat Tobys Mahlzeiten eingespeichert. »Vielleicht würde es dir guttun, ihn zu füttern.«

Er geht davon, um die nächste Portion anzuwärmen. Warum fällt es mir auf einmal so schwer, ihm zu vertrauen? Natürlich hat nicht er Toby und Gabriel vertauscht. Er hat kein Motiv, keinen Grund, es zu tun. Ich fülle die Ersatznahrung, die Mark vorbereitet hat, in eine Spritze. Dann halte ich Tobys Nasenschlauch über den Inkubator und sehe zu, wie die Flüssigkeit langsam hinunterläuft, in sein Nasenloch hineingleitet wie eine weiße Schlange. Unwillkürlich wandert mein Blick zu Gabriel hinüber.

Brigitte sitzt strickend an seiner Seite. Immer wieder stechen die Nadeln in das rote Wollrechteck auf ihrem Schoß.

Der Faden zieht sich wie ein blutiges Rinnsal an ihrem Bein hinunter und verschwindet dann in einem Beutel auf dem Boden. Ursula stellt gerade Gabriels Lampen neu ein. Ihr Schwesternkittel ist grau wie die Uniform eines Gefängniswärters. Sie steht mit dem Rücken zu mir.

Gabriel strampelt mit den Beinen in der Luft und streckt die Arme in die Höhe. Alles in mir schreit danach, ihn zu stillen. Meine Brustwarzen kribbeln. Ich spüre die Nässe, bevor ich die feuchten Flecken sehe, die sich auf meinem BH bilden. Da ich ein weißes T-Shirt trage, sieht man es sofort. Ein Reflex, die körperliche Reaktion darauf, dass ich mein wundervolles Baby sehe. Ich habe das nicht unter Kontrolle.

Brigitte sieht von ihrem Strickzeug auf. Ihr Blick wandert von mir zu Gabriel, dann zu den nassen Flecken an meiner Brust. Ihre Nadeln erstarren. O nein. Jetzt wird sie davon ausgehen, dass ich meine Milch nicht halten konnte, weil ich immer noch von ihrem Baby besessen bin. Das gibt bestimmt wieder Ärger.

Sie tippt Ursula auf die Schulter und zischt etwas. Ursula dreht sich um, mustert prüfend mein Shirt und lässt daraufhin die Klappen von Gabriels Inkubator einrasten. *Nicht so fest!*, würde ich am liebsten rufen. Anschließend geht sie zur Schwesternstation hinüber, wo schon einige ihrer Kolleginnen stehen.

Ich spritze weiter Ersatznahrung in Tobys Schlauch, aber es ist zu viel auf einmal, sodass alles überläuft und sich eine milchige Pfütze auf dem Boden bildet. Schnell hocke ich mich hin, um es aufzuwischen. Aber egal, wie viele Taschentücher ich auch aus der Box ziehe, ich schaffe es einfach nicht.

Plötzlich steht Ursula direkt vor mir. Ihr grauer Körper verstellt mir die Sicht auf Gabriel. Sie wartet, bis ich mich aufgerichtet habe, noch immer die nassen Taschentücher in der Hand.

»Ich denke, ich habe mich klar ausgedrückt: Sie sollen die anderen Babys in Frieden lassen.«

»Ich habe doch gar nichts getan.« Meine Zunge löst sich nur schwer vom Gaumen.

»Trotzdem macht Ihre Reaktion«, sie starrt demonstrativ auf mein Shirt, »es nötig, ein paar Vorsichtsmaßnahmen zu ergreifen.«

Das Schaben von Metall ertönt. Die anderen Schwestern schieben Stellwände zu Gabriels Brutkasten, schließen ihn und Brigitte dahinter ein, sodass ich sie nicht mehr sehen kann.

»Wenn Sie sich weiter so auffällig verhalten, bleibt mir nichts anderes übrig, als Ihnen den Zutritt zur Station zu verweigern«, fügt Ursula noch hinzu.

»Geht es ihm gut?«

Sie kneift die Augen zusammen. Plötzlich wird mir wieder bewusst, dass ich sie noch nicht von der Liste der Verdächtigen gestrichen habe.

»Waren Sie am Morgen seiner Geburt die ganze Zeit über bei Toby?«

»Natürlich.« Ursula wischt sich den Schweiß von der Stirn.

»Und ist Ihnen irgendetwas Merkwürdiges aufgefallen?«

»Nein, Sasha. Genau genommen hat sich hier nur eine Person merkwürdig benommen, und das sind Sie.« Sie rümpft abfällig die Nase und geht dann zur Schwesternstation zurück, wobei sie mich nicht aus den Augen lässt.

»Was ist hier los?« Mark kommt aus dem Raum zurück, in dem die Ersatznahrung angerührt wird. Er hält eine frisch angewärmte Flasche in der Hand. »Warum stellen sie diesen Sichtschutz auf?«

Ihm fallen fast die Augen aus dem Kopf, als er die Flecken an meiner Brust sieht. Ich erkläre ihm, welche voreiligen Schlüsse Ursula und Brigitte daraus gezogen haben.

»Ich weiß, das sieht übel aus«, gebe ich zu, während ich hektisch meine Strickjacke vor der Brust zusammenziehe. »Aber ich habe nichts falsch gemacht.«

Mark lässt sich neben Tobys Kasten auf einen Stuhl fallen und vergräbt das Gesicht in den Händen. Mit fast unhörbarer Stimme sagt er: »Vielleicht ist es an der Zeit zu akzeptieren, dass manchmal sogar du etwas falsch machst, Sasha.«

Ich presse die Hände an die Augen, bis ich weiße Punkte sehe. Keiner von ihnen soll die Genugtuung haben, mich weinen zu sehen.

Die hellgrüne Farbe löst sich in dicken Flocken von der Wand. Die Waschbecken sind aus grünem Porzellan, die Toilettensitze aus schwarzem Plastik. Offenbar wurden die Toiletten auf der Säuglingsstation seit den Siebzigern nicht mehr renoviert, und so, wie es riecht, wurden sie seitdem auch nicht mehr gründlich gereinigt.

Die anderen Eltern benutzen diese Toiletten nicht, sie scheinen die modernen vorne bei den Fahrstühlen zu bevorzugen. Doch ich komme immer wieder hierher und schließe mich in einer der Kabinen ein, um etwas Ruhe zu haben. Abgeschirmt vor den neugierigen Blicken.

Aufmerksam mustere ich die Decke. Hier drin scheint es keine Kameras zu geben – oder Abhörgeräte. Zumindest nichts Auffälliges. Die Neonröhren flackern wie Starkstromleitungen. Aber mit der Ruhe ist es vorbei, als plötzlich quietschend die Tür aufgeht. Absätze klappern über die Fliesen. So ein Mist.

Sobald das Schloss der Nebenkabine einrastet, gehe ich

hastig zum Waschbecken. Gerade als ich mir das Wasser von den Händen schüttele, öffnet sich die Tür der anderen Kabine. Es ist Brigitte. Ihr Rock sitzt schief, und die Haare hängen ihr ins Gesicht.

»Das mit dem Milchaustritt kann ich erklären«, sage ich sofort. »Das ist ein rein körperlicher Reflex, der absolut nichts zu bedeuten hat. Ich habe das nicht unter Kontrolle.«

»Bestimmt war es nicht leicht für dich«, erwidert sie, ohne mich anzusehen. »Aber mir wäre es lieber, wenn du dich von mir fernhältst. Okay?«

»Ich versuche doch nur, das alles zu verstehen. Ich will dir dein Baby nicht wegnehmen.«

»Und ich werde dafür sorgen, dass du keine Gelegenheit dazu bekommst.« Sie zieht die Brauen zusammen.

Trotzdem muss ich fragen, wie viel Zeit mir noch bleibt, um alles in Ordnung zu bringen.

»Wann wird Jeremy entlassen?«

»Bitte halte dich einfach von ihm fern. Und von mir.«

Wie soll ich nur verhindern, dass er geht? Erst als die Tür hinter ihr zufällt, bemerke ich: In ihrer Eile hat sie vergessen, sich die Hände zu waschen. Das ist wichtig. Ist ihr überhaupt bewusst, *wie* wichtig das ist? Vor allem nach der Infektionswelle vor einigen Jahren. Die Erreger könnten noch immer an den Wasserhähnen haften, an Türklinken, auf Oberflächen. Aber wenn ich ihr jetzt hinterhergehe, wird sie nur wieder Beschuldigungen vorbringen. Dass ich sie stalke, vielleicht.

Ich lehne mich schwer gegen das Waschbecken, achte aber darauf, mit meinen sterilen Händen nichts zu berühren. Die ganze Zeit über habe ich alles richtig gemacht. Und trotzdem hat Brigitte das eine, was ich so dringend haben will, das eine, was ich noch nicht für mich beanspruchen kann: mein Kind. Meinen einzigen Sohn.

Für mich gibt es nur noch eine Option: Ich muss mich an den ursprünglichen Plan halten, muss so tun, als wäre Toby mein Kind, und die letzte Verdächtige ausschließen – Dr. Green. Abwarten, bis die Ergebnisse des Gentests da sind. Dann kann ich ihnen allen zeigen, dass ich die ganze Zeit recht hatte. Und wie grausam sie mich behandelt haben.

Tag 6, Donnerstag. Mittagszeit.

Zurück auf der Station, finde ich einen schlafenden Toby vor. Seine Lippen sind geöffnet, sodass man die dunkle Mundhöhle sehen kann. Ich befeuchte einen Wattebausch mit Kochsalzlösung und streiche damit über seine Lider. Er zuckt zusammen und dreht den Kopf weg. Dann höre ich plötzlich ein Rascheln hinter mir.

Es ist mein Vater, mit zwei Plastiktüten in der Hand. Heute hatte ich gar nicht mit ihm gerechnet. Nachdem er mir einen kratzigen Kuss auf die Wange gedrückt hat, streckt er mir die Tüten entgegen.

»Ich habe ein paar Babysachen für euch gekauft«, verkündet er. »Von der Freundin eines Freundes. Sie meinte, ihr könntet sie vielleicht gebrauchen.«

»Danke, Dad.«

Er sieht mich prüfend an. »Du hast die Augen deiner Mutter.«

»Ich finde, ich habe keinerlei Ähnlichkeit mit ihr.«

Dad zieht die Nase kraus. Dann holt er ein mehrfach gefaltetes, zerknittertes Stück Papier aus der Tasche.

»Ich hätte dir alles sagen müssen, schon vor Jahren. Wollte ich auch. Es tut mir schrecklich leid. Das hier … das ist das Letzte, was ich noch vor dir geheim gehalten habe. Ich habe es aufgehoben für eine Zeit, wenn du dafür bereit bist. Es ist für dich.«

Ich entfalte das Blatt. Die Handschrift meiner Mutter.

»Was ist das?«

»Lies einfach.«

Ich dachte, ich würde es lieben, Mutter zu sein.

Ich habe mich geirrt …

Ihr Abschiedsbrief. Ich kann nicht fassen, dass er ihn mir gibt – hier, jetzt. Mir ist klar, dass mein Vater keinerlei Kontakt zu seinen eigenen Gefühlen hat, und das ist noch milde ausgedrückt. Aber selbst ihm müsste doch klar sein, wie vollkommen gefühllos das ist. Ich will nicht weiterlesen, kann es nicht. Entschlossen falte ich das Blatt wieder zusammen und gebe es ihm zurück. »Ich … ich will es nicht haben.«

»Tut mir leid, ich wollte ja nicht, dass du ihn jetzt sofort liest. Ich dachte mir, du solltest die ganze Geschichte kennen, vor allem, weil du jetzt selbst Mutter bist. Aber natürlich hätte ich dir das alles schon vor Jahren sagen müssen.« Er versucht, mir den Brief wieder in die Hand zu drücken.

»Ich weiß, dass du mir nur helfen willst. Aber ich will ihn nicht lesen, niemals.« Ich schiebe seine Hand weg.

Toby zuckt im Schlaf, seine Beine zittern hinter der Plastikscheibe.

»Ich weiß es jetzt«, sage ich. »Alles.«

Dad holt tief Luft. »Was meinst du damit?«

»Ich erinnere mich.« Wie ich neben ihr lag, schon halb eingeschlafen. Wie ihr Atem aussetzte. Ihr Arm über mir, der langsam kälter wurde. »Ich war dabei, als sie starb, stimmt's?«

Zitternd sinkt Dad auf den Stuhl neben Tobys Brutkasten.

»Ich wünschte nur, du hättest es mir schon vor langer Zeit erzählt, Dad.«

»Sie haben gesagt, das Schlafmittel, das sie dir gegeben hat, würde keine Langzeitschäden verursachen. Dass du wieder ganz gesund sein würdest, wenn du es überstanden hast.«

Schlafmittel? Welches Schlafmittel?

Da war ein Becher. Ein glänzender Silberbecher, der im Sonnenlicht funkelte. Voll gefüllt mit brauner Flüssigkeit.

Heißer Kakao, Liebling. Schokoladenmilch. Schön warm. Trink, Liebling. Trink alles aus.

Sie hat gelallt. Ihr Atem war feucht, kalt.

Die Wärme des Getränks breitete sich in meinem Mund aus, auf meiner Zunge, drang bis in meine Glieder, als würde ich in Kakao baden. Ich legte mich neben sie, kuschelte mich an ihren kühlen Körper. Dann drückte sie mich fest an sich, ihr Atem streifte meinen Nacken.

Jetzt wird alles besser. Alles wird gut.

Ich war bei ihr. Natürlich würde alles gut werden.

Lass mich wiedergutmachen, was ich getan habe. Und verzeih mir, was ich jetzt tun werde.

Ich habe ihr immer alles verziehen. Sie war meine Mutter. Niemanden liebte ich so sehr wie sie. Und ich dachte, daran würde sich nie etwas ändern.

Tränen rauben mir die Sicht. Ich glaube, ein Teil von mir hat es immer gewusst. Der Teil, der verzweifelt versucht hat, es zu vergessen.

»Wie konnte sie das tun?«, schluchze ich.

Dads Kopf sinkt auf seine Brust. »Ich habe keine Erklärung, Sasha. Sie war … krank.«

Ein leerer Körper, wie ein tiefer Abgrund, wie die entferntesten Winkel des Universums.

»Bestand die Gefahr, dass ich sterbe?«

»Die Ärzte meinten, es war verdammt knapp.«

Es fühlt sich an, als würde die braune Flüssigkeit in mir hochkochen und als klebriger Schaum zwischen meinen Lippen hervorquellen.

»Du hast mich nicht beschützt. Du hast mich bei ihr gelassen. Warum wusstest du nicht, was sie vorhat?«

»Es tut mir so leid. Ich hatte keine Ahnung, dass etwas nicht stimmt. Damals war das anders als heute. Wir wussten nichts von diesen Dingen. Die Leute haben nicht über so etwas gesprochen.« Er vergräbt das Gesicht in den Händen.

An einem der anderen Brutkästen geht ein Alarm los. Sekunden später stürmt ein ganzer Haufen Personal auf die Station. Dr. Green hört das Baby mit dem Stethoskop ab, während Ursula mit ausgestrecktem Finger die Leute herumscheucht.

»Es muss Anzeichen gegeben haben, dass mit ihr etwas nicht stimmte«, murmele ich.

Dad sitzt gebeugt da, bekommt gar nicht mit, was sich hinter ihm abspielt.

»Auf mich hat sie immer normal gewirkt. Ich weiß, ich hätte es dir sagen müssen. Aber wie sagt man jemandem, dass die eigene Mutter …« Er hebt den Kopf. Tränen laufen über seine Wangen. »Ich hoffe nur, dass du mir eines Tages verzeihen kannst.«

Die Schwestern schieben das kranke Baby eilig in den Wiederbelebungsraum. Am liebsten würde ich mich in Luft auflösen und zum Fenster hinausfliegen, hoch in den Himmel hinein. Ich kann nur hoffen, dass ich mich irgendwann daran erinnern werde, wie es sich angefühlt hat, von meiner Mutter im Arm gehalten zu werden. Meiner Mutter, die mich wollte, mich liebte.

VORHER

MARK

Als offensichtlich wurde, dass die Chemotherapie bei Simon nicht anschlug, suchten die Ärzte nach einem Knochenmarkspender. Alle wetteten auf seinen Zwillingsbruder, also auf mich. Aber als die Ergebnisse kamen, hieß es, ich passe nicht. Mir blieb für einen Moment das Herz stehen. Ich hatte ihn im Stich gelassen. Ich bekam nicht einmal die Chance, ihm zu helfen.

Und dann stellte sich, zum großen Entsetzen meiner Familie, heraus, dass die Ärzte gar keinen passenden Spender finden konnten.

Bei meinem letzten Besuch lag Simon in einem Einzelzimmer in der Klinik, von der aus man diesen tollen Ausblick auf das Cricketstadion hat. Damals wusste ich noch nicht, dass die besten Zimmer immer den todgeweihten Patienten vorbehalten waren.

»Es ist vorbei, Mark«, sagte er. »Wir sollten uns besser verabschieden.«

»Sei nicht albern.« Ich rang die Hände. »Du darfst nicht aufgeben. Und überhaupt, was ist mit dem Endspiel?«

»Blödes Collingwood. Die schaffen es doch nie in die Premier League. Zumindest nicht zu meinen Lebzeiten.« Er hielt das für einen tollen Witz und lachte leise.

Meiner Meinung nach sah er noch einigermaßen gut aus, wie er da in den Kissen saß. Seine Gesichtsfarbe war einen Hauch kräftiger als die Decke, die seinen knochigen Körper verbarg. Wenn er nicht mehr da war, wäre ich kein Zwilling mehr. Dann wäre ich ein Einzelkind. Niemand mehr da, den ich beschützen müsste. Niemand, auf den ich aufpassen konnte. Nichts wäre mehr so wie früher.

»Sag so etwas nicht«, flehte ich ihn an.

»Ich kann sagen, was ich will«, erwiderte er. »Versuch doch, mich daran zu hindern.« Wieder lachte er, als wäre es ein Witz.

»Du darfst nicht aufgeben. Deine Zeit ist noch nicht gekommen.«

»Irgendwann kommt der Punkt, an dem es einfach genug ist. Dann ist es okay, loszulassen.«

Ich ballte die Fäuste. »Aber der Punkt ist noch nicht gekommen.«

Simon schloss die Augen. In diesem Moment dachte ich, er wolle einfach seine Ruhe haben. Später fragte ich mich dann, ob es vielleicht an den Medikamenten lag. Er hatte starke Schmerzen. Wie auch immer, ich stürmte wortlos aus dem Zimmer. Ich war noch nicht bereit, ihn gehen zu lassen.

Als Mum mich später am Abend anrief, um mir zu sagen, dass er von uns gegangen war, wurde mir so heiß, dass mein Gesicht regelrecht glühte. Die Ärzte meinten, er wäre bereit gewesen. Er habe Frieden gefunden.

Mag sein, dass er bereit war. Ich war es noch lange nicht. Was ich mir am meisten wünsche? Was ich ändern würde, wenn ich die Zeit zurückdrehen könnte? Ich wünschte, ich könnte seine letzten Worte hören. Ich wünschte, ich hätte die Chance gehabt, mich von ihm zu verabschieden.

Tag 6, Donnerstag. Früher Abend.

Ein harmonisches Raunen erfüllt mein Zimmer. Es stammt von den Frauen, die gemeinsam im Freizeitraum singen. Das hallt durch den gesamten Flur. Eigentlich sollte ich ebenfalls dort sein, aber ich habe angefangen zu packen; schließlich kann ich genauso gut davon ausgehen, dass sie mir noch immer erlauben werden, morgen nach Hause zu gehen. Trotz Milchflussreflex auf der Säuglingsstation und trotz des Verhörs von Dr. Solomon hat mir niemand gesagt, dass meine Entlassung vom Tisch wäre. Vielleicht haben die einzelnen Kräfte wie gehofft ihre Besorgnis nicht miteinander geteilt. Dann wäre die Krankenhausbürokratie einmal von Vorteil für mich gewesen. Was hoffentlich auch weiter so sein wird, bis ich hier raus bin.

Auf den offenen Flächen in meinem Zimmer ist noch immer nichts von mir zu sehen – Nachttisch, Fernsehschrank, Tisch und Stuhl. Im Kleiderschrank ist das allerdings anders: Da ich nach Marks hektischer Suche einfach alles irgendwie wieder reingestopft habe, fallen die Sachen nun wie hervorquellende Eingeweide auf den Teppich, als ich die Schranktür öffne.

In meiner Tasche klingelt das Handy: Bec. Zögernd verharrt mein Finger über dem grünen Symbol.

»Wie kommst du klar, Sash?«

»Nicht so gut. Hat mein Dad mit dir gesprochen?«

»Nein, niemand.«

Jetzt verstehe ich auch, warum Lucia immer so nett zu mir

war. Die Erwachsenen haben mich bestimmt bemitleidet – einfach alle.

»Dad hat mir endlich die ganze Wahrheit über meine Mum gesagt.« Ich zögere kurz. Niemals hätte ich gedacht, so etwas über meine Mutter sagen zu müssen. »Wusstest du, dass sie sich umgebracht hat? Und versucht hat, mich ebenfalls umzubringen?«

Erschrocken holt Bec Luft. »Was?«

»Sie hat mir Schlafmittel gegeben, Bec. Sie wollte mich mit sich nehmen.«

»Großer Gott. Aber was …? Wieso?«

Ich habe keine Ahnung. Und ich werde es wohl nie erfahren.

Dann überfällt mich eine weitere Erinnerung, die ich wohl all die Jahre unterdrückt habe. Lucia, wie sie Teig von einem Kochlöffel leckt, während sie mit funkelnden Augen das Zuckerglas von der Bank nimmt. Ich hatte es mit dem Salz verwechselt.

»Ein Fehler, meine Kleine«, sagte sie. »Das ist nicht schlimm, wir alle machen Fehler. Ich ebenfalls. Ich hätte die Schwangerschaft abbrechen sollen, wie Mario es vorgeschlagen hat.«

Aber die Schwangerschaft abzubrechen, hätte bedeutet, Bec abzutreiben. Das hatte sie doch sicher nicht gemeint, oder?

»Deine Mutter auch«, fuhr sie fort, während sie den süßen Teig in den Mülleimer kippte. »Sie hatte das Gefühl, es wäre nicht richtig für sie, ein Baby zu haben.« Impulsiv drückte Lucia mich an sich. »Aber glaube mir, Sasha, du bist kein Fehler.«

Jedes Mal, wenn ich nach dem Verschwinden meiner Mutter nachts in die Kissen weinte, fand Lucia mich. Dann schickte sie meinen Vater nach nebenan, um auf Bec aufzupassen, kletterte zu mir ins Bett und nahm mich in den Arm, drückte mich an ihren breiten, warmen Körper und flüsterte mir Worte zu, die ich nicht verstand. Sie roch nach Knoblauch, Rosenseife und Liebe.

»Ich glaube, Lucia wusste, was meine Mutter versucht hat.«

»Sie hat es mir nie gesagt.« Bec spricht so leise, dass ich sie kaum hören kann.

Ich glaube ihr. Wahrscheinlich ist es falsch, aber ich glaube ihr.

»Mum hat immer gefragt, warum ich nicht mehr wie du sein kann«, flüstert Bec. »Sie hat dich mehr geliebt als mich.«

»Blödsinn.« Lucia hat mich nie als ihre Tochter bezeichnet. Sie hat nie den Platz meiner Mutter eingenommen. Ich habe sie auch nie Mum genannt, obwohl ich es gerne getan hätte.

»Du warst ihre einzige Tochter«, betone ich. »Sie wollte nur das Beste für dich.«

Bec schnieft leise. »Ich vermisse sie, Sash. Jeden Tag.«

»Natürlich tust du das.«

Und trotz allem, auf eine ziemlich verquere Weise, vermisse ich auch meine Mutter.

Als hätte sie meine Gedanken gelesen, murmelt Bec: »Deine Mutter hat dich geliebt, weißt du?«

»Genau. Deshalb hat sie ja auch versucht … du weißt schon.«

»Sash – wir tun alle mal das Falsche.«

Wenigstens das kann ich bestätigen.

»Damien«, seufze ich. »Ich kann nicht glauben, dass ich das getan habe. Er war mein größter Fehler.«

»Niemand hatte Schuld daran, Sash.«

Technisch gesehen hat Bec recht. Sie war im Gerichtssaal, als einige Wochen nach der Anhörung die Ergebnisse ausgewertet wurden.

»Ich hoffe doch sehr, dass du heute nicht mehr darüber nachgrübelst«, fährt sie fort. »Weißt du nicht mehr? Das Gericht war auch der Meinung, dass sein Tod nicht hätte verhindert werden können. Nichts, was du oder irgendjemand sonst getan hat, hätte etwas am Endergebnis geändert. Es war ein Unglücksfall, hervorgerufen durch eine tödliche Krankheit. Du hattest keine Schuld.«

Da gibt es nur ein Problem: Bec weiß nicht, dass mein Fehler nicht nur darin bestand, die lebensbedrohliche Diagnose nicht gestellt zu haben. Sondern auch in dem, was ich nicht getan habe, als ich vor Gericht befragt wurde.

»Was jetzt viel wichtiger ist, Sash: dein Baby. Irgendwelche Fortschritte?«

Ich dränge Damien in den verborgenen Winkel meines Bewusstseins zurück, aus dem er nie ganz verschwinden wird.

»Es läuft richtig schlecht, Bec. Sie haben Stellwände rund um Gabriels Inkubator aufgebaut, sodass ich ihn nicht mal mehr sehen kann. Anscheinend glauben sie, ich würde ihm etwas antun. Außerdem sieht es immer noch so aus, als würden sie ihn morgen nach Hause schicken, und ich ertrage den Gedanken einfach nicht, ihn nicht jeden Tag sehen zu können. Ich weiß nicht, was ich machen soll.«

»Tief durchatmen, Sash, tief durchatmen. Alles wird gut. Ich weiß, das mit deiner Mutter belastet dich sehr. Wie kommst du mit den Verdächtigen voran?«

Ich hole tief Luft und gehe im Kopf die Liste durch. »Brigitte, die sich für Gabriels Mutter hält, und Hebamme Ursula bestätigen jeweils die Geschichte der anderen. Angeblich waren sie beide den ganzen Morgen auf der Säuglingsstation und haben nichts Verdächtiges bemerkt. Dr. Solomon und Dr. Niles können wir ebenfalls streichen. Und Mark natürlich.«

Bec schnaubt hörbar. »Habe ich dir doch gesagt.«

»Bleibt also nur noch Dr. Green, die Kinderärztin.«

»Es ist immer derjenige, von dem man es am wenigsten erwartet«, behauptet Bec. »Oder es war doch eine zufällige Verwechslung, wie du anfangs vermutet hast.«

»Oder ich bin einfach verrückt.«

Das sollte ein Witz sein, aber Bec entgeht offenbar mein sarkastischer Unterton.

»Das darfst du nicht einmal denken, Sash. Du musst an dich selbst glauben. Immerhin klingt es so, als würde niemand sonst es tun. Außer mir, natürlich. Halte dich an den Plan. Alles wird gut, okay? Gemeinsam kriegen wir das schon hin, egal, was kommt.«

Nachdem wir aufgelegt haben, stelle ich eine Liste der Dinge zusammen, die ich vor meiner Entlassung noch erledigen muss. Erstens: Dr. Green zu ihrem Alibi in der Nacht von Gabriels Geburt befragen. Zweitens: den Plastikbeutel mit der Nabelschnur einpacken. Momentan steckt er in meinem BH, so dicht an meinem Herzen, wie es nur geht. Drittens: die Muttermilch aus dem Gefrierfach loswerden. Die kann ich unmöglich mit nach Hause nehmen, ohne dass Mark etwas merkt. Außerdem wird Gabriel auf jeden Fall direkt aus der Brust trinken können, wenn er erst mal wieder bei mir ist. Das Ziel, den Milchfluss aufrechtzuerhalten, habe ich erreicht, also habe ich keine Verwendung mehr für die eingefrorenen Portionen. Viertens: mich von Ondine verabschieden. Inzwischen ist sie mehr als eine Bekannte. Jetzt würde ich sie als Freundin bezeichnen.

Während ich auf Dr. Niles warte, bauscht der Wind die Vorhänge in meinem Zimmer und lässt sie fröhlich flattern. Allerdings wurden nicht ganz die richtigen Blumen auf die weiße Baumwolle gedruckt – Nelken und Veilchen blühen nicht zur selben Zeit.

Endlich erscheint Dr. Niles im Türrahmen, Handy in der einen Hand, Füller in der anderen. Sie setzt sich auf den Stuhl unter dem Fenster.

»Wie geht es Ihnen, Sasha?«

»Gut.« Automatisch kaue ich an meinen Nägeln, reiße mich dann aber zusammen. »Vollkommen sorgenfrei.«

»Sicher freut es Sie, dass Toby sich so gut entwickelt.«

»Ja, das tut es.« Ich zwinge mich zu einem Lächeln.

Sie erzählt mir etwas über eine Medizinstudentin, eine ehemalige Patientin, die sie vor einigen Jahren betreut hat. Die Blumen auf dem Vorhang schaukeln im Wind, bis mich das Wort *Selbstmord* unvermittelt aufhorchen lässt.

»... wurde mir klar, dass es direkt vor meinen Augen passiert war.« Dr. Niles sieht mich durchdringend an. Ihre bernsteinfarbenen Augen verfinstern sich. »Hatten Sie Selbstmordgedanken, seit Sie bei uns sind, Sasha?«

»Nein.«

»Es ist nur ... bei Ihrer persönlichen Vorgeschichte ... Und soweit ich weiß, gab es da vor ungefähr zehn Jahren einen Vorfall?«

»Wer hat Ihnen davon erzählt?«

Mark. Schon wieder hat er mich verraten. Dabei habe ich mich darauf verlassen, dass er den Ärzten nichts sagt. Ihm hätte klar sein müssen, wie sich die Enthüllung des Selbstmordversuchs einer Medizinerin bei der Ärztekammer auswirkt – sogar schlimmer als die Diagnose einer postnatalen Psychose. Und was das für meine Karriere bedeuten kann.

»Wer auch immer das behauptet hat, er liegt falsch«, fauche ich.

»Dann haben Sie also auch nie Antidepressiva genommen?«

»Na ja, schon. Doch, habe ich.« Diesmal hat sie beim Auftragen des Make-ups eine Stelle an der Schläfe vergessen, dort ist die Haut blasser. »Nach der Tragödie.«

Dr. Niles stützt das Kinn in die Hand. »Als das Kind gestorben ist.«

Mit aller Kraft unterdrücke ich ein Schluchzen. »Ein Baby.« Dr. Niles kommt zu mir ans Bett und legt ihre Hand auf meine.

»Alles in Ordnung«, versichere ich, setze mich auf und ringe mir ein Lächeln ab. »Das ist eine Ewigkeit her.«

Wieder fixiert sie mich mit diesem durchdringenden Blick und zieht ihre Hand zurück.

»Sie sind nicht die Einzige, die einmal einen Fehler gemacht hat. Das passiert uns allen hin und wieder. Sogar den Besten.«

»Ich habe mich geirrt.« Es ist schwer, das laut auszusprechen. »Und ich denke nicht, dass ich mir das jemals verzeihen kann.«

Nachdem das abschließende Urteil verlesen und ich entlastet worden war, blieb ich wie erstarrt auf meinem Platz sitzen. Wenn ich hierblieb und mich nicht rührte, konnte ich so tun, als wäre ich eine Angehörige des Toten oder einfach nur eine interessierte Fremde. Nicht die Ärztin, die für Damiens Tod verantwortlich war. Und bei all dem hatte ich bereits vergessen, für wen ich dieses Schauspiel aufführte. Für seine Familie oder für mich?

Dr. Niles sieht mich unverwandt an. Tiefe Falten um ihre Augen zeugen davon, was sie alles gesehen hat. Konnte sie dadurch, dass sie anderen Patienten geholfen hat, diesen einen Tod verarbeiten? Bin ich ein Teil ihres Heilungsprozesses?

»Nur fürs Protokoll: Mitgefühl sich selbst gegenüber erfordert Übung. Und es ist mit das Schwierigste, was wir je erlernen können. Für einen Arzt genauso wie für jeden anderen.«

»Es geht mir gut, wirklich«, behaupte ich und verschränke die Arme vor der Brust. »Ich denke kaum noch daran.«

»Aha.« Dr. Niles streicht sich glättend über die Haare. »Und ich nehme an, Sie nehmen täglich die Medikamente, die ich Ihnen verschrieben habe?«

»Selbstverständlich.« Ich setze eine empörte Miene auf.

»Und? Helfen sie?«

»Schätze schon.«

»Sie glauben also, dass Toby Ihr Kind ist.«

Eine Feststellung, keine Frage. Und ich weiß, wie die richtige Reaktion auszusehen hat.

»Voll und ganz.«

»Und Sie haben nicht das Bedürfnis, sich zu verletzen?«

»Natürlich nicht.«

»Würden Sie es mir sagen, wenn sich daran etwas ändert? Ich möchte nicht, dass sich der Fehler aus meiner Vergangenheit wiederholt.«

»Das möchte ich ebenfalls nicht.« Ich lächle sie verschwörerisch an. Schon erstaunlich, was Ärzte alles vor sich sehen, wenn sie es so wollen: eine Erfolgsgeschichte, eine Chance auf Wiedergutmachung. Und da sie eine Ärztin ist, sieht Dr. Niles natürlich ein Abbild von sich selbst in mir.

»Außerdem sollte ich Sie warnen, Sasha … Es muss Sie nicht beunruhigen, wenn Sie plötzlich den Drang verspüren, Ihr Baby ununterbrochen bei sich zu haben.«

Im Folgenden beschreibt sie mir die primäre Mütterlichkeit, ein bekanntes psychologisches Phänomen, bei dem Mutter und Kind kurz nach der Geburt vorübergehend sozusagen zu einem Wesen verschmelzen. In dieser Phase ist die Mutter voll und ganz auf die Bedürfnisse ihres Kindes eingestellt. Bei mir könne das mit Verzögerung auch noch einsetzen, erklärt sie, ich sollte also vorsichtshalber mit so etwas rechnen.

Meine Mutter war an einem Ort wie diesem, ohne mich, als ich ungefähr sechs Monate alt war. Hat sie mich vermisst, als wir getrennt waren? Oder war sie erleichtert, von den ewigen Forderungen eines kleinen Babys befreit zu sein? Vielleicht hat ja die Zeit in der Psychiatrie in ihr die Überzeugung reifen lassen, dass es besser wäre, mich mitzunehmen, als sie starb.

Dr. Niles sieht mich so mitfühlend an, als würde sie mich wirklich verstehen. Vielleicht tut sie das sogar. Dann steht sie auf und streicht sich den Rock glatt.

»Ich werde Ihrem Mann mitteilen, dass es Ihnen wieder gut geht. Er war sehr besorgt um Sie.«

Am Fenster bläht sich wieder der Vorhang, was uns beide kurz ablenkt.

Dann geht Dr. Niles zur Tür, bleibt dort aber noch einmal kurz stehen.

»Sie machen das sehr gut, Sasha. Auch vom Personal habe ich nur Gutes über Sie gehört. Sie haben in weniger als einer Woche enorme Fortschritte gemacht, deshalb kann ich Sie guten Gewissens morgen entlassen. Ich werde die Schwestern informieren.«

Ich versuche zu lächeln. Was musste ich nicht alles in mich reinfressen, um alle in meinem Umfeld zu täuschen – nur damit man mich für geistig gesund hält.

Dr. Niles stützt sich mit einer Hand am Türrahmen ab. »Es freut Sie sicher, zu hören, dass ich aufgrund des schnellen

Rückgangs Ihrer Symptome, die ja auch keinerlei Einfluss auf Ihre Arbeit hatten, nicht verpflichtet bin, Ihre Einweisung bei der Ärztekammer zu melden. Übrigens hatten wir beide recht. Ich habe es nachgeschlagen: Jonquillen sind eine Narzissenart.«

»Ihre Blütezeit ist fast vorbei.«

»Ja, aber wenn ich an einem offenen Fenster vorbeigehe, kann ich sie noch riechen. Vielleicht bilde ich mir das auch nur ein. Obwohl manche Gerüche länger in der Luft bleiben als andere.« Sie winkt mir kurz zu und schaltet das Licht aus, bevor sie aus dem Zimmer geht.

Ich behalte mein aufgesetztes Lächeln bei, bis ihre Schritte verklungen sind. Dann erschlaffen meine Mundwinkel. Nachdem ich die Vorhänge aufgezogen habe, kann ich ein kleines Stück Nachthimmel sehen, mit vereinzelten Sternen verziert. Der Mond schickt sein funkelndes Licht durch die Dunkelheit zu mir herunter.

Tag 7, Freitag. Vormittag.

An diesem Morgen bin ich mit einem festen Vorsatz auf die Säuglingsstation gekommen: Bevor ich nach Hause gehe, werde ich einmal meinen Sohn im Arm halten. Da ich nicht weiß, wann ich das nächste Mal die Gelegenheit dazu haben werde, muss ich diese letzte Chance nutzen.

Gabriels Inkubator ist noch immer von Stellwänden eingekreist, aber diesmal sind sie nicht ganz geschlossen. Durch die Lücke kann ich einen kurzen Blick auf seinen kleinen Körper unter dem blauen Licht erhaschen. Sofort kribbeln meine Brustwarzen, und warme Muttermilch läuft in meinen BH. Die Flüssigkeit dringt bis zum T-Shirt durch, aber nach der gestrigen Erfahrung ist mir klargeworden, wie wichtig es sein kann, Schwarz zu tragen.

Außer Ursula, die sich gerade am anderen Ende der Station über ein Bettchen beugt, ist niemand zu sehen. Anscheinend haben die anderen Schwestern gerade Schichtwechsel. Vorsichtig schleiche ich über den Gang und spähe zwischen den Stellwänden hindurch. Alles leer, bis auf Gabriel. Ich schlüpfe hinein. Durch den schmalen Spalt zwischen zwei Aufstellern kann ich bis zur Schwesternstation sehen. Mir bleibt mehr als genug Zeit, bis jemand kommt.

Gabriel liegt ruhig da, die Lippen zu einem kleinen Lächeln verzogen. Seine Augen sind geschlossen, die langen Wimpern streifen seine süßen Pausbäckchen. Unter den blauen Lampen lässt sich nur schwer sagen, wie stark seine Gelbsucht noch ausgeprägt ist. Ich strecke die Hand aus, um seine Zehen zu spreizen. Sind sie miteinander verwachsen, wäre das ein Beweis, den nicht einmal Mark ignorieren kann.

Aber wieder einmal komme ich nicht dazu, es zu überprüfen, denn eine der Stellwände wird quietschend zur Seite geschoben. Marks glatt rasiertes Gesicht erscheint.

»Ich habe dich schon überall gesucht.« Dann bemerkt er Gabriel, sieht die offenen Klappen und meine Hände an den kleinen Füßen. Sein Mund klappt auf und zu wie bei einem Goldfisch.

»Was machst du da, zum Teufel?«

Ruckartig ziehe ich die Hände aus dem Inkubator und schließe die Klappen. »Gar nichts.« Ich dränge mich an Mark vorbei auf den Gang hinaus.

Mark knallt die Stellwände aneinander und fängt an, vor mir auf und ab zu laufen. Er sieht aus wie ein Tier im Käfig; ein Löwe vielleicht.

»Ich dachte, du hättest begriffen, dass du dich von Jeremy fernhalten sollst.«

»Es ist nicht so, wie du denkst.«

Hin und her, er tigert immer weiter hin und her. Dabei murmelt er vor sich hin.

»Du musst es ja niemandem sagen«, fahre ich fort. »Ich habe nichts Falsches getan.«

Abrupt bleibt er stehen. »Wie oft warst du schon an seinem Brutkasten? Wie oft hast du ihn schon angefasst?«

»Das war das erste Mal.«

Er nimmt seine Wanderung wieder auf, presst eine Hand an die Stirn.

»Bitte sag es keinem«, wiederhole ich.

Mark hält inne und sieht mich an, als wäre ich wahnsinnig. Mir läuft es kalt den Rücken hinunter, meine Füße scheinen am Boden festzufrieren.

»Bitte tu es nicht. *Bitte.*«

Sein ganzer Körper ist angespannt.

»Es war ein Fehler.«

»Ein Fehler.« Die feinen Linien um seine Nase und seinen Mund vertiefen sich zu dicken Falten.

Er wird mir erst glauben, wenn ich unwiderlegbare Beweise habe. Jetzt kann ich es nur noch mit einer Lüge versuchen.

»Jeremy wollte nicht aufhören zu weinen, und die Schwestern waren alle beschäftigt, niemand hat dem armen Baby geholfen, und da dachte ich, es wäre das Mindeste, um Brigitte einen Gefallen zu tun, und -«

»Du hast nicht versucht, ihm etwas anzutun, oder?«

»Natürlich nicht.« Wie kommt er bloß auf so eine Idee?

»Du darfst so etwas nicht mehr machen. Hast du verstanden?« Er klappt ruckartig den Mund zu, als Ursula auf uns zumarschiert.

»Gibt es hier ein Problem?« Sie zieht am Ausschnitt ihres Schwesternkittels, während sie sich Mark zuwendet. Der lächelt verlegen.

»Sasha hat mir gerade gesagt, wie gut Toby sich entwickelt«, erklärt er ihr, ohne mich anzusehen. »Nicht wahr, mein Schatz?«

»Ja, das tut er wirklich.« Ich nicke.

Ursula zieht sich wieder zurück. Mark klammert sich so fest an die Metallstange des Inkubators, dass seine Knöchel weiß hervortreten. Dabei blickt er auf Toby hinunter, als wäre er ein unbezahlbares Juwel.

»Du musst mir glauben, Sash, Toby ist unser Sohn. Wie er immer die Nase verzieht, kurz bevor er niest.« Er hebt den Kopf und zieht selbst die Nase kraus. »Und diese Falte zwischen seinen Brauen.« Er zeigt auf Tobys Nasenwurzel. »Genau wie bei dir.« Seine Pupillen sind so schwarz wie zwei endlose Tunnel, die ins Nirgendwo führen. »Bitte versprich mir, dass du niemals einem Baby etwas antun wirst.«

»Wenn du mich wirklich lieben würdest, würdest du so etwas gar nicht erst sagen.«

»Du begreifst es einfach nicht, oder?« Seine Stimme ist so ruhig, dass es mir Angst macht. »Ich liebe dich sehr wohl. Deswegen habe ich gelogen, deswegen habe ich behauptet, nach der Geburt die ganze Zeit bei ihm gewesen zu sein.«

Ursula blickt in unsere Richtung, fixiert dabei allerdings nicht Mark und mich. Stattdessen starrt sie auf das Fenster neben Tobys Brutkasten, wo golfballgroße Hagelkörner gegen die Scheibe prasseln.

»Ich durfte nicht in den Operationssaal«, fährt Mark fort, während er ebenfalls auf den donnernden Hagel blickt. »Sie wollten, dass ich draußen warte, also bin ich direkt hoch auf die Säuglingsstation gegangen. Sobald er hochkam, bin ich bei ihm geblieben – während der Wiederbelebung, die ganze Zeit. Ich habe ihn keinen Moment allein gelassen.«

Inzwischen weiß ich nicht mehr, wem ich noch glauben soll.

»Warst du dafür verantwortlich, dass sie mich weggesperrt haben? Wolltest du, dass sie mich hier drin festhalten, damit du in aller Ruhe Partner im Restaurant werden konntest, ohne dass deine gestörte Frau dir in die Quere kommt? Wie diese Ehemänner, die früher ihre Frauen ins Irrenhaus einweisen ließen, wenn sie genug von ihnen hatten?«

»Du führst dich auf wie eine Irre.« Seine Finger schlingen sich noch fester um die Stange. »Ich habe alles in meiner Macht Stehende getan, um dich da rauszuholen.«

Draußen auf der Straße kriechen die Autos wegen des Hagels nur noch dahin. Die Zeit selbst scheint sich zu verlangsamen. Wir sind in ein Paralleluniversum abgedriftet, in dem nichts so ist, wie es sein sollte. Dann hört der Hagel auf. Plötzlich taumeln, flattern, schweben Schneeflocken durch die Luft, werden vom Wind in die Höhe gehoben und sinken dann langsam auf den Asphalt. Ein extrem seltenes Wetterphänomen in einem so warmen Frühling.

»Und wahrscheinlich hast du Dr. Niles auch nur deshalb alles über mich erzählt, weil du mich so liebst, ja?«

Mark schüttelt den Kopf. »Was soll das denn jetzt?«

»Du hast ihr von Damien erzählt. Von meinen Selbstmordgedanken. Von den sprechenden Föten. Warum musstest du ihr das alles sagen?«

Jetzt fallen die Flocken in dicken Klumpen vom Himmel und lagern sich auf dem Dach der Bushaltestelle ab, auf dem Fußgängerweg und auf der Straße – bevor sie dann von den vorbeifahrenden Autos zu Matsch zerdrückt werden.

»Ich habe ihr gar nichts erzählt, mal abgesehen von der Sache mit den Föten. Das hat sie aus mir rausgekitzelt.« Plötzlich scheinen sich all die verschiedenen Gesichter in Marks Miene widerzuspiegeln, die ich von ihm kenne: sein hölzernes Lächeln, die Art, wie er immer meinem Blick ausweicht.

»Du hast das mit meiner Mutter die ganze Zeit gewusst, stimmt's?«

»Sash, *bitte*. Ich habe wirklich keine Ahnung, wovon du redest.«

»Ich glaube dir kein einziges Wort mehr.«

Mark schließt die Klappen an Tobys Inkubator. Auf seinem Gesicht zeichnet sich etwas ab, das ich an ihm noch nie gesehen habe. Über Besorgnis oder Frustration geht das weit hinaus. Es wirkt fast wie Ekel.

»Eigentlich sollte ich dich heute Vormittag mit nach Hause nehmen.« Sein Blick wandert zu Gabriels Stellwänden.

»Aber es ist wohl besser, wenn ich dir etwas Raum gebe, damit du deine Gedanken ordnen kannst.«

Er weiß nicht einmal annähernd, was für Gedanken mir im Kopf herumgehen.

Nachdem Mark gegangen ist, untersuche ich Toby. Er ist sehr ruhig. Seine Arme und Beine sind milchig weiß, die Atmung flach und hektisch. In dem schwachen Licht scheinen seine Augen zu flackern. Ist er etwa zu ruhig? Stimmt etwas nicht?

Ich sehe mir seine Werte an. Sie gefallen mir nicht. Temperatur und Herzfrequenz haben sich verändert. Es ist nur ein leichter Anstieg – verständlich, dass die Schwestern es übersehen haben –, aber er ist definitiv erkennbar.

Dr. Green, die Kinderärztin, steht an der Schwesternstation und macht sich gerade Notizen. Seit sie mir am Sonntag den DNS-Test verweigert hat, habe ich nicht mehr wirklich mit ihr gesprochen. Jetzt rufe ich sie zu mir. Mit klappernden Absätzen nähert sie sich Tobys Inkubator und bleibt davor stehen. Ihre Haare sind extrem glatt, und ihr angenehmes Blumenparfum steigt mir in die Nase.

»Gibt es ein Problem?«

Ich zeige ihr in der Tabelle die ansteigenden Werte, die abweichenden Tendenzen.

»Ich dachte, das sollten Sie wissen.«

Mit dem Finger fährt sie die Linie in der Grafik nach. Dann öffnet sie Tobys Kasten, tastet seinen Bauch ab, drückt das Stethoskop auf seine Brust. Als sie fertig ist, schaut sie zu mir hoch.

»Und Sie haben diese … Unregelmäßigkeiten gerade erst bemerkt?«

Ich nicke.

Dr. Green nimmt sich das Krankenblatt und geht damit

zur Schwesternstation, wo sie zum Telefon greift. Eigentlich müsste ich sie nach Alibi und Motiv fragen, aber das geht jetzt nicht. Jemand muss bei Toby bleiben. Lucia war nicht meine richtige Mutter, und trotzdem war sie für mich da. Also kann ich an diesem Vormittag auch für Toby da sein. Er trägt keinerlei Schuld an alldem, und heute braucht er jemanden, der ihn liebhat.

Ich schaue in den Kasten hinunter. Tobys Brust und Bauch scheinen nicht zusammenzuarbeiten, das eine bläht sich, während das andere eingesogen wird. Paradoxe Atmung. Ein schlechtes Zeichen.

Seit Damien habe ich meinen Instinkten nicht mehr vertraut, wenn es um Krankheiten ging. Damals habe ich beschlossen, dass Intuition nicht zu meinen Stärken gehört. Da ich meine eigenen Fähigkeiten derart infrage stellte, gab ich bei jedem kranken Kind, mit dem ich es zu tun bekam, mehr und mehr Labortests, Röntgenbilder und Scans in Auftrag. Das war auch der Grund, warum ich mit der Pädiatrie aufhörte. Weil mir klar wurde, dass auch diese Tests mich nicht vor mir selbst schützen konnten.

Aber Toby … er sieht heute so anders aus, irgendwie krank. Dr. Green kommt zurück. Sie ist blass geworden.

»Bringen wir ihn in den Reanimationsraum«, sagt sie. »Ich muss ihn an den Tropf hängen und ein paar Blutproben nehmen. Dort drin haben wir mehr Platz.«

Einen Zugang legen und Blutproben nehmen, das hätte ich mit Damien machen sollen. Stattdessen habe ich ihn nach Hause geschickt – sein Todesurteil. Damals war ich mir absolut sicher gewesen, niemals falschzuliegen.

Dr. Green hebt Toby hoch und gibt ihn mir.

»Tragen Sie ihn«, ordnet sie an. Es scheint viel zu lange her zu sein, dass ich ihn im Arm hatte. Seine Haut ist feucht und kühl. Ich könnte ihn problemlos mit einer Hand tragen, aber um sein Rückgrat zu stützen, halte ich ihn mit beiden Armen. Seine Arme und Beine sind schlaff wie die einer Lumpenpuppe. Ich drücke seinen kleinen Körper an mich, um ihn zu wärmen.

Dr. Green geht neben mir her. »Ich erinnere mich noch gut daran, wie schwierig es war, die mühsamen Kämpfe der anderen Babys mit anzusehen, während meine Tochter Fortschritte machte. Mark hat Ihnen ja sicher erzählt, dass ich auch ein Frühchen hatte?«

Ich nicke. Das war an dem Tag, als sie mich eingewiesen haben.

»Cassie. Kaum zu glauben, aber ich hatte Schuldgefühle, als es ihr besser ging.« Sie zögert kurz. »Damals hatte ich wegen so ziemlich allem Schuldgefühle. Ich redete mir sogar ein, dass die vorzeitige Geburt meine Schuld sei. Es hat länger gedauert, als ich gedacht hätte, diese Selbstanklage zu überwinden und zu erkennen, dass es Schicksal war. Solche Dinge passieren eben. Überhaupt nicht meine Schuld.«

Der Reanimationsraum ist durch eine automatische Milchglastür vom Korridor getrennt. Eigentlich hatte ich gehofft, nie wieder einen solchen Raum betreten zu müssen. An den Wänden stehen überall Regale mit unzähligen Fächern für die Ausrüstung: Spritzen, Kanülen, Masken, Medikamente. Alles, was ein krankes Baby brauchen könnte. In der Mitte des Raums steht die Notfallliege mit diversen Anzeigen und Schaltern, das Kopfende berührt die Wand. Hinten sind zwei Druckluftflaschen befestigt, um dem kranken Baby jederzeit Sauerstoff oder Atemluft zuführen zu können. Über der Liege schwebt wie ein Rettungshubschrauber eine Wärmelampe. Es ist Jahre her, dass ich in der Pädiatrie gearbeitet habe. Ich wäre gar nicht mehr in der

Lage, Toby nach den neuesten Standards wiederzubeleben. Jetzt liegt das alles in den Händen des medizinischen Personals hier.

Dr. Green geht von einem Regal zum anderen, reißt Plastikverpackungen auf und richtet ein Tablett mit Kanülen her. Ich lege Toby auf die Rettungsliege. Die Wärmelampe ist voll aufgedreht und lässt meine Arme kribbeln, als ich sein Köpfchen streichele. An der Wand hängen Schaubilder, auf denen die Wiederbelebungsmaßnahmen aufgezählt werden. Ein Whiteboard ist noch immer mit den Zeiten und Medikamentengaben des letzten Babys vollgeschrieben, das hier von den Toten zurückgeholt wurde. Aber Tobys Zustand wird sich doch bestimmt nicht so sehr verschlimmern, oder?

Dr. Green hat besorgt die Augen zusammengekniffen, und ihre Hände zittern leicht, als sie den Zugang für den Tropf vorbereitet. »Ich habe mir gewünscht, man hätte mir ein gesundes Baby gegeben, keine Frühgeburt.« In dem engen Raum vermischt sich der schwere Blumenduft ihres Parfums mit dem Geruch ihres Schweißes. »Es ist allen gegenüber so unfair – den Eltern gegenüber, den Babys gegenüber –, auf diese Weise leiden zu müssen. Deshalb mache ich diesen Job, um den Schmerz der Menschen zu lindern.«

Sie beugt sich über Toby und greift nach seinem winzigen Ärmchen; es ist kaum dicker als ihr Daumen. Ihre Finger hinterlassen weiße Abdrücke auf seiner Haut, als sie mir zeigt, wie ich sein Handgelenk biegen muss. »Halten Sie ihn so«, sagt sie. Seine violett schimmernden Venen treten hervor. Ich halte sein Handgelenk umklammert. Er reißt den Mund auf, klappt ihn wieder zu, verschluckt keuchend seinen eigenen Schrei. Dr. Green tippt mit dem Finger gegen eine der angeschwollenen Adern, dann sticht sie die Nadel hinein. Toby schreit auf.

»Alles gut«, sage ich zu ihm. Auf meiner Stirn bilden sich Schweißperlen. Mein Puls rast.

Tobys Schreie hallen durch den Raum. Ich lege die freie Hand flach auf seine Brust, während ich mit der anderen seinen Arm festhalte. Trotz der Wärmelampe ist er bis zum Ellbogen hinauf eiskalt. Meine Finger verkrampfen sich, aber ich lasse nicht los.

Endlich ist die Nadel fort, ersetzt durch einen aufschraubbaren Zugang, an dem ein Kunststoffschlauch hängt. Dr. Green füllt mehrere Röhrchen mit Tobys rosenrotem Blut. Sie hat Tränen in den Augen. »Wissen Sie, ich wollte immer eine große Familie haben. Sobald Cassie auf der Welt war, wollte ich unbedingt sofort ein zweites Baby haben. Ich war wie besessen davon. Zum Teil wohl deshalb, weil ich mir selbst und allen anderen beweisen wollte, dass ich es beim nächsten Mal richtig machen würde. Aber als ich dann mitansehen musste, was Cassie auf der Säuglingsstation durchmachte, war ein Kind plötzlich genug für mich.«

Toby wimmert jetzt nur noch, sein Stimmchen hebt und senkt sich wie eine Kirchenorgel. Zwischen seinen Brauen bildet sich eine fast vertraut wirkende, tiefe Falte, als Dr. Green seinen Arm an einer Schiene fixiert. Sein Puls pocht ungleichmäßig unter meinen Fingerspitzen. Mir wird schwindelig, meine Knie drohen unter mir nachzugeben. Panisch lasse ich sein Handgelenk los und stürze aus dem Raum, ohne zu wissen, wohin ich noch fliehen soll.

Die Säuglingsstation ist menschenleer. Draußen fallen noch immer Flocken vom Himmel. Ich schlüpfe zwischen den Stellwänden hindurch. Gabriel liegt schlafend in seinem Kasten. Die Lampen lassen seine Haut blau schimmern. Ich lege meine Stirn an die Kunststoffscheibe. Langsam wird er richtig kräftig. Sein Gesicht ist rundlicher geworden, an den Handgelenken bilden sich kleine Falten. Vorsichtig öffne ich eine der Klappen und strecke die Hand hinein, um ihn zu berühren.

»Hab ich's doch gewusst.«

Ursula. Sie hat die Schultern bis zu den Ohren hochgezogen. So sieht sie aus wie eine Schlange, die gleich zubeißen wird.

»Sie wissen ganz genau, dass Sie sich diesem Baby nicht nähern dürfen.« Das schwarze Stethoskop an ihrer Brust pendelt hin und her wie die Uhr eines Hypnotiseurs, als sie langsam auf mich zukommt. »Ich wollte wirklich, dass Sie eine Bindung zu Toby aufbauen«, fährt sie fort. »Und ich dachte, dass sich Ihr Zustand sicher bald bessern wird, Sasha. Ich habe mich sogar für Sie eingesetzt, als die anderen Schwestern Ihnen Stationsverbot erteilen wollten.« Ihr Blick wandert zu Gabriel. »Aber diesmal sind Sie zu weit gegangen, Sasha.«

Mit einer Hand an meiner Schulter schiebt mich Ursula aus dem abgetrennten Raum und auf den Ausgang der Station zu. Sobald wir durch die Glastür getreten sind, drückt sie mich auf einen der Stühle auf dem Krankenhausflur, direkt neben einem künstlichen Farn.

»Sie warten hier«, befiehlt sie.

An der gegenüberliegenden Wand hängt eine Pinnwand voller Fotos. Alles Kinder, die in diesem Krankenhaus geboren wurden – jede Menge pausbäckige Gesichter, runde Wangen, große Augen. Die Babys, die ich kenne, hängen nicht an der Wand. Zumindest noch nicht.

Toby, auf der Säuglingsstation, dem durch einen Schlauch die Nahrung bis in den Magen gespritzt und der Tag und Nacht nur von Fremden umsorgt wird.

Gabriel, an dessen Brutkasten Tag für Tag eine Frau sitzt,

die ihn für ihren Sohn hält und ihn mit einem Namen anspricht, der einfach nicht passt.

Ich, wie ich Gabriel an meinen Hals schmiege und den süßen Duft seiner Haut einatme.

Drei Babys, vier Namen: Damien, Gabriel, Jeremy, Toby. Nur eines davon ist meines.

Diese steile Falte zwischen Tobys Brauen, die er laut Marks unerschütterlicher Überzeugung von mir hat – das kann doch nicht erblich sein, oder? Toby kann nicht mein Sohn sein, oder?

Die ganze Zeit hat Dr. Niles gesagt, sie habe viele Frauen gesehen, die so reagiert hätten wie ich, insbesondere nach einem traumatischen Geburtserlebnis. Sie distanzieren sich von ihren Babys, schaffen es nicht, eine Bindung zu ihnen aufzubauen. Für mich fühlt es sich nicht so an, als wäre Toby mein Kind. Und ich habe es schließlich versucht, oder etwa nicht? Versucht, ihn zu lieben. Versucht, etwas für ihn zu empfinden. Aber da war nichts.

Ich kann an einer Hand abzählen, wie oft ich ihn im Arm gehalten habe: ein Mal. Ein einziges Mal in sieben Tagen.

Vielleicht ist es doch so, wie sie alle behaupten: Es könnte meine Schuld sein. Vielleicht habe ich mir einfach nicht genug Mühe gegeben.

Wenn Toby wirklich mein Sohn wäre, könnte ich auch mit Marks stiller Missbilligung leben. Und ich könnte lernen, mit diesem schweren Fehler zu leben, den ich gemacht habe.

Was soll ich nur tun, verdammt?

Die Tür zur Säuglingsstation öffnet sich mit dem Quietschen eines gequälten Hundes. Weder mein Kopf noch mein Herz haben eine Antwort auf diese Frage. Damien schleppe ich nun seit Jahren mit mir herum, sehe ihn in Albträumen, aus denen ich wild um mich schlagend erwache. Mark fragt schon lange nicht mehr nach dem Grund dafür.

Vor Gericht habe ich ausgesagt, dass ich mich nicht mehr an die Läsion hinter Damiens Ohr erinnern könne. Aber das tue ich. In der Nacht vor seinem Tod habe ich die Stelle untersucht, habe versucht, die Verfärbung durch einen Druck mit dem Zeigefinger aufzuhellen. Doch das funktionierte nicht. Als ich die Hand von seinem Hals nahm, war sie noch immer da. Schließlich tat ich es als ein Muttermal ab, das seine Eltern wohl nie bemerkt hatten. Andere Flecken gab es nicht – das überprüfte ich –, und eine Läsion war nicht ausreichend, um weitere Untersuchungen anzustellen. Zumindest dachte ich das damals. Während des Studiums hatte ich gelernt, dass der Hautausschlag bei einer Meningokokkeninfektion immer als letztes Symptom vor dem Tod auftritt, aber Damien sah nicht so aus, als ob er bald sterben würde – zumindest nicht in dieser Nacht.

Doch das größte Problem war nicht, dass ich die Signifikanz dieser Läsion übersehen hätte. Sondern das, was danach geschah.

Das Gericht befragte mich zu der Hautverfärbung. Und ich erstarrte. Meine Inkompetenz war nun für alle im Saal deutlich sichtbar, quasi perfekt ausgeleuchtet für seine Eltern, die Medien, die unbeteiligten Zuschauer, mich selbst. Es fühlte sich an, als bliebe mir nur eine einzige Möglichkeit. Seitdem höre ich Nacht für Nacht meine schwache, blecherne Stimme.

Daran kann ich mich nicht erinnern.

»Es tut mir so leid, Damien«, flüstere ich. Hier auf dem Flur ist es schwülwarm. Die Worte bleiben in der Luft hängen. Plötzlich taucht Tobys ernstes Gesichtchen vor mir auf, das so viel Ähnlichkeit mit dem von Damien hat. Ich frage mich, ob Damien nun bereit sein könnte, mich gehen zu lassen. Und ich bete darum, dass ich Toby eines Tages als mein

Kind annehmen kann – den Sohn, den ich vielleicht nur deshalb abgelehnt habe, weil er mich an Damien erinnert, an meinen schrecklichen Fehler. Annehmen an seiner statt.

Als Dr. Green mit strenger Miene durch die Tür der Säuglingsstation tritt, fällt es mir wie Schuppen von den Augen. Ich begreife, was ich die ganze Zeit schon hätte wissen müssen. Jetzt brauche ich keinen Test mehr, um es zu bestätigen. Jetzt weiß ich, was ich nicht habe glauben wollen.

Ein weiterer Eintrag auf der langen Liste meiner Fehleinschätzungen.

Mein Herz schlägt schmerzhaft gegen die Rippen. Ich rutsche von dem Plastikstuhl, sinke auf die Knie, unfähig, mich aufrecht zu halten. Doch Dr. Green eilt an meine Seite und fängt mich auf.

Der Teppich unter meinen Knien ist alt, schmutzig, voller eingetrockneter Flecken. Ich schaudere. Noch ist es nicht zu spät. Bei manchen Frauen dauert es Monate, bis sie eine Bindung zu ihrem Baby aufbauen, sogar Jahre. Manche schaffen es niemals. Mag sein, dass es schrecklich lange dauern wird, bis ich lerne, Toby zu lieben. Aber so bekommen er und ich wenigstens noch die Chance dazu.

Mühsam stemme ich mich hoch.

»Ich muss zu Toby«, schluchze ich. »Ich muss ihn halten. Bitte. Sie müssen mich zu ihm lassen.«

Dr. Green schüttelt den Kopf. »Infolge der Verschlechterung von Tobys Zustand sind gewisse Fragen aufgetaucht«, erklärt sie. »Ich fürchte, wir können Ihnen vorläufig keine Besuche gestatten.«

»Bitte. Ich habe Toby nichts getan. Ich weiß jetzt, dass ich falschlag. Wenn ich ihn nur kurz halten darf …«

»Tut mir leid«, unterbricht mich Dr. Green. »Ehrlich. Aber vorerst bleibt uns nichts anderes übrig.« Sie schiebt mich an den Waschbecken vorbei Richtung Aufzug. »Wir werden es Sie wissen lassen, wenn Sie ihn wieder besuchen dürfen.«

Meine Knie sind so weich, dass ich das Gefühl habe, gleich zusammenzubrechen. Das kann doch nicht wahr sein; nicht jetzt, wo ich endlich die Wahrheit erkannt habe. Ich habe so vieles falsch gemacht. Aber ich bin nicht meine Mutter. Ich habe Toby nicht absichtlich wehgetan. Ich kann meinen Sohn lieben und eine bessere Mutter sein, als ich es selbst erwartet habe. Eine bessere Mutter, als meine es war. O Gott, ich hoffe nur, dass es noch nicht zu spät ist für Toby – oder für mich.

Wie in Zeitlupe geben meine Beine unter mir nach.

Plötzlich packt mich jemand unter den Achseln und zieht mich hoch.

»Es wird Zeit, dass du nach Hause kommst, Sash«, sagt Mark leise.

Zum ersten Mal seit langem ist er da, wenn ich ihn am meisten brauche.

Tag 7, Freitag. Später Vormittag.

Eine schreckliche Leere breitet sich in mir aus, als Mark mir vor dem Klinikeingang ins Auto hilft. Ich sollte nicht gehen, solange ein Teil von mir hier zurückbleibt.

Auf der Heimfahrt bin ich still. Mark legt eine neue CD mit experimentellem Jazz ein, die in mir den Wunsch weckt, laut zu schreien. Sobald wir den Stadtkern hinter uns gelassen haben, wandert mein Blick immer wieder an den Straßenrand. Dort liegen noch kleine Schneehaufen, doch hinter den Sturmwolken ist bereits die Frühlingssonne aufgetaucht und lässt sie schmelzen. Hin und wieder tauchen Tierkadaver auf dem Seitenstreifen auf, zu verwest, um sie noch zu erkennen. An ihnen haben sich die Insekten gütlich getan, bis nur noch Knochen und Fell übrig waren. Ich frage mich, was Mark wohl tun würde, wenn wir jetzt auf ein verletztes Tier stoßen. Würde er mich bei der Rettung um Hilfe bitten? Die Vorstellung eines Babykängurus an einer Zitze, das nicht mehr genug lebensnotwendige Flüssigkeit einsaugen kann, während der tote Körper seiner Mutter immer kälter und kälter wird, ist für mich kaum zu ertragen.

Im Innenspiegel kann ich die Babyschale sehen, die wir bereits vor Wochen im Wagen installiert haben. Jetzt liegt sie auf der Rückbank wie ein leerer Eierkarton.

»Mark?« Ich denke, ich schulde ihm eine Erklärung.

Er nickt stumm.

»Das alles war wirklich hart für dich, oder?«

Wir verlassen die gepflasterte Straße und biegen auf einen

unbefestigten Weg ein. Steine prallen gegen den Unterboden des Wagens, und die Federung arbeitet schwer.

»Ich dachte, es würde anders laufen.«

»Ich ebenfalls«, sagt er.

Weit hinten auf den Hügeln stehen Windräder, die wie Schneebesen die Luft verrühren. Auf einer Wiese taucht eine Wäscheleine auf. Ein Spannbettlaken bläht sich im Wind. Dann kommt das Farmhaus in Sicht, vor dem sich verrostete Autos, halb zerlegte Traktoren und Metallschrott stapeln. Ich drehe die Heizung auf und strecke die Beine aus. Bald sind wir zu Hause. Ich muss jetzt etwas sagen, bevor es zu spät ist.

»Nachdem du gegangen warst, ist etwas passiert ...« Aber irgendwie ist es schwer, die ganze Geschichte in Worte zu fassen. Ich versuche es noch einmal. »Es tut mir leid, dass ich dir das Leben so schwergemacht habe. Ich glaube, ich habe mich geirrt. Ich habe einen Fehler gemacht. Toby ist unser Baby. Und bald können wir wieder zu ihm, oder? Sie werden uns doch bald wieder auf die Station lassen? Ich muss ihn im Arm halten. Dann werde ich es ganz sicher wissen. Er wird doch wieder gesund, oder?«

Mark seufzt schwer, und seine Hände entspannen sich etwas. »Ich fahre heute Nachmittag wieder hin und besuche ihn. Hoffentlich lassen sie dich auch bald wieder zu ihm. Das wird schon alles wieder.« Irgendwie scheint er das mehr zu sich selbst zu sagen als zu mir.

Die Blütenblätter vom Kirschbaum heften sich an unsere Reifen, als wir in unsere helle Kieseinfahrt einbiegen. So weit draußen hat der Schneesturm offenbar nicht zugeschlagen. Nachdem ich eine Woche weg war, wirkt unser Haus fast fremd – die Sonnensegel aus Spitze, die geschnitzten Verandapfosten. Mit einem Mal erscheint mir der gediegene, edwardianische Stil viel zu elegant für die umliegenden Wälder, als wäre das Haus auf einem Lastwagen aus der Innenstadt hierher gekarrt und einfach mitten im Busch abgestellt worden. Ringsherum stehen überall Bäume, von der Straße aus ist das Haus nicht zu sehen. *Auf einer verzauberten Lichtung gelegen*, hatte es in der Anzeige des Maklers geheißen. *Buschfeuertodesfalle*, hatte Mark pragmatisch richtiggestellt. Ich hatte trotzdem darauf bestanden, dass wir zuschlagen, vollkommen hingerissen von der romantischen Vorstellung einer ruhigen Zuflucht mitten im Busch. Als ob Ruhe etwas wäre, das man kaufen oder besitzen kann.

Während der ersten fünf Jahre in diesem Haus hat Mark ständig herumgemäkelt – an der Verkabelung, den Böden, den hängenden Decken. »Alte Häuser«, murmelte er jedes Mal, wenn er runter in den Kanal musste. Ihm waren moderne Häuser lieber: klare Linien, gerade Dächer, alles geordnet und unter Kontrolle.

Ich hingegen mochte Häuser mit einer Geschichte. Atmosphäre. Fast konnte ich noch die Anwesenheit der Menschen spüren, die vor uns hier gelebt hatten. Nirgendwo wäre ich lieber gewesen. Und nach acht Jahren fühlte es sich auch an wie ein Zuhause.

Schon in der Diele fällt mir auf, dass Staub und Haare in kleinen Häufchen in den Ecken kleben. Anscheinend hat Mark hier gewischt. Er hielt noch nie viel davon, staubzusaugen oder wenigstens zu fegen, bevor der Mopp zum Einsatz kommt. Mein Blick streift die Statue der schwangeren Frau, die im Flur auf einem Beistelltisch steht. Die habe ich am Anfang der Schwangerschaft mir selbst zum Geschenk gemacht. Um mich immer an diese neun Monate zu erinnern, sagte ich mir damals.

Über dem Tisch hängt ein Druck von Monet, *Die japanische Brücke*. Das muss raus. Leere Wände reichen auch. Als

Teil der Babyvorbereitungen haben wir hier frisch gestrichen. Crèmefarben. Mark ließ mich die Farbe aussuchen.

Ich streife die Schuhe von den Füßen und inspiziere die Decke. An den Gardinenstangen und den Milchglaswandleuchten hängen Spinnweben. Im Wohnzimmer reihen sich mehrere halb verwelkte Blumensträuße auf dem Kaminsims aneinander: Gerbera, Lilien und Nelken. Die Blütenblätter werden bereits braun. Sie riechen nach Moder, nach Tod.

»Ich habe sie stehen gelassen, damit du sie siehst, wenn du nach Hause kommst«, erklärt Mark. Er überreicht mir mehrere Glückwunschkarten. Sie kommen von Freunden, Kollegen, entfernten Verwandten, alle mit fröhlichen Grußbotschaften und guten Wünschen. Karten voller Hoffnung. Nichts Finsteres ist dabei, nichts Echtes. Die schlimmsten Karten werfe ich in den Kamin.

Die Geschenke wurden wie für eine Zeremonie auf dem Sofa aufgestapelt. Rasseln, Babysachen aus Bio-Baumwolle, Baby-Einstein-DVDs. Mark nimmt einen hellblauen Strampler vom Stapel und hält ihn sich abschätzend vor die Brust.

»Ich habe dir deine Tabletten neben das Bett gestellt«, sagt er unvermittelt. »Damit du sie nicht vergisst.«

»Die habe ich sowieso nicht genommen.«

Mark lässt den Strampler fallen. »Wieso nicht? O mein Gott. Kannst du das Dr. Niles bitte sagen, wenn du sie das nächste Mal siehst? Ich will ihr das nämlich nicht sagen müssen.«

»Sie hat mich entlassen. Sie meinte, ich wäre geheilt.«

Aber Mark geht nur kopfschüttelnd aus dem Raum.

Sobald ich sicher bin, dass er fort ist, breite ich den Patchwork-Quilt meiner Mutter über der Sofalehne aus. Die roten Feuerwehrautos passen gut zu dem burgunderfarbenen Leder. Außerdem passen die Maße der Decke perfekt, auch wenn die kindlichen Motive nicht wirklich dem Stil des Hauses entsprechen.

Später stehen wir Seite an Seite in der Küche und bereiten das Mittagessen vor, fast so wie früher. Nach einer Woche Abwesenheit hat unsere Küche etwas Steriles an sich, all die Edelstahlgeräte, die glänzenden roten Schränke, die spiegelnden Arbeitsflächen. Ein bisschen kommt es mir vor, als wäre ich wieder im Labor.

Es ist noch etwas Gnocchi-Teig übrig. Das kochende Wasser spritzt auf den Herd, als Mark die Klößchen händeweise in den Topf wirft.

»Gestern Abend habe ich eine Eulenschwalme gesehen«, erzählt er.

»Aha.«

»Sie saß auf dem Baumstumpf neben der Garage. Sie hat mich ganz nah herankommen lassen, so nah, dass ich sie fast berühren konnte. Erst im allerletzten Moment ist sie weggeflogen.«

Ich schneide eine Tomate auf. Das Messer liegt in meiner Hand wie ein Skalpell, während die Frucht auf dem Glasschneidebrett aufplatzt. Der Saft spritzt zu mir hoch.

»Vorsicht«, warnt Mark.

Die Fronten der Küchenschränke werden grau, dann schwarz, als das Blut aus meinem Kopf weicht. Vorsichtig setze ich mich auf einen Hocker.

»Du weißt doch, was man sagt«, erklärt mir Mark lächelnd. »Wenn du Angst hast, dich zu verbrennen, solltest du nicht in die Küche gehen.«

Ich drücke eine Hand auf die Narbe über meinem Schambein.

»Nur ein Witz«, fügt er hinzu, um dann sanft zu fragen: »Alles okay mit dir?«

Ich antworte nicht. Er rührt im Topf.

»Vorhin hat Dr. Niles angerufen. Sie möchte, dass du heute Nachmittag noch einmal auf die Mutter-Kind-Station kommst.«

»Schon wieder? Ich kann doch morgen zu ihr gehen.«

»Sie hat darauf bestanden. Hör mal, wenn du den Termin platzen lässt, besteht das Risiko, dass sie dich wieder einweist. Diesmal gegen deinen Willen.«

Ein Spatz fliegt von der Vogeltränke im Garten auf.

»Was hast du ihr erzählt?«

»Gar nichts«, versichert Mark. »Sie klang allerdings ziemlich besorgt.«

Scheiße. Dann hat sie also erfahren, wie interessiert ich an Jeremy war. Jetzt werde ich sie noch einmal davon überzeugen müssen, dass ich Toby tatsächlich für meinen Sohn halte.

»Du musst doch irgendetwas zu ihr gesagt haben.«

»Ich versuche nur, dir zu helfen, Sasha, Ehrenwort. Dass du wieder eingewiesen wirst, ist nun wirklich das Letzte, was ich will.«

Am Tisch im Essbereich mit den schweigenden Frauen und wie ein Gefängnisinsasse matschiges Krankenhausessen runterwürgen. Schluchzend in der Dusche, während mir lauwarmes Wasser über den Rücken läuft. Scheinbar in Meditation versunken, umgeben von herumrutschenden, schniefenden Frauen.

Mark gießt die Gnocchi in das Sieb in der Spüle. Dampf steigt auf, das Küchenfenster beschlägt. Ich muss an Toby denken, ganz allein in seinem Brutkasten, und vergrabe das Gesicht in den Händen.

»Ich habe keinen Appetit«, murmele ich.

»Sag einfach Bescheid, wenn du Hunger bekommst. Ich wärme es dir dann noch mal auf.«

Im Schlafzimmer liegt neben meinem Koffer die Plastiktüte mit Tobys schmutziger Kleidung auf dem Bett und wartet darauf, dass ich sie wasche und zusammenlege. Ich drücke einen seiner Strampler an mein Gesicht. Er riecht ein bisschen nach Erde, wie die braunen und weißen Flaumfedern, die ich bei meinen Spaziergängen im Busch aufgelesen habe; damals, als wir einfach nicht schwanger wurden. Ich habe sie immer in meine Tasche gesteckt und ganz fest umklammert, als wären sie ein magischer Glücksbringer.

Nun versuche ich mir vorzustellen, wie dieses Zimmer wohl aussehen wird, wenn Toby nach Hause kommt. Den extra zum Stillen angeschafften Stuhl werde ich neben unser Bett stellen. Der Wickeltisch müsste unter das Fenster passen. Und wir können auch sein Bettchen hier ins Zimmer stellen. Dann kann er bei uns schlafen, auf meiner Seite des Betts.

Als ich den Koffer öffne, quellen mir meine Klamotten entgegen. Im Schrank herrscht totales Chaos: Oberteile und Hosen liegen verknüllt in kleinen Haufen zusammen und hängen aus halb geöffneten Schubladen. Auf dem Boden des Schranks liegen leere Kleiderbügel.

»Hättest du nicht wenigstens bei meinen Sachen Ordnung halten können?«, rufe ich zu Mark hinüber. Ganz hinten auf dem obersten Brett entdecke ich den Quilt meiner Mutter. Mark hat ihn schon wieder vom Sofa entfernt.

Aus dem vorderen Kofferfach hole ich den Plastikbeutel. Die Nabelschnur darin ist noch schrumpeliger und dunkler geworden als beim letzten Mal, als ich sie mir angesehen habe. Vorsichtig öffne ich den Beutel. Der eingeschrumpfte Zellhaufen hat keinerlei Geruch mehr. Ich nehme ihn mit ins Bad und werfe ihn in den Mülleimer. Hinter mir ertönt ein Quietschen.

Mark steht in der Tür. Er hält seine Jacke und einen Brief

mit dem Firmenlogo des Genlabors umklammert. Seine Hände zittern. An seiner Stirn pocht eine Ader.

Scheiße. Die Ergebnisse sind früher gekommen, als ich gedacht habe. Und ich hatte vergessen, dass ich sie mir – in der Hoffnung, frühzeitig entlassen zu werden – nach Hause habe schicken lassen.

»Der ist für mich.«

Ich greife nach dem Umschlag, aber Mark entzieht ihn mir.

»Du hast den Test machen lassen. Hinter meinem Rücken. Und du hattest sicher auch nicht vor, es mir zu erzählen. Wie konntest du?«

Meine Knie zittern. »Das ist kompliziert.«

»Also, für mich sieht das nicht so kompliziert aus. Natürlich bist du dir jetzt plötzlich sicher, dass Toby unser Sohn ist. Ich muss das gar nicht erst lesen. Ich kenne die Antwort bereits.« Er zerknüllt den Umschlag in den Händen. »Und ich? Hast du auch eine Probe von mir genommen?«

Der Boden ist einheitlich in Schwarz und Weiß gefliest, wie ein Schachbrett, ein sich ewig wiederholendes Muster. Das war Marks Idee. Ich habe ihm nie gesagt, dass ich es nicht leiden kann.

Er stößt einen leisen Fluch aus und schiebt den Umschlag in seine Jackentasche.

»Wenn Dr. Niles nicht so nachdrücklich betont hätte, dass ich es dir zu Hause so leicht wie möglich machen soll …« Er holt tief Luft, ballt die Fäuste. Ich kann seinen süßlichen Atem riechen.

»Du hast meinen Quilt versteckt.«

Mark sieht mich fassungslos an. »Das ist eine Kinderdecke, Sasha.«

Mein Herz krampft sich zusammen, und mein Magen

macht mit. »*Mark.*« Ich zittere so sehr, dass mein ganzer Körper wackelt. »Wir müssen reden.«

Mark schiebt die Hände in die Hosentaschen. Ich könnte jetzt schweigen, einfach nichts sagen und das Leben weiterleben, das wir uns in unserem versteckten Haus draußen im Busch eingerichtet haben. Es wäre der sichere Weg. Bequem. Angemessen.

Plötzlich sehe ich Gesichter vor mir, ordentlich aufgereiht wie die hübschen Fotos an der Wohnzimmerwand: meinen Vater, Freunde, Kollegen, Verwandte. Die stehen in Gruppen beisammen und haben misstrauisch die Augen zusammengekniffen. Wie könnte ich sie alle derart enttäuschen?

Ich habe mir nie erlaubt, mir ein Leben ohne Mark auszumalen. Nicht einmal in den Wochen vor der Hochzeit, als mir klar wurde, welchen Druck es auch für mich bedeutete, dass mein Mann versuchte, sein Leben nach seinem toten Zwilling auszurichten.

»Du darfst jetzt nicht kneifen«, sagte Bec, als ich mir bei meiner Junggesellinnenparty einen Martini nach dem anderen reinschüttete. »Das würdest du später bereuen.«

Keine Beziehung ist perfekt. Da hat Bec recht gehabt. Die Ehe lässt einen auch in schweren Zeiten zusammenstehen. So wie jetzt, schätze ich. Aber wir waren schon so lange nicht mehr glücklich …

»Ich …«

Mark hebt abwehrend die Hand und schüttelt den Kopf.

»Ich wollte nur …«

Es gibt so viel zu sagen. Darüber, wie wir einander enttäuscht haben. Aber plötzlich scheint es zu viel zu sein, um darüber zu sprechen. Da er nichts sagt, fahre ich fort.

»Wir waren nicht ehrlich zueinander.«

Marks Wangen wirken plötzlich eingefallen, seine Augen liegen tief in den Höhlen. Komisch, dass mir das vorher nie aufgefallen ist.

»Das bist nicht du, Sash. Da sprechen die Hormone aus dir. Oder deine Krankheit.«

Zitternd stütze ich die Hände auf das Waschbecken. »Ich habe lange darüber nachgedacht, Mark. Es schien so viel leichter zu sein, einfach weiterzumachen. Abzuwarten, ob sich das mit uns wieder bessert, wenn du glücklicher bist, wenn wir ein Baby haben. Die ganze Zeit habe ich so getan, als wäre alles in Ordnung, als ginge es mir gut. Und du auch. Aber dir ist doch bestimmt klar, dass wir so nicht glücklich sind. Ich kann das nicht mehr. Und ich hoffe, dass du das irgendwann verstehen kannst.«

Ich verstumme. Es ist alles gesagt.

»Ich habe immer nur versucht, der Ehemann zu sein, den du dir wünschst.«

»Aber ich kann nicht die Ehefrau sein, die du brauchst.«

Er dreht sich zu mir um. Er wirkt völlig verstört.

»Du kannst uns nicht retten«, sage ich. »Genauso wenig, wie du Simon retten konntest.«

Sein Gesicht erstarrt. »Simon hätte nicht aufgeben dürfen. Er hätte nicht loslassen dürfen. Das habe ich ihm gesagt, am Abend bevor er gestorben ist.«

In seinen Augen flackert ein Feuer auf, und sein Mund verzieht sich ängstlich. Ich erkenne meinen eigenen Mann nicht mehr. Und plötzlich frage ich mich, wen er all die Jahre geliebt hat. Ob er jemals mich geliebt hat.

»Ach, scheiß drauf«, zischt er. »Ich warte im Wagen auf dich.« Mit dröhnenden Schritten geht er zur Haustür.

Er hat recht. Es ist beschissen. Einfach alles. Ich will zu meinem Baby. Ich will Toby in den Armen halten und ganz sicher sein, dass er mein Sohn ist. Verdammt, ich sollte das Recht haben, mein Kind zu sehen.

Toby. Er ist ein liebes Baby. Ein besseres Baby, als ich verdiene. Bald wird es ein Band zwischen uns geben, eine echte, wahre Bindung. Er wird von Tag zu Tag kräftiger.

Galle steigt in meiner Kehle auf. Ich muss ihn halten. Dann werde ich es wissen. Ich wünschte nur, es gäbe einen anderen Weg, um es herauszufinden.

Tag 7, Freitag. Nachmittag.

»Ist mit Toby alles in Ordnung?«

Brigitte ist hinter mir aufgetaucht, mitten in der Eingangshalle des Krankenhauses. In einer Hand hält sie ihre Tasche, in der anderen einen Beutel mit den Stricksachen – rote Wolle, Nadeln, die fertigen Strickquadrate. »Je eher wir alle nach Hause kommen, umso besser, hm?«

Warum redet sie auf einmal wieder mit mir? Offenbar hat ihr niemand gesagt, dass sie mich wieder an Jeremys Brutkasten erwischt haben. Und nach dem, was heute zwischen Mark und mir passiert ist, weiß ich wirklich nicht, ob ich momentan so gerne nach Hause möchte. Auf dem Weg hierher haben Mark und ich kaum ein Wort gewechselt. Er war kreidebleich, als ich ihn im Wagen zurückgelassen habe. Vertraut er jetzt nicht einmal mehr darauf, dass ich meinen Termin mit Dr. Niles einhalte?

Ich schiebe Mark aus meinen Gedanken und versuche, mich Brigitte gegenüber großzügig zu zeigen.

»Jeremy darf doch bestimmt bald nach Hause.«

»Vielleicht.« Sie knabbert an ihrer Lippe. »Wie geht es Toby heute?«

»Er bekommt Antibiotika. Ich denke, es wird ihm bald besser gehen.«

»Schön für ihn. Und für dich.« Mit einem offenen Lächeln fügt sie hinzu: »Ursula hat mir gerade alles erzählt. Es tut mir so leid. Ich hatte ja keine Ahnung, was du durchmachst. Wenn ich gewusst hätte, dass du glaubst, mein Baby wäre deines …« Noch immer lächelnd stellt sie fest: »Es muss schrecklich für dich gewesen sein. Es freut mich wirklich, dass du es überstanden hast.« Ein Hauch Besorgnis schleicht sich in ihre Miene. »Übrigens ist mir aufgefallen, dass dein Quilt ein wenig abgewetzt aussieht. Wenn du möchtest, kann ich dir gerne dabei helfen, ihn wieder in Schuss zu bringen.«

Ich zögere einen Moment. »Sicher.«

Brigitte schiebt sich näher an mich heran. »Ich habe mir noch mal alles durch den Kopf gehen lassen, was bei dir so passiert ist. Und ich habe etwas recherchiert. Wusstest du, dass die ersten Brutkästen aus Metall waren?«

Ruckartig ziehe ich Marks Jacke fester um meine Schultern. Als ich auf dem Weg in die Klinik plötzlich anfing zu zittern, bestand er darauf, dass ich sie überziehe. Ich muss jetzt wirklich auf die Mutter-Kind-Station gehen und versuchen, Dr. Niles zu beschwichtigen, bevor ich es noch mal auf der Säuglingsstation versuche. Und ich will nicht länger mit Brigitte reden. Sie hatte schon recht mit ihrer Angst und ihrem Misstrauen mir gegenüber. Da hat es keinen Zweck, an eine Verbindung anknüpfen zu wollen, die anfangs vielleicht zwischen uns entstanden ist.

Aber sie plappert einfach weiter: »Als man anfing, Babys in Brutkästen zu legen, haben die Mütter sie wohl hinterher nicht mehr angenommen. Sie haben ihre Kinder auf der Station zurückgelassen und sind einfach nicht wiedergekommen. Deshalb hat man angefangen, die Inkubatoren aus Glas zu bauen. Die Mütter sind jeden Tag zu Besuch gekommen. Und die Ärzte waren schnell davon überzeugt, dass die Mütter nun eine Bindung zu ihren Kindern aufbauten, weil sie sie besser sehen konnten.« Mit gesenkter Stimme fährt sie fort: »Aber was, wenn sie sich geirrt haben? Vielleicht hat ja auch das Glas an sich geholfen. Ein natürliches Material, nicht wie

Kunststoff oder Metall. Vielleicht solltest du dich mal nach einem Brutkasten aus Glas erkundigen?« Ihre Miene ist todernst. »Ich meine, durch Glas könntest du dein Baby auch viel klarer sehen als durch Kunststoff, richtig? Sehen, wer es ist. Wer es mal werden soll.«

Langsam zweifle ich an ihrem Geisteszustand. Offenbar reichen Naturheilkunde und Chiropraktiker-Sitzungen doch nicht aus, um eine postnatale Depression abzuwenden.

»Vielen Dank, Brigitte, aber mir geht es wieder gut. Alles in Ordnung. Leider muss ich jetzt gehen.«

Sie tritt einen Schritt zurück. »Das freut mich, dass es dir besser geht. Was ich dir übrigens noch sagen wollte: Ich bin ganz begeistert von dem Namen Toby. Das mit der Namensgebung ist schon komisch, oder? Ich finde ja, die Menschen wachsen im Laufe der Zeit in ihren Namen hinein, bis man sich irgendwann gar nicht mehr vorstellen kann, dass sie anders heißen könnten.« Fragend sieht sie mich an.

Mir wird plötzlich ganz heiß, und ich ziehe an meinem Shirtkragen. Wäre die Situation umgekehrt – hätte sie mein Baby angefasst, ohne dass ich es wüsste –, würde ich wollen, dass sie es mir sagt. Ich hole tief Luft.

»Tut mir leid, ich -«

»Schon gut«, unterbricht sie mich. »Spar dir die Worte. Ich weiß, was du sagen willst. Und ich weiß, wie das ist. Manchmal tut man eben das Falsche, einfach so. Wenn man sich wünscht, dass alles anders wäre. Wenn man noch mal ganz neu anfangen will. Wenn man das Gefühl hat, man hätte keine andere Wahl.« Sie kramt in ihrer Handtasche herum. »Ich wollte dir sowieso noch meine Nummer geben. Es wäre doch schön, wenn wir uns noch mal treffen könnten, nachdem beide Babys entlassen wurden. Bei Jeremy muss es jeden Tag so weit sein. Ich habe befürchtet, dass wir uns vielleicht nicht mehr sehen, deshalb habe ich mir deine Nummer aus deinen Unterlagen besorgt. Hoffentlich macht es dir nichts aus.« Sie reicht mir einen kleinen Zettel. »Ich würde wirklich gerne mit dir in Kontakt bleiben. Vielleicht können unsere Söhne ja Freunde werden.«

»Aus meinen Klinikunterlagen? Wie bist du denn da rangekommen?« In meinem Kopf gehen die Alarmglocken los.

Brigitte zieht einen Schmollmund. »Ich wollte doch nur deine Nummer haben. Von Frauen wie uns behalten sie die persönlichen Daten – Mütter, deren Babys auf der Säuglingsstation bleiben. Schwesternstation, oberste Schublade ganz rechts. Problemlos zugänglich, wenn die Schwestern gerade alle beschäftigt sind. Du weißt doch, wie sie sind.« Sie zwinkert mir zu.

Die Handschrift auf dem Zettel kommt mir irgendwie bekannt vor. Dann fällt es mir wieder ein: Mit diesen großen, deutlichen Buchstaben waren auch die ganzen Glückwunschkarten auf Jeremys Bänkchen beschriftet. Warum in aller Welt sollte sie sich selbst Glückwünsche schicken?

»Ich muss jetzt wirklich los«, murmele ich.

Brigitte ist immer noch in ihrer Tasche zugange.

»In den Büchern hieß es, dass zu früh geborene Babys vor der Zeit der Brutkästen auch Mickerlinge genannt wurden. Vermutlich diente ihnen das als Rechtfertigung, wenn sie einfach dem Tod überlassen wurden. Ist das zu fassen? Gott sei Dank ist das heutzutage anders. Unsere Babys haben Glück gehabt. Und wir ebenfalls.« Jetzt holt sie aus den Tiefen ihrer Tasche einen winzigen, roten Strickpulli hervor und drückt ihn mir in die Hand. »Den habe ich für Jeremy gemacht«, erklärt sie. »Aber ich finde, Toby soll ihn bekommen.«

Ich streiche über das Zopfmuster an Ausschnitt und Bündchen. Das ist Merinowolle, weicher, als sie aussieht. Für

Tobys kleinen Körper ist er noch zu groß, aber er wird bestimmt bald reinwachsen.

»Das ist wirklich nett von dir. Und es macht dir bestimmt nichts aus?«

»Ganz und gar nicht.« Wieder leuchtet dieses freundliche Lächeln in ihrem Gesicht auf. »Und lass uns wirklich Kontakt halten!«

Auf der Mutter-Kind-Station bleibe ich vor der Wand mit den vielen Monitoren stehen, wo aus einem Dutzend an der Mauer befestigten Lautsprechern Babygeräusche aus einem anderen Zimmer ertönen. Sie werden beim Schlaftraining eingesetzt. Die Mütter bleiben draußen vor der Tür stehen und hören sich die Schreie ihrer Kinder an, wobei sie versuchen, die verschiedenen Stresssignale zu unterscheiden. Während meiner Zeit hier habe ich nicht weiter auf die Lautsprecher geachtet. Jetzt drücke ich mein Ohr gegen einen von ihnen. Schnaufen. Ein kurzes Wimmern. Stille. Dann ertönt ein schriller Schrei, der mich direkt ins Herz trifft. Mein Kind soll auf keinen Fall an einen solchen Ort kommen.

»Sasha, hallo.« Als ich mich umdrehe, steht Dr. Niles neben mir. Ihr Atem riecht nach Kaffee. »Vielen Dank, dass Sie meiner Bitte gefolgt sind.«

Sie führt mich in das Besprechungszimmer neben der Schwesternstation, in dem es auch heute heiß und stickig ist. Ich streife Marks Jacke ab und setze mich kerzengerade auf einen der Plastikstühle. Die Deckenstrahler scheinen wie Verhörlampen auf mein Gesicht zu zielen.

Dr. Niles nimmt gegenüber von mir Platz. Ihr Füller schwebt über meiner Krankenakte. Die Feder ist so spitz wie ein Stachel. Wie viel weiß sie wohl über meine inzwischen überkommene Besessenheit von Jeremy? *Wir sind für Sie da,* verkündet das Schild über ihrem Kopf in dicken, schwarzen Buchstaben.

»Sie haben Ihre Medikamente nicht genommen.« Eine Feststellung, keine Frage.

»Größtenteils schon«, lüge ich. »Wenn ich daran gedacht habe.«

Das bringt mir einen finsteren Blick ein. »Sie müssen die Tabletten regelmäßig einnehmen. Sonst könnte es sein, dass wir Sie erneut einweisen müssen.«

»Kein Problem.« Ich stehe auf. Ihre Fingernägel bohren sich in meine Haut, als sie meinen Arm packt und auf den Stuhl deutet. Mir bleibt nichts anderes übrig, als mich wieder zu setzen.

»Es gibt noch etwas anderes, worüber wir sprechen müssen. Sie haben besonderes Interesse an einem anderen Baby auf der Säuglingsstation gezeigt. Sie haben sogar darum gebeten, es auf den Arm nehmen zu dürfen.« Wieder keine Fragen.

Schweigend runzle ich die Stirn.

»Leugnen Sie das etwa?«

»Ich wollte nur mal sehen, wie es sich anfühlt, ein Baby auf dem Arm zu haben, das etwas größer ist als Toby.« Zwar bin ich mir nicht sicher, ob das eine passende Antwort ist, aber etwas Besseres fällt mir gerade nicht ein. Im Moment würde ich alles dafür tun, Toby auf den Arm nehmen zu dürfen.

»Sie wollten also ein größeres Baby halten.« Die spitze Feder schwebt über dem leeren Blatt.

»Ja.« Ich wittere meine Chance. »Wissen Sie, ich hatte nicht damit gerechnet, dass Toby so klein sein würde. Er ist so zart. Zerbrechlich. Es kommt mir vor, als würde ich ihn bei der leisesten Berührung zerquetschen.«

»Bei Berührung zerquetschen.« Dr. Niles gräbt die Fingerspitzen in den Stift, bis die Haut unter ihren Nägeln weiß wird.

O verdammt.

»Nein, das habe ich nicht gemeint. Ich meine damit, dass ich Toby auf keinen Fall wehtun möchte. Er soll doch von allem nur das Beste bekommen.« An der Wand hängt ein Poster, auf dem eine Frau mit seligem Lächeln ihr Baby stillt. Eine Falte ihres Leinenkleids bedeckt dezent die Brustwarze. »Wie zum Beispiel meine Milch.«

»Also wollten Sie Jeremy die Brust geben?«

Die Wände des kleinen Raums scheinen auf mich zuzurücken. Mein Shirt klebt mir schweißnass am Rücken. Ich komme mir vor wie ein Versuchskaninchen, eingesperrt und unter Beobachtung, mit einem grellen Strahler über mir. Vielleicht bin ich ja wie einer dieser Rhesusaffen, die sich in Experimenten immer an künstlich gebauten Müttern festklammern. Die Tiere haben Müttern aus Stoff immer den Vorzug vor Drahtmüttern gegeben, das weiß ich noch.

»Ich würde Jeremy niemals die Brust geben. Er ist nicht mein Kind. Ich weiß nicht, was ich noch sagen soll, damit Sie mir glauben.« Schweißtropfen laufen über meine Schläfe. »Ich weiß schon seit meiner Einweisung, dass Toby mein Baby ist. Da können Sie jeden fragen. Sie werden es Ihnen bestätigen. Ich war jeden Tag an seinem Brutkasten. Ich habe Milch für ihn ausgepresst, obwohl sie behauptet haben, das könnte ich nicht. Ich habe Geschenke für ihn gekauft …« Mir wird klar, dass es nichts mehr zu sagen gibt. Mit erstickter Stimme füge ich hinzu: »Ich liebe ihn.«

Dr. Niles studiert mich, wie die Wissenschaftler diese Affen studiert haben. In ihren Augen bin ich bestimmt eine Drahtmutter. Mir schnürt sich die Kehle zu.

»Mark ist dafür verantwortlich, oder? Dass ich überhaupt

eingewiesen wurde, und weil er Ihnen von meiner Vergangenheit erzählt hat.«

Dr. Niles blinzelt überrascht. »Mark war immer Ihr leidenschaftlichster Fürsprecher.«

»Aber er hat mich die ganze Zeit angelogen.«

»Das bezweifle ich.«

Marks Gesicht taucht vor meinem inneren Auge auf. Seine schuldbewusste Miene, als er hier auf der Station meine Sachen durchsucht hat. Sein verzweifelter Blick, als er mich dazu bringen wollte, so zu tun, als wäre alles in Ordnung, damit ich nicht eingewiesen werde. Sein nacktes Entsetzen, als er herausfand, wie besessen ich von Jeremy war. Die Rosen, die selbstgemachten Gnocchi, der Aprikosenkuchen. Und dann sein Gesicht am Tag unserer Hochzeit: die strahlenden Augen, die geröteten Wangen, das glückliche Lächeln. Kann es tatsächlich sein, dass er die ganze Zeit um mich gekämpft hat?

»Aber wer dann? Wer hat Ihnen das alles erzählt?«

Dr. Niles zieht die schmalen Augenbrauen hoch.

»Bec?«

Das Kopfschütteln der Ärztin ist so sanft, dass ihre Haare danach wieder perfekt in Form fallen. »Ist Bec diese Freundin von Ihnen? Die mich jetzt endlich nicht mehr anruft?«

»Dann also mein Vater.«

»Ich habe nie mit Ihrem Vater gesprochen.«

»Aber doch sicher nicht Ondine.«

Jetzt runzelt sie die Stirn. Ondine war es also nicht. Es gibt nur eine weitere Person, die genug über mich und meine Fehlentscheidungen weiß. Aber sie hat doch gar nichts mit der Mutter-Kind-Station zu tun …

»Brigitte?«

Dr. Niles' Miene wird ausdruckslos.

»Aber warum sollte sie das tun, verdammt?«

Wortlos zuckt sie mit den Schultern.

Gedanklich gehe ich alles durch, was ich Brigitte erzählt und was ich ihr verschwiegen habe. Es ist, als wollte ich durchnässte Unterlagen sortieren, die zwischen meinen Fingern zerfallen. Ich begreife einfach nicht, warum sie überhaupt mit Dr. Niles gesprochen hat. Das ergibt alles keinen Sinn.

»Ich muss jetzt gehen«, sage ich schließlich.

Ich muss unbedingt herausfinden, warum sie mich bei Dr. Niles angeschwärzt hat. Wenn ich mir Brigittes Klinikunterlagen ansehe, erfahre ich vielleicht mehr über ihr Motiv.

Dr. Niles drückt die Kappe auf ihren Füller.

»Sie verstehen ja sicher, dass wir ernsthafte Bedenken haben, Sie in die Nähe von Babys zu lassen, Sasha«, sagt sie. »Glauben Sie mir, von nun an werden wir Sie sehr genau im Auge behalten.«

VORHER

MARK

An dem Abend, als ich bei meinen Eltern vorbeischaute, um ihnen von Sashas Schwangerschaft zu berichten, stand Mum gerade an der Spüle und drückte einen Schwamm aus. Dad saß am Esstisch. Vor ihm standen mehrere leere Bierflaschen.

»Was hast du dir bloß dabei gedacht?«, fragte Dad lallend. »Simon wäre so etwas nie passiert.«

Mit Simons Tod hatte sich ihre ständige Kritik an ihm verflüchtigt. Nun vergötterten sie ihn, in ihrer Erinnerung war er das perfekte Kind; der perfekte Sohn. Mich störte das nicht weiter. Ich hatte ihn sowieso nie anders gesehen – der beste Bruder, mein bester Freund. Das einzige Problem daran war, dass für meine Eltern nun ich derjenige wurde, der alles falsch machte. Ein eigenes Café zu eröffnen wäre falsch, sagten sie. Eine Frau zu heiraten, deren Mutter die Familie verlassen hatte und bei der deshalb das Risiko bestand, dass sie es ebenso halten würde – falsch. Und nun schien die Entscheidung, Kinder zu bekommen, das Dümmste von allem zu sein.

Aber ich hatte noch einen Trumpf im Ärmel.

»Es wird ein Junge.«

Natürlich wusste ich nicht, ob es ein Junge wird, aber irgendetwas sagte mir, dass der Ultraschall in der zwanzigsten Woche mir Recht geben würde. Ich wurde nicht oft von einem eindeutigen Bauchgefühl geleitet, aber wenn es der Fall war, lag ich damit immer richtig. So, wie ich von Anfang an gewusst hatte, dass Sash die Richtige für mich war.

In Bezug auf das Baby war ich mir sicher, dass die Aussicht auf einen männlichen Enkel bei Mum und Dad Begeisterung auslösen würde. Mit dem Baby hätten sie sozusagen einen neuen Simon. Keinen Ersatz, aber eine Art Trost.

Ich hatte recht. Mum ließ den Schwamm in das seifige Spülbecken fallen und presste die Hände ans Gesicht.

»Ein Junge? Wie schön! Hast du das gehört, Ray? Als wäre es ein Geschenk von Simon. Ein kleiner Junge …«

Dad stellte mit einem dumpfen Knall seine Bierflasche ab und erhob sich, um mir die Hand zu schütteln.

»Gratulation, mein Sohn. Ein Enkel, der den Namen der Familie weiterführt.«

Während ich später am Abend durch die weite Landschaft nach Hause fuhr, überkam mich plötzlich eine durchdringende Wärme, die meinen gesamten Körper erfasste. Gleichzeitig hatte ich das Gefühl, jemand säße auf dem Beifahrersitz.

»Simon«, sagte ich laut. Natürlich war es irgendwie lächerlich, so mit meinem toten Bruder zu sprechen, aber ich musste das einfach loswerden. »Danke für das Baby. Jetzt werden wir eine Familie haben, Sash und ich.« Ich lauschte auf das Brummen des Motors, das einzige Geräusch in der stillen Nacht. »Weißt du, ich habe jetzt ein eigenes Leben, Bruder. Ich kann deines nicht auch noch führen. Aber ich will dich trotzdem weiter an meiner Seite haben. Wie einen Mentor oder einen Führer.«

Ich fuhr gerade auf einen Hügel zu und entdeckte am Straßenrand einen großen Schatten. Als ich näherkam, erkannte ich im Licht der Scheinwerfer ein Känguru, das mir hoch aufgerichtet entgegenblickte. Ein Männchen, ganz allein. Das Tier war nicht das erste Mal hier in der Gegend, aber bisher hatte ich es nur aus der Ferne gesehen. Es war groß genug, um meine Windschutzscheibe zu zertrümmern und einen Unfall für uns beide tödlich enden zu lassen.

Ich bremste rechtzeitig ab und kam neben dem Känguru zum Stehen. Es drehte den Kopf und sah mich an. Sein Fell schimmerte im Scheinwerferlicht rötlich. Die Augen waren winzige Sterne, umrahmt von einer schwarzen Linie. Irgendwie hatte sein Blick etwas Herausforderndes an sich, etwas Erwartungsvolles. Und es zeigte sich keinerlei Angst darin.

Noch bevor ich den Sicherheitsgurt lösen konnte, wandte das Känguru sich ab und sprang über den Zaun neben der Straße, um in der undurchdringlichen Dunkelheit des Buschlands zu verschwinden. Ich stieg aus und blickte ihm blinzelnd hinterher. Doch zwischen den Stämmen war nirgendwo eine Spur von ihm zu sehen. Fast wäre ich ihm zwischen die dichten Bäume gefolgt, aber irgendetwas hielt mich zurück.

Sash. Sie brauchte mich. Sie würde mich immer brauchen.

Der Asphalt knirschte unter meinen Sohlen. Der Ledersitz im Auto war noch warm. Sash und das Baby in ihrem Bauch. Ich musste nach Hause. Die beiden warteten auf mich.

Tag 7, Freitag. Später Nachmittag.

Mit dem Aufzug fahre ich in den ersten Stock hinauf, auf die Wöchnerinnenstation. Ich bin seit einer Woche nicht mehr hier gewesen, seit dem Morgen nach der Geburt. Flur und Schwesternstation sind menschenleer. Ich brauche nicht länger als einen Moment.

Oberste Schublade rechts, hat Brigitte gesagt. Ich schlüpfe hinter den Tresen und ziehe die Schublade auf.

Die beiden blutroten Akten, nach denen ich Ausschau halte, liegen ganz oben auf dem Stapel: S. Moloney und B. Black.

Zögernd schwebt meine Hand über der Akte mit meinem Namen. Bestimmt stehen dort eine Menge beleidigende, falsche Beobachtungen drin, die ich durchgehen könnte. Ein tiefer Seufzer steigt in mir auf. Ich habe jetzt keine Zeit. Mark wartet im Wagen auf mich. Jetzt habe ich es zu eilig, um mir Gedanken darüber zu machen, was das Krankenhauspersonal über mich sagt oder denkt.

Ich nehme Brigittes Akte heraus und schlage sie auf.

Brigitte, Naturheilkundige, ehemalige Krankenschwester. Zwei Fehlgeburten, eine stille Geburt in der 24. Woche.

Was sie mir alles nicht erzählt hat. So viele Wahrheiten, die sie mir verschwiegen hat.

Ich blättere weiter. Rot unterstrichen und in Großbuchstaben steht da: GIBT AN, VOR DER SCHWANGERSCHAFT IM EIGENEN HAUS VON UNBEKANNTEM TÄTER VERGEWALTIGT WORDEN ZU SEIN. VAGINALE

UNTERSUCHUNGEN NUR WENN ABSOLUT NOTWENDIG.

Ich klappe die Akte wieder zu. Mehr muss ich nicht wissen.

»Es tut mir leid«, sage ich laut. Eigentlich gilt das Toby, aber es könnte auch Brigitte gelten, oder uns allen. Allen Frauen mit Geheimnissen und Notlügen.

Meine Gedanken überschlagen sich.

Sie hat mich nach meinen Vorstellungen zum Thema Elternschaft gefragt, ob weitere Kinder geplant sind, nach meiner Ehe.

Nachdem ich die Möglichkeit einer Verwechslung erwähnt hatte, hat sie mich daran gehindert, Jeremy zu sehen.

Sie hat mir einen handgestrickten Pullover für Toby geschenkt.

Wohl kaum hinreichende Beweise für das, was sie eventuell getan hat.

Ich versuche, mich mit dem Gedanken zu beruhigen, dass ich selbst niemals in der Lage wäre, mein Baby gegen ein fremdes auszutauschen. Gleichzeitig weiß ich, dass ich mir nicht einmal vorstellen kann, was Brigitte durchgemacht haben muss.

Eine Durchsage tönt aus den Lautsprechern: Code Blau, Säuglingsintensivstation.

Toby. Nein. Das darf nicht sein.

Ich schiebe die Akte zurück in die Schublade, knalle sie zu und haste den Flur hinunter zu den Fahrstühlen. Wieder und wieder drücke ich auf den Knopf für den fünften Stock. Endlich gleiten die Türen der Kabine auf, ich steige aus. Ich laufe durch den Gang, in den Vorraum der Säuglingsstation. Nachdem ich meine Hände geschrubbt und abgetrocknet habe, marschiere ich auf die Stationstür zu. Surrend gleitet sie auf.

Brigitte steht vor mir. In meiner Eile hätte ich sie fast umgerannt. Sie weicht meinem Blick aus und geht hinaus, hält auf die Fahrstühle zu. Ich habe jetzt keine Zeit, mit ihr zu reden.

Hinter der offenen Glastür höre ich hektische Geräusche aus dem Wiederbelebungsraum: laute Stimmen, piepsende Monitore, schrille Signaltöne. Durch die Scheibe in der Tür kann ich das Personal sehen, das sich um eine Rolltrage drängt. Pumpende Bewegungen wie bei einer Herzdruckmassage.

Ursula erscheint in der Tür. Ihr Gesicht ist kreidebleich. »Sie müssen draußen im Flur warten«, befiehlt sie und packt mich am Ellbogen.

»Ist es Toby?«

»Sie müssen warten«, wiederholt sie. Dann schiebt sie mich durch die Stationstür in den Vorraum hinaus, sogar bis auf den kühlen Gang. »Setzen Sie sich.« Sie wirkt gehetzt. »Momentan dürfen keine Eltern auf die Station. Ich komme wieder und spreche mit Ihnen, sobald ich kann.«

Wie soll ich jetzt bitte stillsitzen? Unruhig laufe ich auf dem schäbigen Teppich auf und ab. Meine Finger sind ganz steif vor Angst. Ich vergrabe die Hände in den Taschen von Marks Jacke. Dort bleiben sie an einem zerknüllten Stück Papier hängen. Ich hole es hervor. Ein weißer Briefumschlag. Der Umschlag, den Mark zu Hause in seine Jackentasche gestopft hat. Die Testergebnisse vom Genlabor. Ich lehne mich gegen die Pinnwand mit den Fotos und streiche die Seiten glatt. Darauf habe ich so dringend gewartet. Weil ich dachte, dass ich es brauchen würde. Ich habe alles riskiert, um an diese Ergebnisse zu gelangen. Hat Mark sich überhaupt die Mühe gemacht, sie zu lesen?

Mein Herz dröhnt wie eine Trommel. Als Mark mir den Brief zu Hause unter die Nase gehalten hat, dachte ich, ich wäre darüber hinweg, dachte, ich könnte meiner Intuition trauen. Erst jetzt wird mir klar, dass ich einen eindeutigen Beweis brauche, um den anderen ebenso wie mir selbst zu zeigen, wer mein wahres Kind ist. Ich brauche mehr, als mein Herz, mein Gehirn oder mein Bauchgefühl mir sagen können. Ich brauche die absolute Sicherheit, die nur ein wissenschaftlicher Beleg erbringen kann. Den Beweis dafür, dass Toby doch mein Kind ist.

Mit zitternden Fingern streiche ich über das Papier und hebe es hoch. Dann zögere ich. Ein kleiner Teil von mir will es nicht wissen. Aber es gibt kein Zurück mehr, das ist mir jetzt klar.

Ich starre auf die Ergebnisse. Tränen rauben mir die Sicht, meine Hände zittern unkontrolliert. Die Ergebnisse des DNS-Tests entsprechen ganz und gar nicht meinen Erwartungen.

Brigitte. Sie muss unsere Babys vertauscht haben.

Jeremy ist mein Sohn.

Im Wiederbelebungsraum ist Ruhe eingekehrt, es wird nur noch geflüstert. Dann Stille. Das Personal verlässt in kleinen Grüppchen die Säuglingsstation, geht mit gesenkten Köpfen den Flur hinunter. Dr. Green kommt als Letzte, den Blick starr auf die Fahrstühle gerichtet. Keiner von ihnen hat mich vor der Fotowand bemerkt.

Ich stütze mich an der Wand ab, um nicht zusammenzubrechen. Als alle weg sind, schiebe ich den Brief mit den Ergebnissen zurück in die Jackentasche. Mein Herz rast. Endlich, nach allem, was geschehen ist, werde ich meinen Sohn für mich beanspruchen können.

Ich gehe zur Station zurück. Als die Tür sich öffnet, ragt Ursula breit wie ein Baum vor mir auf.

Ich versuche, mich an ihr vorbeizuschieben. »Ich muss zu meinem Sohn.«

»Das ist nicht der richtige Zeitpunkt.« Wie eine Klaue schließt sich ihre Hand um meine Schulter, drückt viel zu fest zu. Dann geht sie mit mir in den hintersten Winkel des Vorraums, noch hinter die Waschbecken. So weit von der Stationstür weg wie möglich.

Ursula. Sie hat mich von Anfang an mies behandelt. Hat sie etwa die ganze Zeit von der Vertauschung gewusst?

»Waren Sie es?«, frage ich. »Haben Sie die ganze Zeit gewusst, dass Toby nicht mein Kind ist?«

»Das hatten wir doch schon.« Sie senkt den Blick und streicht ihren Schwesternkittel glatt.

»Sie haben es gewusst. Sie haben es gewusst und nichts unternommen?« Ich zerre den Brief aus der Tasche, wedele damit vor ihrem Gesicht herum. »Ich habe Beweise, Ursula.« Hektisch falte ich das Blatt auseinander, presse es mit einem Knall an die Wand und zeige auf die Ergebnisse, klar und deutlich abgedruckt, Schwarz auf Weiß. »Hier, sehen Sie. Jeremy ist mein Sohn. Wie ich es die ganze Zeit gesagt habe.«

Ursula liest das Schreiben, und ihr fällt die Kinnlade runter. Dann zögert sie kurz, als müsse sie ihre Möglichkeiten abwägen, bevor sie gedehnt sagt: »Ich … Sie hat sonst niemanden, wissen Sie. Sie ist ganz allein.«

»Sie hat einen Ehemann. Und Freunde.«

Ursula schüttelt den Kopf. »Es gibt keinen Ehemann. Brigitte ist Single. Und sie hat auch keine Freunde.«

Die Karten an Jeremys Inkubator, alle in derselben Schrift geschrieben – Brigitte hat sie tatsächlich alle selbst geschickt.

Für mich gibt es nur einen Weg, um das alles zu klären. »Lassen Sie mich Jeremy mit nach Hause nehmen. Niemand muss davon erfahren. Falls nicht, werde ich alles an die Öffentlichkeit bringen: die Mitschuld des Krankenhauses, dass Sie alles gewusst haben. Das würde Sie Ihren Job kosten.«

Ursula lehnt sich an die Wand, starrt stumm auf ihre Füße.

»Wie können Sie das überhaupt zulassen?«, will ich von ihr wissen.

Einer der Wasserhähne tropft, trommelt einen stetigen Rhythmus in dem Edelstahlbecken.

»Ich … es war nicht Brigitte«, erklärt Ursula mit belegter Stimme. Sie schluckt angestrengt. »Ich habe sie ausgetauscht.«

Sie hat es getan? Mein Herz setzt einen Schlag aus. Es fühlt sich an, als würde der Blutfluss mitten in meiner Brust angehalten.

Wie sie da halb zusammengesunken an der Wand des Vorraums lehnt, kann man fast Mitleid mit ihr haben. Stockend fängt sie an zu erklären: »Nach dem Serratia-Ausbruch hat mir das Krankenhaus die Leitung der Station entzogen. Die haben mich in die Pränatale abgeschoben, als wäre ich eine Schande. Dort habe ich Brigitte kennengelernt, als sie zu ihrer ersten Vorsorgeuntersuchung kam. Als ihre Schwangerschaft festgestellt wurde, war sie bereits in der zwanzigsten Woche. Sie hat es einfach verdrängt, vermutlich wegen … der Vergewaltigung.« Angewidert spuckt sie das Wort aus. Mit leiser Wut in der Stimme fährt sie fort: »Für einen Abbruch war es zu spät. Die ganze Schwangerschaft über hat sie mit sich gerungen. Natürlich, wer hätte das nicht? Sie hatte solche Angst, dass sie nicht in der Lage sein würde, ihren Sohn zu lieben, wenn er erst da wäre. Wir haben uns öfter unterhalten, sie und ich. Die Chemie hat gestimmt. Ich habe ihr erzählt, dass mir vor vielen Jahren etwas Ähnliches passiert ist. Das hatte ich vorher noch nie jemandem gesagt. Wir kamen uns näher, wurden fast so etwas wie Freunde.«

In ungläubigem Schweigen höre ich mir Ursulas Geschichte an.

»Bei ihrer Anmeldung zur Geburt habe ich es so arrangiert, dass ich zur entsprechenden Zeit Dienst haben würde. Sobald ihr Baby auf der Welt war und ich es in ihre Arme legte, wurde mir klar, dass ihre Ängste berechtigt gewesen waren. Er sah ihr kein bisschen ähnlich. Sie sagte kein Wort, starrte nur stumm an die Wand. Da sie unten herum ziemlich gerissen war, musste sie genäht werden. Währenddessen brachte ich ihr Baby auf die Säuglingsstation. Sie wirkte regelrecht erleichtert, als ich sein Bettchen aus dem Raum schob. Als ich sie später zu ihm brachte, wollte sie nicht einmal in die Nähe seines Inkubators kommen. Stattdessen fing sie an, sich die anderen Babys anzusehen. Ich habe sie gewarnt, ihr gesagt, dass das keine gute Idee und sogar verboten sei. Sie hätte sich auf ihr eigenes Kind konzentrieren müssen. Aber sobald sie Jeremy sah, hat sie sich auf eine Art und Weise in ihn verliebt, wie es mit ihrem eigenen Kind nie möglich gewesen wäre, das wusste ich bereits im selben Moment.«

Die Worte platzen förmlich aus mir heraus. »Aber ich habe meinen Sohn geliebt. Schon bevor er geboren wurde, habe ich ihn geliebt. Wie konnten Sie … wie konnte sie … mir das antun? Meiner Familie?«

Mit düsterer Miene drückt Ursula den Rücken durch. »Mir war klar, dass *Sie* jedes Baby würden lieben können. Ich las Ihre Akte, während der Kaiserschnitt bei Ihnen durchgeführt wurde. Das Royal hat sie per E-Mail rübergeschickt. Sie wollten unbedingt ein Baby, waren regelrecht verzweifelt. Das habe ich bei vielen Frauen erlebt. Nach Ihrer Unfruchtbarkeit, nachdem Sie es so lange und so angestrengt versucht hatten, wären Sie mit jedem Kind glücklich geworden. Als Brigitte mir vorschlug, ich solle die Babys vertauschen, hielt ich das nur so für dahingesagt. Erst als sie mir einen ordentlichen Batzen Geld dafür bot, wurde mir klar, dass sie es ernst meinte. Und ich war verzweifelt.« Sie beugt sich vor, stützt die Hände auf die Oberschenkel. »Heutzutage ist es nicht leicht, über die Runden zu kommen. Sie sind Pathologin – Sie können nicht wissen, was es heißt, als Krankenschwester in einer öffentlichen Klinik zu arbeiten. Bezahlung und Arbeitsbedingungen werden von Jahr zu Jahr schlechter. Und dann wurde ich auch noch zurückgestuft. Versuchen *Sie* doch mal, nach alldem Ihre Rechnungen zu bezahlen, die Hypothek zu bedienen. Versuchen *Sie* mal, unter diesen Bedingungen zu überleben. Und Brigitte war früher Krankenschwester – sie konnte gut nachvollziehen, in welcher Lage ich war. Aber Brigitte hatte Schmerzensgeld bekommen. Sie konnte es sich leisten, mich zu bezahlen. Es war ganz einfach, wissen Sie? Einfacher, als man meinen sollte. Die Namensbändchen der beiden sind fast schon von allein abgefallen. Ich hatte sie selbst ausgestellt, da war es leicht, neue zu schreiben und die alten zu entsorgen. Danach entwickelte sich alles so, wie ich es gehofft hatte. Brigitte wollte Sie unbedingt kennenlernen und sichergehen, dass Toby ein gutes Zuhause bekommt. Und sie war froh darüber, dass Sie ihn wohl gut aufziehen würden. Sie wurde erst misstrauisch, als Sie Jeremy plötzlich halten wollten. Ich habe ihre Sorgen zerstreut und ihr nie etwas von Ihrem Verdacht erzählt. Aber dann hat sie mitbekommen, wie Sie den Milchreflex hatten. Die ganze Zeit habe ich gehofft, dass Sie irgendwann glauben würden, dass Sie sich irrten. Sie waren die Einzige, die je bemerkt hat, dass etwas nicht stimmte. Ja, Sie waren das größte Problem bei der Sache.«

Ihr stechender Raubvogelblick reißt mich aus meiner Schockstarre.

»Es hätte noch jemand anders etwas merken müssen. Die Babys waren nicht auf derselben Stufe, nicht wirklich gleich weit entwickelt.«

»Wir sehen immer das, was wir sehen wollen. So ist es doch«, erwidert Ursula.

Dr. Solomon, Dr. Niles, Dr. Green. Sogar Mark. Für sie war es leichter, mich für geistig labil zu halten, als sich der Wahrheit zu stellen.

»Sie haben Dr. Niles von mir erzählt. Sie haben ihr gesagt, dass ich Jeremy für mein Kind halte.«

»Sie haben sich falsch verhalten, gegen die Vorschriften der Säuglingsstation verstoßen. Selbstverständlich musste Dr. Niles das wissen.«

»Was genau haben Sie ihr gesagt?«

»Lediglich das, was passiert ist. Und was Sie Brigitte erzählt hatten. Nichts als die Wahrheit.« Sie zählt an den Fingern ab, während sie fortfährt: »Dass sowohl Sie als auch Ihre Mutter Selbstmordtendenzen hatten. Dass Sie Ihre Medikamente nicht genommen haben. Dass Sie sich schuldig fühlten am Tod eines Kindes. Dass Sie versucht haben, Jeremy auf den Arm zu nehmen. Dass Sie Brigitte gesagt haben, Sie wollten ihn einmal halten. Dass sein Anblick bei Ihnen einen Milchreflex ausgelöst hat. Dass Sie Jeremy nach wie vor für Ihren Sohn halten.«

»Und was ist mit meiner Ehe? Was haben Sie Dr. Niles dazu gesagt?«

»Was ich von Brigitte erfahren habe. Ich glaube, Dr. Niles hat ganz ähnliche Probleme, in ihrer Ehe und mit der Fruchtbarkeit. Vielleicht dachte sie, sie könnte von Ihnen etwas lernen.«

Nein, es gibt nichts, was ich Dr. Niles beibringen könnte, außer vielleicht eine Lektion, die ich durch die Arbeit in der Pathologie gelernt habe: dass wir unter unserer dünnen, schützenden Haut alle irgendwie kaputt sind.

»Und Toby? Geht es ihm gut?«

Vorne im Flur, irgendwo im Treppenhaus, ertönt ein verzweifelter Schrei. Die Stimme einer Frau. Ruckartig dreht Ursula sich um. »Ich muss gehen. Warten Sie hier.« Sie tritt einen Schritt zurück, streicht sich noch einmal den Kittel glatt und hastet in Richtung der Fahrstühle.

Sie hat meine Frage nicht beantwortet. Aber ich kann die Gelegenheit nutzen, um meinen Gabriel zu sehen. Schnell schlüpfe ich durch die Glasschiebetür, laufe den Gang hinunter bis zu seinem Platz und schiebe die Trennwände weg.

Sein Inkubator ist leer. Wo ist er? Sie haben ihn doch bestimmt noch nicht entlassen. Immerhin hatte er noch Gelbsucht, war leicht kränklich. Er musste auf jeden Fall noch in der Klinik bleiben und behandelt werden.

In dem Kasten liegt eine Spritze, zur Hälfte mit einer klaren Flüssigkeit gefüllt. Der Verschluss eines Tropfschlauchs.

Ich schlage die Hand vor den Mund, atme hektisch durch die Finger.

Toby ging es schlechter als Gabriel. Warum liegt Gabriel nicht in seinem Kasten?

Der an der Wand befestigte Sauerstoffschlauch ringelt sich über den Boden wie eine Schlange.

O Gott, bitte nicht. Nein … nicht er … das kann nicht sein. Nicht Gabriel. Nicht mein Sohn.

Auf dem Laken ist ein kleiner Blutfleck zu sehen. Ich drücke mit dem Finger darauf.

Kraftlos sinke ich gegen das Bänkchen, meine Hand gleitet ungebremst über den Kunststoff, während meine Knie mir den Dienst versagen und ich immer weiter abrutsche, bis ich auf allen vieren auf dem Boden hocke.

Das kalte Vinyl drückt gegen meine Knie. Meine Stirn berührt den Boden wie in einem sinnlosen Gebet. Diesen Boden hat er oft angesehen. Bestimmt sind hier noch Hautzellen von ihm. Erinnerung in Zellform. Ich streiche mit der Hand über den Boden, sammle schwarze Krümel und graue Staubflocken ein, und die kostbaren, weißen Pünktchen, seine Hautschuppen. Ich hauche einen Kuss in meine Hand. Staub und Dreck bleiben an meinen Lippen kleben. Aber auch seine Haut. Trocken ist sie und warm.

Mithilfe der Stange am Inkubator ziehe ich mich auf die Füße. Ich streiche über den Metallrahmen, über die Knöpfe, die ihn am Leben erhalten, warm gehalten haben.

Der Kunststoff ist zu glatt, viel zu glatt. Ich möchte ihn in spitze Scherben zerschlagen, die sich in mein Herz bohren können.

Ich klappe den Inkubator auf und drücke mein Gesicht auf das kleine Baumwolllaken. Hier ist er noch bei mir, sein Geruch nach Honig, Zimt und warmem Toast mit Butter. Ganz tief atme ich ihn ein, sauge ihn in meine Lunge.

Das Laken bleibt an mir hängen, als ich mich aufrichten will. Ich zerre daran, sodass es mit in die Höhe gezogen wird. Schnell falte ich es klein zusammen und schiebe es in meinen BH, direkt an der Brust, wo es gut versteckt ist.

Dann beuge ich mich wieder runter und umschlinge die Matratze mit den Armen, presse sie zwischen meine Ellbogen, drücke die Lippen auf den Matratzenschoner, der fast so weich ist wie Babyhaut.

Immer wieder streiche ich über den Plastikbezug, bis er fast schon glitschig wird, und stelle mir vor, dass mein Baby hier bei mir ist. Ihm ist zu warm. Er muss sich abkühlen.

Die Waschlappen werden auf einem Brett unter dem Inkubator aufbewahrt. Am Waschbecken neben dem Brutkasten feuchte ich einen Lappen an und fahre mit ihm über seine Stirn. Jetzt ist er kühler, jetzt fühlt er sich besser. Vielleicht kommt jetzt alles in Ordnung.

An dem Inkubator auf der anderen Seite des Gangs geht ein Alarm los.

Der Plastikbezug klebt an meinen Ellbogen. Ich reiße ihn ab, lege mit einer heftigen Bewegung die Matratze wieder an ihren Platz. Das ist nicht mein Baby. Nein, das ist er nicht. Ruckartig klappe ich den Inkubator zu. Ich muss zu Gabriel. Ich muss ihn auf den Arm nehmen, ihn festhalten, muss seinen kalten, toten Körper in den Armen halten.

Der Wiederbelebungsraum ist leer. Die Notsituation ist vorüber.

Über der Notfallliege brennt noch die Wärmelampe, aber es liegt kein Baby mehr darunter. Ich schmiege mein Gesicht an die Matratze. Auch hier kann ich ihn riechen, spüre seine Anwesenheit mit jeder Pore meiner Haut. Sicher habe ich ihn nur um wenige Momente verpasst.

Die Liege quietscht, als ich meine Wange auf das Laken drücke. Die Hitze aus der Lampe verbrennt mir die Haut.

Dort hat er gelegen. Dort hat er seinen letzten Atemzug getan.

Wenn ich den Kopf drehe, erkenne ich das Whiteboard an der Wand und die darauf festgehaltenen Zeitabläufe. Verabreichte Medikamente: Adrenalin, Amiodaron, Bikarbonat. Halbleere Ampullen liegen auf den Arbeitsflächen. Aufgerissene Plastikverpackungen sind wie Lollipapiere auf den Boden gefallen. Sie haben getan, was sie konnten, um sein Herz wieder zum Schlagen zu bringen.

Ein lauter Schrei löst sich aus meiner Kehle. Ich wollte nichts außer ihm, mehr habe ich nicht verlangt. Ein Baby. Eine Familie. Jemanden, den ich lieben kann und der mich liebt.

Wie soll ich das ertragen? Bitte, Mum, bitte, hilf mir. Ich weiß nicht, wie ich das wiedergutmachen kann.

Eine Art Nebel scheint sich über den Raum gesenkt zu haben, und ich stelle mir vor, dass Lucias Gesicht darin erscheint. Dass sie mir den Rücken streichelt und mir sagt, dass alles gut werden wird.

Gabriel hat darauf vertraut, dass ich ihn finden werde. Er hat mit seinem Weinen nach mir gerufen. Hat erwartet, dass ich kommen und ihn trösten werde. Und in seiner dunkelsten Stunde habe ich ihn im Stich gelassen.

Schluchzend lausche ich auf einen Schrei, auf sein Stimmchen.

Nichts als Stille.

Dann ein Geräusch an der Tür. Ursula kommt mit ausdrucksloser Miene herein. »Sie dürfen gar nicht hier sein.« Sie hilft mir hoch.

»Bitte.« Ich packe ihren Kittel, klammere mich daran fest. »Nein.«

»Sie müssen mitkommen«, befiehlt sie. Einzeln löst sie meine Finger vom Gestell der Liege. Dann legt sie mir eine Hand ins Kreuz und schiebt mich hinaus auf die Station.

Meine Mutter. Was hätte sie wohl dazu gesagt? Dass ich es zu angestrengt versucht habe. Dass ich mir zu verzweifelt ein Baby gewünscht habe. Dass all das irgendwie meine Schuld ist. Sie an meiner Stelle hätte losgelassen, sie hätte das Ende zugelassen. Aber ich bin nicht wie sie. Ich will nichts enden lassen. Ich will, dass es anfängt. Sie müssen begreifen, was sie getan haben – sie alle. Nur nicht Brigitte. Ich kann verstehen, warum sie es getan hat. Und sie wollte ja nicht, dass mein Sohn krank wird. Es ist alles zu viel, alles geschieht zu schnell, um es zu verarbeiten. Aber eines weiß ich ganz sicher: Das Krankenhaus muss dafür bezahlen. Ich werde sie fertigmachen. Fertigmachen im Namen aller Frauen, denen man im Laufe der Jahre nicht geglaubt hat in diesem System, aller

Frauen, die verspottet, als unwichtig abgetan und ignoriert wurden. Für all das werde ich sie zur Rechenschaft ziehen.

Ursula schiebt mich weiter. Mark steht an der Tür zur Station. Sein Kinn ist stoppelig, seine Kleider hängen knittrig an ihm herab. Er sollte doch im Auto auf mich warten. Was macht er hier? Und wieder ertappe ich mich bei der Frage: Was genau weiß er über unseren Sohn?

Er packt mich am Arm, zieht mich an sich. »Sash, schau.«

Ein weinendes Baby, hochrot im Gesicht, mit geballten Fäustchen.

Ich weiche zurück. »Lass mich. Das ist zu viel.«

Fest schließt sich Marks Hand um meine Schulter. »Sieh hin.«

Das Namensbändchen.

Es ist Toby.

»Es geht ihm gut, Sash. Er wurde in ein normales Bettchen verlegt.«

Während meiner Ausbildung hieß es immer: Näher an der Tür bedeutet näher an zu Hause.

Ich lege Toby eine Hand auf die Stirn. Sie ist feucht, verschwitzt. Mein Finger gleitet seine Nase hinunter, ganz bis zur Spitze. Er beruhigt sich ein wenig.

Toby ist nicht mein Sohn, aber er braucht eine Mutter. Eine Mutter, die ihn haben will, ihn liebt, ihn vergöttert. Ohne Wenn und Aber. So wie Lucia mich geliebt hat. Kann ich gut genug für ihn sein? Und er für mich?

»Schhhh«, flüstere ich. »Schhh, Toby. Ist ja gut.«

Ich wickle ihn in seine Decke, nicht zu fest, und hebe ihn an meine Brust. Er ist schwerer, als ich es mir vorgestellt habe. Während er sich an mich schmiegt, verblasst das Rot in seinem Gesicht zu einem Pfirsichton. Er hebt den Arm, und seine Hand schließt sich um meinen kleinen Finger. Die

Falten in seiner Handfläche wickeln sich regelrecht um mich, sodass ich nicht loslassen kann.

Seine Augen haben die Farbe der Abenddämmerung, die sich zum Rand hin zu einem tiefen, undurchdringlichen Ozeanblau verdunkelt. Kann ich dich jemals richtig kennen? Und wirst du mich je durch und durch kennen?

Toby erwidert meinen Blick.

Ich glaube, ich könnte ihn ewig so halten.

Doch dann höre ich einen Tumult vorne an der Stationstür.

Brigitte kommt auf die Station gerannt. Das blau geblümte Kleid hängt schlabbernd an ihrem schmalen Körper, ihre Schultern sind gebeugt wie die einer alten Frau. Die langen, zerzausten Haare haben sich aus ihrem Band gelöst und fallen ihr offen über den Rücken.

Ursula kommt aus der Schwesternstation, als wollte sie Brigitte trösten, aber die wendet sich ruckartig von ihr ab und dreht sich zu mir um. »Wie kannst du es wagen?«, kreischt sie.

Ich drücke Toby an meine Brust. Er hat das alles nicht verdient.

»Du warst das, oder?« Sie presst die Kiefer aufeinander. Ihre Augen sind rot. »Man hat mir gesagt, er wäre an einer Infektion gestorben. Du hast ihn infiziert.« Ein Spucketröpfchen fliegt durch ihre Zahnlücke.

»Nein«, wehre ich mich. »Ich habe nichts getan.« Aber plötzlich begreife ich, wie es passiert sein muss. Als wir uns auf der Toilette begegnet sind, habe ich selbst gesehen, dass Brigitte sich nicht die Hände gewaschen hat. Anscheinend ist sie verantwortlich für den Tod eines Babys, wenn auch unabsichtlich. Den Tod meines Sohnes, der acht Monate in meinem Bauch gewachsen ist. Vermutlich sollte ich außer mir sein vor Wut. Aber das Entsetzen hat sich wie eine Decke über Gefühle gelegt, so wie damals, als ich einen ähnlich schrecklichen Fehler begangen habe.

Brigittes Gesicht verzerrt sich vor Schmerz. So leise, dass nur ich sie verstehen kann, zischt sie: »Du weißt, was ich getan habe, oder?« Durchdringend sieht sie mich an. »Jede gute Mutter würde versuchen, die Vergangenheit umzuschreiben, wenn man ihr die Möglichkeit dazu gibt.« Etwas lauter fügt sie hinzu: »Wieso darf dieses Baby weiterleben? Du liebst es nicht einmal. Ich habe gesehen, wie du ihn ansiehst.«

Mark versucht, sich an Ursula vorbeizuschieben, aber er ist zu weit entfernt. Mir ist gar nicht aufgefallen, wie nah Brigitte herangekommen ist. Jetzt steht sie direkt vor mir, ich kann ihren schalen Atem riechen. Fordernd streckt sie die Arme aus.

»Gib ihn mir. Ich kann ihn mehr lieben als du.« Sie beugt sich vor.

Ich weiche einen Schritt zurück und halte Toby fest an mich gedrückt. Brigitte schlingt die Finger um ihn und versucht, ihn mir wegzureißen, und die Trauer verleiht ihr eine solche Kraft, dass ich nicht sicher bin, ob ich ihn festhalten kann, ob meine Kraft ausreicht, ihn bei mir zu behalten. Immer tiefer bohren sich ihre Finger in die Babydecke, während er mir zu entgleiten droht. Als sie mit einem Ruck an ihm zerrt, rutscht er ein Stück von mir weg.

Einen kurzen Moment lang sehe ich auf meine verschwitzten Hände, auf den leichten, kleinen Toby, und überlege, ihn einfach in ihre Arme gleiten zu lassen. Es wäre fast wie ein Atemzug, ein Niesen, etwas, das man unwillkürlich ausstößt. Und er würde in weichen Händen landen, weicher als meine. Mit babyfreundlicheren Fingern als meinen mit den abgekauten Nägeln und der rissigen, trockenen Haut. Damit könnte sie ihn viel besser halten, viel selbstverständlicher, wie eine Mutter es eben tun sollte.

Meine Mutter. Sie hat mich festgehalten, als sie in die Dunkelheit hinüberglitt. Ich weiß noch, dass ihre Arme mich an ihre immer kälter werdende Brust drückten. Sie wollte mich mitnehmen, mit in den Abgrund. Aus irgendeinem Grund bin ich ihr nicht gefolgt. Ich habe überlebt. Und trotz allem habe ich mich auch weiterhin für das Leben entschieden. Selbst als ich mir nicht sicher war, ob ich es wirklich anders machen würde als meine Mutter, habe ich mich dafür entschieden, ein Baby zu bekommen. Die Zweifel an meinen Fähigkeiten als Mutter sind geblieben. Aber ich weiß ganz sicher, dass ich absolut alles tun werde, um dafür zu sorgen, dass ich meinem Sohn niemals wehtun werde.

Brigitte will ihn packen, zerrt an seiner Decke. Ganz fest drücke ich Toby an mich. Auch wenn ich ihn lange nicht lieben konnte, ihn nicht einmal als mein Kind betrachtet habe, weiß ich doch, dass ich ihm alles gegeben habe, wozu ich in der Lage war. Und ich werde darum beten, dass er mir mein Versagen eines Tages verzeiht.

Ganz deutlich sehe ich Toby vor mir: seinen festen Blick, die leicht gerunzelte Stirn, wie er meinen Finger gepackt hat.

Ich bin seine Mutter. Sie hat ihn weggegeben.

Sie hat ihn mir gegeben.

»Er gehört mir!« Laut und klar hallt meine Stimme durch die Station. Mit einem Ruck trete ich einen Schritt zurück, weg von Brigitte.

Toby rutscht ihr durch die Finger, ihre leeren Hände greifen in die Luft.

Mein Baby, endlich in meinen Armen.

Ich drücke ihn an mich. Warm liegt er an meiner Brust. Sein Herz schlägt ebenso schnell wie meins; im Gleichtakt.

Mark packt Brigittes Handgelenke. Die fährt zu Ursula herum, die sich wieder zur Schwesternstation zurückgezogen hat. »Hilf mir, Ursula«, ruft sie. »Ich brauche deine Hilfe.« Ursula schüttelt kaum merklich den Kopf und greift zum Telefon. Die Lautsprecher geben den Notfallcode weiter, und Sekunden später stürmen die Sicherheitsleute auf die Station. Sie umringen Brigitte, die sich kraftlos auf den Boden fallen lässt. Schreiend und um sich tretend wird sie fortgeschleift.

Mein Baby beginnt zu weinen, ich spüre seine Schreie wie einen Pulsschlag an der Brust. Ich fange an, ihn zu wiegen. »Schhh, schhh«, hauche ich ihm ins Ohr und streichle wieder und wieder seinen Rücken. »Alles wird gut.«

Dr. Green ist an der Schwesternstation aufgetaucht und spricht hektisch ins Telefon. Mark brüllt Ursula an und wedelt mit den Armen, während sie einfach nur an der Wand lehnt. Ich kann nicht verstehen, was sie alle sagen.

Brigitte tut mir leid. Sie hat so viel durchgemacht, war so verzweifelt, dass sie sogar ihr Kind aufgegeben hat. Ich verzeihe ihr Gabriels Tod. Irgendwann wird sie Wiedergutmachung leisten. Und auch ich habe einiges wiedergutzumachen.

Toby beruhigt sich langsam. Die Pausen zwischen seinem lauten Gebrüll werden immer länger, bis er irgendwann nur noch wimmert, dann nur noch schnieft. Während ich in sanften Kreisen seine Brust massiere, studiere ich sein Gesicht, entdecke Kleinigkeiten wieder, die ich in stillen Momenten bemerkt, aber dann vergessen hatte. Den Bogen zwischen Nase und Augen. Die Form seiner Augenbrauen – in der Mitte etwas dicker, fein auslaufend an den Rändern. Die kleine Falte unter seiner Unterlippe.

Ich drücke ihn an mich und küsse ihn auf den Scheitel,

das Ohr, die Wange. Alle Einzelteile, die zusammen ein vollständiges Ganzes ergeben. »Es tut mir so unglaublich leid«, sage ich. Er hüllt sich in Schweigen und liegt entspannt in meinen Armen, sieht mit glänzenden, wachen Augen zu mir hoch, bringt mich allein durch Willenskraft dazu, seine Mutter zu sein und ihn zu lieben. Und endlich, nach so vielen Tagen, Stunden, Minuten, glaube auch ich, dass ich das kann.

SECHS MONATE NACH DER GEBURT

MARK

Die Scheibenwischer gleiten mit einem dumpfen Brummen von links nach rechts und lullen Toby ein, bis er schlafen kann. Er ist ein problemloses Baby, für Sash sogar noch mehr als für mich. Immer schläft er brav ein, entweder auf dem Arm oder im Kinderwagen, wenn wir mit ihm um den See spazieren.

Ein Blick in den Rückspiegel zeigt mir die Babyschale mit dem festgeschnallten Kleinen darin. Seine Lider sinken immer wieder herab, bis sie sich irgendwann ganz schließen. Der Regen rinnt in Sturzbächen über die Windschutzscheibe und überschwemmt die Straße.

Wieder schaue ich zu Toby nach hinten. Die lange, stolze Nase. Die Haare, alle auf eine Seite gekämmt, was seine hohe Stirn betont. Sein Kopf ist zur Seite geneigt, sodass man das angewachsene Ohrläppchen sehen kann.

Unglaublich.

Er sieht genauso aus wie Simon.

Ich konzentriere mich wieder auf die Straße, wo ein Kakadu mit gelbem Kamm neben den Überresten eines Kängurus auf dem Boden herumpickt. Dieser Anblick ist so faszinierend, dass ich einen Moment nicht aufpasse und mit voller Geschwindigkeit aus der Kurve getragen werde. Da mir keine Zeit mehr zum Bremsen bleibt, reiße ich das Steuer herum, die Räder knirschen über den Kies am Straßenrand, das Lenkrad rutscht mir aus der Hand. Der Wagen dreht sich unkontrolliert weiter, während ich mich frage, ob wir überhaupt anhalten werden oder wann. Und was es wohl für ein Gefühl wäre, wenn hier und jetzt alles vorbei wäre. Doch dann kommt das Auto quietschend zum Stehen.

Die Regentropfen trommeln aufs Dach. Toby fängt an zu greinen. Die Stille des Buschlands ist in den Wagen gedrungen und wird nun von einem leisen Weinen durchbrochen. Ich versuche, mich umzudrehen und nach Toby zu sehen. Anscheinend haben wir es beide heil überstanden. Der Kakadu flattert krächzend über die Straße. Alles ist gut.

Aber das ist es nicht. Nicht wirklich.

Es gibt einfach zu vieles, was ich Sash nicht sagen kann. Zum einen dieser Unfall hier. Oder dass Bill mir schon vor Jahren gesagt hat, was ihre Mutter sich selbst angetan und Sash anzutun versucht hat. Oder wie sehr ich es bereue, dass ich Gabriel nie kennenlernen konnte.

Dass ich unrecht hatte. In Bezug auf Sash, in Bezug auf alles.

Als der Brief mit den Testergebnissen kam, habe ich ihn gelesen. Aber da ich dachte, Sash hätte den Gentest so manipuliert, dass er zu ihren Verdächtigungen passt, weigerte ich mich, das Ergebnis anzuerkennen. Was wirklich auf der Säuglingsstation passiert war, wurde mir erst klar, als ich Brigittes Handgelenke umklammert hielt und sie trotzdem noch versuchte, das an sich zu reißen, was ich für mein leibliches Kind gehalten hatte. Sash hielt ihn im Arm, liebte ihn, bevor ich es konnte. Ich erkannte schon in diesem Moment, dass uns allen am besten gedient war, wenn ich schwieg. Wirklich verstanden habe ich Sashs Entscheidung nicht, aber wer bin ich, dass ich mir darüber ein Urteil erlauben könnte? Nach allem, was sie durchgemacht hat. An jenem ersten Abend, nachdem sie Toby angenommen hatte, sagte ich ihr kurz und knapp, was ich gefolgert hatte. Danach stellte ich ihr keine Fragen mehr. Die Details wollte ich gar nicht wissen. Ich hatte bereits mehr als genug gesagt und getan.

Außerdem ist das alles zum Teil auch meine Schuld.

An dem Morgen, als Toby geboren wurde, habe ich Sash angelogen. Ich bin nach Hause gefahren. Nach dieser Nacht, so sagte ich mir, brauchte ich etwas Ruhe. Ich war erschöpft. Fix und fertig. In der schützenden Sicherheit unseres Heims versuchte ich, etwas für Sash zu kochen. Irgendwann wurde ich vom Rauchmelder geweckt. Ich nahm das verkorkste Ragout vom Herd, ging unter die Dusche, um mir den Gestank des Babykängurus abzuwaschen, und kaufte auf dem Rückweg zum Krankenhaus die Rosen und etwas zu essen für Sash.

Die schlief noch, als ich ihr die Blumen ans Bett stellte. Dann wollte ich auf die Säuglingsstation gehen und mir unseren Sohn ansehen. Aber meine Beine verweigerten mir den Dienst. Ich brachte es einfach nicht über mich, hineinzugehen. Der Gedanke, dass unser Baby bleich und nackt unter diesen Lampen liegen würde, am Leben erhalten nur durch Schläuche in der Nase … das erinnerte mich zu sehr an das, was ich mit Simon erlebt hatte. Ich war nicht dazu bereit, unseren Sohn sterben zu sehen.

Wenn ich bei ihm geblieben wäre, wie ich es Sash versprochen hatte, dann … Wenn ich ihn nicht schon am ersten Tag seines Lebens im Stich gelassen hätte … Wenn ich Sash von Anfang an die Wahrheit gesagt hätte, bevor das alles begann … Vielleicht wäre dann alles gut geworden.

Simon und Gabriel konnte ich nicht retten. Nun habe ich Toby. Ihn kann ich beschützen.

Ich beuge mich zum Rücksitz hinüber, löse den Sicherheitsgurt und ziehe Toby in meine Arme. Ohne die Augen zu öffnen, schmiegt er sich an mich. Ich halte ihn fest, während der Regen auf das Dach trommelt, den Dreck aus der Kanalisation auf die Straße schwemmt und all unsere Fehler in den Busch hinaustreiben lässt. Dort werden sie sich hoffentlich mit der Zeit in fruchtbaren Boden verwandeln.

NEUN MONATE NACH DER GEBURT

Mark trägt Toby vor der Brust, während er sich mit ihm durch die Menge schiebt, die sich langsam auf dem ovalen Feld versammelt. Über seinem Kopf schweben mehrere gelbe Luftballons. Er hat sich um Toby gekümmert, während ich mein Vorstellungsgespräch hatte. Inzwischen ist er ein überzeugter Vollzeitpapa. Das Restaurant ist Vergangenheit. Unsere Familie geht vor, sagt er.

»Wie ist es gelaufen?« Er küsst mich auf die Wange, und ich lächele zuversichtlich.

»Ganz gut. Ich denke, ich habe den Job.« Diese Firma hier in der Stadt weiß nichts von meiner persönlichen Geschichte. Hier ist alles anonymer, das ist sicherer, als in unserem kleinen Ort zu arbeiten – zumindest nach allem, was wir durchgestanden haben.

Die Leute verteilen sich in einem groben Kreis auf dem feuchten Rasen. Wie immer suche ich in der Menge nach langen, geflochtenen Haaren, stechenden Augen, einer Zahnlücke. Inzwischen vermute ich sie einfach überall. Eines Tages wird sie wiederkommen und ihn sich holen. Ich könnte es ihr nicht einmal verdenken. Schließlich würde ich dasselbe tun.

Nachdem man Brigitte weggebracht hatte, baute sich Ursula vor mir auf.

»Wenn Sie niemandem von der Sache erzählen«, sagte sie mit einem fast schon entschuldigenden Lächeln, »werde ich dafür sorgen, dass Brigitte es auch nicht tut.«

Schon damals wusste ich, dass es keine Garantie dafür gab.

Mark kämpft mit dem Verschluss der Babytrage. Ich ziehe an den Gurten. Als Mark sie weiter lockert, wacht Toby kurz auf und streckt mir seine Händchen entgegen. Mark hebt ihn aus der Trage und legt ihn in meine Arme.

Toby ist schwerer geworden. Und er ist warm, trotz des kühlen Spätnachmittags. So lebendig. Er ist einfach so lebendig. Als er leise seufzt, steigt mir der süße Duft von Muttermilch in die Nase. Ich wische ihm die Oberlippe ab und streiche über die weichen Haare auf seinem Kopf. Kann ein Kind überhaupt jemals wirklich seiner Mutter gehören? Zumindest jetzt ist er ganz mein.

»Ich habe fünf Ballons geholt.« Mark löst die Trage von seiner Hüfte, schlingt sie um meinen Bauch und lässt die Schnallen einrasten.

»Fünf?«

Sein Gesicht wird weich. »Für die beiden, die wir so früh verloren haben. Dann einen für Simon, einen für Damien« – mir war gar nicht klar, dass er überhaupt seinen Namen kennt – »und einen für …« Er verstummt. Mark spricht seinen Namen nicht aus. Das muss er auch nicht. Wir wissen beide, was geschehen ist. Was ich getan habe. Was ich hätte tun sollen.

Ich greife nach Marks knochiger Hand und halte mit ihm zusammen die Ballons fest. »Danke.« Damit will ich sagen: Danke, dass du endlich auf meiner Seite bist, nach allem, was im Krankenhaus passiert ist. Danke, dass du nie infrage gestellt hast, dass ich Toby als unser Kind aufziehen will. Danke, dass du uns noch eine Chance gibst. So vieles bleibt zwischen uns unausgesprochen. Aber vorerst reicht ein *Danke* aus.

Mark starrt zu den Torpfosten am anderen Ende des ovalen Felds hinüber. Ihre Schatten ragen wie Grabsteine über das von Tau benetzte Gras, während am Rande der Stadt langsam das Licht verblasst.

Es ist genau, wie Bec gesagt hat: Mark ist ein guter Kerl. Ich denke, ich kann mich glücklich schätzen. Zumindest ist er nicht abgehauen, als es schwierig wurde. Adam hingegen hat Bec vor sechs Monaten verlassen, kurz bevor sie endlich schwanger wurde. Eine ganze Weile war sie am Boden zerstört, aber dann hat sie sich dafür entschieden, nach Australien zurückzukommen. Jetzt will sie das Kind allein großziehen und ihm später auch sagen, dass es aus einer Eizellenspende hervorgegangen ist.

»Natürlich erst, wenn sie alt genug ist, um es wirklich zu verstehen. Ich habe kein Problem mehr damit, eine Spenderzelle zu benutzen. Ein Kind ist ein Kind – welchen Unterschied macht es schon, wer die biologische Mutter ist? Besser irgendein Baby als gar kein Baby. So sehe ich das.«

Da hätte ich es ihr fast erzählt. Aber im letzten Moment habe ich mir doch noch auf die Zunge gebissen. Natürlich werde ich für sie da sein, wenn sie ihre eigene Reise durch das Land der Mutterschaft antritt, genau wie Lucia es sich für uns gewünscht hätte.

Bevor ich noch etwas sagen kann, breitet sich Stille aus. Es ist so weit.

Wir bilden einen großen Kreis. Nach und nach steigen die gelben Ballons auf. Erst ist es nur einer, dann lassen immer mehr Leute los, und die gelben Kugeln gleiten vom Wind getragen in den sich verdunkelnden Himmel hinein.

Mark zieht eine Schnur aus unserem Bündel, schließt die Augen und murmelt etwas. Der Ballon schwebt davon, wird zu einem kleinen Ei, dann zu einem Pünktchen.

»Früher dachte ich, wenn ich ihn gehen lasse, würde ich ihn damit kränken. Wahrscheinlich habe ich befürchtet, er würde dadurch in Vergessenheit geraten«, erklärt mir Mark. »Aber jetzt weiß ich, dass es richtig ist, mich von ihm zu verabschieden.« Er drückt mir das nächste Band in die Hand. »Du bist dran.«

Damien. Heute denke ich immer seltener an ihn. Er taucht auch nicht mehr in meinen Albträumen auf. Er ist ein Baby aus einem Traum, ein halbvergessener Gedanke, der Wunsch, dass es früher vielleicht anders hätte laufen können.

Ich öffne die Hand und lasse ihn frei. Er fliegt in die Höhe, hält auf die Wolken zu, bis er nur noch ein kleiner Fleck am dunklen Himmel ist.

Die nächsten beiden Ballons sind einfacher. Ich erinnere mich noch an die Stimmen, die ich in meinem Kopf gehört habe: Harry und Matilda. Ihr fröhliches Quietschen, das gedämpfte Plappern. Ihre Geister sind bereits frei. Ich spreche ein stummes Gebet, während sie über uns dahinziehen: *Hoffentlich findet ihr eine Familie, die euch so liebt, wie ich es getan habe. Hoffentlich findet ihr ein glückliches Zuhause.*

Ondines Gesicht kommt mir in den Sinn. Sie lebt wieder bei ihrem Mann und ihrem Sohn und hat sich ihre eigene, glückliche Familie geschaffen. Nachdem die Medikamente doch noch angeschlagen haben, konnte sie einer Elektroschockbehandlung entgehen. Wir treffen uns regelmäßig auf einen Kaffee und haben sozusagen unsere eigene Version der »Mütter mit Dachschaden« gegründet. Wir nennen uns »Die irren Mums«.

Mark reicht mir den letzten Ballon. Er schwebt genau zwischen uns. Die schmalen Augen meines Mannes, die kaum meinem Blick standhalten können, verraten mir alles, was ich wissen muss. Ich greife nach seiner Hand und ermutige ihn, mit mir zusammen das Band zu halten. Er fügt sich, lässt den Kopf hängen. »Für Jeremy«, sagt er leise.

»Gabriel.« Für einen Moment verblasst mein Lächeln. Ein Schluchzen steigt in meiner Kehle auf. »Ihr Baby.« Ich schlinge die Arme um Toby, drücke ihn fest an mich.

»Er war *unser* Kind, Sash.«

Mark hat recht. Ja, das war er, aber viel zu kurz.

»Sash, sieh mal.«

Der Ballon ist aus meiner Hand gerutscht und schwebt nun über uns. Ein letzter Sonnenstrahl trifft ihn und lässt es aussehen, als hätte jemand in seinem Inneren ein Licht entzündet.

Mark legt mir den Arm um die Schultern und lehnt sich an mich. Wir sehen zu, wie der Ballon in den Himmel hinauffliegt, den Sternen entgegen, bis er irgendwann verschwindet.

Marks Händedruck ist weder zu weich noch zu fest. »Komm, Sash. Es wird Zeit.«

»Geh ruhig. Ich brauche noch einen Moment.«

Auf dem Rückweg zu unserem Wagen hinterlässt er eine sichtbare Spur im nassen Gras. Die Menge zerstreut sich, und irgendwann stehen Toby und ich allein unter dem tiefblauen Nachthimmel.

Toby zappelt ein wenig. Ich mustere sein wundervolles Gesicht und denke an die Zeit zurück, als ich Zweifel daran hatte, ob ich ihn je würde lieben können. Als ich nicht wusste, ob er leben oder sterben würde. Daran, wie wir erst im allerletzten Moment das Herz des anderen eroberten.

Ein kalter Windstoß fegt an uns vorbei. Ich ziehe den Quilt enger um Tobys roten Wollpullover, der ihm jetzt endlich richtig passt. Dann stecke ich die blaue Decke um ihn herum fest.

Schnaufend drückt er das Gesicht an meine Brust. Ich küsse ihn auf die Stirn, spüre das Kitzeln seiner feinen Haare im Gesicht. Ganz leise raune ich ihm zu: »Ich bin so froh, dass wir uns gefunden haben.« Dann drücke ich ihn an mich und flüstere ihm liebe Dinge ins Ohr. Er neigt den Kopf, und fast sieht es so aus, als wolle er lächeln, während er mit voller Kraft meinen Finger packt. Ich strahle ihn an und sage fast unhörbar seinen Namen.

Toby.

Mein Baby, Toby Gabriel.